Michael Kibler
Treueschwur

PIPER

Zu diesem Buch

Ausgerechnet während eines Kongresses der Rechtsmediziner im Darmstädter Kongresszentrum entdecken Bauarbeiter einen jahrhundertealten Schädel in einer Pappkiste. Die Hauptkommissare Steffen Horndeich und Leah Gabriely von der Mordkommission Darmstadt begutachten den Fund. Auch die Spurensicherung ist involviert – es könnte ja ein Mord dahinterstecken. Kurz darauf bahnt sich ein neuer Fall an: In einem Wald bei Fränkisch-Crumbach wird ein Skelett gefunden. Und bald wird Horndeich und Gabriely klar, dass die beiden Knochenfunde nur die ersten Spuren sind in der Aufklärung eines lang verdeckten Verbrechens ...

Michael Kibler, geboren 1963 in Heilbronn, ist heute leidenschaftlicher Darmstädter. Nach Studium und Promotion arbeitet er heute als Texter und Schriftsteller. Die erfolgreichen Kriminalromane um die Darmstädter Ermittler Steffen Horndeich, Margot Hesgart und Leah Gabriely begeistern seit Jahren zahlreiche Leserinnen und Leser.

Michael Kibler

TREUESCHWUR

Kriminalroman

Mehr über unsere Autoren und Bücher:
www.piper.de

Von Michael Kibler liegen im Piper Verlag vor:
Zarengold
Schattenwasser
Rosengrab
Todesfahrt
Engelsblut
Opfergrube
Sterbenszeit
Totensee
Seelenraub
Treueschwur

MIX
Papier aus verantwor-
tungsvollen Quellen
FSC
www.fsc.org   FSC® C083411

Originalausgabe
ISBN 978-3-492-31222-6
November 2017
© Piper Verlag GmbH, München 2017
Umschlaggestaltung: semper smile, München
Umschlagabbildung: Ullsteinbild/imageBROKER, J.W.Alker
und shutterstock/leedsn
Satz: Kösel Media GmbH, Krugzell
Gesetzt aus der Minion
Druck und Bindung: CPI books GmbH, Leck
Printed in the EU

Für Lore Lay

PROLOG

Der Moment.

Der einzige Moment, in dem man eine Chance hat.

In der einen Hand hält er die brennende Zigarette, in der anderen das Messer. »Bist du still, sonst mach ich dich tot! Kohle!«

Die Botschaft: unmissverständlich.

Sie überlegt, während die Synapsen im Gehirn bereits die Überlebensstrategie festgelegt haben.

Der junge Mann vor ihr ist kein Profi. Das, was er hier abzieht, hat er noch nicht oft gemacht. Und schon gar nicht erfolgreich, das zeigt die Unsicherheit in seinem Gesicht. Aber sie sieht auch das Messer. Und vor allem die Zigarette in der anderen Hand.

Sie sollte den Blick von der Kippe abwenden. Sie sollte sich auf das verdammte Messer konzentrieren. Es gelingt ihr nicht.

Der Typ geht einen Schritt in ihre Richtung. Der falsche Schritt.

Nicht umsonst hat sie im vergangenen Jahr immer und immer wieder trainiert, wie sie in einer solch hypothetischen Situation reagieren würde.

Streiche »hypothetisch«.

Sie tritt auf ihn zu. Die Bewegungen laufen völlig automatisch ab. Im Nachhinein kann sie sich kaum erinnern.

Der Mann krümmt sich am Boden. Die Zigarette ist weggerollt, liegt auf dem Asphalt der Straße. Die Spitze glimmt immer noch. Offensichtlich hat die Kippe keinen Schaden genommen. Sie kann den Blick nicht von ihr abwenden.

Auch an ihr ist alles heil. Alles ganz. Er hat ihr nichts tun können.

»Soll ich die Polizei rufen?« Plötzlich die Stimme neben ihr. Worte aus dem Nichts. Sie wendet sich um. Ein Mann.

Sie schüttelt nur den Kopf. »Mach ich schon«, sagt sie. Dann greift sie zum Handy. Sie muss nur die Kollegen rufen. Schließlich arbeitet Leah Gabriely selbst seit vielen Jahren bei der Polizei.

DONNERSTAG, 1. JUNI

Als die zehn Kilo des nagelneuen Abdeckblechs zum zweiten Mal an diesem Tag auf Gerhard Wollreits rechtem Fuß landeten, dachte er voller Wehmut an seinen verstorbenen Kollegen Hans Dellinger. Er und Dellinger waren ein eingespieltes Team gewesen. Aber der Neue, der kriegte so gar nichts auf die Reihe. »Mein Gott, pass doch auf!«, fluchte Wollreit. Zum Glück schützten die Stahlkappen in den Sicherheitsschuhen seine Zehen.

Mit dem Neuen, der so einen unaussprechlichen bosnischen Nachnamen mit gefühlt zehn Zischlauten hatte, würde er wohl nie warm werden. »Willst du, dass wir das Blech noch mal kaufen müssen, weil du Dösel es kaputt gemacht hast?«

Der Neue, den er in Gedanken einfach immer nur »Tsch-Tsch« nannte, schüttelte den Kopf. Wenigstens redete der nicht viel. Sie lehnten das Blech vorsichtig gegen eine Scheibe, hinter der sie Autos aus der Tiefgarage anglotzten.

Bevor Wollreit den Akkuschrauber ansetzte, um die erste der zehn Inbusschrauben des alten Abdeckblechs zu lösen, wanderte sein Blick in die Höhe. Er und sein Kollege standen auf dem Kiesbett am Fuße der *Calla* im Kongresszentrum Darmstadt. Wollreit imponierte die sich über die Stockwerke hinweg bis zum Dach öffnende, riesige Blüte aus Stahl und Glas. Sie spendete dem Gebäude auf jeder Etage Tageslicht und leitete den Regen in ein Becken tief unter die Erde. Durch sie blieb das Klima im Haus auf natürliche Art im Sommer angenehm kühl. Wie genau das funktionierte, das hatte Wollreit nie verstanden. Es interessierte ihn auch nicht besonders. Er wusste nur: Er war dafür verantwortlich, dass es der Calla gut ging, dass es dem ganzen Darmstadtium gut ging. Dafür lebte er seit über neun Jahren. Was Tsch-Tsch nie kapieren würde. Während Wollreit die ersten Schrauben löste, fiel sein Blick auf das hässliche Loch in der alten Abdeckplatte. Zehn dieser Platten umschlossen den Fuß der Calla, und in eine war der Amboss mit der Spitze voraus gefallen. Wollreit grinste in sich hinein. Ausgerechnet auf der Hochzeitsmesse war eines der Ausstellerpärchen, beide Juweliere, in Streit geraten. Sie hatte ihn auf der Treppe, die in den ersten Stock führte, geschubst. Keine gute Idee. Er hatte das Gleichgewicht verloren, und die Kiste mit dem Amboss war über das Geländer gefallen. Zehn Kilo hatte das Metallteil auf die Waage gebracht, das nur für Dekorationszwecke des Standes gedient hatte. »Wir schmieden sie zusammen«, lautete die Devise des Juwelierladens aus dem Odenwald. Nun, dieser Vorfall hatte sicher die Belastbarkeit der Ehe des Paares und auch jene der Zahlungsbereitschaft der Haftpflichtversicherung auf eine harte Probe gestellt. Aber das war nicht Wollreits Problem. Er musste jetzt die Abdeckplatte ersetzen, damit die Calla wieder in altem Glanz ohne Loch im Plattenfundament erstrahlte.

Die Schrauben ließen sich erstaunlich leicht lösen. Neun hatte er bereits in ein kleines blaues Plastikkästchen gelegt.

»Halt mal«, sagte er zu seinem Kollegen und deutete mit dem Kinn auf das linke Ende der Blechplatte. Gleich würde er die letzte Schraube lösen. Und er wollte nicht riskieren, dass die Platte mit lautem Gescheppers ins Kiesbett rutschte.

Tsch-Tsch stützte das Blech.

Sekunden später hielt Wollreit die letzte Schraube in der Hand.

Wieder nickte er – und der Kollege verstand. Gemeinsam trugen sie das Blech zur Seite. Dann fiel Wollreits Blick auf die gut zwei Quadratmeter große Fläche unter der Abdeckplatte. Eigentlich sollte er hier gar nichts sehen, außer nacktem Beton. Doch da stand etwas, das nicht dorthin gehörte. Eine Pappkiste. Gut dreißig Zentimeter an jeder Seitenlinie, schätzte Wollreit mit fachmännischem Blick. Das waren genau die Maße der Hülle einer Langspielplatte. Und damit kannte er sich aus: Cirka viertausend Schallplatten zierten seine eigene Sammlung.

Ich träumte von weißen Pferden.

Das Bild ließ Martin Hinrich nicht mehr los. Seit sie am vergangenen Abend im Restaurant *Bockshaut* ein wenig zu viel getrunken hatten, kreiste der Gedanke in seinem Kopf. Was daran lag, dass er dieses alte Lied wieder gehört hatte. »Weiße Pferde« von Georg Danzer. Der war auch schon tot, seit ziemlich genau zehn Jahren. *Bronchialkarzinom.* Lungenkrebs. Und da war Danzer nur vier Jahre älter gewesen als er, Hinrich, jetzt. An Lungenkrebs starben mehr Menschen als an Brustkrebs, Prostatakrebs und Dickdarmkrebs zusammen. Scheißthema. Denn Angelina war ebenfalls daran gestorben. Vor zwanzig Jahren. Kettenraucher wie der gute Georg. Angelina, die Frau, an die er seine Unschuld verloren hatte. Und sie die seine an ihn.

Gemeinsam mit den Kollegen aus der gerichtsmedizinischen Branche hatten sie am Vorabend deftige hessische Küche und leckeres Darmstädter Bier genossen. Vierzehn von 176 Kolleginnen und Kollegen aus der ganzen Welt. Insbesondere Dr. Vasques aus Sevilla war ganz entzückt gewesen vom *Handkäs mit Musik.*

Hinrich bemühte sich, dem Vortrag von Frau Dr. Emilia Schubert seine ungeteilte Aufmerksamkeit zukommen zu lassen. Das war nicht ganz einfach. Denn Emilia sah Angelina einfach unglaublich ähnlich – Angelina, wie sie ausgesehen haben musste, kurz bevor sie starb. Gerade referierte Dr. Schubert, passend zum Vorabend, über eine Studie, bei der Probanden ein vermeintliches Ausnüchterungsmittel mit dem Namen »Alc-it-down« verabreicht worden war. Vor und nach dem Trinken sollte dieses Präparat – wie es zahlreiche Internetseiten einen glauben machen wollten – die Alkoholresorption im Körper drastisch beschleunigen und – o Wunder – gleichzeitig den Alkoholdunst im Atem tilgen.

Bullshit.

Das sagten Hinrich nicht nur sein gesunder Menschenverstand und seine medizinische Ausbildung, sondern das belegte gleichfalls die Studie der schönen Emilia. Leider hatte sie das bereits ganz am Anfang ihres Vortrags verkündet, sodass die Spannung gen Ende ein wenig abflaute.

Diese stieg jedoch kurzzeitig an, als aus den Lautsprechern im Raum eine Durchsage schallte: »An alle Mitarbeiter, bitte Müller für neunundzwanzig! Müller für neunundzwanzig!«

Wie dämlich war das denn? Hinrich kannte diese Art der Ansage aus dem Supermarkt. »Frau Schmidt, bitte Kasse drei« – der Klassiker.

Ein vernehmliches Raunen zog sich durch die Menge, ebbte ab, dann lauschte das Auditorium wieder den Worten der Kollegin.

Hinrichs Gedanken schweiften abermals ab.

Woran, meine Liebe, glauben wir noch?

1984 hatte Danzer dieses Lied veröffentlicht. In dem Jahr, in dem Angelina mit ihm Schluss gemacht hatte. Das Jahr, in dem er an gar nichts mehr geglaubt hatte. Übrigens auch nicht im darauffolgenden Jahr und auch nicht in jenem danach.

Algo se muere en el alma
cuando un amigo se va.

Etwas stirbt in der Seele,
wenn ein Freund geht.

Wieso ging ihm dieses verdammte Lied nicht aus dem Kopf?

Gestern an der Bar, bevor sie in Richtung Restaurant gezogen waren, da hatte er versucht, Emilia Schubert einen Drink auszugeben. Er war so was von kläglich gescheitert. Eine doppelte Niederlage, denn sie trug nicht mal einen Ehering.

Trotzdem: Es hatte ihn kaum berührt. Aber es berührte ihn, dass es ihn kaum berührt hatte. Frauen, Frauen, Frauen, Mädchen, Frauen – seine Liste an Begegnungen mit dem anderen Geschlecht erschien ihm länger als eine Rolle Polizeiabsperrband.

Dr. Emilia Schubert präsentierte nun die Details der statistischen Auswertung des Alkoholtests der beiden Vergleichsgruppen. Auf gefühlt 537 Folien warf sie irgendwelche mathematischen Kurven an die Wand, unverständlich und uninteressant.

Weiße Pferde waren in der vergangenen Nacht dann auch durch seinen Traum galoppiert. Vom Strand mitten durch die Stadt und von da aus durch den Hof des uralten ehemaligen Bauernhofs im Nordosten Frankfurts, den er sich im vergangenen Jahr gekauft hatte. Was für ein gruseliger Traum! Erst galoppierten die weißen Pferde durch die Küche, trampelten jegliches Porzellan – das er im wirklichen Leben überhaupt nicht besaß – in Scherben, pflügten dann durchs Wohnzimmer, um schließlich sein Schlafzimmer niederzumachen. Er lag im Bett, rollte sich zur Seite, fiel auf den Boden und sah dann aus der Froschperspektive die Herde galoppieren. Vielleicht sollte er es in Zukunft mit dem Alkohol ein bisschen behutsamer angehen lassen.

Dennoch, so fragte er sich, wozu arbeitete er in dem Bereich, in dem er es tat? Für wen machte er das Ganze? Leichen aufschneiden, die Landkarte von Hämatomen einer Vergewaltigung dokumentieren? Die Mondlandschaft der Brandnarben von Zigaretten oder eine Kindesmisshandlung in ein Kostüm von Fachbegriffen hüllen? Immer und immer, jeden Tag? Und wozu?

Martin Hinrich schloss die Augen.

»Die Auswertung bezüglich des Einflussfaktors ›Alc-it-down‹ zeigte keine signifikanten Unterschiede zwischen den Gruppen für die Parameter Cmax, tmax, AUC und Elimination«, sagte Emilia. Dann fügte sie noch hinzu: »Ein jedes Glas zu viel ist verflucht und sein Inhalt ein Teufel!«

Applaus brandete auf. Offensichtlich war die schöne Emilia am Ende ihres Vortrags angekommen.

Und nun? Fragestunde. Und in einer halben Stunde der nächste Vortrag.

Hinrich hatte seinen schon gehalten. Zwei Tage zuvor. Eigentlich sehnte er nur noch das Ende der Konferenz herbei. Den heutigen Abend, an dem er noch einen zweiten Versuch starten würde, Emilia persönlich kennenzulernen. Polizeiabsperrband hin oder her. Sie hatten für das gemeinsame Abendessen zum Abschluss des Kongresses nebenan im Welcome-Hotel den großen Raum gemietet. Via Tunnel konnte man sogar im Regen trockenen Hauptes vom Kongresszentrum dorthin gelangen.

Plötzlich stutzte Hinrich. Was hatte Emilia Schubert da gerade gesagt? »Ein jedes Glas zu viel ist verflucht und sein Inhalt ein Teufel!« War das Zufall?

Konnte das ein Zufall sein? Oder hatte seine Leipziger

Kollegin ganz bewusst ein Zitat von William Shakespeare eingestreut? *Othello*. Zweiter Akt.

Vielleicht besaß sie ja ein Buch mit dem Titel *Zitatenschatz für Gerichtsmediziner*.

Er hatte vor sechs Jahren angefangen, sich für den britischen Dichter zu interessieren. Ein Kollege hatte ihn in das Kleinkunsttheater im Moller-Haus in Darmstadt mitgenommen. Ein Kleinkünstler hatte Shakespeare aufgeführt – oder besser *gelesen* – und sich dabei die humorvollen Stellen herausgepickt. Hinrich war erstaunt gewesen über den zotigen Humor, den der verehrteste Dichter der Welt in seine Stücke gepackt hatte. *Romeo und Julia* war der Einstieg gewesen. Er kannte nur die Balkonszene. Und dieser Vortragende – richtig, Manfred Werner war sein Name gewesen, erinnerte sich Hinrich – hatte aus dem Stück die Szene gewählt, in der die Amme und Julias Mutter die Titelheldin vor der Hochzeitsnacht aufklärten. Derb. Und urkomisch. Hinrich schmunzelte bei der Erinnerung.

In diesem Moment öffnete sich die Tür des Vortragsraums. Eine Dame in der Livree des Darmstadtiums trat ein, ging schnurstracks auf Emilia zu, flüsterte ihr etwas ins Ohr und sagte dann laut: »Meine Damen und Herren, ich möchte Sie bitten, diesen Saal zu verlassen. Bitte folgen Sie mir in Richtung Notausgang. Keine Angst, dies ist nur eine Übung, aber wir sind verpflichtet, sie jetzt und hier durchzuführen. Ich bitte Sie um Ihr Verständnis.«

Was war das denn jetzt für eine Nummer?, fragte sich Hinrich.

Mit einem Mal war er hellwach. Die weißen Pferde waren von einem Moment auf den anderen in einem großen Stall in den Randzonen seines Gehirns untergebracht worden.

Hinrich sah das Gesicht von Emilia. Jegliche Farbe war daraus gewichen. Was auch immer Miss Kongresszentrum ihr gesagt hatte, es war ganz offensichtlich ein anderer Text als jener, den sie laut ins Mikro getönt hatte.

Sie hatten den Konferenzraum des Darmstadtiums verlassen, standen alle dicht gedrängt auf dem Bürgersteig. Die Räumung war problemlos vonstattengegangen, nur war es ein bisschen eng, denn die Breite des Gehsteigs reichte kaum, um die fast zweihundert Menschen ihres Kongresses aufzunehmen.

Doch momentan war das kein Problem, denn es fuhr kein einziges Auto auf der angrenzenden Straße. Hinrich sah sich um. An der Abzweigung zur Magdalenenstraße war Polizeiabsperrband quer über die Straße gezogen, dahinter standen zwei Streifenwagen, deren Blaulichter zuckten. Er richtete seinen Blick in die andere Richtung: Ein solches Band versperrte auch die Zufahrt auf den Cityring. Die Straße war leer. Auch zwischen Schloss und dem TU-Gebäude flatterte es rot-weiß. In dem Bereich vom Kongresszentrum bis zum Schloss herrschte dadurch eine unheimliche, autolose Bewegungslosigkeit. Das gab es nur in der Nacht. Bei Tageslicht wirkte es surreal.

»Was ist denn hier los?«, fragte eine weibliche Stimme neben Hinrich.

Noch bevor er den Kopf drehte, wusste er, zu wem die Stimme gehörte. Dr. Emilia Schubert. Sie stand direkt neben ihm. »Keine Ahnung. Aber eine Übung ist das nicht. Und das wissen Sie offensichtlich am besten.«

»Die Dame hat nur gesagt, dass wir den Raum evakuieren müssen, und das zügig, ohne Panik zu verbreiten«, flüsterte Emilia Schubert Hinrich zu.

»Hat sie Ihnen verraten, was los ist?«

»Nein, hat sie nicht.«

Das Zucken von nahenden Blaulichtern war eine deutlichere Antwort. Gleich vier Streifenwagen fuhren auf den Platz vor dem Haupteingang des Darmstadtiums auf.

»Verdammt, was passiert denn hier?«, murmelte Hinrich mehr zu sich selbst.

Er sah, wie eine weitere Traube von Menschen das Darmstadtium durch den Haupteingang verließ. Zwei Kongresse zeitgleich im Haus – eine denkbar unpassende Zeit für eine Übung.

Beamte der Schutzpolizei stiegen aus ihren Wagen. Hinrichs Blick schweifte über die Besetzung. Leider keiner dabei, den er persönlich kannte. Schlechte Chancen, mehr zu erfahren.

Aus dem Kongresszentrum traten noch weitere Gestalten, durch ihre Uniformen als Mitarbeiter des Hauses zu erkennen. Drei von ihnen gingen zu dem kleinen Grüppchen von Beamten, die vor dem Polizeiwagen standen.

Ein Polizeibeamter, den Hinrich zuvor nicht bemerkt hatte, kam auf ihre Gruppe zu. Die meisten seiner Kollegen mussten zu dem Mann aufschauen – Bernd Süllmeier war der größte Beamte der Darmstädter Schutzpolizei. Sie waren sich schon bei einigen Mordfällen über den Weg gelaufen. Süllmeier erkannte Hinrich und hielt direkt auf ihn zu.

»Herr Dr. Hinrich, guten Tag«, begrüßte er den Rechtsmediziner mit Handschlag. Dann wandte er sich der ganzen Gruppe zu: »Sehr geehrte Damen und Herren, würden Sie mir bitte folgen? Ich möchte Sie bitten, auf dem Karolinenplatz auf der anderen Seite des Absperrbands zu warten.«

Hinrich hatte angenommen, dass eine Gruppe von Menschen – in der immerhin annähernd hundert Prozent über einen Doktortitel verfügten – sich in solch einer Situation in ihrem Verhalten deutlich von einer Grundschulklasse unterscheiden würde, musste jedoch feststellen, dass er sich in dieser Einschätzung offenbar getäuscht hatte. Alle bombar-

dierten den Schutzpolizisten mit Fragen. Gleichzeitig, wohl-
gemerkt.

»Was ist denn los?«, »Wann können wir wieder rein?«,
»Wie lange müssen wir hier draußen stehen?« Und natürlich das ein wenig überhebliche, aber immer gern ge-
nommene »Ich bestehe darauf, augenblicklich mit Ihrem
Vorgesetzten zu sprechen!«. Süllmeier schien Übung mit
dergleichen Situationen zu haben, er hob beide Hände in
der Geste des Papstes, was tatsächlich für Ruhe sorgte. »Ich
kann Ihnen noch nicht sagen, was genau los ist. Sobald ich
es weiß, werde ich es Ihnen mitteilen. Bitte folgen Sie mir
nun zu Ihrer eigenen Sicherheit hinter das Absperrband.«

Hinrich und der Rest der Herde von Rechtsmedizinerkol-
leginnen und -kollegen trotteten Süllmeier hinterher. Wenig
später standen sie direkt vor dem Alten Theater, das seit zwei
Jahrzehnten das hessische Staatsarchiv beherbergte. Wenn
Hinrich sich der Berichte richtig erinnerte, wäre darin der
sicherste Platz, wenn ihnen hier etwas um die Ohren flog.
Darmstadt hatte innerhalb des ehemaligen Theaterbaus ein
eigenes Stahlgebäude errichtet. Aber niemand bat sie ins
Staatsarchiv. Sie standen einfach auf dem Platz.

»Ein bisschen Angst macht mir das schon«, sagte die inzwischen vertraute weibliche Stimme neben ihm. »Aber
Furcht gibt Sicherheit.« War es Zufall? Oder suchte sie jetzt
seine Nähe? Und war das nicht schon wieder ein Shakes-
peare-Zitat gewesen? *Furcht gibt Sicherheit?* Hinrich erinnerte sich an das englische Original, das er für noch treffen-
der hielt, und machte die Probe aufs Exempel. Er sah Emilia
Schubert an und sagte: »Best safety lies in fear.«

Sie lächelte ihn an: »*Hamlet.*«

»Erster Akt, dritte Szene.« Eine Frau, die Shakespeare
mochte. Nein, die ihn sogar zitierte. Hinrich war sich gar
nicht bewusst gewesen, dass es einen Schlüssel zu seinem

Herzen gab. Doch diese Frau hielt ihn gerade in der Hand. Oder trug ihn vielmehr auf der Zunge. Während Hinrich noch darüber nachdachte, fuhren zwei weitere Wagen auf den Platz vor das Kongresszentrum. Eines der Fahrzeuge erkannte er sofort. Es war ein weißer Mercedes Sprinter. Er trug keine Polizeimarkierungen an den Seiten, aber dennoch eine Blaulichtbatterie über der Fahrerkabine. War Hinrich bis zu diesem Zeitpunkt völlig entspannt gewesen, so produzierten seine Nebennieren nun reichlich Adrenalin. Der Wagen gehörte der Tatortgruppe Sprengstoff des Landeskriminalamts. Das waren die Jungs, die sich darum kümmerten, wenn irgendwelche einsamen Koffer auf Bahnhöfen herumstanden. Die prüften, ob sich im Koffer Sprengstoff befand. Vielleicht sollten seine Berufskollegen jetzt einfach das Alte Theater stürmen und sich dort in Sicherheit bringen?

Hinrich kannte den Wagen so gut, weil sein Cousin Ludger inzwischen beim Landeskriminalamt in Wiesbaden arbeitete. Er war einer jener Zauberer, die mit Sprengstoff umgehen konnten, ohne dass dieser in die Luft flog.

Aus dem Begleitfahrzeug stieg tatsächlich Ludger aus, zusammen mit einem Kollegen.

Hinrich erkannte seine Chance und wandte sich Emilia zu: »Ich werde das jetzt klären«, sagte er und bückte sich unter dem Absperrband hindurch. Er überquerte den Karolinenplatz, trat auf den Cityring. Bernd Süllmeier stellte sich ihm in den Weg. »Herr Dr. Hinrich, Sie können hier im Moment nichts für uns tun. Zum Glück nicht«, versuchte er sich in einem kleinen Scherz.

»Das weiß ich, Kollege Süllmeier«, erwiderte er und hoffte, dass die Beförderung zum Kollegen Süllmeier beiseitetreten ließ.

»Bitte, Herr Dr. Hinrich, ich darf Sie hier nicht durchlassen.«

»Polizeioberkommissar Ludger Fritsch von der Tatort-gruppe Sprengstoff erwartet mich, wir haben gerade mitein-ander telefoniert.« Er deutete in Richtung seines Cousins. Der schaute in diesem Moment gleichfalls in Hinrichs Rich-tung und hob grüßend die Hand. Hinrich winkte etwas übertrieben zurück. »Sehen Sie?«

»Ich begleite Sie«, sagte Süllmeier, einen letzten Rest sei-ner Autorität wahrend.

Als Hinrich neben seinem Cousin stand, schlug er ihm jovial auf die Schulter. »Hallo, altes Haus.«

Ludger Fritsch wandte sich um, richtete den Blick zwan-zig Zentimeter nach unten – mit seinen ein Meter fünfund-neunzig schaute er wie auch Bernd Süllmeier über die meis-ten Menschen hinweg. »Martin – was machst du denn hier?«, wollte er wissen.

Martin Hinrich war froh, dass Süllmeier bereits wieder auf dem Weg zurück zu seinen Kollegen war und Ludgers Frage nicht hatte hören können. »Wir haben gerade tele-foniert« wäre dann als Lüge aufgeflogen. Und wer weiß, vielleicht hätte ihn Süllmeier gleich wieder zurück hinters Absperrband bugsiert. »Ich bin hier bei einem Kongress. Was ist denn eigentlich los hier?«

Ludger Fritsch sah seinen Cousin an und rang ganz offen-sichtlich mit sich, ob er ihm die Fakten nennen sollte oder ihn besser ganz schnell vom Acker schickte.

»Denk nicht mal darüber nach«, sagte Hinrich. »Ich kann es immer noch Tante Alla erzählen.«

Ludger Fritsch grinste schräg.

Beide wussten, wovon die Rede war. Tante Alla war Lud-gers Mutter. Hinrich hatte mehrere Sommer auf dem Bau-ernhof der Tante und des Cousins verbracht. Und auch wenn Ludger damals viel jünger gewesen war, so ungefähr sechs, während Hinrich bereits fast zwanzig Lenze zählte, hatte Hinrich nie den Eindruck gehabt, dass sein Cousin weniger verwegen gewesen wäre als er selbst. Es war eindeutig Ludgers Idee gewesen, dem Wachhund Harry Pfeffer in die Hundehütte zu streuen. Der Hund verfiel in Raserei. In eine solche, dass er den Briefträger, den er sonst immer gewähren ließ, ins Bein gebissen hatte. Der arme Kerl war ins Krankenhaus gekommen. Und Ludgers Vater hatte Himmel und Hölle in Bewegung setzen müssen, damit der Hund nicht erschossen wurde.

Ludger Fritsch legte eine seiner Pranken um Hinrichs Schulter. »Alles gut, Cousin, alles gut.«

Er stellte Hinrich seinem Kollegen vor: »Martin, das ist Rudolf Sikorski.«

Hinrich reichte dem Mann die Hand. Er war ungefähr in seinem Alter und hatte ebenfalls fast eine Glatze.

»Also, was ist hier los?«, stellte Hinrich die Frage zum zweiten Mal.

»Ein paar der Haustechniker haben eine Pappschachtel entdeckt.«

»Eine Pappschachtel?«, echote Martin Hinrich irritiert. »Wie kommt ihr darauf, dass da Sprengstoff drin ist?«

»Na ja, sie stand nicht einfach rum, sondern sie war unter einem Abdeckblech versteckt. Und vor drei Monaten hat es hier ja eine Bombendrohung gegeben. Da haben wir zwar nichts gefunden, gehen jetzt aber lieber auf Nummer sicher.«

»Und geht ihr da rein und schneidet die Kiste auf?«

Ein schräges Grinsen überzog Ludgers Gesicht. »Nein, wir schicken *Teodor* rein.«

»Noch einer von euch Sprengstoff-Jungs?« Hinrich erinnerte sich kurz an seine Zeit bei der Bundeswehr. Da hatte er immer die Aufgaben aufgedrückt bekommen, die kein anderer haben wollte. Klos putzen und derlei Appetitliches mehr. Offensichtlich gab es in jeder Gruppe von Menschen einen Theodor.

»Nein. Teodor ist unser kleiner Helfer aus Stahl und Mikrochips.« Ludger Fritsch trat an die Seite des Sprinters und öffnete die Schiebetür. Hinrich staunte nicht schlecht: Aus dem Innern des Transporters heraus schien ihm ein kleiner Panzer entgegenzublicken. Die Front, bestückt mit zwei Scheinwerfern an den Rändern und einer Kameralinse im Zentrum, bildete ein Gesicht. Rechts und links der blauen Karosserie erkannte Hinrich die Metallketten des Antriebs.

Keine zwei Minuten später stand der Panzer neben dem Sprinter. Ludger Fritsch trug ein Bedienpult vor dem Bauch, gespickt mit zahlreichen Tasten, zwei Joysticks und einem Monitor.

Hinrich betrachtete das metallische Raupentier. Ein großer Greifarm war in der Mitte installiert, mit zwei Greiffingern am Ende. An jedem der Gelenke befanden sich weitere Scheinwerfer und Kameras. »Wieso nennt ihr ihn ausgerechnet Theodor?«, dachte Hinrich laut nach.

»Er wird unter diesem Namen verkauft. Ist eine Abkürzung für eine unverständliche Bezeichnung aus viel zu vielen Begriffen. Aber ganz wichtig: Teodor ohne ›h‹. Darauf legt er Wert!«

Hinrich schüttelte den Kopf. »Und du steuerst ihn mit dieser Fernbedienung zu der Kiste, lässt ihn sie rausheben und fährst sie dann hierher, damit ihr sie untersuchen könnt?«

»Dann könnten wir ja auch gleich selbst reingehen«, grunzte Ludgers Kollege. »Vorn an dem Greifarm, da können wir verschiedene Werkzeuge anbringen. Teodor kriegt jetzt erst mal den Röntgenblick installiert.«

Mit routinierten Griffen lösten Ludger und sein Kollege das Greifwerkzeug vom Arm.

Hinrich sah wieder in Emilias Richtung. Er winkte ihr

kurz zu. Heute Abend, beim Abschlussessen des Kongresses, würde er dafür sorgen, dass sie neben ihm saß. Und er war sich sicher, dass ihr das heute recht sein würde. Denn dann konnte er aus erster Hand erzählen, wie sein Cousin Ludger Fritsch den Sprengstoff im Paket erkannt und beseitigt hatte. Hoffentlich, ohne das Darmstadtium gleich mit in die Luft zu sprengen …

Die beiden Sprengstoffexperten hatten inzwischen die Röntgeneinrichtung installiert: An einer vertikalen Gabel hing an der einen Seite etwas, das aussah wie ein Flachbildmonitor, an der anderen ein Gerät, das ihn ein bisschen an die Wasser-Pumpgun seines Neffen erinnerte, wenn diese hier auch in dezentem Schwarz gefärbt war und nicht wie ein Exponat einer Pop-Art-Ausstellung. Die Mündung zeigte in Richtung der Monitorfläche.

»Und wie funktioniert das jetzt?«

»Ganz einfach. Wir fahren mit dem Roboter zum Paket und stülpen die Einrichtung darüber. Wie Röntgen beim Arzt. Röntgenkanone vor dir, Martin Hinrich in der Mitte und dahinter der Schirm, der das Bild sichtbar macht. Ersetze Martin Hinrich durch Pappkiste, dann passt es.«

Hinrich nickte.

Ludger Fritsch steuerte den kleinen Roboter in Richtung des Haupteingangs. Sein Kollege begleitete den Minipanzer in Friedensmission. Auf Hinrich wirkte das Gespann – der Held und sein kleiner Roboter – wie der Wissenschaftler Freeman Lowell und sein treuer Gefährte Huey aus dem Film *Lautlos im Weltraum*. Ebenso schnell erinnerte sich Hinrich daran, dass in diesem 1970er-Film beide dem Untergang geweiht gewesen waren. Keine gute Parallele.

Sikorski öffnete seinem elektromechanischen Kollegen die Eingangstür zum Darmstadtium und die zweite Tür dahinter, die ins Foyer führte. Dann kam er zurück.

Hinrich sah seinem Cousin über die Schulter. Auf dem Monitor konnte man das Foyer aus Teodors Perspektive erkennen.

Eine Mitarbeiterin des Darmstadtiums trat neben Ludger: »Wenn Sie ein bisschen nach links drehen, sehen Sie die Treppe, die nach unten führt.« Sie hielt ihm einen laminierten DIN-A2-Ausdruck des Grundrisses entgegen. Mit dem Finger zeigte sie auf den Zugang.

Ludger nickte. Langsam dirigierte er den Roboter in Richtung der Stufen. Hinrich fragte sich, ob der kleine Röntgenfrosch nicht doch besser den Aufzug genommen hätte, aber der Roboter hatte mit dem Gefälle keine Probleme. Zwei Minuten später konnte Hinrich die Pappkiste aus der Perspektive des Roboters erkennen. Als Ludger den Monitor auf eine andere Kamera umschaltete, sah er, wie das Röntgenequipment den Karton nun von vorn und hinten umschloss.

»So, jetzt schauen wir mal, was da drin ist«, sagte Ludger.

Er betätigte einige Schalter auf seinem Bauchladen. Der Monitor zeigte nun vier verschiedene Perspektiven. Ludger deutete auf die rechts oben. »Hier werden wir gleich sehen, was sich im Innern der Kiste verbirgt.«

Hinrich starrte gebannt auf das Bildschirmfenster in der rechten oberen Ecke. Eine Sekunde später sah er, was sich in der Pappschachtel befand.

Das war definitiv kein Sprengstoff.

Das war ein Schädel.

»Okay, das ist nicht mehr unser Metier«, sagte Ludger Fritsch. Wenige Minuten später verstaute er seinen Roboter bereits wieder im Kastenwagen.

Die Absperrung war aber immer noch nicht aufgehoben worden. Als Martin Hinrich Süllmeier danach fragte, antwortete dieser nur knapp: »Wir müssen jetzt die Spurensicherung rufen. Der Schädel, also der ehemalige Besitzer des Schädels, ist eventuell Opfer eines Mordes geworden.«

O nein, dachte Hinrich. Wenn die den Schädel als Teil eines potenziellen Mordopfers betrachteten, dann würde er heute Abend ganz gewiss nicht neben Emilia an der Tafel sitzen, sondern dazu verdonnert werden, genau diesen Schädel zu untersuchen.

Er seufzte tief.

Horndeich streckte seine Füße aus und lehnte sich im Gartenstuhl zurück. Die Sonne schien ihm auf die Nase. Er schloss die Augen. Ein perfekter Tag.

»Magst du noch einen Kaffee«, fragte seine Frau Sandra. Horndeich nickte nur. Er vernahm das Geräusch, wie der Bohnensud in seine Tasse plätscherte. Abermals gluckerte es, auch Sandra gönnte sich noch ein Tässchen. Er öffnete die Augen und sah, wie seine ehemalige Kollegin Margot Hesgart einen halben Löffel Zucker in ihre Kaffeetasse gab. »Gegen die Bitterkeit«, wie sie immer zu sagen pflegte. Auch wenn es derzeit wenig Bitterkeit in ihrem Leben gab.

Sechs Erwachsene und zwei Kinder saßen um den großen Gartentisch, den Margot und ihr Lebensgefährte Nick auf der Terrasse aufgestellt hatten. Eine Großfamilie. Wenn auch Horndeich, Sandra und ihre beiden Kinder Stefanie und Alexander natürlich nicht direkt zur Familie zählten.

Neben Margot und Nick saßen noch Margots Vater Sebastian Rossberg und dessen Freundin Chloe.

Vor einem Jahr war Margot mit Nick aus Amerika zurückgekehrt, nachdem sie dort eine Zeit lang gelebt hatten. Und nun hatten sie Anfang des Jahres dieses Anwesen gemietet. Mitten im Odenwald, in Lichtenberg, am Rande von nirgendwo, wie es Horndeich vorkam. Zweimal hatten sie sich inzwischen zu acht getroffen. Margots Vater und dessen

Freundin wohnten jedoch nicht in Margots neuem Domizil, sondern im Souterrain des Hauses von Horndeich und Sandra in Darmstadt. Wie auch Horndeich hatte Sebastian Rossberg gesagt: »So weit draußen wohnen – das wäre gar nichts für mich.«

Mehr als zehn Jahre hatten Horndeich und Margot gemeinsam Mordfälle gelöst, und insgeheim hatte er gehofft, dass sie noch einmal zur Darmstädter Mordkommission zurückkehren würde. Auch wenn er und Margots Nachfolgerin Leah Gabriely im vergangenen Jahr ebenfalls zu einem richtig guten Team zusammengewachsen waren.

Als ob Margot Horndeichs Gedanken erraten hätte, sagte sie: »Ich hab es nicht bereut, werter Kollege! Gerade gestern kam wieder ein größerer Auftrag rein. Ich glaube, wir haben hier was richtig gemacht«, sagte sie und griff nach Nicks Hand.

Am Vorabend hatte Margot darüber berichtet, dass sie und Nick sich selbstständig gemacht hatten. Vor zwei Monaten war die gemeinsame Firma offiziell an den Start gegangen. »Hesgart & Peckhard« nannten sie sich, einfach nach ihrer beider Nachnamen. Sie berieten Institutionen und Firmen in Sicherheitsfragen. In unsicheren Zeiten wie diesen sollte sich das rechnen, dachte Horndeich. Er wollte gerade nachhaken, um was für eine Art Auftrag es sich handelte, als sein Handy klingelte.

Er hatte sich heute spontan freigenommen, wollte auch am morgigen Freitag noch Überstunden abfeiern. Derzeit hatten offensichtlich zahlreiche Darmstädter Kriminelle ebenfalls Urlaub genommen, denn seit Langem war es mal wieder etwas friedlicher. Er und Leah hatten die Zeit genutzt, überfällige Berichte zu schreiben und Dinge abzuschließen, die liegen geblieben waren. Nun waren ihre Schreibtische zwar nicht leer, denn es gab immer irgendetwas zu tun, aber zumindest war es ein guter Zeitpunkt, einmal zwei Tage frei-zumachen. Leah hatte versprochen, ihn nur im Notfall anzu-rufen – und genau ein solcher schien gerade eingetreten zu sein, denn sein Handy zeigte Leahs Nummer.

»Leah, was gibt's?«

»Entschuldige, dass ich dich an deinem freien Tag störe. Ich bin gerade im Kongresszentrum. Und hier gab es einen Leichenfund. Genau genommen haben die hier einen Schä-del gefunden. Wäre gut, wenn du vorbeikommen könntest.«

»Ich bin schon unterwegs«, sagte Horndeich und been-dete das Gespräch, ohne zuvor eine sinnlose Diskussion da-rüber vom Zaun zu brechen, ob es denn auch ohne ihn ging. Er und Leah waren ein Team. Punkt.

»Doch nichts mit den freien Tagen?«, erfasste Sandra die Situation.

Horndeich rollte nur mit den Augen und erhob sich be-reits. Er bedankte sich bei Margot und Nick für die Einla-dung, verabschiedete sich und ging zu seinem Wagen. Sie waren am Vorabend mit zwei Autos gekommen, fünf Pas-sagiere fasste Horndeichs Mazda Xedos 9, den er nun auch schon ein paar Jahre in Ehren hielt. Dennoch hatten sie sich noch einen Zweitwagen zugelegt, da Sandra nicht nur die Kinder kutschierte, sondern inzwischen auch immer wieder Sebastian Rossberg und Chloe. Horndeich mochte den klei-nen automobilen Neuzugang – er hatte ihn schließlich selbst ausgesucht: ein knallroter Lada Kalina NFR. 136 PS – ein Schnäppchen, das der Inhaber der Werkstatt, die auch sei-nen Mazda Xedos 9 pflegte, aus erster Hand abgegeben hatte. Der russische Wagen war eine Rarität auf deutschen Stra-ßen, und dafür hatte Horndeich schon immer etwas übrig-gehabt. Zudem war er erst neun Monate alt gewesen, als der ursprüngliche Fahrer einen Schlaganfall erlitten hatte und den Wagen schweren Herzens abgeben musste.

»Und Sie können auch diesen Russen reparieren«, hatte er den Inhaber der Werkstatt, Bodo Burgschaum, gefragt.

Der hatte mit gespieltem Beleidigtsein gegrunzt: »Ist der Papst katholisch?«

Horndeich hatte gegrinst und den Wagen gekauft.

Obwohl das Kongresszentrum nur gute zwanzig Kilometer von Lichtenberg entfernt lag, brauchte Horndeich über eine halbe Stunde, bis er den Wagen vor dem Darmstadtium abstellen konnte. Zahlreiche Streifenwagen standen auf dem Vorplatz, Blaulichter zuckten. Bernd Süllmeier kam auf Horndeich zu: »Gut, dass Sie da sind, Kollege Horndeich. Ich bringe Sie rein.«

Horndeich folgte dem groß gewachsenen Mann quer durchs Foyer und am Ende desselben ein Stockwerk in die Tiefe. Weiter kam er nicht, denn die Spurensicherung hatte mit Polizeiabsperrband weiteres Vordringen verwehrt. An der Absperrung stand Horndeichs Kollegin Leah Gabriely. Horndeich war irritiert. Irgendetwas war anders. »Na, was haben wir denn hier?«, fragte er.

Neben Leah stand Martin Hinrich, der ziemlich genervt aussah. »Einen Schädel haben wir hier, einen gottverdammten Schädel, der hier nicht hergehört. Und der ausgerechnet heute gefunden wurde!«

Leah sah Horndeich an, hob kurz die Schultern. Auch sie wusste nicht, welche Laus dem Gerichtsmediziner über die Leber gelaufen war. Sie gab einen kurzen Abriss über die bisherigen Geschehnisse. Die Kiste mit dem Schädel war zur Seite geräumt worden, und die Kollegen der Spurensicherung widmeten sich dem Fuß der Calla. Zwei weitere Kollegen, ebenfalls mit weißen Spurenvermeidungsanzügen bekleidet, untersuchten Kiste und Schädel.

»Haben die Kollegen schon irgendwas rausfinden können?«, hakte Horndeich nach und deutete in Richtung von Silvia Rauch, die das Team der Puzzleteilfinder leitete.

Die hörte die Frage und kam auf Horndeich und Leah zu. »Was wir haben, sind einige Fingerabdrücke. An der Kiste und am Schädel. Das sollte uns schon mal ein gutes Stück weiterbringen.«

»Gibt es noch weitere Knochen?«

»Hier unter der Abdeckung, da ist nichts mehr. Die Techniker haben alle Bleche entfernt.«

»Vielleicht sollten wir im ganzen Haus hinter den Abdeckungen schauen. Der Rest des Skeletts könnte über das ganze Gebäude verteilt sein«, warf Leah ein.

Horndeich sah sie an. Jetzt erkannte er, was anders war. Auf den ersten Blick wirkte sie wie die Leah, mit der er seit einem Jahr zusammenarbeitete. Die Art, wie sie sich kleidete – knielange Röcke, Blusen, darüber steif geschnittene Westen, eine Garderobenauswahl, die auch seiner Mutter gut zu Gesicht gestanden hätte –, die Haare, die sie stets zu einem Dutt gesteckt trug, daran hatte sich nichts geändert. Doch heute wirkte Leah abwesend und gleichzeitig nervös. Eine kleine senkrechte Furche über der Nasenwurzel verriet die Anspannung. Offensichtlich hatte sie in der Nacht nicht viel Schlaf bekommen. Als sie vor einem Jahr aus Wiesbaden zur Mordkommission nach Darmstadt gewechselt hatte, da war diese Vertiefung steter Begleiter gewesen. Erst jetzt, wo sie wieder in Leahs Gesicht zu sehen war, fiel Horndeich auf, dass er sie monatelang nicht mehr so gesehen hatte. Das Leben in der beschaulichen Residenzstadt Darmstadt hatte Leah Gabriely offensichtlich gutgetan – zumindest bis heute.

»Alle Abdeckungen untersuchen? Das ist echt eine saublöde Idee!«, blökte Hinrich.

Horndeich wunderte sich. Was war denn mit dem los?

»Dann müssten die ja beide Kongresse abbrechen!«, legte der Rechtsmediziner noch nach.

Horndeich verstand nicht, was in ihn gefahren war. Sonst war Hinrich immer der Erste, der sich dafür einsetzte, dass er und die Kollegen der Kripo in Ruhe ermitteln konnten und durch nichts und niemanden behindert wurden.

»Vielleicht hat Hinrich recht. Wenn wir einen Verdacht haben, dass der Besitzer des Schädels getötet wurde, dann können wir immer noch das ganze Haus auf den Kopf stellen.«

Horndeich nickte. Sollte ihm recht sein.

Hinrich ging die Treppe nach oben.

»Weißt du, was mit dem los ist?«, wandte sich Horndeich an Leah.

»Keine Ahnung. Er ist schon die ganze Zeit so komisch. Ich hätte nie gedacht, dass ich das mal sagen würde: Aber ich vermisse seinen schwarzen Humor und seine zynischen Bemerkungen.«

Als die beiden das Darmstadtium verließen, nickte ein Kollege der Schutzpolizei, den Horndeich nicht kannte, Leah zu. Sie erwiderte den Gruß.

»Na, Sie sind ja schon wieder im Dienst?«, wunderte sich der Kollege. Und Horndeich fragte sich, was er damit meinte.

Leah nickte noch einmal, und Horndeich hatte das Gefühl, dass sie nur noch schnell verschwinden wollte. Irgendetwas war passiert, von dem er bislang keine Ahnung hatte.

Alles war schiefgelaufen. Alles.

Sie hatten ihm den Schädel mitgegeben. Nicht in der originalen Pappkiste, die untersuchten sie ja noch weiter. Sondern in einem gepolsterten, kleinen Blechcontainer.

Was hatten die von der Spurensicherung ein Bohei darum gemacht, noch den letzten Fingerabdruckschnipsel auf dem

Caput zu erkunden. Der ganze Nachmittag war dabei draufgegangen.

Das Fazit: Er, Martin Hinrich, würde nicht teilnehmen am großen Schlussbankett des Kongresses. Und er würde nicht neben Emilia sitzen. Und, verflixt, er musste sich eingestehen: Das machte ihm verdammt noch mal doch etwas aus. Er ging straff auf die sechzig zu, aber im Moment fühlte er sich wie der Teenager, der sich seinerzeit so Hals über Kopf in Angelina verliebt hatte. Und er da – Hinrich warf einen missbilligenden Blick auf den Beifahrersitz, auf dem er die Blechkiste angeschnallt hatte – war schuld daran. Wenn es denn ein Er war. Er würde die kommenden Stunden damit verbringen, unter anderem diese Frage zu klären.

War ja alles nicht so schlimm. Dr. Emilia Schubert war ja zu erreichen, via E-Mail, via Telefon – und dazu sicher auch per Facebook. Martin Hinrich beschloss, seinen Account in diesem sozialen Netzwerk, der so tot war wie der Besitzer des Schädels an seiner Seite, eventuell wiederzubeleben. Im Gegensatz zu Mister Schädel bestand beim Facebook-Account zumindest eine Chance auf erfolgreiche Reanimation.

Die Frankfurter Rechtsmedizin war in einem wunderschönen Jugendstilgebäude in der Frankfurter Kennedyallee untergebracht. Immer, wenn Martin Hinrich daran zweifelte, ob er doch eine andere Stelle antreten sollte, machte er einen kleinen Spaziergang und betrachtete seine Arbeitsstätte von außen. Besser ging es nicht. Er hatte in den vergangenen Tagen zahlreiche Vorträge gehört von Kollegen aus aller Herren Länder. Und alle PowerPoint-Präsentationen zeigten meist auf Folie drei, vier oder fünf das Gebäude, in dem die Vortragenden arbeiteten. Nun, da hatte er eindeutig das große Los gezogen. Sein Institut residierte in einer Villa und nicht im Keller irgendeines Nachkriegsgebäudes.

Hinrich stellte seinen Wagen, einen 5er-BMW-Kombi, achtzehn Jahre alt, V8-Motor und genügend PS, sodass er sich die Zahl nicht einmal merken musste, auf dem Parkplatz des Instituts ab.

Als er die Blechkiste ins Institut trug, lugte die Sekretärin aus dem Büro neben dem Eingang hervor. »Ach, Herr Dr. Hinrich, ich dachte, Sie wären noch den Rest des Tages auf dem Kongress?!«, sagte sie. Und bewirkte damit nicht, dass Hinrich sich besser fühlte. Er brummte etwas Unverständliches und bog direkt in Richtung der Sektionsräume ab, die im Souterrain lagen.

Als er im Sektionsraum eins angekommen war, stellte er die Kiste auf einem der Seitentische ab. Er entledigte sich seiner Jacke und zog ganz automatisch die Kittelschürze über, auch wenn nicht zu befürchten stand, dass die genauere Inspektion des Schädels irgendwelche Spritzer verursachen würde.

Seine Assistentinnen und Assistenten waren bereits alle nach Hause gegangen.

Hinrich öffnete die Blechkiste, nachdem er sich die Latexhandschuhe übergezogen hatte. Er griff nach dem knöchernen Haupt und legte es auf einem der Sektionstische ab. Nicht, dass es hier viel zu sezieren gab. Über Gehirn, Lunge, Leber und Magen des Verstorbenen würde er wohl kaum etwas herausfinden können. Und der erste Augenschein hatte klargemacht: Wem immer der Schädel gehört hatte, Kopfverletzungen hatte derjenige keine erlitten, denn es fanden sich keinerlei Hinweise auf stumpfe Gewalteinwirkung, die zum Tod hätte führen können.

Hinrich seufzte. Er zog sich einen der Rollhocker heran und sah dem Schädel in die hohlen Augen.

»Wer bist du?«, sprach er.

Natürlich bekam er keine Antwort.

Die wichtigste Frage, die es zuallererst zu klären galt, war jene, ob der Schädel zu einer Person gehörte, die länger als fünfzig Jahre tot war. Dann machte die Suche nur noch wenig Sinn, denn der Tote war unbekannt, der Mörder wahrscheinlich über siebzig oder schon tot. Nein, eigentlich war das die zweitwichtigste Frage. Die drängendste war jene, ob es sich überhaupt um einen menschlichen Schädel handelte. Daran hatte Hinrich allerdings keinerlei Zweifel. Rein theoretisch bestand natürlich die Möglichkeit, dass das Haupt eines Menschenaffen vor ihm lag, doch auch wenn ihm kein Unterkiefer zur Verfügung stand, war dennoch klar, dass die Zähne augenfällig auf einen Menschen schließen ließen. Und das Hinterhauptsloch, also die Schnittstelle zwischen Rückenmark und Gehirn, lag mittig im Schädel und nicht näher am Rücken wie bei den Hominiden.

Ebenso eindeutig war für Hinrich, dass der Besitzer des Schädels ein Mann gewesen sein musste. Die Glabella zwischen den Augenbrauenbogen oberhalb der Nasenwurzel etwa war deutlich ausgeprägt. Und auch der Bereich um das Kiefergelenk und das Innen- und Mittelohr herum war sehr markant. Mister Nobodys Gene trugen definitiv ein Y-Chromosom.

Also zurück zu Frage eins: Wann hatte der Besitzer des Schädels das Zeitliche gesegnet?

Auf den ersten Blick wirkte die knöcherne Oberfläche perfekt. Der Schädel hätte in jedem Museum in einer Glasvitrine stehen können. Die Oberfläche schien regelrecht poliert zu sein. Bei Knochen, die älter waren als fünfzig Jahre, zeigten sich oft Usuren, also Rissbildungen in den äußeren Schichten. Hier waren keine zu sehen. Auch blätterte nichts von der äußeren Schädelschicht ab. Nein, so lange konnte der Kerl noch nicht tot sein.

»Der Schädel hatte einmal eine Zunge und konnte singen«, murmelte Hinrich. Shakespeare. *Hamlet*. Die Szene, in der Hamlet den Schädel in der Hand hält und einen seiner Monologe beginnt. Aber das half ihnen jetzt auch nicht weiter. Weder Hamlet noch Hinrich.

Der Rechtsmediziner blickte auf seine Armbanduhr. Das Zifferblatt zeigte Viertel vor acht. Hinrich griff zu seinem Diktiergerät und vertraute ihm all die Geheimnisse an, die er in den vergangenen Minuten bei der ersten Begutachtung des Schädels herausgefunden hatte.

Er drückte die Pausetaste. Alle seine Kollegen befanden sich bereits seit fünfundvierzig Minuten an der Tafel des Schlussbanketts. Ließen es sich schmecken. Und er saß hier. Vielleicht könnte er die restlichen Erkenntnisse in den folgenden dreißig Minuten gewinnen, dann hätte er noch Zeit, um nach Darmstadt zurückzufahren. Emilia zu treffen.

Die Türglocke erklang. Wer um alles in der Welt begehrte jetzt noch Einlass in die Gewölbe der Toten? Wahrscheinlich hatte einer der Assistenzärzte etwas vergessen. Andererseits hatten die alle Schlüssel. Vielleicht hatte aber einer von ihnen genau diesen Schlüssel zurückgelassen ... Hinrichs Kollegin aus dem Sekretariat, die gewöhnlich die Besucher hereinließ, war inzwischen im wohlverdienten Feierabend. Also stieg Hinrich selbst die Treppen zum Erdgeschoss nach oben. Im Sekretariat betätigte er die Gegensprechanlage. Noch bevor er etwas sagte, erkannte er, wer vor der Tür stand: Die Kamera zeigte, wenn auch etwas verzerrt, das Abbild von Dr. Vasques aus Sevilla. Jener Kollege, der sich am Abend zuvor so für die kulinarischen hessischen Spezialitäten hatte begeistern können. Was um aller Welt wollte der hier?

Hinrich drückte auf die Taste für den Türsummer. Vasques trat ein und stand wenige Sekunden später leibhaftig vor Hinrich: »Dr. Vasques – was führt Sie hierher?«

»Der S'ädel«, sagte der Kollege mit stark spanischem Akzent. Aber immerhin war er einer der ausländischen Gäste, die der deutschen Sprache mächtig waren.

»Der Schädel?«, echote Hinrich.

»Ist er ›istoris‹?«, wollte Vasques wissen.

»Ich weiß es nicht«, antwortete Hinrich ehrlich. »Sie sind nicht beim Bankett?«

Vasques winkte ab. »Eine Bankett – Ihre S'ädel ist viel interessanter!«, beteuerte er. »Ich habe mich auch bes'äftigt mit alte Knochen«, sagte er. »Können Sie mir die S'ädel zeigen?«

»Gern, folgen Sie mir«, sagte Hinrich. Und mit einem Mal war alle Traurigkeit verflogen. Natürlich hätte er Emilia gerne getroffen. Aber dass ein spanischer Kollege ihn aufsuchte, um mit ihm nun quasi zu *forschen,* das entschädigte für das entgangene Tête-à-Tête, wobei er ja noch nicht mal sicher sein konnte, dass es zu einem solchen gekommen wäre.

Hinrich und Vasques hatten den Sektionssaal knapp erreicht, als erneut die Türglocke anschlug.

»Bitte entschuldigen Sie mich«, sagte Hinrich und stieg die Treppen wieder hinauf. Was war denn heute Abend los?

Das nächste Antlitz, das auf dem Monitor der Türüberwachung erschien, kam Hinrich ebenfalls bekannt vor. Er hatte den Namen des Kollegen nicht mehr auf dem Schirm, aber wenn er sich recht erinnerte, handelte es sich um den Berufsgenossen aus der Charité in Berlin. Wieder gab er die Tür frei. Sekunden später stand der Kollege vor ihm.

»Dr. Hinrich! Ich habe gar nicht damit gerechnet, Sie hier anzutreffen. Aber ich konnte nicht umhin, es zu versuchen. Was wissen Sie über den Schädel?«

Hinrich hatte sich fürchterlich geärgert, dass er aus dem Kongress herausgerissen worden war, um seiner Dienstpflicht nachzukommen. Was er völlig unterschätzt hatte:

Der Buschfunk hatte es an alle Kollegen weitergetragen, dass er sich um den dubiosen Schädel kümmern musste. Ein Lächeln umspielte seinen Mund. »Dr. …«, zögerte er kurz und gab damit seinem Gegenüber das Stichwort, seinen Namen zu nennen.

»Kleinbasler, Dr. Kleinbasler vom Rechtsmedizinischen Institut in München.«

Na gut, irren war menschlich, dachte Hinrich. »Herr Kollege Kleinbasler, kommen Sie doch einfach mit. Unser spanischer Kamerad ist auch schon da.«

Er führte Kleinbasler in das Souterrain, wo Vasques immer noch wartete. Zu dritt betraten sie den Sektionsraum, der völlig aufgeräumt und steril wirkte, abgesehen vom glotzenden Schädel auf Sektionstisch eins.

»Ein Mann oder eine Frau?«, fragte Vasques.

»Ein Mann.«

Wieder klingelte es an der Tür. Hinrich nickte seinen beiden Kollegen zu. »Wenn Sie kurz warten, ich bin gleich wieder bei Ihnen«, sagte er.

Diesmal zeigte die Videokamera zwei Porträts: Zum einen dieser Typ aus … Hinrich meinte sich zu erinnern, es wäre Rostock gewesen, aber nach dem Berlin-München-Desaster war er sich unsicher. Und neben ihm: Dr. Emilia Schubert. Hinrichs Herz machte einen Satz, höher, als er jemals auf dem Jahrmarkt den Lukas gehauen hatte – worin er nicht schlecht gewesen war.

»Hallo Martin«, begrüßte ihn der Unbekannte. Hinrich erinnerte sich wieder. Einer dieser Typen, die jeden duzen, der nicht bei drei auf den Bäumen war.

Emilia nickte nur. Dann sagte sie: »Du wolltest mir berichten, was heute Nachmittag passiert ist. Und wenn der Prophet nicht zum Berg kommt, muss der Berg halt zum Propheten …«

»Kommt mit«, übernahm Hinrich einfach das Du. Auch wenn es eigentlich nur der Dame galt.

Zwei Minuten später saßen sie um den Sektionstisch herum. Hinrich hatte aus dem Sitzungsraum des Erdgeschosses mit dem Aufzug ein paar Stühle nach unten gebracht. Für gewöhnlich waren die in einem Sektionssaal ja weniger vonnöten.

»Wie alt ist er?«, wollte Emilia wissen.

Hinrich erklärte, dass die Außenhaut des Schädels in einem außergewöhnlich guten Zustand war. Das konnte bedeuten, dass der Schädel vor wenigen Jahren noch im Kopf eines Lebenden platziert war oder dass ihn jemand sehr sorgfältig aufgehübscht hatte.

»Schauen Sie die Zähne!«, sagte Vasques und nahm damit das voraus, was ohnehin Hinrichs nächster Schritt gewesen wäre.

Schon als er den Schädel das erste Mal begutachtet hatte, war ihm aufgefallen, dass keinerlei Füllungen oder Inlays in die Zähne eingearbeitet waren. Das konnte drei Gründe haben: Entweder war sein Besitzer nachlässig und kam aus einem ländlichen Bereich, wo es keine Zahnärzte gab, oder aber der Schädel war so alt, dass die Zahnmedizin zu Lebzeiten seines Besitzers noch nicht so weit fortgeschritten war. Die dritte Möglichkeit war, dass jemand die Goldinlays herausgebrochen hatte.

»Werte Kolleginnen und Kollegen«, sagte Hinrich, und sein Blick traf sich mit jenem von Emilia, »ich würde Sie gerne zu einem guten Tropfen einladen, auf jenen Unbekannten, der hier in unserer illustren Runde weilt.«

Hinrich ging zu dem kleinen Seitenschrank, der unauffällig in der Ecke des Raums platziert war. Er öffnete die unterste Tür und entnahm ihr eine Flasche seines Lieblingswhiskys. Ein achtzehnjähriger Aberlour mit reiner Sherryfass-Reifung. Zum Glück hatte er in diesem Schränkchen auch zehn Whiskygläser verstaut. Er nahm fünf, stellte sie neben den Schädel auf den Sektionstisch und befüllte sie mit dem edlen Tropfen. Hinrich verteilte die Gläser. Er hob das seine und sagte: »Auf unseren Fremden, dem wir vielleicht noch das eine oder andere Geheimnis entlocken können.«

Sie alle hoben ihr Glas, man prostete einander zu, und sie tranken den Whisky. Nun, die drei männlichen Gäste stürzten die bernsteinfarbene Flüssigkeit hinunter. Nur Hinrich und Emilia ließen das edle Destillat im Mund kreisen, bevor sie es nach fast einer Minute hinunterschluckten. Emilia blinzelte Hinrich zu. »Also, die S'ähne«, sagte Vasques, stand auf und griff sich den Schädel. »Sind keine Füllungen in die S'ähne«, sagte er.

So viel hatte Hinrich auch schon herausbekommen. »Aber hier hat er Karies.« Er deutete auf einen oberen Backenzahn, in Fachkreisen als 26 bezeichnet, den ersten molaren Backenzahn oben links.

Hinrich hatte sich immer nur am Rande mit Zahnheilkunde beschäftigt. Nicht die Toten hatten sein Interesse dafür geschärft, sondern die Lebenden. Meist Frauen, die nach Gewaltakten in Beziehungen Zähne eingebüßt hatten. Hinrich hatte insgesamt zwei Fortbildungen besucht, die ihm ein wenig Fachwissen in diesem Bereich verliehen hatten.

Der Kollege aus München war neben Vasques getreten und deutete auf den rechten Oberkiefer. »Hier fehlt ihm der 44er«, sagte er und fügte gleich hinzu: »Auch der 45er hat ein fettes Loch.« Die beiden prämolaren Backenzähne unten rechts.

Emilia meldete sich zu Wort, direkt an Hinrich: »Dieses Gebiss lässt eigentlich nur einen Schluss zu: Sein Besitzer ist sicher mehr als hundert Jahre tot, wahrscheinlich sogar mehr als zweihundert. Kein Mensch der vergangenen hundert Jahre hätte so viel Karies im Mund gehabt ohne eine einzige Füllung. Und ohne eine Beseitigung der Karies.«

Hinrich nickte. Das wäre auch seine Schlussfolgerung gewesen.

»Haben Sie noch eine S'luck von diese leckere Whisky?«

Vasques. Offenbar ein Kenner.

Hinrich schenkte die nächste Runde ein, und wieder prosteten sie sich zu.

Inzwischen war es ihm durch dezentes Stühlerücken gelungen, sich neben Emilia Schubert zu setzen. Die Diskussionen waren lebhaft. Und Hinrich war froh, auch eine zweite Flasche des ausgezeichneten Trunks im Schränkchen gehortet zu haben. So saßen sie um den Schädel herum, bis Mister Irgendwer, der Duzer, mit dem Emilia gemeinsam erschienen war und an dessen Namen Hinrich sich partout nicht erinnern konnte, sagte: »Schade, dass wir ihm nie einen Namen geben können.«

»Nein, nein, nein«, erwiderte Hinrich. »Er wird seinen Namen bekommen!«

»Ach ja?«, provozierte der Idiot. Hinrich erinnerte sich immer noch nicht daran, wie er hieß. Aber dass ihm der Kerl zutiefst unsympathisch war, für diese Erkenntnis brauchte es keinen Namen. »Dr. …« Wieder zog Hinrich die akademische Bezeichnung in die Länge, in der Hoffnung, dass der Geselle von selbst verraten würde, wer er war.

Es war Emilia, die helfend einsprang. »Schuknecht«, ergänzte sie.

»Dr. Schuknecht«, übernahm Hinrich, »dieser Mann wird seinen Namen zurückbekommen. Ich werde ihn identifizieren.«

»Ja? Wie willst du das anstellen? Hat er vielleicht einen antiken Personalausweis mit sich geführt?«

Jetzt erinnerte sich Hinrich auch wieder, wo ihm diese Person schon untergekommen war. Dr. Schuknecht hatte sich vor zehn Jahren am Rechtsmedizinischen Institut in Frankfurt beworben. Und Hinrich war sich nach dem Einstellungsgespräch sicher gewesen, dass jeder andere die Stelle bekommen würde, aber nicht dieser aufgeplusterte Blender. »Ich werde es anstellen. Und darauf wette ich!«

Vielleicht kein kluger Satz. Hinrich hatte inzwischen selbst ein paar Gläser seines Lieblingswhiskys getrunken. Und wenn er einen im Tee hatte, das wusste er selbst, neigte er zu Handlungen, die er am Morgen der Ernüchterung bislang stets bereut hatte. Aber es war zu spät. Sein Angebot war in die Welt hinausposaunt. Aus den Augenwinkeln nahm er ein Grinsen in Emilias Zügen wahr.

»Verfügst du über hellseherische Fähigkeiten?«

Das war der Moment, in dem Hinrich jegliche Seriosität entglitt. »Aber natürlich. Sie nicht, werter Kollege?« Hinrich zog seinen Stuhl in Richtung Sektionstisch und schaute dem Schädel ohne Unterkiefer tief in die nicht mehr vorhandenen Augen. »Dieser Mann war einstmals berühmt, das verraten seine Züge!«, sagte er.

»Das meinen Sie nicht ernst?«, warf der Kollege aus München ein.

Hinrich sah ihn an, ohne die ernste Miene zu verziehen: »Aber natürlich. Haben Sie noch nie etwas von der osteopathischen Abbildung der Intelligenz gehört?«

Der Münchner grinste, und Schuknecht blökte: »Eine Abbildung der Intelligenz in den Knochen?« Nur kurz war Schuknecht irritiert. Dann fuhr er fort: »Die Wette gilt. Ich glaube, dass du zum einen niemals herausbekommen wirst, zu wem dieser Schädel gehört. Und wenn du es herausfindest, wird sich zeigen, dass es keineswegs eine Berühmtheit war, sondern nur ein ganz durchschnittlicher Mann.«

Hinrich schnellte herum, seine rechte Hand schoss nach vorn, und zum Glück war der Abstand zu Schuknecht so groß, dass eine versehentliche Ohrfeige unterblieb. Noch bevor Hinrich reagieren konnte, hatte Schuknecht bereits seine Hand ergriffen. »Ihr alle seid Zeuge dieser Wette!«

Die Kollegen raunten, lächelten aber durch die Bank.

»Und wer definiert, ob die Person wirklich berühmt war?«, hievte Emilia die Diskussion wieder auf eine sachliche Ebene.

Hinrich sah ihr in die Augen. Dann sagte er, ohne den Blick von ihr abzuwenden: »Das, werter Dr. Schuknecht, überlasse ich Ihnen. Wenn ich den Besitzer des Schädels identifiziert haben werde, dürfen Sie entscheiden, ob er berühmt genug war.«

»Drei Flaschen dieses hervorragenden Whiskys?«, erwiderte Schuknecht.

»Fünf Flaschen meines hervorragenden Whiskys«, übertrumpfte Hinrich und registrierte, dass auch Emilia den Blick nicht abwandte. Und es gefiel ihm.

Leah saß nicht an ihrem Schreibtisch. Sie hatte Horndeich eine Kurznachricht geschickt, dass es etwas später werden würde. Aber sie hatte verschwiegen, aus welchem Grund. Und genau das war das Ungewöhnliche.

Leah und Horndeich teilten sich ein Büro, ihre Schreibtische standen einander an der Längsseite gegenüber. Leah saß auf dem Platz, auf dem früher Margot gesessen hatte – also eigentlich alles wie früher. Nur die Aussicht, die hatte sich für Horndeich völlig verändert. Während sich auf Margots Schreibtisch stets Gebirge von Akten getürmt hatten, sah Leahs Arbeitsfläche genau so aus wie zu jener Zeit, als Margot schon gekündigt hatte und sie über Monate verzweifelt nach einer Nachfolgerin gesucht hatten: Das Pult war leer. Nein, es war nicht nur leer, es war zu jeder Zeit absolut blitzeblank sauber. Horndeich hatte Leah öfters darauf hingewiesen, dass sie mit ihrer Art, den Tisch zu polieren, irgendwann die Putzfrau arbeitslos machen würde. Leah hatte die Bemerkung einfach ignoriert.

Und ebenso korrekt wie mit der Schreibtischhygiene hielt Leah es auch mit der Kommunikation: Horndeich schätzte Leahs hundertprozentige Zuverlässigkeit und Verlässlichkeit. Kam sie fünf Minuten zu spät zu einem Termin, konnte er sicher sein, dass sie ihm das spätestens eine halbe Stunde vorher mitteilen würde. Und stets mit einer Begründung.

Es klopfte. Horndeich sah auf: »Ja?«
Silvia Rauch stand im Türrahmen.

»Wir haben einen Treffer gelandet«, sagte die Leiterin des Erkennungsdienstes. In der Hand hielt sie eine dünne Akte.

»Was für einen Treffer?«

»Wir haben auf dem Schädel und auf der Pappkiste zahlreiche Fingerabdrücke gefunden. Von mindestens fünf verschiedenen Personen. Und bei einer haben wir den Hauptgewinn gezogen. Er ist bei uns in der Datenbank.«

Silvia trat ein und setzte sich auf Leahs Stuhl. Sie schob die dünne Akte in Richtung Horndeich. »Robyn Riemer heißt der Kandidat.«

»Warum ist der bei uns im System?«

»Einbruch. Allerdings ohne was zu klauen. Die Kurzversion: Er wollte mit seiner Freundin ein Schäferstündchen auf einem fremden Dachboden verbringen, da ist ihnen unser Schädel förmlich vor die Füße gefallen. Die Freundin rannte in Panik zur Polizei, Robyn ihr hinterher. Es ist nichts geklaut worden, es ist nichts kaputtgegangen – sie haben beide ein paar Arbeitsstunden bekommen. Und das war's.«

»Und wie kommt der Schädel auf einen Dachboden?«

Silvia zuckte mit den Schultern. »Keine Ahnung. Das steht hier nicht drin.«

Horndeich schlug die Akte auf. »Wohnt dieser Riemer noch dort?« Er sah auf die Adresse in Fränkisch-Crumbach.

Silvia Rauch zuckte die Schultern. »Keine Ahnung. Das ist jetzt euer Job.«

In diesem Moment betrat Leah das Büro. Ein kurzer Blickwechsel zwischen ihr und Silvia Rauch. Silvia erhob sich sofort. Es gab Dinge, über die konnte man mit Leah Gabriely nicht diskutieren. Ihr Revier, sprich die vier Quadratmeter, auf denen ihr Bürostuhl und ihr Schreibtisch standen, waren vermintes Gebiet.

»Sorry«, sagte Silvia und verließ auch schon das Büro.

Horndeich fuhr schweigend in Richtung Fränkisch-Crumbach. Leah sagte kein Wort. Sie starrte durch die Windschutzscheibe nach draußen.

Horndeich wusste aus Erfahrung, dass er bei ihr mit einem simplen »Na, spuck's aus, was ist los?« nicht weiterkommen würde. Nicht, dass er es zu Beginn der Fahrt nicht versucht hätte. Doch Leah hatte nur abgewinkt.

Aber, und auch das schätzte er an seiner Kollegin, sie konnten auch miteinander schweigen. Wenn nichts zu sagen war, musste die Pause auch nicht mit Plattitüden über das Wetter oder das Fernsehprogramm ausgefüllt werden. Wenn Leah ihm etwas mitteilen wollte, dann würde sie es zu gegebener Zeit tun.

»Mir ist etwas richtig Dummes passiert«, brach sie plötzlich das Schweigen.

Nun, so weit war Horndeich in seinen Überlegungen auch schon gediehen. Er sparte sich ein nutzloses »Was denn?«. Und wartete stattdessen ab.

»Ich bin Mittwochnacht überfallen worden.« Leahs Stimme war so emotionslos, als ob sie gerade erzählen würde, dass sie sich gestern einen Schlauch für ihr Fahrrad gekauft hätte.

Horndeich, der beim Fahren stets ausschließlich auf die Straße blickte, drehte kurz den Kopf in ihre Richtung. Doch auch Leahs Miene spiegelte eher die Fahrradschlauchstory wider als den eben gesagten Satz. »Du bist was?« Nun war ihm doch ein überflüssiger Satz über die Lippen gehuscht.

»Ich bin überfallen worden. Ich war vorletzte Nacht noch spazieren«, fuhr Leah fort. »Du kennst ja die kleine Runde, die ich immer drehe, wenn ich noch mal frische Luft brauche: einmal um den Woog rum. An der Ecke des Hallenbads stand er. Eine Kippe in der Hand und in der anderen ein Messer. Er sprang auf mich zu und wollte Geld.« Leah hielt inne. Was bei jedem anderen wie eine Kunstpause gewirkt hätte, um die Spannung der Geschichte zu steigern, war bei seiner Kollegin ein echtes Ringen um Worte. Es fiel ihr nie leicht, über sich selbst zu sprechen. Und Horndeich konnte sich vorstellen, wie schwer es für sie sein musste, diese Sache jetzt zu Ende zu erzählen.

»Ich konnte ihn entwaffnen.« Wieder Schweigen. Nun für Horndeich absolut unerträglich. »Bist du verletzt worden? Hast du die Kollegen gerufen? Warst du im Krankenhaus?« Horndeich sah aus den Augenwinkeln, dass sich Leah nun zu ihm gedreht hatte.

»Ich wollte dich nicht beunruhigen! Mir ist nichts passiert. Gar nichts, keine Schramme. Der Kerl war kein Profi. Vielleicht hat der so was auch zum allerersten Mal abgezogen. Ich hab gleich die Kollegen angerufen. Der Typ ist jetzt im Krankenhaus. Und ich musste heute früh aufs Präsidium in der Stadtmitte, um meine Aussage zu machen.«

»Und es ist dir wirklich nichts passiert?«

Leah schüttelte den Kopf. Sagte nichts mehr. Horndeich verstand auch so. Körperlich war sie unversehrt geblieben. Aber der Schreck oder gar der Schock hatte sich tief in ihre Glieder gefressen.

Horndeich lenkte den Wagen über die B 38, bevor das Navi ihn zum Rechtsabbiegen aufforderte.

Robyn Riemer arbeitete bei einem Baustoffunternehmen. Seine Privatadresse in der Allee war noch dieselbe wie vor zwei Jahren. Und auch die Handynummer hatte gestimmt. Sie hatten Riemer angerufen und ihm wegen der Sache mit dem Schädel ein paar Fragen stellen müssen. Er hatte ihnen mitgeteilt, dass er arbeiten würde, und die Adresse des Unternehmens genannt. Horndeich lenkte den Wagen auf den Parkplatz der Firma Brettler – welch ein lautmalerischer Name für ein Werk dieser Branche. Das Gelände lag direkt an der östlichen Ortseinfahrt auf der linken Seite.

Das Empfangsgebäude konnte kaum älter als zehn Jahre sein. Es wirkte modern und einladend. Glasschiebetüren öffneten sich automatisch, als Leah und Horndeich eintraten.

Auch die Empfangstheke erinnerte eher an das Ambiente einer teuren Schönheitsklinik als an einen Industriebetrieb. Die Dame hinter der Theke sah auf. Sie trug einen kurzen roten Haarschopf und mochte die fünfzig knapp überschritten haben. »Ah, die Herrschaften von der Polizei.« Horndeich nickte nur. Es war einer der seltenen Fälle, bei dem er die Polizeimarke nicht hatte ziehen müssen, um seinen Status klarzustellen.

»Der Herr Brettler wird gleich bei Ihnen sein«, sagte die Dame. »Nehmen Sie doch bitte Platz.« Sie deutete auf eine Sitzgarnitur aus Leder.

»Äh … wir haben einen Termin mit Herrn Riemer. Nicht mit Herrn Brettler«, verlieh Horndeich seiner Irritation Ausdruck.

»Das ist schon recht so. Der Herr Brettler wird gleich bei Ihnen sein.«

Horndeich und Leah setzten sich. Sie würden sich überraschen lassen. Auf dem Glastisch vor ihnen lagen Zeitschriften mit sprechenden Namen wie *Asphalt & Bitumen*, *baustoffPARTNER*, *Steinbruch & Sandgrube* oder, was Horndeich am besten gefiel, *Gesteins-Perspektiven*.

Horndeich nahm das Heft in die Hand, als ein stattlicher Mittvierziger in blauem Anzug und roter Krawatte auf sie zutrat: »Die Herrschaften von der Polizei«, stellte er fest, wie zuvor seine Empfangsdame. Horndeich und Leah erhoben sich.

»Meine Kollegin Leah Gabriely«, stellte Horndeich sie vor und danach sich selbst.

»Josef Brettler, ich bin der Inhaber und auch Besitzer dieses schönen Unternehmens. Und Sie interessieren sich für Robyn Riemer?«

Offensichtlich hatte der junge Herr Riemer ganz von sich aus seinem Chef mitgeteilt, wer ihm am Arbeitsplatz einen Besuch abstatten würde.

»Ja, wir müssten kurz mit ihm sprechen.«

»War eine Dummheit, die er damals gemacht hat«, grinste Brettler. »Aber wir waren ja alle mal jung. Und immerhin: Inzwischen ist Robyn mit meiner Silke verlobt. Na ja, ich werde in vier Monaten Opa.«

»Silke ist die Freundin, mit der er damals in den Dachstuhl …?« Horndeich brauchte gar nicht weiterzusprechen.

»Ja. Natürlich ist das keine Geschichte, von der man als Papa gerne Wind bekommt. Aber der Robyn, der ist schon in Ordnung. Der hat nicht lang rumgequatscht, der hat die Verantwortung dafür übernommen. Er ist jetzt im dritten Jahr in der Ausbildung zum Baustoffprüfer. Und er macht sich richtig gut!«

Während Brettler sprach, hatte er die Ermittler bereits durchs halbe Gebäude geleitet. Er öffnete die Tür zu einem kleinen Besprechungsraum. »Wenn Sie hier kurz warten. Ich schicke Robyn sofort zu Ihnen. Bedienen Sie sich«, sagte er und deutete auf eine kleine Batterie Cola-, Mineralwasser- und Apfelsaftfläschchen, die neben ein paar umgedrehten Gläsern standen.

Horndeich bedankte sich, dann nahmen er und Leah erneut Platz. Keine Minute später betrat Robyn Riemer den Raum.

Er war groß gewachsen und von schlaksiger Statur. Ein Bartflaum zierte die Wangen, kaum zu sehen, da das Haar blond war. Er trug Jeans und ein blaues Polohemd.

»Sie wollen mich sprechen wegen der blöden Geschichte damals?«, fragte er, während Horndeich und Leah aufstanden, um sich vorzustellen. Beide drückten ihm die Hand. »Ja, wir haben da ein paar Fragen.«

»Ich hab aber meine Stunden abgeleistet. Man kann doch nicht zweimal verurteilt werden, oder?«

Es war Leah, die antwortete: »Nein, darum geht es uns gar nicht. Vielmehr brauchen wir Ihre Hilfe. Wir interessieren uns für den Schädel.«

»Der Schädel? Dieses blöde Teil! Hat mir nur Ärger eingebracht.«

Na ja, wenn Horndeich richtig informiert war, hatte dem guten Robyn das Eindringen in ein Haus mehr Ärger eingebracht als der Schädel. »Bitte erzählen Sie uns doch, was damals genau passiert ist.«

Robyn setzte sich den Ermittlern gegenüber. »Ist jetzt drei Jahre her. Aber das wissen Sie ja bestimmt, Juli 2014.«

Horndeich erwiderte nichts, ebenso wenig wie Leah. Sie wollten ihn einfach reden lassen.

»Es war das Fest von meinem Verein, dem SC Fränkisch-Crumbach. Machen wir einmal im Jahr im Bürgersaal am Sportplatz. Die Band durfte bis zwölf spielen. Die haben gerade die letzten beiden Songs angestimmt, »Suspicious minds« von Elvis – da steh ich ja nicht so drauf – und dann ausgerechnet »Jeanny« von Falco. Auch nicht so ganz mein Ding. War aber egal. Ich hab mit Silke getanzt und …« Offenbar wusste er nicht, wie er fortfahren sollte.

Er sah auf, blickte zu Leah, dann sprach er weiter: »Es war … ach, es war einfach der Moment, in dem wir beide wussten, dass wir zueinander gehören. So richtig. So ganz. Und … na ja … und wir wollten halt … also, wir konnten ja nicht zu mir, da waren meine Eltern da, und auch nicht zu ihr, ihre Eltern waren auch da, also …« Er errötete.

»Sie wollten miteinander schlafen«, ebnete Leah den Weg, auf dem sich die Geschichte weiter ausbreiten konnte.

Robyn nickte.

»Und wie kamen Sie darauf, in dieses Haus einzubrechen?«, hakte Leah weiter nach.

»Ich kenne Crumbach wie meine Westentasche. Ich hab mir schon immer zu allem Notizen gemacht. Schon seit ich zehn bin. Bin mit meinem Fahrrad durch die Umgebung geradelt und hab aufgeschrieben, was mir so alles aufgefallen ist. Na ja, das Haus ist Teil einer Hofreite. Liegt etwas abseits im Weiler Erlau. Und bei dem Haus wusste ich, dass die Familie es nur ganz selten benutzte. Und wenn, dann war's immer in den Ferien, denn dann hatten sie auch immer die Tochter dabei. Oder eben mal an einem langen Wochenende. Es war Samstagabend. Ich hab mir vor dem Fest das schon angeschaut. Die Familie war nicht da, und ich wusste, dass sie dann in dieser Nacht ganz gewiss nicht mehr auftauchen würden. Und es ist auch nicht so weit weg vom Sportplatz. Okay, bei uns ist überhaupt nichts von irgendwas weit weg. In der ehemaligen Scheune und den früheren Ställen auf dem Grund ist eine Schreinerei, und im zweiten ehemaligen Wohnhaus sind jetzt nur noch Büros. Also hätte uns auch keiner plötzlich überraschen können.

Als die Band Schluss gemacht hat, bin ich mit Silke zu dem Haus gelaufen. Jeder hat mit der einen Hand sein Fahrrad geschoben und mit der anderen Hand haben wir uns festgehalten. Und wir wussten beide, was passieren würde.«

»Und Sie sind dann in das Haus eingebrochen?«

»Nein. Ja. Also nicht in das Wohnhaus. Wir sind nicht da rein, wo die gewohnt haben.«

»Das verstehe ich jetzt nicht so ganz«, warf Horndeich ein.

»Ach, das ist schwer zu erklären. Die wohnen unten, oben wohnt niemand – vielleicht sollten wir einfach kurz hinfahren, dann kann ich's Ihnen genau zeigen!«

Statt zu antworten, erhob sich Leah.

Robyn ging noch kurz zu seinem Chef, keine fünf Minuten später rollte Horndeichs Auto bereits auf den Hof des Anwesens, das einmal den Schädel beherbergt hatte, der derzeit bei Hinrich in Frankfurt weilte.

Zur Straße hin stand das Wohngebäude, in das Robyn Riemer seinerzeit eingestiegen sein musste. Im Neunzig-Grad-Winkel befand sich ein zweites Haus, auch ein Wohnhaus. Über die anderen beiden Seiten verteilten sich ebenfalls zwei Gebäude, die wohl einmal Stall und Scheune gewesen waren.

Die drei stiegen aus. Robyn deutete sofort in Richtung Scheune und Stallungen. »Hier sind die Schreiner drin.« Er deutete auf das kleinere Wohnhaus. »Hier sind die Büros der Firma.«

Horndeich betrachtete das große Firmenschild, das auf einer Grünfläche neben dem Haupteingang aufgestellt war: *Messebau und Tischlerei Landuhl* stand darauf. Das Schild war relativ neu.

Robyn deutete auf das größere Wohnhaus: »Das hier war früher das Haus der Bauern. Unten, das ist aus massivem Stein gemauert, da waren zuallererst die Ställe drin. Das hat, glaube ich, schon der Großvater der Andersons in einen Wohnbereich umbauen lassen. Der erste Stock ist dann Fachwerk – und darüber sitzt dann das Dach.« Er deutete auf einen kleinen Erker. »Sehen Sie das kleine Zwerchhaus?«

Ein Zwerchhaus? Was sollte denn das sein?, fragte sich Horndeich.

Robyn erkannte den irritierten Ausdruck nicht nur in Horndeichs Gesicht, sondern auch in jenem seiner Kollegin. »Da, die Dachgaube mit den Türen meine ich. Als die den Bauernhof gebaut haben, da haben sie Speicherfläche unterm Dach gebraucht. Deswegen gibt es diesen Zugang. Früher hat vom Giebel des Zwerchhauses sogar noch ein Balken hervorgeragt mit einem Flaschenzug dran.«

Horndeich deutete nach oben: »Und diese Türen, die waren schon damals durch drei Vorhängeschlösser gesichert?«

Robyn grinste. »Nein. Da gab es nur einen verrosteten Beschlag und ein Schloss aus dem vorigen Jahrhundert. Also aus dem vorvorigen Jahrhundert.«

»Und das haben Sie dann an dem Abend geknackt?«

Wieder schoss das Blut in Robyns Kopf. »Nein. Das Schloss hatte ich mir schon früher zur Brust genommen. Ich wollte mir einfach anschauen, was es da oben gibt. Ich bin da schon ein paarmal vorher eingestiegen.«

»Nur dort?«, grätschte Leah dazwischen.

Das war der Moment, in dem Robyns Kopf quasi von selbst leuchtete.

»Ja, nur dort«, kam Horndeich dem jungen Mann zu Hilfe. Sie wollten mehr über den Schädel erfahren. Alles andere war im Moment nicht wichtig.

Robyn ignorierte nach Horndeichs Intervention Leahs Frage. »Ich habe noch nicht mal einen Bolzenschneider gebraucht. Ich habe das Schloss mit einer Haarnadel geknackt. Und es dann einfach nicht mehr verschlossen. Hat eh keine Socke interessiert. Und hinter der Schreinerei, da lag eine Leiter. Als ich mit Silke hier ankam, musste ich nur die Leiter holen, und schon waren wir oben drin.«

Robyn machte eine Pause. Es war Leah, die ungeduldig wurde. Ein Zug, den Horndeich an ihr nur selten erlebt hatte. »Und wie seid ihr auf den Schädel gestoßen?« Auch der Übergang zum Du gehörte eigentlich so gar nicht zu Leahs Kommunikationsrepertoire.

Doch Robyn schien es nicht zu stören. »Das Dach da oben ist nicht ausgebaut. Es ist zwar isoliert, aber es gibt keine Zwischenwände. Nur ein Raum ist durch dünne Holz-wände abgeteilt gewesen. Eine schmale Tür führte rein. Der Dachraum war voll mit Gerümpel. Und der hatte auch noch ein Fenster nach außen – das sehen Sie, wenn Sie um das Haus herumgehen. Aber in diesem abgeteilten Raum, da war kein Fenster drin. Und ich wollte ja Licht machen, aber ohne dass es irgendjemand von außen sehen konnte. In dem Raum waren lauter Regale voll mit Kartons und auch ein paar Kisten und Ordner. Na ja, ich hatte schon vorgeplant. In dem großen Staubereich unter dem Dach hatte ich zwei Decken verfrachtet. Von unten war eine Leitung mit einer einzigen Steckdose gezogen worden. Deshalb hatte ich auch so eine schummrige Nachttischlampe organisiert und dort hingestellt, also falls ich mal mit Silke …«

Erneute Röte in seinem Gesicht ersetzte die fehlenden Worte im Satz.

»Der Schädel«, insistierte Leah.

»Ich hab die Decken auf den Boden gelegt, und wir … na ja, wir sind gegen das eine Regal gestoßen. Ich dachte schon, das kippt um. Ist es zum Glück nicht. Aber ein Kar-ton ganz oben, der hat wohl schon ein bisschen übergestan-den. Auf jeden Fall fällt das Teil runter, dotzt auf eines der Kissen, und aus dem Karton rollt uns ein Schädel entgegen. Ende der Romantik. Ich hätte diese blöde Lampe auslassen sollen. Aber zu spät. Silke hat den Schädel gesehen und an-gefangen zu kreischen.

Ich konnte gar nicht so schnell gucken, wie sie sich wieder angezogen hat, die Leiter runter war und auf ihrem Fahrrad saß. ›Ich fahr zur Polizei‹, hat sie gerufen, und weg war sie. Silke hat Rennräder schon immer geliebt. Sie hatte ein sau-teures Colnago. Ich hatte nur das alte Rad meines Vaters mit Dreigangschaltung. Als ich bei der Polizei angekommen bin, war sie natürlich schon längst dort. Sie war vollkommen aufgelöst und hat den Polizisten schon die Hälfte der Geschichte erzählt gehabt. Es war mir völlig klar, dass ich mich hier nicht rauswinden kann. Ich hab von Beginn an reinen Tisch gemacht. Ich hatte das Schloss geknackt, ich hatte Silke dort hochgeführt. Aber von dem Schädel, da habe ich natürlich nichts gewusst. Den hatte ich auch einfach zurück in die Kiste gepackt und wieder oben aufs Regal gelegt, bevor ich Silke nachgefahren bin.

Ihre Kollegen haben uns dann zurück nach Erlau gefahren. Denen wollten wir den Schädel zeigen – die haben sich dafür aber gar nicht interessiert. Die fanden es halt viel interessanter, auf welche Art und Weise ich in das Haus reingekommen bin. Tja, das ist schon das Ende der Geschichte.«

»Wem gehört das Haus?«, wollte Leah wissen.

»Einer Familie Anderson. Er heißt Matthias, seine Frau Monika, glaube ich. Ich hab sie immer wieder mal gesehen, wenn sie für ein paar Tage im Haus waren. Wie die Tochter heißt, weiß ich nicht. Ich hab auch nie persönlich mit denen gesprochen.«

»Wissen Sie, wo die Familie wohnt?«

»Ihr Wagen hat ein Frankfurter Kennzeichen.«

»Und damals mit Silke, das war das letzte Mal, dass Sie diesen Schädel gesehen haben? Oder berührt haben?«, wollte Horndeich wissen.

Robyn sah ihn entgeistert an. »Ja. Wieso sollte ich den Schädel noch mal berühren? Verdammt, ich dachte, Silke schaut mich nie wieder an wegen dieses blöden Teils.«

»Hat sie aber offensichtlich doch«, grinste Leah.

Keine Röte mehr in Robyns Gesicht. »Ja. Und wissen Sie was? Eigentlich war es der Schädel, der uns wirklich zusammengeschweißt hat. Denn sie hat gesagt, als sie mich auf der Polizei erlebt hat, so ruhig, ohne mich herauswinden zu wollen, einfach zu dem zu stehen, was passiert ist – da hätte sie gewusst, dass ich der Richtige für sie bin. Ich bin froh, dass sie auch ihren Papa davon überzeugen konnte.«

Sie hatten Robyn zur Firma gefahren und waren anschließend ins Präsidium zurückgekehrt. »Ich frage Richard, ob er uns helfen kann, diese Andersons in Frankfurt zu finden«, sagte Leah, als sie durch die Eingangstür des Präsidiums traten.

Horndeich nickte nur und steuerte erst einmal zur Kaffeemaschine. Die war Leahs Verdienst. Eine WMF 1000 Pro. Horndeich wusste bis heute nicht, wie es ihr gelungen war, dieses Monster zu erstehen. Eine wahre Diva. Spätestens nach drei zubereiteten Kaffees forderte sie irgendeine Spezialbehandlung ein. Trester leeren, Wasser nachfüllen, Filter wechseln – das Angebot an Streicheleinheiten für die Maschine war mannigfaltig. Am putzigsten fand Horndeich die Anzeige *Service erwünscht*. Doch Leah hatte das Kaffeemonster nicht nur erstanden, sie hatte es auch der Mordkommission gespendet und hegte und pflegte die dicke Dame wie eine Prinzessin. Horndeich stellte eine große Tasse unter die Düse, drückte auf die Taste *Doppelter Cappuccino* – und zu seinem Entzücken füllte sich der Pott ohne weitere Proteste.

Ein zusätzliches Verdienst von Leah war das extrem gute Verhältnis zu ihrem IT-Forensiker und Computerspezialisten Richard Feller. Seinerzeit war Horndeich überhaupt nicht begeistert gewesen, als sie ihnen den fast Sechzigjährigen vor die Nase gesetzt hatten. Feller war ein Genie, wenn es um Bits und Bytes ging. Und Feller konnte ein richtiger Widerling sein, wenn er statt mit Computern in irgendeiner Weise mit Menschen zu tun hatte. Aber Leah – sie hatte einen Draht zu dem Kollegen gefunden. Horndeich wusste, dass sie ab und an mal gemeinsam eine Pizza essen gingen.

Und Feller hatte Leah auch geholfen, in Darmstadt eine Wohnung zu finden. Zeitweise war Horndeich wirklich erstaunt, wie gut der Computer-Crack in Darmstadt vernetzt war. Irgendein Privatdetektiv hatte damals seine Bleibe in der Heinrich-Fuhr-Straße aufgegeben, und Richard Feller hatte die Unterkunft sofort an Leah vermittelt. Sie lag nur vier Häuser von jenem Gebäude entfernt, in dem er selbst eine Wohnung bezogen hatte.

Horndeich schlürfte genüsslich den Cappuccino, als Leah ins Büro kam. »Wir haben sie. Monika Anderson. Die Frau von Matthias Anderson. In Frankfurt, genauer gesagt in Bornheim. Ich hab schon mit ihr telefoniert. Wir können gleich hinfahren.«

Na, wenn Leah das sagte, wollte Horndeich nicht der Hemmschuh sein.

Die Andersons wohnten in einer schmucken Doppelhaushälfte im Norden Frankfurts.

»Kommen Sie doch rein«, begrüßte Monika Anderson die Ermittler freundlich. Durch den Flur waberte Kaffeeduft. Die Dame des Hauses trug einen eleganten blauen Hausanzug. Make-up, Schmuck und Accessoires zeigten, dass sie Geschmack hatte.

»Verzeihen Sie die Verspätung, aber in Frankfurt war überhaupt kein Durchkommen«, entschuldigte sich Horndeich.

»Kein Problem, ich habe hier ein Home Office. Das nutze ich besonders freitags. Treten Sie doch bitte ein.«

Monika Anderson ging voraus. Das Wohnzimmer wirkte durch seine großen Fensterflächen sehr hell und freundlich. Der Essbereich mit hölzernem Esstisch und vier Stühlen nahm ein Drittel des Raums ein, der Wohnbereich mit Ledercouchgarnitur und Glastisch die anderen zwei Drittel. Auf einer Anrichte stand ein großes Fernsehgerät, aber das schien es bereits gewesen zu sein mit Unterhaltungselektronik.

Monika Anderson hatte auf dem Tisch ein Kaffeeservice für drei Personen gedeckt. Ein paar Kekse animierten dazu zuzugreifen.

Leah und Horndeich setzten sich, ebenso wie die Dame des Hauses.

»Frau Anderson«, begann Horndeich, »der Grund, weshalb wir mit Ihnen sprechen möchten, mag Ihnen etwas seltsam vorkommen. Es geht um den Schädel aus Ihrem Wochenendhaus in Fränkisch-Crumbach.«

Monika Anderson lächelte. »Sie meinen die Geschichte mit diesem jungen Paar, das damals bei uns eingebrochen ist?«

»Genau. Was können Sie uns zu dem damaligen Einbruch in Ihr Haus sagen?«

Monika Anderson goss allen Kaffee ein und deutete mit einer Handbewegung an, sich mit Milch, Zucker oder Keksen selbst zu bedienen.

»Was soll ich Ihnen dazu sagen? Die beiden wollten schmusen, hatten aber keinen Ort dafür. Als wir davon erfuhren, musste ich erst einmal herzhaft lachen.«

»Wie meinen Sie das?«, erkundigte sich Leah. »Sind Sie nicht in derselben Nacht noch von der Polizei aufgesucht worden?«

»Nein, mein Mann, meine Tochter und ich waren im Urlaub. Wir waren vier Wochen in Südafrika. Unsere Nachbarin Victoria hat sich damals darum gekümmert. Wir haben erst fast eine Woche später davon erfahren. Denn während des Urlaubs hatten wir die Handys ausgeschaltet. Das war unsere Abmachung. Immer am Samstag haben wir abgehört, ob uns jemand irgendetwas vermeintlich Wichtiges auf die Mailbox gesprochen hat. Dann haben wir einander zugestanden, eine Stunde lang zu telefonieren. Ich meine, wir waren damals beide selbstständig. Und meine Tochter Martina war froh, mal wieder beide Eltern für sich zu haben. Damals war sie elf – da war das für sie noch ganz, ganz wichtig.«

»Sie sagten gerade, damals wären Sie beide selbstständig gewesen. Sind Sie das heute nicht mehr?«

Das war der Moment, in dem durch die freundlichen Züge in Monika Andersons Gesicht Bitterkeit schimmerte. »Ich habe keine Ahnung, was mein Mann heute ist. Er hat mich vor zwei Jahren verlassen. Hat sich nach Brasilien abgesetzt. Verstehen tu ich das nicht. Im Gegensatz zu mir leidet meine Tochter jedoch auch heute noch darunter.«

Horndeich zog sein kleines Notizbüchlein heraus, eine Reminiszenz an die Ermittlungsmethoden alter Tage. »Victoria heißt wie mit Nachnamen?«

»Victoria Wiener.« Monika Anderson fügte auch Adresse und Telefonnummer hinzu. Sie hatte ihre Gesichtszüge wieder unter Kontrolle.

»Und der Einbruch in Ihr Wochenendhaus? Wie lief das genau ab?«, hakte Leah nach.

»Victoria ist mit der Polizei durchs ganze Haus gegangen. Die beiden Teenager waren ja nur unterm Dach. Damals gab es im Innern des Hauses nur eine schmale Luke dorthin. Vom Flur aus konnte man das Vorhängeschloss der Deckenklappe öffnen, sie herunterklappen und musste dann auf einer wackeligen Leiter unters Dach steigen. Der Zugang von außen war weitaus bequemer, weil die beiden Türen breiter waren. Erst nach dem Einbruch hat mein Mann im Haus eine richtige Treppe nach oben bauen lassen und das Dach weiter ausgebaut.

Wegen mir hätte man da gar keine Anzeige erstatten müssen, aber mit meinem Mann war nicht zu spaßen. Als wir wieder in Deutschland waren, hat er sich total aufgeregt und Anzeige wegen Einbruchs und Sachbeschädigung erstattet. Ich fand das lächerlich, aber auch der Richter wollte den jungen Mann nicht straffrei davonkommen lassen. Zumal Robyn sich sofort schuldig bekannt hat. Ich weiß nicht mehr genau, er hat ein paar Arbeitsstunden aufgebrummt bekommen, das Mädchen ebenfalls, und das war's dann auch. Ich meine, hätten sie sich in irgendeine Scheune gelegt, hätte das nie jemand mitbekommen.«

»Wissen Sie, was danach mit dem Schädel passiert ist?«

»Wie meinen Sie das?« Monika Anderson schien irritiert. »Was soll mit ihm passiert sein? Der liegt oben unterm Dach.«

»Haben Sie eine Ahnung, um was für einen Schädel es sich handelt?«

»Da oben ist lauter alter Kruscht von irgendeinem Urgroßvater meines Mannes. Oder Ururgroßvater – ich habe mich nie dafür interessiert. Der Urgroßvater hat dort gelebt, und ich weiß nicht, wie viele Generationen davor aus seiner Linie. Auch Matthias' Großvater hat in diesem Haus gewohnt. Und er hat meinen Mann und dessen Bruder dort großgezogen. Aber auch der Großvater hatte kein Interesse an dem ganzen Gerümpel da oben.

Nach dem Einbruch fing mein Mann an, das ganze Zeug zu sichten. Und das Dach auszubauen, ein paar Rigipswände einzuziehen. Aber viel hat er mit mir darüber nicht gesprochen. Unsere Ehe war zu diesem Zeitpunkt bereits keine sehr gute mehr. Also, um Ihre Frage zu beantworten: Ich habe keine Ahnung, um was für einen Schädel es sich handelt. Dass da oben ein Schädel liegt, das habe ich erst durch den Einbruch erfahren. Nachdem wir aus Südafrika zurückgekommen sind, war ich genau einmal dort oben, um ihn mir anzusehen. Aber warum fragen Sie mich das alles? Das ist doch nun schon drei Jahre her.«

Leah und Horndeich wechselten einen Blick. Offensichtlich hatte Monika Anderson heute nicht das *Darmstädter Echo* gelesen. Sonst wüsste sie, dass im Darmstadtium ein Schädel gefunden worden war, und hätte eins und eins zusammengezählt.

Horndeich berichtete ihr davon.

»Der Schädel aus unserem Haus hinter einer Abdeckung im Darmstadtium? Sind Sie sich sicher? Ich meine, wie soll er da hingekommen sein? Per Anhalter?«

»Das wissen wir auch nicht. Im Moment ist der Schädel gerade bei der Rechtsmedizin. Die wird klären, ob er zu einem Mordopfer gehörte. Anfang kommender Woche wissen wir mehr.«

Leah Gabriely wachte schweißgebadet auf. Ihr Blick fiel auf die roten Leuchtziffern des Weckers: zwei Uhr dreißig.

Es war lange nicht mehr passiert, dass ein Albtraum ihr den Schlaf geraubt hatte.

Licht. Sie brauchte Licht. Sie tastete zur Nachttischlampe, die kurz darauf das Schlafzimmer erhellte, aber die Geister nicht vertreiben konnte.

Er stand vor ihr im Zimmer. Sein Schatten, sein Geist. Mit dem Messer in der rechten Hand und dieser verdammten Kippe in der linken machte er mit ausgebreiteten Armen einen Schritt auf sie zu.

Sie sah ihm in die Augen, wie sie es beim WingTsun gelernt hatte. Den Gegner lesen, seine Absichten erkennen, bevor er sie ausführt. Die Hände automatisch in Position. Nicht ablenken lassen von der Zigarette.

Es war schnell gegangen, wie es bei WingTsun schnell gehen musste. Ein Schritt nach rechts, mit ihrem linken Arm fasst sie nach dem Handgelenk hinter der Hand, die das Messer hielt – *Lap Sao,* wie es im WingTsun hieß –, die Rechte gleichzeitig gegen die Leber – *Dong Fak Sao*, dann mit der rechten Rückhand gegen das Gesicht – *Fak Sao*. Umgreifen zum Nackenzug – *Man-Geng-Sao*. Den Angreifer nach vorn ziehen, den Messerarm nach hinten drehen. Er geht zu Boden, während sie nach wie vor den messerführenden Arm kontrolliert. Ihr Knie gegen seinen Kopf. Er rührt sich nicht mehr. Das Messer aus der Hand nehmen und fortschleudern.

Leah schlug die Bettdecke zur Seite, ging zur Schlafzimmertür und schaltete das Deckenlicht ein.

Das Bild im Kopfkino von Wachs und Zigaretten, es war zu viel für sie. Der Neubeginn in Darmstadt vor einem Jahr – er war eine hervorragende Idee gewesen. Und Richard Feller war immer zur Stelle, wenn sie jemanden brauchte, und sei es für ganz praktische Handwerksarbeiten in ihrer Wohnung. Mit der Bedienung einer Bohrmaschine hatte sie sich zeit ihres Lebens nie anfreunden können.

Und doch waren die Bilder in ihrem Kopf immer lauter geworden, und nachdem sie auch in Darmstadt das vierte Wochenende in Folge in ihrem Bett von ihren Decken verhüllt verbracht hatte, war der Zeitpunkt gekommen, dass sie etwas verändern wollte.

Psychologische Beratung. Nein, nicht bei der Polizei, im Internet rausgesucht, hingegangen, bezahlt. Es war ihr kaum gelungen zu sprechen. Doch Psychotherapie ohne Reden – da blieben die Erfolgsaussichten ziemlich beschränkt. In der vierten Sitzung war ihre Therapeutin aufgestanden und hatte zu ihr gesprochen: »Es sitzt so tief, Frau Gabriely, und es lähmt Sie. Und diese Sitzungen hier quälen Sie nur noch mehr. Ich möchte Ihnen daher einen Vorschlag machen.«

Leah sah überrascht auf. Die Therapeutin lächelte: »Das erste Mal, dass Sie mir direkt in die Augen schauen.«

Leah sagte nichts.

»Wir beenden das hier. Sie hören auf, sich selbst zu quälen. Irgendwann werden die Worte ihren Weg nach draußen finden, aber ich glaube nicht, dass jetzt die richtige Zeit ist und dies hier der richtige Ort.«

Leah nickte. Zu dieser Erkenntnis war sie auch schon gelangt. Aber wo war die Alternative? Den Rest ihrer Freizeit im Bett zu verbringen?

»Ich schlage vor, dass Sie zu einer Freundin von mir gehen. Nein, sie ist keine Psychotherapeutin. Sie ist WingTsun-Lehrerin. Ich kann mir vorstellen, dass das Ihnen möglicherweise helfen kann. Keine wissenschaftlich belastbare Hypothese, aber na ja, ein bisschen Sport und Selbstverteidigung sind nie verkehrt.«

Leah war tatsächlich in die Kampfsportschule von Petra Rüß gegangen. Und was sie überhaupt nicht erwartet hatte, trat ein: Es machte ihr Spaß. Und sie entwickelte Ehrgeiz. Worüber sie sich am meisten gewundert hatte, war, dass ihr der Körperkontakt viel weniger ausmachte, als sie befürchtet hatte.

Seitdem sie die Schule zum ersten Mal betreten hatte, hatte sie kein einziges Wochenende mehr unter Decken verbracht. Sie hatte das kleine Zimmer – eigentlich nur ein Bügelzimmer – komplett ausgeräumt und dort eine Holzpuppe mit Schlagkissen befestigt. Immer, wenn ihr Exmann Egmont, die Kippe oder das Wachs sich Zugang in ihre Gedanken verschaffen wollten, hatte sie ihre Übungen an der Puppe gemacht oder mit Kettenfauststößen das Schlagkissen so lange bearbeitet, bis die Bilder verschwanden und sie völlig außer Atem war. Oder sie war einfach zehn Kilometer durch den Wald gejoggt.

Sie hatte nicht damit gerechnet, dass sie ihre Fähigkeiten einmal im Alltag würde anwenden müssen. Und hätte dieser junge Schnösel nicht die Zigarette in der Hand gehabt, vielleicht hätte sie anders reagiert. Aber so?

Als er auf dem Boden lag, war sie ihm noch auf den linken Knöchel getreten. Er schrie auf. Und er würde sie definitiv nicht verfolgen. Alles noch subsumierbar unter der Schublade »Selbstschutz«. Was dann passierte – dafür schämte sie sich. Sie trat ihm mit voller Wucht in die Körpermitte und setzte noch drei Tritte in Richtung Brustkorb nach. Und zwei gegen den Kopf. Erst dann hatte sie sich wieder unter Kontrolle.

Ihr Blick war wieder auf die Zigarette gefallen, als der Mann neben ihr auftauchte und sie fragte, ob er die Polizei rufen solle.

Das übernahm sie dann selbst.

Ihr Atem ging nun wieder gleichmäßiger. Der Geist ihres Angreifers lag nicht mehr auf dem Boden des Schlafzimmers. Er hatte auch ihr Gehirn verlassen.

Leah Gabriely ging in die Küche, trank einen Schluck Wasser, machte einen kleinen Schlenker über das Bad, ging auf die Toilette und dann wieder in ihr Bett. Das Deckenlicht hatte sie gelöscht. Doch die Nachttischlampe schaltete sie nicht aus.

»Memme!«

»Selber! Du kennst doch das Schild! Ist ein Naturschutzgebiet, da dürfen wir nicht einfach so rumstapfen.«

Milan zuckte nur mit den Schultern. »Und wenn ich jetzt was total Wertvolles finde, dann werd ich's mit *dir* sicher nicht teilen!«

»Was willst du denn hier schon finden? Schnecken? Eklige Würmer?« Kevin hatte keinen Bock. Vor allem hatte er Schiss, dass ein Spaziergänger sie sehen und verpfeifen würde. Dass sie Sachensucher waren, dafür hätte Papa bestimmt kein Verständnis. Aber der hatte ohnehin wenig Verständnis. Und er hatte auch selten Lust, mit ihm, Kevin, irgendwas zu unternehmen. So auch nicht an diesem Sonntagnachmittag. Also war er halt wieder mit Milan losgezogen.

»Mein Bruder, der hat im Wald mal zehn Euro gefunden!«

Kevin und Milan waren seit dem Frühjahr ausgewiesene Experten als Sachensucher. Und sie hatten ja auch schon tolle Dinge entdeckt. Für das kaputte Fahrrad hatten sie beim Schrotthändler noch fünf Euro bekommen. Das hatte auch im Wald gelegen. Aber eben nicht in dem Naturschutzgebiet hinter der Lichtwiese in Darmstadt.

Und das mit den Naturschutzgebieten, das hatten sie ja in der Schule vor Kurzem durchgenommen. Dass man da nicht rumtrampeln sollte. Weil man vielleicht das Vogelnest eines Bodenbrüters zertreten konnte – und damit auch die Eier. Da konnte man zum Vogelmörder werden, ohne es überhaupt zu merken. Die Waldschnepfe war zum Beispiel so ein Vogel, das hatte ihnen ihre Biolehrerin Frau Schnöpf erklärt. Und ihnen dann ein Bild von dem Vogel mit dem langen Gesicht gezeigt. Milan hatte sofort angefangen zu lachen. Und in dem Moment hatte Kevin es auch erkannt: Das Gesicht von Frau Schnöpf war genauso länglich. Seitdem hatte sie ihren Namen weg: die Waldschnöpfe.

»Ich geh jetzt los«, beendete Milan die Diskussion und schloss sein Fahrrad ab, das er am Waldweg abgelegt hatte.

Jetzt allein zurückzuradeln, darauf hatte Kevin noch viel weniger Bock. Also legte er sein Rad daneben und schloss es ebenfalls ab.

Als ob Milan eine Karte vor Augen hätte, stapfte er schnurstracks hinein ins Unterholz. Kevin war nicht so schnell, er achtete darauf, dass seine Hose nicht allzu dreckig wurde. Denn das würde wieder Stress mit Mama bedeuten.

»Alter, ist das cool hier!«

Kevin hatte keine Ahnung, was hier cool sein sollte. Es wurde immer schwieriger, auf diesem Waldboden voranzukommen. »Mensch, mach nicht so schnell. Da kannst du ja gar nicht gucken, ob irgendwas auf dem Boden liegt!«

»Alter, ich hab doch Akkus-Augen.«

»Was hast du?«

»Akkus-Augen.«

»Das heißt Argusaugen!«

»Quatsch. Das heißt Akkus-Augen! Meine Augen sind voll gut geladen. Die sehen richtig klasse!«

»Du hast echt keine Ahnung! Das heißt *Argusaugen*. Der Argus, der war ein griechischer Riese, und der musste aufpassen, dass Zeus und Io nicht poppen.«

»Was ist denn das für ein Bockmist? Und wer sind Zeus und Io? Sind die bei uns auf der Schule? «

»Nein, das sind griechische Götter, du Pfeife. Und der Argus, der hatte hundert Augen. Und wenn fünfzig gepennt haben, dann haben die anderen fünfzig geguckt. Deswegen konnte er da die ganze Zeit drauf aufpassen.«

»Und dem seine Augen waren geladen?«

»Echt, Mann, du kapierst gar nix!« Anthony, Kevins großer Bruder, der besaß drei dicke Bücher mit griechischen Sagen für Kinder. Die hatte Kevin in zwei Wochen verschlungen. Täte Milan auch mal ganz gut, ab und zu ein Buch zu lesen, dachte Kevin. Und wunderte sich, weil das jetzt fast so klang, wie seine eigene Mutter mit ihm redete.

Dann prallte er auf Milan, der urplötzlich stehen geblieben war. »Mann, Milan, erst machst du Dauerlauf, dann bleibst du plötzlich stehen!«

»Scheiße, Alter, wir sind echt voll die guten Sachensucher! Guck mal, da!«, sagte Milan und deutete mit dem Finger auf den Boden.

Der sah hier aus wie sonst auch überall: Äste, Gestrüpp, Dreck, Laub, Nadeln. »Da, Mann!«

Jetzt konnte es Kevin auch erkennen. Ein brauner Halbschuh. In keinem guten Zustand. Super! »Und was willst du mit dem Schuh machen?«

»Alter, schau doch mal richtig hin!«

Jetzt sah Kevin es: In dem Schuh steckte eine Socke. Und aus der Socke heraus ragte – ein Knochen.

Kevin wurde etwas flau im Magen. Tiere trugen keine

Halbschuhe. Und auch keine Socken. Zum Glück war da kein Fleisch mehr dran. Sonst wäre es echt eklig. Also der Knochen im Schuh, das war jetzt auch nicht wirklich prickelnd. Aber besser, als er damals die Mehltüte aufgemacht hatte und darin die Würmer ... Er verdrängte den Gedanken sofort wieder. »Ey, meinst du, hier liegt irgendwo eine Leiche?«

Sie sahen sich um. Gingen keinen Schritt weiter. Aber sie sichteten keinen zweiten Schuh. Und auch keinen zweiten Knochen.

»Was machen wir jetzt? Nehmen wir den Schuh und den Knochen mit? Gehen wir zur Polizei?«

Milan, der sonst immer einen flotten Spruch auf den Lippen hatte, wusste auch keine Antwort.

Kevin dachte, dass er seinem Status als Angsthase und Zauderer in diesem Moment endlich einmal etwas entgegensetzen musste, und machte einen Schritt an Milan vorbei. Er ging in die Hocke und wollte gerade nach dem Knochen greifen, als Milan schrie: »Stopp! Bist du total blöd jetzt?«

»Wieso? Wir nehmen Schuh und Knochen mit und bringen sie der Polizei.«

»Alter, hast du noch nie CSI gesehen? Die müssen jetzt Spuren nehmen! Wir können doch den Tatort nicht verändern!«

»Tatort? Glaubst du, hier ist jemand ermordet worden?«

»Klar!«, kehrte Milan wieder zu alter Form zurück. »Oder glaubst du, hier hat es sich ein Kerl zum Sterben gemütlich gemacht? Nee, irgendwo hier liegt eine Leiche. Und die ist ganz bestimmt nicht freiwillig hier. Irgendwo ist auch sicher noch das Messer, mit dem der Kerl erstochen worden ist. Oder die Kugel, die jemand durch seinen Kopf gebrettert hat.«

»Kugel durch den Kopf?«

»Na, was glaubst du, warum der Rest vom Kopf nicht hier ist. Pulverisiert! Ich sag dir, das war bestimmt 'ne 45er!«

So ganz logisch erschien Kevin der Gedankengang nicht. Auf der anderen Seite war er aber auch nicht traurig darüber, dass Milan ihn gebremst hatte, Knochen und Schuh aufzuheben.

Milan zog sein Handy aus der Gesäßtasche. Dann fotografierte er den Unterschenkelknochen samt Schuh. Er steckte das Handy wieder weg. »Komm, wir gehen zurück. Ich erzähl das meinem Papa, und dann fahren wir zusammen zur Polizei.«

»Und wie willst du die Stelle hier wiederfinden?«

Milan grinste breit. »Du kennst dich vielleicht mit Akkus-Augen aus. Aber ich mit Handys. GPS, Alter. Das Foto hat den Ort mitgespeichert. Und das sollten die Bullen schon irgendwie auslesen können.«

Manchmal hatte Milan echt Ahnung!

Horndeich hatte den Sonntag gefaulenzt – bis das Klingeln des Handys diesen Zustand jäh beendet hatte: Das Präsidium hatte angerufen – er und Leah mögen bitte sofort vorbeikommen.

Auf dem Weg zum Präsidium hatte Horndeich Leah abgeholt. Sie hatte wohl gerade frisch geduscht, die Haare waren noch feucht und ausnahmsweise einmal nicht in einen Dutt gezwungen. »Neuer Look?«

Tatsächlich schenkte Leah ihm ein Lächeln: »Ich muss warten, bis sie trocken sind, und zum Föhnen war keine Zeit mehr.«

Horndeich überlegte, ob es das erste Mal war, dass er seine Kollegin mit offenem Haar sah.

»Was gibt es?«, wollte Leah von Horndeich wissen.

»Zwei Jungs haben im Naturschutzgebiet hinter der Lichtwiese einen Schuh gefunden. Darin ein Strumpf. Darin die Knochen eines Fußes und ein Unterschenkelknochen. Wir sollen mit den beiden im Präsidium sprechen, auch mit dem Vater des einen, und uns dann den Ort mal anschauen.«

Leah griff in ihre Jackentasche, entnahm ihr ein Haargummi und bändigte die wellige Mähne zu einem Pferdeschwanz.

Horndeich konnte nicht umhin zu sagen: »Steht dir!«

»Danke«, erwiderte Leah.

Nun war es Leahs Handy, das ihre Besitzerin zu einem Gespräch nötigen wollte. Sie warf einen schnellen Blick auf das Display, dann meldete sie sich.

»Ja«, erwiderte sie knapp, dann redete der Gesprächspartner am anderen Ende der Leitung. »Okay«, sagte Leah nur, beendete das Gespräch und starrte aus der Windschutzscheibe.

»Alles in Ordnung?«, fragte Horndeich, als Leah sich zwanzig Sekunden lang nicht gerührt hatte.

»Mmh«, brummte sie nur, änderte aber die Blickrichtung um keinen Millimeter.

Sie erreichten das Präsidium. Horndeich stellte seinen Xedos 9 auf dem Parkplatz ab, und gemeinsam mit der schweigenden Leah betrat er den Bau, erklomm die Stufen in den zweiten Stock und ging in den kleinen Besprechungsraum. Darin saßen bereits Feller, die beiden Jungs und der Vater des einen am Tisch.

Horndeich stellte sich und Leah vor, dann setzte er sich.

Feller hatte die Wartezeit genutzt, einen Laptop mit dem großen Flachbildschirm an der Längsseite des Raums zu verbinden.

Milan und Kevin berichteten nochmals, wie sie sich durchs Unterholz geschlagen und den Schuh samt Inhalt entdeckt hatten.

Dann zauberte Feller ein Bild auf den Bildschirm. »Woher kommt jetzt das?«, wollte Horndeich wissen.

Milan grinste schräg: »iPhone 6s. Macht echt geile Fotos.«

Mit wenigen Klicks zauberte Feller den Fundort auf eine Landkarte. »Hat auch GPS!«, verkündete Milan nicht ohne Stolz.

»Gut«, schloss Horndeich die kurze Besprechung. »Wir fahren hin und schauen uns das an.«

Er erhob sich, verabschiedete sich von der Runde und verließ gemeinsam mit Leah, die keinen Ton gesagt hatte, weder zur Begrüßung noch zum Abschied, den Raum. Die einzige Art der Kommunikation, die sie betrieben hatte, war ein kurzer Blickwechsel mit Feller gewesen. Und wenn Horndeich dessen Reaktion richtig interpretiert hatte, verstand der auch nicht, was gerade mit der Kollegin los war.

Sie gingen bereits den Flur entlang, als Feller hinter ihnen herrief: »Horndeich, Moment!« Er verschwand kurz in seinem eigenen Büro, kam dann zurück und drückte ihm einen kleinen Schlüsselbund in die Hand. »Den werdet ihr brauchen, wenn ihr die Schranken zu den Waldwegen öffnen wollt.«

Horndeich bedankte sich und fragte: »Woher hast du die?«

Es kam nicht oft vor, aber jetzt lächelte Feller breit, klopfte seinem Kollegen auf die Schulter und sagte: »Das willst du nicht wissen.«

Horndeich entschied, dass Feller in diesem Punkt recht hatte. Aus dem Augenwinkel bemerkte er, dass sein Kollege auch Leah kurz an der Schulter berührte.

Zwei Minuten später saßen sie in einem der etwas hochbeinigeren Zivilfahrzeuge der Bereitschaft. Für einen Porsche Cayenne hatte der Etat nicht ganz gereicht, aber auch der Tiguan von VW machte auf Waldwegen eine ganz gute Figur.

Über die Klappacher Straße und den Böllenfalltorweg erreichten sie den Zugang zum Waldgebiet. Horndeich stieg aus, probierte die Schlüssel und hatte bereits mit dem vierten das große Los gezogen: Das Vorhängeschloss ließ sich öffnen und danach die Schranke. Sie fuhren auf dem breiten Waldweg nach Westen über den unbeschrankten Bahnübergang und bogen dann nach links ab in die Backofenschneise. An der Ecke zur Breitwiesenschneise stellte Horndeich den Wagen ab. Er und seine Kollegin stiegen aus.

Das Navi lotste sie genau zu der Stelle, an der Milan das Foto aufgenommen hatte. Dann sahen sie beide den Schuh, die Socke und den Knochen.

»Verdammt«, entfuhr es Horndeich, und auch Leah sog hörbar die Luft ein.

Horndeich drehte sich um. Sie waren ungefähr hundert Meter vom Weg entfernt.

»Dann lass uns mal schauen, ob wir hier noch mehr finden.«

Leah nickte nur. Sie bewegten sich in konzentrischen Kreisen um den Knochen herum. Beide hatten den Blick strikt auf den Boden gerichtet. Horndeich sah auf seine Armbanduhr: kurz vor sieben. Eine Weile würde ihnen das Tageslicht noch genügen.

Immer wieder stahl sich eine Träne in Leahs Auge. Nicht hilfreich, wenn man auf der Suche nach Details im unebenen Waldboden war. Der Anruf vorhin war ein Schlag ins Gesicht gewesen. Der junge Kollege von der Schutzpolizei, bei dem sie am Freitagmorgen ihre Aussage zum Überfall gemacht hatte, hatte ihr mitgeteilt, dass der junge Mann, von dem sie überfallen worden war, nun einen Namen hatte:

Christian Weiland. Er war aus der Bewusstlosigkeit erwacht. Die Polizei hatte inzwischen mit seinen Eltern telefoniert. Von denen war er noch gar nicht vermisst worden.

Schweigend weiteten sie die Kreise der Suche aus. Sie waren sicher schon fünfundzwanzig Minuten unterwegs, als Leah Horndeichs Stimme vernahm. »Kollegin, kann ich dir irgendwie helfen? Was war das für ein Anruf vorhin?«

Ja, sie schätzte es zutiefst, dass hier Menschen waren, denen sie nicht egal war. Auch wenn sie das nicht immer angemessen zeigen konnte, wusste sie es doch zu würdigen. Immer war Leah bislang allein zurechtgekommen. Auch während ihrer Ehe. Gerade während ihrer Ehe. Dass dieser Idiot vom Mittwochabend die Macht hatte, all die alten Erinnerungen wieder nach oben zu schwemmen, das machte Leah besonders wütend. »Der Kerl, der mich Mittwoch überfallen hat, hat jetzt einen Namen. Er heißt Christian Weiland.«

»Okay«, sagte Horndeich, wobei der Tonfall klarmachte, dass das kaum eine Erklärung für ihre Bedrückung sein konnte.

Doch mehr konnte Leah im Moment nicht preisgeben. Sie konnte Horndeich nicht erzählen, dass Christian Weiland der Polizei eine ganz andere Version des Vorfalls zum Besten gegeben hatte. Er hatte behauptet, er habe am Trainingsbad neben dem Woog gestanden, hätte Leah nur nach der Uhrzeit gefragt, und in dem Augenblick wäre sie wie eine Verrückte auf ihn losgegangen.

Der Dreh- und Angelpunkt war das Messer. Leah hatte es gesehen, ebenso wie die brennende Zigarette. Mit diesem Messer in der Hand war er auf sie losgegangen. Aber Weiland behauptete, es habe nie ein Messer gegeben. »Und es war auch kein Messer da, als die Polizei eintraf«, hatte der Kollege von der Schutzpolizei am Telefon noch angefügt.

Die Konsequenzen standen Leah glasklar vor Augen: Es war überhaupt nicht mehr sicher, ob ihr Status der einer Zeugin war, ebenso gut konnte sie innerhalb der nächsten Stunden oder Tage zur Beschuldigten schwerer Körperverletzung werden. Und zum allerersten Mal fragte sie sich, ob es das Messer tatsächlich gegeben hatte. Oder ob nur die Kippe sie so in Panik versetzt hatte? Dann könnte sie ihren eigenen Sinnen nicht mehr trauen. Das Einzige, auf das sie sich in ihrem Leben bislang immer bedingungslos hatte verlassen können. Zu Unrecht? In ihrem Magen schien sich eine Kugel aufzublähen. Ihr Durchmesser wuchs und damit ihr Gewicht. Und die Gedanken fuhren Karussell in ihrem Kopf. Dann stoppte Horndeich die Fahrt der Zweifel: »Fund!«, rief er und blieb stehen. Leah trat neben ihn. Ein Fetzen Stoff. Darauf ein weiterer Knochen, der ebenfalls wie ein Unterschenkel aussah.

»Okay, ich glaube, es ist Zeit für die Kavallerie«, sagte Horndeich.

Bereits eine Stunde später durchkämmte eine Hundertschaft der Bereitschaftspolizei das Naturschutzgebiet. Mit Stöcken und Taschenlampen untersuchten sie den Boden Quadratmeter für Quadratmeter. Kein einfaches Unterfangen: Der Boden war Unterholz. Die Beamten mussten darauf achten, nicht zu stolpern. Mit ihren Stöcken schoben sie Blattwerk zur Seite, Äste. Immer wieder hallte der Ruf »Fund!« aus den Reihen. Gewissenhaft wurde alles eingesammelt, was irgendwie nach menschlicher Hinterlassenschaft aussah. Mit dabei: mehrere Knochen und Knöchelchen, von denen Horndeich annahm, dass Hinrich erst einmal feststellen musste, ob diese überhaupt menschlicher Natur waren. Denn gestorben wurde im Naturschutzgebiet täglich: Hasen, Rehe, Vögel – ihre Kadaver dienten anderen Tieren als Nahrung.

Auch die Kolleginnen und Kollegen der Spurensicherung waren mit ihrem Einsatzwagen eingetroffen. Sie dokumentierten, was die Kollegen der Bereitschaftspolizei einsammelten.

Nach anderthalb Stunden ertönte wieder der Ruf »Fund!«, diesmal aus drei Mündern gleichzeitig. Offensichtlich lag hier etwas Größeres.

Horndeich, Leah und auch Silvia Rauch von der Spurensicherung gingen instinktiv in die Richtung, aus der der Ruf gekommen war.

Aus der Erde ragte ein Oberschenkelknochen. Darum ausgebleichter Stoff von etwas, das früher eine Hose gewesen sein musste. Ganz offensichtlich war hier der Rest des Torsos vergraben.

Die Tiere hatten hier kein leichtes Spiel gehabt: Knapp über dem Oberschenkel lag der Stamm eines umgeknickten Baums, der Fuchs und Wildschwein den Zugang zu den verborgenen Leckereien erschwert hatte. Vielleicht hatte ein Herbststurm den Torso davor bewahrt, dass die Waldbewohner seine Einzelteile komplett überall verteilen konnten.

Mit vereinten Kräften hoben acht der Bereitschaftspolizisten den Baumstamm zur Seite. Silvia Rauch von der Spurensicherung griff zum Handy – nun mussten auch ihre Kolleginnen und Kollegen die Nachtruhe unterbrechen.

»Uns braucht ihr hier jetzt erst mal nicht mehr, oder?«, wollte Horndeich wissen.

»Nein, wir buddeln jetzt erst mal aus, was da noch in der Erde ist, schicken das Ganze dann zur Rechtsmedizin in Frankfurt – und morgen sollten wir dann mehr wissen.«

Mittagessen.

Eigentlich Frühstück.

Oder wie man auf Neudeutsch sagte: Brunch.

Martin Hinrich und Emilia Schubert speisten bei seinem Lieblingsitaliener unweit des Rechtsmedizinischen Instituts in Frankfurt.

Bereits früh um acht Uhr hatten Beamte aus Darmstadt ihm eine ganze Sammlung von Knochen zustellen lassen. Ein Skelett, das am Vortag im Darmstädter Wald gefunden worden war. Daran würde er sich heute Nachmittag machen. Denn zunächst hatte etwas anderes Priorität: der Schädel.

Hinrich und Emilia hatten das gesamte Wochenende miteinander verbracht. Am Donnerstagabend hatte sie als Letzte gemeinsam mit ihm die heiligen Hallen des Instituts verlassen. Er hatte allen Mut zusammengenommen und sie gefragt, ob sie mit ihm noch etwas trinken wolle. Etwas Besseres war ihm nicht eingefallen. Denn eigentlich hatte er an diesem Abend schon definitiv genug intus. An das Lenken eines Autos war nicht mehr zu denken.

Emilia hatte sich bei ihm untergehakt, genickt und gefragt: »Wo kriegen wir denn jetzt ein Taxi her?« Sie hatte die Frage kaum ausgesprochen, als sich aus der Ferne ein Auto mit gelbem Leuchtschild auf dem Dach näherte.

Sie schliefen kaum in dieser Nacht. Und Emilia machte beim gemeinsamen Frühstück den Vorschlag, das Alter des Schädels noch etwas genauer zu bestimmen. Sie habe Kontakt zu einem chemischen Labor hier in Frankfurt. Und die hatten, nachdem Emilia sie freundlich gebeten hatte, ihnen ihre Räume und Maschinen für das Wochenende zur Verfügung gestellt – gegen einen geringen Unkostenbeitrag, den Hinrich gern übernommen hatte. Er verstand die Welt nicht mehr. Diese Frau schien ihn nicht nur zu mögen, sondern neben den körperlichen ebenso die intellektuellen Leidenschaften zu teilen. Hinrich hatte keine Ahnung davon gehabt, dass Emilia Schubert ausgewiesene Erfahrungen auf dem Gebiet der sogenannten Radiokarbonmethode besaß. Natürlich wusste Hinrich, dass es diese C14-Methode gab, um das Alter von Knochen zu bestimmen. Wie das funktionierte, das wusste er weniger genau.

Emilia erklärte es ihm: »Es gibt ja verschiedene Spielarten von Kohlenstoff. Die unterscheiden sich durch die Anzahl der Protonen, die sie im Atomkern haben. Kohlenstoff 12 und Kohlenstoff 13 machen den Großteil des Kohlenstoffs aus. Und der Kohlenstoff 14, der mit den acht Protonen im Kern, der ist nicht stabil. Der zerfällt. Alle 5700 Jahre ist die Hälfte davon zerfallen. Nennt man die sogenannte Halbwertszeit. Das Verhältnis von Kohlenstoff 12, 13 und 14 zueinander ist bekannt. Und wenn ein Lebewesen stirbt, wird kein neuer Kohlenstoff mehr in den Knochen eingelagert. Und der Kohlenstoff 14 zerfällt und zerfällt und zerfällt. Und wenn man jetzt misst, wie viel von diesem 14er-Kohlenstoff noch in den Knochen vorhanden ist, dann kann man das Alter der Knochen so auf plus/minus dreißig Jahre genau bestimmen.«

Allerdings hatte Hinrich nicht geahnt, wie komplex so eine Untersuchung war. Sie schnitten ein kleines Stückchen Knochen des Schädels heraus und fuhren damit in das Labor der Bekannten von Emilia Schubert.

Hinrich war ja vertraut mit den Labors für DNA-Untersuchungen. Aber das hier? Das war einfach nur – groß. Allein der Beschleuniger-Massenspektrometer nahm einen ganzen Raum ein.

Emilia zog sich einen weißen Kittel über und machte sich sofort an die Arbeit.

In dem Labor gab es auch ein Aufenthaltsraum. Mit einem schönen Ledersofa. Und da einige Untersuchungsschritte, zum Beispiel die Erhitzung des Zellulosematerials mit Kupferoxid und Silber in einer evakuierten Quarzampulle, wie Emilia ihn unterrichtet hatte, seine Zeit brauchte, nutzte sie diese mit Hinrich auf dem Ledersofa.

Emilia war, trotz ihrer optischen Ähnlichkeit zu Hinrichs erster Freundin, von ganz anderem Charakter. Leidenschaftlicher auf jeden Fall.

Sie hatten die Untersuchungen bis Sonntagabend nicht ganz zu Ende bringen können. Aber auch hier hatte ein Anruf von Emilia ihre Forschungen gerettet – sie durften die Analysen abschließen. Während sie beim Italiener tafelten, lief im Labor gerade die Auszählung der noch vorhandenen C14-Atome im Knochen des Schädels. Vollautomatisch.

Wenn sie dieses Essen beendet hätten, dann wären die Apparaturen mit ihrem Job fertig und sie könnten das Ergebnis ablesen. Und dann würde Hinrich den Darmstädter Kollegen von der Kriminalpolizei mitteilen können, wie alt der Schädel ungefähr war.

Das war für ihn ein erster Ansatzpunkt, wenn er jemals herausbekommen wollte, zu wem dieser Schädel einstmals gehört hatte. Am Freitagmorgen, als er in den Armen von Emilia Schubert aufgewacht war, hatte er sich schon ein bisschen geschämt für seine etwas überheblichen Sprüche, die er in Alkohollaune von sich gegeben hatte. Die Chance, den Eigner des Schädels ausfindig zu machen, war natürlich ziemlich klein. Aber dann müsste er halt bluten. Und fünf

Flaschen seines hervorragenden Whiskys – nun, man konnte es vor dem eigenen Gewissen auch als Kulturspende deklarieren.

Hinrich seufzte, als er den letzten Bissen seines Vitello tonnato verspeiste. Nach dem Schädel würde er sich dem Skelett aus Darmstadt widmen müssen. Aber Emilia hatte schon angedeutet, dass sie ihm unter die Arme greifen würde. Also, wies Hinrich sich selbst zurecht, gab es genau genommen keinen Grund für einen Seufzer.

»Das war schon ein ganz schön großes Puzzle! Früher habe ich mich mal an die Fünftausender gewagt. Na ja, zu diesem Puzzle hier gehörten zweihundertsechs, und ein paar Teile fehlen«, sagte Hinrich.

Horndeich und Leah standen im Rechtsmedizinischen Institut. Auf einem der Sektionstische hatte Hinrich die Knochen, die sie im Wald östlich von Darmstadt gefunden hatten, ausgelegt.

Auf einem weiteren Sektionstisch befanden sich ebenfalls Knochen. Hatte Silvia Rauch nicht davon gesprochen, dass sie nur die Überreste von einer Leiche gefunden hätten?

»Insgesamt hundertdreiundfünfzig Knochen haben sie gefunden«, fuhr er fort. »Ich hab sie hier mal so hingelegt, wie es ihrer Position im menschlichen Körper ungefähr entsprochen hätte.

Die Knochen wurden von mir vom Gewebe befreit und gereinigt. Obwohl es da nicht mehr viel zu befreien gab. Die Würmer haben schon ganze Arbeit geleistet. Gut auch, dass Gevatter Fuchs und Genosse Wildschwein sich die Beine haben schmecken lassen – sonst hätten wir die Überreste ja kaum gefunden.«

Horndeich deutete mit seinem Kopf in Richtung des anderen Sektionstisches. »Was, bitte schön, haben Sie denn dort ausgebreitet?«

»Dort?«, echote Hinrich. »Das sind all die Knochen von den anderen Todesopfern aus dem Wald.«

»Sind noch mehr ermordet worden?« Warum hatte Silvia

Rauch von der Spurensicherung keinen Ton darüber verloren?

Hinrich wandte sich dem zweiten Sektionstisch zu, deutete mit dem Zeigestock zu einem der drei Knochenhäuflein und sagte: »Dieser Hase hier ist wahrscheinlich durch einen Fuchsbiss gestorben.« Er wandte sich einem zweiten Knochenhäuflein zu: »Der Fuchs hier wurde wahrscheinlich von Wildschweinen gefressen. Die stehen auf Aas. Und das hier sind all die anderen Knochen, die ihre Kollegen von der Bereitschaftspolizei dienstbeflissen eingesammelt haben – die aber ebenfalls eindeutig tierischen Ursprungs sind.«

Horndeich ließ den Blick nun über den Stahltisch mit dem menschlichen Skelett gleiten. Am oberen Rand lag der Schädel. Darunter der Unterkiefer. Die Wirbelsäule war vollständig, das erkannte man auf den ersten Blick, und auch von den Rippen fehlte keine, wenn Horndeich die letzen Stunden Bio-Unterricht nicht vergessen hatte. Vom rechten Arm lag nur der Oberarmknochen auf dem Stahl, beim linken wiederum schien nichts zu fehlen. Auch das Becken war vorhanden, beide Oberschenkelknochen, links auch der Unterschenkel und sogar ein paar Fußknochen.

Horndeich war etwas irritiert, weil das untere Ende des rechten Oberschenkelknochens mit einem Tuch bedeckt war. Horndeich deutete darauf und sagte: »Was hat denn das da zu suchen?«

Hinrich winkte ab: »Später.«

»Geschlecht?«, fragte Leah knapp.

»Ein Mann. Zum Alter kann ich nicht wirklich viel sagen. Er war auf jeden Fall ausgewachsen. Aber noch nicht alt. Also irgendwo zwischen fünfundzwanzig und fünfzig. Mein Tipp.«

»Gibt es irgendwelche Hinweise auf die Identität?«

»Nun, Wildschwein und Wurm haben ganze Arbeit geleistet. An den Knochen ist kein Gewebe mehr. Aber aus den Zähnen können wir sicher noch DNA gewinnen. Wir haben das Glück, dass uns sowohl der Ober- als auch der Unterkiefer vorliegt. Da besteht dann vielleicht auch eine Chance, irgendwas über den Zahnstatus rauszubekommen. Das kann allerdings etwas dauern. Denn wir haben ja keine Ahnung, wo der Knabe herkommt.«

»Und wieso haben Sie uns jetzt herzitiert?«

»Nun, Sie werden es nicht glauben, aber ich kann tatsächlich etwas zur Todesursache sagen.«

Horndeich zog eine Augenbraue in die Höhe. Er ging ans Ende des Tisches und betrachtete den Schädel. Doch dort gab es keinerlei Anomalien zu sehen. Also kein Loch im Kopf oder Ähnliches. »Also?«

Hinrich trat ebenfalls an das obere Ende des Stahltisches. »Dadurch, dass der Torso vergraben war, haben wir alle Knochen in ihrer ursprünglichen Position gefunden. Das kleinste Knöchelchen ist dabei das für uns wichtigste.« Er deutete auf zwei winzige Knochen, die er unterhalb des Unterkiefers platziert hatte. »Hier!«, sagte er triumphierend.

Natürlich hatte auch Horndeich während der Schulzeit den menschlichen Körperbau durchgenommen, dabei auch das Skelett. Aber er hatte keine Ahnung, was er da vor Augen hatte.

»Das Zungenbein«, sagte Leah in ruhigem Tonfall.

»Chapeau!«, gratulierte Hinrich und deutete eine Verbeugung an. »Ein bisschen Allgemeinwissen schadet nie«, grinste er in Horndeichs Richtung. Der ignorierte das.

»Ja, das ist das Zungenbein. Beziehungsweise das war das Zungenbein.«

Natürlich *war* es das Zungenbein. Der Kerl war ja tot …

»Wie Sie sehen, ist es zerbrochen. Und die Bruchstelle ist erstaunlich gut erhalten. Ganz typisch.«

Dann fügte er mit salbungsvollem Ton hinzu: »O wundervoll! Wie leicht wird jeder Mord doch offenbar!«

»Wofür?«, erkundigte sich Horndeich.

»Das war die falsche Frage. Die richtige hätte gelautet: Von wem?«

»Haben Sie den Kerl etwa doch schon identifiziert?« Manchmal war Hinrich zu kleinen Wundern fähig …

»Nein. Ich meine das Zitat. Sie hätten mich fragen müssen, von wem das ist.« Hinrich wiederholte: »O wundervoll! Wie leicht wird jeder Mord doch offenbar!«

Horndeich konnte sich ein Grinsen nicht verkneifen. »Für mich klingt das wie original salbadernder Martin Hinrich.«

»Shakespeare«, erwiderte Leah. »Ich glaube aus *Titus Adronicus*.«

Hinrich hob eine Augenbraue. »Ich gratuliere. Richtig. Und das wissen Sie woher?«

»Herr Dr. Hinrich, Sie und ich, uns beiden ist doch bewusst, dass das wohl zum Grundstock der Allgemeinbildung gehört, oder etwa nicht?«

Hinrich war klug genug, darauf nichts zu antworten.

Und Horndeich wiederholte seine Frage: »Sie sagten gerade, das gebrochene Zungenbein sei ganz typisch. Wofür? Für Erwürgen, wenn ich richtig informiert bin, nicht wahr?«

»Oder Erdrosseln.« Wieder Leah.

»Genau«, sagte Hinrich und nahm die beiden Knöchelchen in die Hand. »Beim Erdrosseln oder Würgen kann das Zungenbein brechen, wenn die Kraft groß genug ist.«

»Dann ist der Mann also definitiv Opfer einer Gewalttat geworden?«

»Er ist auf jeden Fall Opfer einer Strangulation geworden.«

»Also Gewalttat?«

»Nicht unbedingt, aber sehr wahrscheinlich. Entweder ist er erwürgt oder er ist erdrosselt worden – oder aber er hat sich erhängt. Auch dann können solche Verletzungen auftreten.«

»Er hat sich erhängt, dann hat ihn jemand abgeschnitten und im Wald verbuddelt. Ich denke, diese Theorie können wir von vornherein ausschließen.«

»Nun, das ist Ihre Aufgabe. Ich kann Ihnen nur sagen, das Zungenbein ist gebrochen, und das bedeutet zweifelsfrei, dass der Mann stranguliert oder gewürgt worden ist und das nicht überlebt hat.« Er machte ein kurze Pause, fuhr dann fort: »Ach ja, das Beste habe ich mir doch für den Schluss aufgehoben.« Mit der Geste eines Zauberers lüftete Hinrich das Tuch, das zuvor das untere Ende des Oberschenkels bedeckt hatte. »Ich glaube, das könnte bei der Identifizierung helfen: Der gute Mann hatte ein künstliches Kniegelenk.«

Hinrich griff nach dem Knochen und hielt ihn in die Höhe. Das Metall des künstlichen Gelenkteils blitzte ihnen entgegen.

»Wow. Das sollte uns die Identifizierung doch ein wenig erleichtern«, sagte Leah.

»Das hätten Sie uns ja auch gleich zeigen können, oder?«

Hinrich zuckte mit den Schultern. Er liebte seine Auftritte …

»Pro Jahr gibt es immerhin knapp zweihunderttausend neue Besitzer einer Knieprothese«, warf Horndeich seinen Teil von Allgemeinwissen in die Waagschale.

»Na gut, aber die wenigsten davon werden in Einzelteilen im Wald gefunden«, meinte Leah.

»Ist an dieser Prothese irgendetwas Besonderes?«

»Allerdings, Herr Horndeich.« Hinrich warf Leah einen Blick zu, der doch tatsächlich ein wenig Ärger ausdrückte.

Offensichtlich wurmte es ihn, dass sie ihm durch ihre Bemerkung die folgende Pointe – nun, wenn schon nicht geklaut, so doch wenigstens abgeschwächt hatte. »Es handelt sich um den oberen Teil einer individuell angefertigten bikondylären Schlittenprothese.«

Als ob er Leah bestrafen wollte, sah er sie an, bis sie ihm schließlich den Gefallen tat und fragte: »Und das ist?«

»Das ist eine seltene Art der Knieprothese. Für gewöhnlich versucht man, so wenig wie möglich und nur so viel wie nötig der Oberflächen im Kniegelenk zu ersetzen. Wenn nur an einem der beiden Gelenkknorren eine Seitenoberfläche ersetzt wird, nennt sich das monokondyläre Schlittenprothese.«

»Auf Deutsch bitte«, forderte Horndeich ein.

»Okay. Wenn nur an einem der unteren Hubbel des Oberschenkelknochens eine Prothese angebracht wird, nennt sich das Monoschlitten, wenn beide Hubbel mit einer Prothese überzogen werden, ist es ein sogenannter Doppelschlitten – wie auch hier. Sie sehen das ja, etwas Knochen abgesägt, Prothese drauf – Sie können sich das vorstellen wie ein Teilinlay an einem Zahn oder eben eine komplette Krone.«

»Ist da eine Seriennummer dran?«, kam Leah zu dem für sie interessantesten Aspekt. »Darüber könnten wir den Kerl identifizieren.«

Hinrich drehte den Knochen vor seinen Augen. »Nein, nichts. Aber ich bin ja noch nicht fertig. Inzwischen gibt es künstliche Kniegelenke, die quasi am 3-D-Drucker individuell geformt werden. Und um so eine Prothese handelt es sich hier. Die Prothese ist exakt dem ursprünglichen Gelenkknorren nachgeformt. Und das ist derzeit noch sehr selten. Sollte Ihnen helfen, den Knaben zu identifizieren.«

»Vielleicht könnten Sie die Prothese ja aus den Knochen lösen? Womöglich ist auf der Innenseite eine Seriennummer«, bohrte Leah nach.

Hinrich seufzte. »In Ordnung. Ich gebe Ihnen Bescheid.«

Leah und Horndeich wollten sich schon zum Gehen wenden, als Hinrich sie nochmals aufhielt: »Ich hab da noch was Interessantes für Sie. Also eigentlich ist es nicht spannend, denn es belegt, dass Sie keinen Fall mehr haben.«

Horndeich wandte sich Hinrich zu: »Das verstehe ich nicht. Ich denke, das Zungenbein ist durchbrochen.«

»Ich rede doch auch gar nicht von ihm hier«, sagte Hinrich und nickte in Richtung des Stahltisches. »Ich rede von Ihrem Schädel. Emilia und ich haben das Alter nun ziemlich eindeutig bestimmt.«

Schweigen. Hinrich liebte es, wenn er um Informationen angebettelt wurde.

Horndeich seufzte: »Und?«

»Und was?«

»Wie alt ist der Schädel nun? Und wer ist eigentlich Emilia?«

»Emilia? Sie ist eine sehr geschätzte – nein, *überaus* geschätzte und fähige Kollegin aus Leipzig.«

»Und?«

»Hab ich doch gerade beantwortet.«

Horndeich trieb es jetzt wirklich auf die Spitze: »Wie! Alt!«

Hinrich zögerte. Vielleicht lag ihm ein »Wer?« auf der Zunge. Oder die Bemerkung, dass man eine Dame niemals nach ihrem Alter fragte. Was auch immer er an Erwiderung in petto gehabt hatte, Horndeichs Tonfall veranlasste Hinrich zur gewünschten Antwort: »Wohl rund vierhundert Jahre. Plus/minus dreißig.«

»Dann ist der Besitzer also 1617 rum verstorben?«

»1617. Plus/minus dreißig Jahre.«

»Wunderbar. Danke. Dann können wir diese Akte ja schließen.«

Damit verschwanden Leah und Horndeich.

»Er kann ganz schön anstrengend sein«, sagte Leah, als sie auf dem Parkplatz zu ihrem Wagen gingen.

Am Vortag noch hatte Hinrich die Prothese vom Knochen gelöst und auf der Innenseite tatsächlich eine Seriennummer gefunden. Die Ergebnisse hatte er für sie zusammengefasst und ihnen außerdem Fotos der Prothese und der Nummer zugesendet. Richard Feller hatte sich bereit erklärt herauszufinden, wem diese Prothese gehört hatte. Er war der unbestrittene Recherchekönig neben seiner Eigenschaft als IT-Forensiker.

Mit sechs Krankenhäusern auf seiner Liste, die solche Operationen durchführten, hatte Feller schon gesprochen. Sie alle lagen im Umkreis von hundert Kilometern um Darmstadt herum. Nun war wohl der Zeitpunkt gekommen, den Radius etwas zu erweitern.

»Paracelsus-Klinik Frankenberg, guten Tag, mein Name ist Dunja Leandros, was kann ich für Sie tun?«

Ach, wie perfekt waren sie inzwischen geschult, dachte Richard Feller. Jede Dame an einem Krankenhausempfang hatte mittlerweile den Fortgeschrittenenkurs in »Wie melde ich mich richtig am Telefon?« absolviert, diese Dame offensichtlich mit Bestnote.

Richard Feller nannte den Begehr seines Anrufs und wollte wissen, ob er mit dem Arzt sprechen könne, der ihr Spezialist für Prothesenchirurgie war.

»Einen kleinen Moment bitte, ich kläre, ob Professor Dr. Steininger für Sie verfügbar ist. Bitte bleiben Sie doch kurz in der Leitung.« Feller nickte, auch wenn er wusste, dass das die Dame am anderen Ende der Leitung wohl kaum

sehen konnte. Wenn jetzt noch Vivaldi in einer Endlos-
schleife aus dem Telefonhörer dudeln würde, hätte er die
Gewissheit, dass auch dieses Krankenhaus schon von einer
Unternehmensberatung optimiert worden war.

Kein Vivaldi.

Mozart.

Aber wenigstens nur kurz.

»Steininger am Apparat. Guten Tag.« Brummeliges Nu-
scheln.

Richard Feller wiederholte seine Frage, ob eine Prothese
mit der von ihm angegebenen Seriennummer in diesem
Krankenhaus implantiert worden wäre.

»… kann ich gleich nachgucken«, brummte Steininger.
Er hatte den Kommunikationskurs offensichtlich nicht be-
sucht. Aber diese Qualifikation war bei einem Mann seiner
Profession gewiss nicht Einstellungsvoraussetzung.

Feller war sich nicht sicher, ob die Verbindung noch bestand, denn er hörte nur noch Rauschen. »Herr Dr. Steininger?«, sagte er.

»Ja, ich kann nicht hexen …« Dunja Leandros hätte ganz
bestimmt alle zwanzig Sekunden irgendetwas gesagt, nur
damit das Gegenüber am anderen Ende der Leitung noch
wusste, dass die Verbindung nicht zusammengebrochen
war. Kommunikationsseminare hatten auch ihre Vorteile.
Aber Feller war entspannt. Schließlich war das sein erster
Arbeitstag nach fast vier Wochen Urlaub.

»Ja, Herr Feller, ich hab da einen Treffer. Bei uns wurde
vor knapp sechs Jahren eine Prothese mit einer solchen
Nummer implantiert. Vielleicht können Sie mir noch ein
Foto der Prothese schicken, damit ich ganz sichergehen
kann.«

Steininger diktierte die E-Mail-Adresse und Feller schickte
die bereits vorbereitete Mail mit den Fotos sofort los. Keine

zehn Sekunden später brummte Steininger: »Jepp, das ist die Prothese, die ich damals implantiert habe. Wie kommen Sie denn an die ran?«

»Wir haben ein Skelett gefunden. Und an einem Oberschenkelknochen befand sich diese Prothese. Können Sie mir sagen, wie der Patient hieß?«

»Nein, das kann ich nicht. Dazu brauche ich einen richterlichen Beschluss.«

Das wusste Feller natürlich, aber es war einen Versuch wert gewesen. »Ich kümmere mich sofort darum. Kommt, hoffe ich, in ein paar Minuten auch per Mail bei Ihnen an.«

Feller telefonierte sogleich mit dem diensthabenden Richter, machte die Dringlichkeit klar und bat, den Beschluss möglichst gleich per E-Mail an Professor Steininger zu versenden.

Zehn Minuten später klingelte das Telefon. Die Vorwahl begann mit 064 – ganz offensichtlich Nordhessen. Perfekt. Steininger war am Apparat.

»War ein interessanter Fall damals. Das, was ich da implantiert habe, das war ja Hightech pur. Es war die erste individuell gefertigte Totalprothese aus dem 3-D-Drucker, die ich eingesetzt habe. Da ging das auch noch nicht über die Kasse. Der Mann hat alles selbst bezahlt.«

»Wie ist denn der Name des Mannes?«

»Ich schicke Ihnen gleich die ganzen Infos per E-Mail.« Er machte eine kurze Pause, dann sagte er: »So, jetzt ist es bei mir raus. Müsste gleich bei Ihnen sein.«

Aber auf Fellers Monitor zeigte sich kein E-Mail-Eingang.

»Einundvierzig war der damals erst alt. Und dann so eine Prothese. Der hat ja so was von Pech gehabt.«

Jetzt, wo Feller auf den Eingang der E-Mail wartete, konnte er auch noch ein bisschen plaudern. »Was ist ihm denn passiert?«

»Motorradunfall. Ist durch die Landschaft gefahren früh-morgens. Und dann kam da eine Rotte Wildschweine, die ihn von der Maschine gehauen hat. Viel ist ihm erst mal nicht geschehen, ist neben der Straße auf die Weide geflo-gen, hat ein paar Purzelbäume geschlagen, ist dann aber mit seinem Knie an einem rostigen Nagel hängen geblieben. Und die Spitze ging bis ins Kniegelenk rein. Das Problem war die Entzündung, die daraus entstanden ist. Staphylococcus epi-dermidis, so der Name des Erregers, hätte ihn fast das Leben gekostet. Na ja, war dann zumindest nur der Knorpel in sei-nem Knie, der dabei draufging. Als die Kollegen die Infek-tion im Griff hatten, da hat er sich dann an mich gewandt. Weil er gehört hat, dass ich als einer der Ersten individuelle Prothesen verwendet habe und keine Standardteile.«

Ein kleiner Piep aus Fellers Rechner deutete darauf hin, dass die E-Mail eingetroffen war.

»War er danach eigentlich eingeschränkt? Also hinkte er?«

»Nein, wir haben hier auch eine gute Reha-Abteilung. Wir haben ihn tatsächlich wieder so fit gekriegt, dass er vom Motorrad aufs Fahrrad umgestiegen ist.«

Feller bedankte sich bei Dr. Steininger und beendete das Gespräch.

Er klickte den Anhang der Mail an, ein PDF-Dokument, und schickte es sofort auf den Drucker.

Leah sah auf, als Richard Feller in ihr und Horndeichs Büro trat.

»Treffer«, sagte er nur und wedelte mit einem Stoß Pa-piere.

»Haben wir ihn in der Vermissten-Datenbank?«, wollte Leah sofort wissen.

»Nein, das habe ich schon gecheckt.« Richard Feller war

braun gebrannt. Er sah aus, als ob er einen Monat an der Riviera am Strand gelegen hätte. Das mit dem Monat kam knapp hin, aber Richard Feller war in heimatlichen Gefilden geblieben. Auf dem Oberfeld hatte er einen der Saisongärten gepachtet, die von den dortigen Landwirtschaftsbetreibern an Privatpersonen zur Verfügung gestellt wurden. Dreihundert dieser kleinen Parzellen wurden von Hobbygärtnern bewirtschaftet. Und auch Feller hatte sich darauf eingelassen. »Mal was ganz anderes als Computer«, hatte er seinen Entschluss vor Leah begründet. Und so hatte er in den vergangenen dreieinhalb Wochen gesät, gejätet und gezupft – und war sehr viel mit seinem neuen E-Bike durchs Umland geradelt. Leah wusste davon, denn auch während seines Urlaubs hatten sie sich gesehen. Am vorigen Abend hatten sie zusammen gegessen. Es war inzwischen schon fast so etwas wie Tradition, jeden zweiten Dienstagabend beim Italiener um die Ecke gemeinsam zu speisen, seit sie im vergangenen Jahr dort zum ersten Mal gewesen waren. Sie hatte ihm am Vortag auch von dem Überfall erzählt. Leah schätzte Richard als Freund und, ja, auch ein wenig als Vertrauten. Und auch er gab viel auf den Austausch mit ihr. Leah war zudem froh, dass auf beiden Seiten keinerlei erotische Ambitionen vorhanden waren.

»Wie heißt der Kandidat denn jetzt?«, wollte Horndeich wissen.

Feller warf einen Blick auf seine Unterlagen, dann sagte er: »Matthias Anderson. Hat sich die Prothese vor knapp sechs Jahren einsetzen lassen.«

»Anderson?«, echoten Leah und Horndeich gemeinsam.

»Ja. Matthias Anderson. Wieso? Kennt ihr den?«

Leah und Horndeich sahen einander kurz an, dann wurde ihnen klar, dass Feller zwar von dem Schädelfund wusste, sie auch von ihrem Besuch bei Monika Anderson berichtet hatten, aber ohne Namen zu nennen. Denn der Schädel – das war ja eigentlich kein Fall für sie.

»Und da gibt es kein Vertun? Das kann niemand anderes sein? Denn Matthias Anderson weilt angeblich in Brasilien.«

Feller zog sich einen Stuhl heran und setzte sich an die Querseite der beiden Schreibtische. »Nein, da ist kein Irrtum möglich. Ich habe direkt mit dem behandelnden Arzt gesprochen, der die OP durchgeführt hat. Und ich habe ihm die Fotos der Prothese geschickt. Es ist exakt die Prothese, die er verarbeitet hat.«

»Dann sollten wir Monika Anderson wohl noch mal einen Besuch abstatten«, sagte Horndeich.

Richard Feller drückte Leah die Blätter in die Hand. »Hier habe ich bereits alle Details zusammengeschrieben«, sagte er und wandte sich ab. Es war klar, dass Leah und Horndeich die Feldarbeit übernehmen würden, er arbeitete grundsätzlich nur in seinem eigenen Büro. Ein Deal, den inzwischen alle akzeptiert hatten.

Dafür würde er sie noch mit weiteren Informationen versorgen.

Sie hatten Monika Anderson auf ihrem Handy erreicht und erfahren, dass sie an diesem Tag nicht vom Home Office aus arbeitete, sondern am Schreibtisch im Büro ihres Unternehmens saß, wie sie Horndeich mitgeteilt hatte. »Steuerbüro Anderson« war der schlichte Titel, und die Büroräume lagen in der Siesmayerstraße in Frankfurt.

Leah lenkte den Wagen, während Horndeich ihr auf dem Weg bereits die Fakten mitteilte, die Richard Feller über Matthias Anderson auf dem Ausdruck zusammengetragen hatte.

Matthias Anderson war am 19. Februar 1970 im Krankenhaus in Erbach geboren worden und in Fränkisch-Crumbach aufgewachsen. Er hatte eine Klasse übersprungen, weil seine Noten so gut gewesen waren. Das Abi absolvierte er in Reichelsheim mit Bestnote.

Danach studierte er Biologie in Frankfurt und war der jüngste Diplomand in Hessen, abermals mit einer herausragenden Abschlussnote. Mit fünfundzwanzig hatte er bereits promoviert. Es folgten ein paar Stellen in unterschiedlichen Laboren, bis er im Jahr 2000 gemeinsam mit einem Arbeitskollegen Genotics, ein DNA-Analyse-Labor, gründete.

Monika Anderson hatte er dann im Jahr der Gründung seines Unternehmens geheiratet.

»Wow, nette Hütte!«, staunte Horndeich nicht schlecht, als sie den Wagen vor dem aufwendig restaurierten Gründerzeitbau abstellten. Fünf Stockwerke hoch, mit Stuck an den Fassaden, in dezentem Beige gestrichen, zudem ein Erker im vierten Stock.

Die gegenüberliegende Straßenseite war nicht bebaut, abgesehen vom Kassenhäuschen am Eingang zum Palmengarten. Dem schlichten Messingschild war zu entnehmen, dass das Steuerbüro Anderson im vierten und fünften Stock residierte. Der Empfang lag im vierten Stock.

Horndeich klingelte, eine weibliche Stimme tönte aus der Gegensprechanlage: »Herr Horndeich und Frau Gabriely – bitte treten Sie ein und fahren Sie mit dem Aufzug im hinteren Teil des Hauses in den vierten Stock.« Dann wurde der Türsummer betätigt, und Horndeich und Leah betraten die geheiligten Hallen.

Ein zweites »Wow« entfuhr Horndeich, als sie den Hausflur betraten. Er war sicher drei Meter breit. Am Ende des Gangs erkannte er die Aufzugtüren aus Glas. Auch der gesamte Aufzugschacht war durchsichtig und, wie Horndeich feststellte, als der Aufzug zu ihnen hinuntergeglitten kam, auch die Kabine selbst. Mit den Jahren war er, was sichtbare Höhen und Abrisskanten anging, etwas dünnhäutig geworden. Dieser Aufzug passte nicht in Horndeichs Welt. »Ich laufe«, sagte er nur und begann den Anstieg.

Leah begleitete ihn. »Ist auch nicht so mein Ding. Erinnert mich ein bisschen an einen gläsernen Stehsarg.«

Das Treppenhaus führte in einem weitläufigen Bogen durch die Stockwerke. Jede Strebe des Treppengeländers für sich war ein Kunstwerk. Einige waren sogar mit handgeschnitzten Figuren verziert. Auch von den Kanten zwischen Decke und Wand schauten immer wieder teils surrealistisch anmutende Gestalten auf die Treppensteigenden hinab.

Im vierten Stock angekommen, öffnete sich die Tür wie von Geisterhand. Offensichtlich waren hier Kameras angebracht, die Horndeich aber nicht entdeckte. Vielleicht versteckten sie sich in den Augen der Stuckfiguren, dachte er.

Hinter einem Tresen aus Mahagoniholz saß eine Dame, die sich mustergültig ins edle Ambiente fügte. Perfekte Frisur, perfekte Brille, perfektes Make-up. »Guten Tag, Frau Gabriely, guten Tag, Herr Horndeich, Frau Anderson erwartet Sie bereits. Wenn Sie mir bitte folgen würden.« Perfekte Stimme, perfekter Gang. So perfekt, dass Horndeich sich nicht ganz sicher war, ob man nicht doch schon irgendwo Androiden kaufen konnte.

Fräulein Android führte sie zu einem Besprechungsraum mit gläsernen Wänden, die jedoch bis zu einer Höhe von einem Meter fünfzig milchig waren, sodass man nicht hindurchsehen konnte.

»Einen Cappuccino? Tee? Kaffee?«, spulte Fräulein Android routiniert die Karte herunter. Kurz war Horndeich versucht zu sagen: »Bitte in dieser Reihenfolge.« Aber wahrscheinlich wäre die Dame seinem Wunsch sogar ohne ein Zucken im Gesicht nachgekommen.

Horndeich winkte ab, ebenso Leah.

Mit den Worten »Frau Anderson wird gleich bei Ihnen sein« schloss Fräulein Android die Tür und verschwand.

Auch in diesem Raum war alles nur vom Feinsten. Offensichtlich schien die Steuerberatung ein lukratives Geschäft zu sein. Horndeich war sich nicht sicher, ob er mit seinem gesamten Einkommen die Miete hätte bezahlen können. Aus dem Fenster eröffnete sich Horndeich und Leah ein Blick über den Palmengarten.

Eine Minute später betrat Monika Anderson den Raum.

Nachdem sie sich begrüßt hatten, setzte sich Frau Anderson zu ihnen an den Tisch. »Womit kann ich Ihnen helfen? Ist noch ein Schädel aufgetaucht?«

Humor war nun wirklich die schlechteste Eröffnung für das, was Horndeich nun zu sagen hatte. »Frau Anderson, wir gehen davon aus, dass Ihr Mann derzeit nicht in Brasilien weilt.«

»Wie kommen Sie darauf?« Monika Andersons Stimme war ruhig. Aber es schien, dass die Luft um ihren Mund herum ob der schneidenden Kälte in ihrer Stimme gefror.

»Hat Ihr Mann jemals eine Knieprothese erhalten?«

Kurz huschten zwei senkrechte Falten über Monika Andersons Nasenwurzel. »Ja. Aber was hat das mit dem Aufenthaltsort meines Mannes zu tun?«

»War das im November 2011?«

»Ja. In der Paracelsus-Klinik in Frankenberg. Die hatten sich seinerzeit auf so etwas spezialisiert. Aber nochmals: Was hat das mit dem Aufenthaltsort meines Mannes zu tun?«

Dann schien es in ihrem Kopf klick zu machen. »Sie haben seine Leiche gefunden?« Weder der Gesichtsausdruck hatte sich nennenswert verändert, noch war die Temperatur der Stimme auch nur um ein halbes Grad angestiegen.

»Ja, Frau Anderson. Und durch die Prothese am Ober-schenkel konnten wir ihn zweifelsfrei identifizieren.«

»Wo ist er gefunden worden? Offensichtlich nicht in Rio.«

»Nein. Vergangenen Sonntag haben zwei Kinder im Wald ein Skelett entdeckt. Und es handelt sich dabei um die sterb-lichen Überreste Ihres Mannes. Er muss schon lange tot sein.«

Der Seufzer war kaum hörbar, doch Horndeich nahm ihn wahr. »Nun, für mich macht es keinen Unterschied. Aber ich fürchte, meine Tochter wird das nicht gut wegstecken. Sie war in den vergangenen zwei Jahren so voller Hass auf ihren Vater, der sie, nein, der uns einfach hat sitzen lassen. Seit einem halben Jahr hat sie damit einigermaßen abge-schlossen und die Hoffnung aufgegeben, dass ihr Vater sie besuchen oder gar zurückkommen würde. Wo genau haben Sie die Knochen gefunden?«

»In einem Waldstück bei Darmstadt.«

»Sie meinen, er ist überhaupt nicht nach Brasilien gegan-gen?«

»All diese Fragen können wir im Moment noch nicht be-antworten. Wann genau ist er denn damals verschwunden?«

»Das war 2015. Um den ersten Mai rum.«

In dem Moment, in dem Horndeich gerade dachte, dass Frau Anderson den Tod ihres Mannes doch sehr gefasst auf-nahm, begann sie zu weinen.

Sie schluchzte nicht, aber die Tränen liefen über ihre Wangen wie die Tropfen eines lecken Wasserhahns. Auch aus der Nase rann Körperflüssigkeit. Es war ihr offensicht-lich hochgradig peinlich, aber Frau Anderson konnte nicht aufhören. Horndeich sah sich um. Fläschchen mit Mineral-wasser, Cola, Apfelschorle, Gläser, ein Flaschenöffner – aber weit und breit nichts, was man als Taschentuch hätte anbie-ten können.

Es war Leah, die eine Packung dabeihatte und Monika Anderson eines anbot.

Der Tränenstrom versiegte genauso schnell, wie er gekommen war. Wie ein kurzes Sommergewitter, aus dem Nichts heraus und sofort wieder verschwunden.

»Bitte kommen Sie doch in mein Büro. Dort habe ich auch Zugriff auf meinen Kalender. Da kann ich Ihnen genauere Auskünfte geben.«

Das Büro von Monika Anderson war nur unwesentlich kleiner als der Besprechungsraum. Neben Schreibtisch und Sitzecke befand sich ein kompakter Besprechungstisch mit sechs Stühlen darum.

Monika Anderson bot ihren Gästen an, Platz zu nehmen. Sie schien sich wieder unter Kontrolle zu haben. Auch auf diesem Tisch standen Gläser und kleine Fläschchen mit Getränken. Horndeich griff zu einer Cola. Bevor Monika Anderson sich zu ihnen an den Tisch setzte, nahm sie von ihrem Schreibtisch ein iPad. Noch im Stehen wischte sie mehrmals über die Oberfläche, um dann zu sagen: »Ich habe meinen Mann am Donnerstag, den dreißigsten April vor zwei Jahren, zum letzten Mal gesehen. Wir haben zu dritt gemeinsam gefrühstückt, dann hat er fünf Minuten vor mir das Haus verlassen. Ich bin davon ausgegangen, dass er in seine Firma fährt.«

»Genotics?«

»Ja. Er besaß das Unternehmen schon seit dem Jahr 2000. Spezialisiert auf DNA-Analyse. Er hatte es damals mit einem Partner gegründet.«

»Und abends ist er dann nicht nach Hause gekommen?«

»Nein. Aber das war noch nichts Ungewöhnliches. Wir hatten uns zu diesem Zeitpunkt schon nicht mehr viel zu sagen. Ich glaubte da bereits, dass er eine andere hatte. Na ja, ein paar Tage später hatte ich ja dann die Bestätigung.«

»Wie das?«

»Ganz einfach: Am Montag klingelte sie an meiner Tür. Eine gewisse Marlene. Stürzte ins Haus und kreischte herum, wo Matthias wäre. Ich hatte keine Ahnung, wer sie war. Und sagte ihr, sie solle bitte das Haus verlassen. Und diese freche Frau stellte sich dann vor mich, stemmte die Hände in die Hüften und blaffte mich an, dass sie ein Kind von ihm unter ihrem Herzen trüge. Sie wäre schwanger von Matthias und wolle ihn auf der Stelle sehen. Nun, die Schwangerschaft konnte sie kaum mehr verbergen.«

»Wie haben Sie reagiert?«, hakte Leah nach.

»Ich war völlig perplex. Dass Matthias sich mit einer anderen Frau traf – mein Gott, das hätte ich irgendwie verstanden, wir hatten uns so weit voneinander entfernt. Wir lebten beide mehr oder weniger für unsere jeweilige Arbeit, ich kümmerte mich noch um unsere Tochter, und wir haben dabei kaum mitbekommen, dass wir uns nichts mehr zu sagen hatten. Aber ausgerechnet diese Tussi? Die passte so gar nicht in Matthias' Beuteschema. Das Mädel war halb so alt wie er. Sie war drall – Matthias hatte immer eher eine Schwäche für Hungerhaken. Aber was ich so überhaupt nicht begreifen konnte: Für ihren IQ musste man den einstelligen Bereich nicht verlassen.«

Okay, Monika Anderson verteilte ihre Kinnhaken auf verbale Art und Weise, dachte Horndeich.

»Und wann hatte diese Marlene Matthias zuletzt gesehen?«

»Das weiß ich nicht genau. Ich hab noch mal bei Bastian angerufen, dem Partner meines Mannes. Aber der hat auch gesagt, dass Matthias am Donnerstag gar nicht in der Firma erschienen wäre – und er auch auf Anrufe nicht reagiere. Am Tag nach dem Donnerstag war der erste Mai, Feiertag, da hatte Genotics natürlich auch zu.

Als diese Marlene wieder weg war, habe ich noch die Nacht gewartet, dann bin ich zur Polizei gegangen und habe Vermisstenanzeige erstattet. Ihre Kollegen in Frankfurt müssten die Akte noch haben. Obwohl … ich weiß ja gar nicht, ob das aufgehoben wird, wenn plötzlich klar wird, dass der scheinbar Vermisste sich nur abgesetzt hat.«

»Und wie kam man damals zu dem Schluss, dass Ihr Mann nach Brasilien gegangen ist?«

»Als Ihre Kollegen die Kreditkartenabrechnung gecheckt haben, war das ziemlich eindeutig: Er hatte das Ticket für den Flieger nach Rio mit seiner Kreditkarte bezahlt, außerdem in Rio ein Hotel und einen Tag später dort einen Leihwagen. Und offenbar war auch sein Handy in Rio noch einmal eingeloggt gewesen. Damit haben Ihre Kollegen den Fall dann ad acta gelegt.«

»Hatte Ihr Mann Feinde? Gab es jemanden, der nicht gut auf ihn zu sprechen war?«

Monika Anderson hob nur kurz die Schultern. »Ich weiß es nicht. Wenn, dann hat er mir nichts davon erzählt.«

»Kennen Sie den Nachnamen dieser Marlene?«

»Hinkler oder so ähnlich. Aber ich bin sicher, Ihre Kollegen in Frankfurt können da weiterhelfen.«

Leah und Horndeich verabschiedeten sich.

Ihr nächster Gang würde sie zu den Kollegen des Frankfurter Polizeipräsidiums führen.

Friedrich Klocke hatte die Akte bereits aufgeschlagen. Er war ein Urgestein im Frankfurter Polizeipräsidium. Seit über fünfundzwanzig Jahren war er bei einer der inzwischen sechs Frankfurter Kriminaldirektionen, den Pendants zur Darmstädter Abteilung K10, in der auch die Vermisstenfälle bearbeitet wurden.

Leah und Horndeich saßen in seinem Büro, einem jener

typisch pragmatisch eingerichteten Hasenkäfige. Im Unterschied zu den Darmstädtern hatten die Frankfurter in ihrem Neubau die einzelnen Bereiche farblich getrennt. Leah und Horndeich saßen nun im grünen Terrain – eine Farbe, die Horndeich eher nicht mit Mord und Totschlag assoziierte.

Klocke hatte den Darmstädter Kollegen Mineralwasser angeboten, worüber Horndeich froh war, denn die Außentemperaturen hatten sich inzwischen ziemlich Mühe gegeben, die Bestmarken der vorigen Tage zu knacken. Im Großen und Ganzen hatte Klocke bestätigt, was ihnen zuvor bereits Monika Anderson berichtet hatte. »Am fünften Mai kam Frau Anderson zu uns, das war ein Dienstag. Hat ihren Mann als vermisst gemeldet.«

»Und was haben Sie daraufhin unternommen?«, wollte Horndeich wissen.

»Nun, unser erster Anhaltspunkt war diese Geliebte, Marlene Winkler. Die war offensichtlich die Letzte, die Matthias Anderson gesehen hatte. Sie sagte, sie hätten am Sonntagmorgen Streit gehabt wegen ihrer Schwangerschaft. Daraufhin hätte er ihre Wohnung verlassen. Dann haben wir das Handy geortet. Es war am Sonntagnachmittag in der Nähe des Frankfurter Flughafens ausgeschaltet worden.«

»Mit wem haben Sie noch gesprochen?«

»Mit Bastian Lenz, seinem Firmenpartner. Der hatte ihn am Mittwochabend zuvor zum letzten Mal gesehen. An dem darauffolgenden Donnerstag, so hatte Lenz berichtet, war Matthias Anderson nicht in der Firma erschienen. Wir haben dann noch seinen Bruder ausfindig gemacht – mit dem er sich nicht besonders gut verstanden haben soll. Und deswegen konnte der uns auch nichts über den Verbleib von Matthias Anderson mitteilen. Na ja, alles erst mal Sackgassen. War ja gut möglich, dass sich Anderson einfach eine Auszeit genommen hatte. Handy ausschalten am Flughafen – das haben wir schon für ein ziemlich starkes Indiz in diese Richtung gehalten.

Und dann kam Marlene Winkler am darauffolgenden Donnerstag wieder aufs Revier und sagte, Matthias Anderson hätte sie gerade angerufen und ihr gesagt, dass er sich in Brasilien ein neues Leben aufbauen würde. Muss ein ziemlich unschönes Gespräch gewesen sein.«

»Und damit war der Fall für Sie erledigt?«

»Na ja«, sagte Klocke, »es gab zwei Möglichkeiten: Entweder Marlene Winkler sagte die Wahrheit, oder aber sie hatte Matthias Anderson umgebracht, als der ihr endgültig deutlich gemacht hatte, dass er mit dem Kind in ihrem Bauch nichts zu tun haben wollte. Ich hab auch sie damals etwas genauer unter die Lupe genommen – aber nichts Auffälliges gefunden. Na ja, ich war vor drei Jahren mal auf so einer internationalen Fortbildung. Und da habe ich einen Kollegen aus Rio de Janeiro kennengelernt. Meine Frau ist Portugiesin, deshalb spreche ich die Sprache inzwischen ein bisschen. Über diesen direkten Kontakt hatte ich dann den Hauch einer Chance, dass mich jemand aus Rio unterstützt bei meinen Nachforschungen. Tatsächlich hat mir der Kollege die Handydaten von Matthias Anderson besorgen können. Und sein Handy war tatsächlich in Rio eingeloggt gewesen und hatte sich in der Stadt bewegt. Und tatsächlich wurde von dem Handy von Rio aus ein Gespräch zum Handy von Marlene Winkler geführt. Sie hatten knapp fünf Minuten miteinander telefoniert.

Am Tag darauf bekam ich dann die Abrechnungsdaten seiner Kreditkarte. Und auch das passte perfekt: Flugticket nach Brasilien am Sonntag, Hotel in Rio mit der Kreditkarte bezahlt und sich dann auch noch einen Leihwagen genommen, ebenfalls mit der Karte. Ich habe sogar mit der Fluglinie gesprochen: Matthias Anderson hat den Flug angetreten. Damit haben wir und ich den Fall zu den Akten gelegt. Es gab überhaupt nichts, was dafür sprach, dass Matthias Anderson einem Gewaltverbrechen zum Opfer gefallen wäre.«

»Ist er aber offensichtlich.«

»Ja, ist er. Aber wer auch immer daran schuld ist, er hat das vermeintliche Verschwinden ziemlich gut inszeniert. Wenn es denn inszeniert war. Vielleicht ist Anderson ja auch später wieder aus Brasilien zurückgekommen und erst dann ermordet worden.«

Friedrich Klocke hatte ihnen die Akte kopiert. Wieder lenkte Leah den Wagen, während Horndeich über die Freisprechanlage mit Richard Feller telefonierte. »Diese Marlene Winkler, ich denke, mit der sollten wir zuerst sprechen«, sagte er zu seinem Kollegen. Dann gab er ihm die Adresse durch, unter der Marlene Winkler zwei Jahre zuvor gemeldet gewesen war – das war seinerzeit in Offenbach gewesen.

Fünf Minuten später rief Feller zurück: »Sie ist umgezogen. Sie wohnt jetzt in Buchschlag, also Dreieich.« Feller gab die Anschrift durch, ebenso wie die aktuelle Handynummer. »Ist eine hübsche Ecke. Da steht der Schneckenbrunnen von Bernd Rosenheim. Ist vor drei Jahren renoviert worden.«

Seit Feller in seiner Freizeit mit dem E-Bike die Straßen unsicher machte, war man vor seinen Heimatkundekenntnissen, die sich auf einen Radius von etwa dreißig Kilometern ausdehnten, nicht mehr sicher. Horndeich unterbrach ihn: »Bist du sicher, dass das unsere Marlene Winkler ist?«

Feller antwortete: »Euch auch noch einen schönen Nachmittag«, und legte auf. Das war ein Fauxpas gewesen. Man zweifelte Fellers Recherchekünste nicht an. Denn es hatte noch nie auch nur den Hauch eines Anlasses dazu gegeben. Überflüssig zu fragen, wie er so schnell diese Adresse und die Mobilfunknummer herausgekriegt hatte – Horndeich konnte sicher sein, dass beides stimmte.

Er tippte die Zahlenkombination auf die Tastatur seines Handys. Marlene Winkler ging nach wenigen Sekunden an den Apparat. »Winkler?«

Horndeich nannte Namen und Beruf und kam dann gleich zur Sache. Sie müssten mit ihr sprechen im Zusammenhang mit einem aufzuklärenden Verbrechen.

Marlene Winkler sagte, sie könnten vorbeikommen, wann immer sie wollten. Wegen der Kleinen wäre sie nicht ganz so flexibel, das Haus zu verlassen.

»Ist es okay, wenn wir in zwanzig Minuten bei Ihnen sind?«, wollte Horndeich wissen.

Marlene Winkler bejahte – und Leah setzte augenblicklich den Blinker, um über die Ausfahrt Zeppelinheim direkt auf die Landstraße nach Buchschlag zu fahren.

Bereits fünfzehn Minuten später hatten sie den Wagen vor dem Haus geparkt, in dem Marlene Winkler wohnte. War nicht ganz das Frankfurter Westend.

Horndeich betätigte die Klingel, wenige Sekunden später ertönte das Summen des Türöffners. Laut Klingelschild wohnten in dem Haus vier Parteien. Als Leah und Horndeich das Treppenhaus erklommen, hörten sie das Geräusch einer sich öffnenden Tür. »Ganz oben«, erklang die Stimme der jungen Frau.

Marlene Winkler lebte direkt unter dem Dach. Ein kleiner Flur führte in das einzige Zimmer. Zwei weitere Türen gingen ab in Richtung Bad und Toilette.

Der Raum war groß, aber durch die Dachschräge nicht in seiner ganzen Fläche nutzbar. Ein breites Doppelbett war mit einem Paravent vom Raum abgetrennt, dort konnte man auch ein Stück des Kinderbettchens sehen.

»Kommen Sie rein«, sagte Marlene Winkler. Sie trug ihren Nachwuchs auf dem Arm, wiegte ihn ein wenig. »Sie haben Glück, sie ist vor zehn Minuten eingeschlafen.«

»Wie heißt sie?«, wollte Leah wissen.

»Stefanie«, sagte Marlene Winkler.

Horndeich musste an seine eigene kleine Stefanie denken und schmunzelte. Der Name schien derzeit Konjunktur zu haben.

Marlene Winkler deutete mit dem Kopf in Richtung eines Sofas. Standard Ikea, aber nicht durchgesessen, konstatierte Horndeich, als er sich darauf niederließ. Marlene Winkler selbst setzte sich auf den Sessel. »Worum geht es? Was wollen Sie von mir wissen? Habe ich irgendwas verbrochen?«

»Nein«, erwiderte Horndeich sofort. »Wir ermitteln gerade in einem Fall. Darin spielt Matthias Anderson eine Rolle. Der Name sagt Ihnen was?«

Marlene Winkler sog hörbar die Luft ein. »Ja«, antwortete sie nur.

Weder Horndeich noch Leah fuhren sogleich fort. Nach der nur sehr einsilbigen Antwort hatten sie sich kurz per Blickpost verständigt: Die junge Dame sollte von sich aus etwas mehr erzählen.

Tat sie aber nicht. Es dauerte sicher zwanzig Sekunden, bevor sie die Gegenfrage stellte: »Was ist mit ihm?«

»Nun, uns würde interessieren, in welchem Verhältnis Sie zu ihm standen.«

»Warum wollen Sie das wissen?«

Leah antwortete. Und sie war gut darin, die Stimmlage immer so auszutarieren, dass sie Freundlichkeit signalisierte, aber auch Bestimmtheit. Unter der Schicht des »Bitte erzählen Sie uns doch mehr« lag ebenso deutlich das »… und versuchen Sie nicht, uns zum Narren zu halten.«

Marlene Winkler zuckte nur mit den Schultern. »Das

Kind ist von ihm. Er ist nicht mehr da. Er hat sich verpisst. Und uns sitzen lassen.« Wieder schwieg sie.

»Wann haben Sie sich kennengelernt? Wo? Wie?«

Marlene Winkler rutschte auf ihrem Sessel ein wenig zur Seite, und es war nicht klar, ob aus Verlegenheit oder um das Kleinkind angenehmer zu lagern. »Vor drei Jahren im Sommer. In Frankfurt, in so einem Schnellimbiss. War an einem Wochenende. Er war shoppen, hat was gegessen, ich hab was gegessen, dann trafen sich unsere Blicke. ›Und es hat Zoom gemacht.‹ Da gibt's doch so 'nen deutschen Schlager. Er war verheiratet. Und so haben wir uns meistens bei mir gesehen. Hab damals noch in Offenbach gewohnt. Er hat ja in Darmstadt gearbeitet. Manchmal, da hat er sich auch zwei Tage freigenommen, und dann sind wir irgendwo hingefahren. Mit Hotel und so – war schon geil. Aber dann bin ich schwanger geworden. Und ich hatte echt nicht vor, ein Kind allein großzuziehen. Habe ich immer noch nicht – hab aber im Moment wohl keine andere Wahl.«

»Wie war das, als er gegangen ist?«

»Beschissen war's.«

»Nein, wann war das? Wie war das genau?«

»Wozu wollen Sie denn das wissen? Er ist weg. Oder ist er wieder zurückgekommen? Das wäre natürlich cool, denn dann müsste er endlich auch mal ein bisschen was blechen für die Kleine hier.«

»Nein, Frau Winkler, Matthias Anderson ist tot.«

Das schien allerdings eine Überraschung für die junge Frau zu sein. »Tot?«, echote sie, und die eben noch gesunde Gesichtsfarbe schlug um in Blässe.

»Ja. Deshalb sind wir hier. Und wir versuchen zu rekonstruieren, was damals passiert ist.«

»Woran ist er denn gestorben?«

»Das wissen wir nicht genau«, log Horndeich.

Und bevor Marlene Winkler weiter fragen konnte, hakte Leah sofort wieder ein: »Also, wann haben Sie ihn das letzte Mal gesehen? Wann hatten Sie zuletzt Kontakt?«

»Das müssen Sie doch wissen. Die Polizei hat mich doch damals schon befragt.«

»Ja, wir haben mit den Kollegen auch gesprochen. Wir würden es aber sehr gern noch mal von Ihnen hören.«

»Ich weiß nicht, ob ich das alles noch richtig zusammenkriege. Er war bei mir, hat bei mir übernachtet, es war, glaube ich, an einem Sonntag. Ich hab das Frühstück gemacht, dann haben wir wieder gestritten. Ich wollte, dass er sich von seiner Frau trennt, wir zusammenziehen, ja, heiraten und die Kleine gemeinsam großziehen. Er ist laut geworden an diesem Morgen. Dann hat er die Tür hinter sich zugeschlagen, und das war das letzte Mal, dass ich ihn gesehen habe. Ein paar Tage später hat er mich angerufen, hat gesagt, dass ihm alles zu viel geworden ist, dass er sich jetzt in Brasilien ein neues Leben aufbaut. Ich hab noch gefleht und gebettelt, aber er hat gesagt, es wäre schon zu spät, er wäre bereits in Rio. Dann hat er aufgelegt. Ich hab dann immer wieder versucht, ihn anzurufen – aber er ist nie ans Telefon gegangen. Seitdem habe ich nichts mehr von ihm gehört. Bis Sie jetzt hier aufgetaucht sind.«

»Und wovon leben Sie jetzt?«

»Hartz IV. Aber wenn die Kleine in den Kindergarten kommt, dann will ich zumindest halbtags wieder arbeiten. Hab Friseurin gelernt. Mach das jetzt schon hin und wieder hier in der Wohnung. Oh, das sollte ich Ihnen wohl nicht sagen.«

Leah schenkte Marlene Winkler ein Lächeln: »Wir sind von der Mordkommission. Nicht von der Steuerfahndung.«

Andersons Firma Genotics lag in Kranichstein. Horndeich hatte die Adresse ins Navi eingegeben. Leah saß am Steuer und wollte gerade auf der zweiten Spur an einer Kolonne von Lastwagen vorbeifahren, als unmittelbar vor ihr ein Wagen den Blinker setzte und ausscherte. Schien ein alter amerikanischer Pick-up zu sein aus der Zeit, als das Kürzel SUV noch weitgehend unbekannt war.

Der Wagen bog, nachdem er die Kolonne überholt hatte, sogleich wieder nach rechts ein. Als sie an ihm vorbeifuhren, bemerkte Horndeich, dass Leah nicht, wie sie es sonst immer tat, stur geradeaus auf die Fahrbahn blickte. Ihr Blick wanderte vielmehr ebenfalls nach rechts und sie betrachtete kurz den Wagen. Dabei nahm sie sogar den Fuß vom Gas.

Horndeich hatte recht gehabt: Neben ihnen rollte ein uraltes Jeepmodell über den Asphalt, eher von den Dimensionen eines großen Landrovers. Er musste schmunzeln: Der Wagen war weiß lackiert und mit Safaristreifen versehen. »Da hat jemand Sinn für Humor«, sagte er zu Leah gewandt.

Die antwortete nicht und sah wieder auf die Straße. Aber Horndeich registrierte, dass sie blass geworden war. »Ist alles okay?«

Leah antwortete nicht. Dann schüttelte sie leicht den Kopf. »Kannst du fahren?«

»Klar. Was ist los? Ist dir nicht gut?«

Wieder keine Antwort von Leah. Nach fünfhundert Metern erreichten sie die Ausfahrt zur Raststätte Gräfenhausen. Leah bog ab. Sie parkte den Wagen unweit des Raststättengebäudes. »Bin gleich wieder da«, sagte sie und verschwand.

Horndeich ging um den Wagen herum, setzte sich auf den Fahrersitz. Nach drei Minuten kam die Kollegin zurück. »Danke«, sagte sie nur.

»Kann ich dir irgendwie …«

»Nein«, unterbrach sie ihn, »fahren wir einfach zu Genotics.«

Horndeich wusste, wann es sinnlos war, weiter zu fragen. Immerhin war ein bisschen Farbe in Leahs Gesicht zurückgekehrt.

Genotics residierte in einem Gebäude aus den Siebzigerjahren. Siemensstraße 20. Schon in Frankfurt hatte Horndeich mit Bastian Lenz telefoniert, dem zweiten Inhaber des Unternehmens. Horndeich parkte den Wagen auf dem Firmenparkplatz. Das Äußere des zweistöckigen Gebäudes gruselte ihn ein bisschen. Die braune Metallfassade – das entsprach nicht seinen Vorstellungen einer architektonischen Augenweide. Doch in dem Augenblick, als die Glasschiebetüren den Blick ins Firmeninnere preisgaben, änderte sich der Eindruck schlagartig. Alles war hell und schick eingerichtet, der Boden mit Marmor ausgelegt – jeder Quadratzentimeter strahlte Exklusivität und Geld aus. Vom Empfangstresen aus zeigte ein Wegweiser nach rechts zu den *Büros*, in der anderen Richtung befanden sich die *Labors*. Die junge Dame hinter der Theke führte die beiden Ermittler durch eine weitere Schiebetür in den Bürotrakt. Bastian Lenz' Büro lag im westlichen Teil.

»Danke, Frau Schwacke«, waren dessen erste Worte, dann begrüßte er Leah und Horndeich. Lenz war groß gewachsen, wirkte durchtrainiert, und die Hände erreichten Dimensionen, die Horndeich als Boxerpranken kategorisiert hätte. Dennoch war sein Händedruck eher schwach.

Das Büro war ähnlich aufgeteilt und eingerichtet wie jenes von Matthias Andersons Frau Monika. Ein großer neumodischer Schreibtisch, eine Ledersitzgarnitur – ganz in Weiß. Und auch ein Besprechungstisch, allerdings nur für vier Personen.

Bastian Lenz begrüßte sie mit den Worten: »Wie kann ich den Herrschaften der Polizei zu Diensten sein?« Mit einer weiten Geste deutete er in unbestimmte Richtung. Horn-

deich und Leah ließen sich auf dem weißen Leder nieder.
Zwar hatte Leah ein wenig an Gesichtsfarbe wiedergewonnen, aber ihr Sprachzentrum schien, seit sie den seltsamen
Jeep mit den Safaristreifen gesehen hatten, einen Knacks abbekommen zu haben. Kannte sie den Wagen? Oder dessen
Besitzer? Horndeich übernahm das Reden. Er berichtete
kurz, dass die sterblichen Überreste von Matthias Anderson
aufgefunden worden waren, er sich also mitnichten in Brasilien aufhielt.

»Oh«, sagte Bastian Lenz. »Das erstaunt mich. Ich hätte
schwören können, dass er sich abgesetzt hat.«

»Wie kommen Sie zu dieser Auffassung?«

»Ich hatte damals den Eindruck, er hatte einfach genug.
Genug von dieser Firma, genug von seiner Ehe, dann gab es
ja offensichtlich noch eine Geliebte, die schwanger geworden war. Und die Polizei hat ja dann noch irgendwelche
Kreditkartendaten und Handydaten aus Brasilien bekommen, wenn ich mich recht erinnere.«

»Ja, das ist so weit richtig. Dennoch: Matthias Anderson
ist eines gewaltsamen Todes gestorben – und das hier und
nicht in Brasilien. Können Sie uns vielleicht ein bisschen
mehr zu ihm erzählen? Sie haben mit ihm gemeinsam die
Firma gegründet?«

»Ja. Am 1. Januar 2000 haben wir das Labor gegründet.
Allerdings noch nicht in diesen Räumen. Hier sind wir erst
seit 2008. Der erste Firmensitz war in Frankfurt. In Seckbach. Dort haben wir eine ehemalige Arztpraxis übernommen und sie für unsere Zwecke passend umgebaut.«

»Was macht Ihre Firma genau?«

»Wir machen jede Art von DNA-Analysen. Klar, der klassische genetische Fingerabdruck für Ihre Kollegen, wenn
deren eigene Labors ausgelastet sind, dann schreiben wir
Abstammungsgutachten, diagnostizieren genetisch bedingte

Erkrankungen, untersuchen Blut oder Lebensmittel – schauen also nach, ob zum Beispiel Pflanzen genetisch verändert wurden. Da gelten für einige Sorten Importverbote. All diese Sachen halt. Und das hat sich hervorragend entwickelt. Nach fünf Jahren war klar, dass wir irgendwann umziehen müssen.«

»Und das haben Sie 2008 getan?«

»Ja. Erstens brauchten wir mehr Platz. Und zweitens haben wir zu diesem Zeitpunkt eine Firma aufgekauft, die ebenfalls eine Marktlücke entdeckt hatte – und die nun auch wir besetzen.«

»Und das ist?«

Bastian Lenz kratzte sich kurz am Hinterkopf. »Das ist der peinliche Teil der Firma, den wir nicht so an die große Glocke hängen. Zumindest nicht, dass wir dahinterstecken. Sie haben vielleicht am Türschild auch den Namen einer weiteren Firma gelesen: Genara.«

»Ja, das Schild ist mir aufgefallen«, kam es von Leah. Sie war mental also doch noch anwesend. »Sie sind Genara?«

Lenz schien irritiert: »Ja. Sie kennen uns?«

Unter Leahs Gesichtszüge mischte sich ein Zug, den Horndeich bislang noch nicht an ihr wahrgenommen hatte: blanker Spott.

»Sie sind die Firma mit dem Krieger-Gen und dem Liebes-Gen?«

Horndeichs Blick wanderte wieder zu Bastian Lenz. Er grinste schräg und errötete tatsächlich. »Das Einzige, was ich zu meiner Verteidigung sagen kann: Es war die Idee von Matthias.«

»Kann mich mal jemand aufklären?«, machte Horndeich seiner Irritation Luft.

Während Leah kaum merklich den Kopf schüttelte, startete Bastian Lenz zu einer Erklärung: »Wir bieten einen Test an, der klärt, ob ein Mann zu den Trägern der Genvariante MAOA-L gehört.«

»Das Krieger-Gen.« Der Hohn troff förmlich an Leahs Mundwinkeln hinab.

Lenz fuhr fort: »Es gibt eine Studie, die besagt, dass Männer mit dieser Genvariante eher finanzielle Risiken in Kauf nehmen, aber nur dann, wenn es für sie vorteilhaft ist.«

»Ist also eher was für den modernen Krieger, der lieber zockt als haut«, ergänzte Leah. »Bieten Sie eigentlich auch eine psychotherapeutische Beratung an für all die Männer, die feststellen, dass sie diese Genvariante nicht haben und sich daher auf der Loser-Seite befinden müssen?«

Was war denn in seine Kollegin gefahren?

»Werde ich jetzt also Alkoholikerin, weil ich das MAOA-L habe? So die Weibervariante?« Leah stand auf. Sie sah Horndeich an: »Ich warte besser im Auto.« Damit war sie verschwunden. Kurz zögerte Horndeich, dann entschied er sich jedoch, das Gespräch mit Bastian Lenz zu Ende zu führen.

»Können Sie mir erklären, wovon meine Kollegin gerade gesprochen hat?«

»Ja, natürlich. Sie bezieht sich auf eine Studie der amerikanischen Gesundheitsbehörde in Kooperation mit dem Institut für Alkoholmissbrauch. Diese Studie hat gezeigt, dass MAOA-L bei Frauen das Risiko für Alkoholismus erhöht, aber nur bei Frauen, die in der Kindheit sexuell missbraucht worden sind.«

Das war der Moment, in dem Horndeich schluckte.

Bastian Lenz fuhr fort: »Meine ganz persönliche Meinung dazu: Ja, vielleicht determinieren auch Gene unsere Charaktereigenschaften. Aber immer nur im Zusammenspiel mit der Umwelt. Schließlich gibt es ja auch kein Mörder-Gen. Und auch das, was wir als Liebes-Gen untersuchen, also ob der Guanin-Baustein in dem Gen 5-HT1A enthalten ist oder nicht – Herr Horndeich, wir verdienen damit richtig viel Geld. Genauso wie die Horoskop-Sender im Privatfernsehen.«

Abermals überlegte Horndeich, ob er das Gespräch eventuell beenden und zu Leah gehen sollte. Doch er war sicher, dass es für sie beide besser war, jetzt zehn Minuten getrennt voneinander zu sein. Solch einen unprofessionellen Aussetzer hatte er bei Leah noch nie erlebt. Dieser Überfall schien ihr offenbar mehr zugesetzt zu haben, als er gedacht hatte.

»Wann ist Ihr Kollege Matthias Anderson verschwunden?«, wechselte Horndeich nun das Thema.

»Das weiß ich noch ziemlich genau. Am dreißigsten April vor zwei Jahren, da kam er nicht ins Büro. Das passierte hin und wieder einmal. Das war auch immer ein großer Streitpunkt zwischen uns. Diese Sprunghaftigkeit. Dass man sich nicht wirklich auf ihn verlassen konnte. Der Tag danach war der erste Mai, ein Freitag – für alle ein langes Wochenende.

Am darauffolgenden Montag – also dem vierten Mai – sollte er eigentlich nach Moskau fliegen. Wir haben überlegt, dort eine Firma zu kaufen. Waren noch ganz am Anfang der Verhandlungen. Hatte sich dann erübrigt – die waren so sauer, dass Matthias sie versetzt hat, dass der Deal geplatzt ist. An diesem Montag hat mich auch Monika wieder angerufen – also Matthias' Frau –, ob er in der Firma sei. Ihr hatte er gar nichts von der Reise erzählt. Aber das hat er wohl öfter nicht. Ich fand das alles ziemlich seltsam. Dass er sich einen Tag Auszeit nahm, das kam vor. Aber dass er dann am darauffolgenden Arbeitstag auch nicht auftauchte oder gar so einen wichtigen Auslandstermin platzen ließ, das war nicht sein Stil.

Am Dienstag ist Monika zur Polizei gegangen. Da war er immer noch nicht hier. Und auch am Mittwoch und am

Donnerstag nicht. Ich hatte ein ziemlich schlechtes Gefühl. Aber Ihre Kollegen arbeiteten da ja bereits daran.«

»Um dann festzustellen, dass er offensichtlich in Brasilien weilte.«

»Ja, das hat Monika mir auch mitgeteilt. Und das mit der schwangeren Geliebten. Und dann war klar, dass er weg war. War nicht einfach. Zwei Monate lang haben wir alles so laufen lassen, wie es war. Aber dann? Ich meine, Matthias hat ein fettes Gehalt kassiert, genauso wie ich. Wofür sollte dieses Gehalt gezahlt werden? Ich habe mich dann mit Monika zusammengesetzt, nach ebendiesen zwei Monaten. Und wir haben uns darauf geeinigt, dass er ganz offiziell eine Gehaltskürzung bekommt und dass das Geld nicht mehr auf sein Privatkonto überwiesen wird, sondern auf das eheliche Gemeinschaftskonto.«

»Wie hat das funktioniert mit Ihrer Firma? Wenn der eine Geschäftsführer plötzlich ausfällt?«

Bastian Lenz zuckte mit den Schultern. »Irgendwie. Jedes Loch, das man entdeckt, stopft man. Also im Nachhinein hatten wir Glück: Unsere Geschäftsform ist eine GmbH. Und sowohl Matthias als auch ich waren einzeln zeichnungsberechtigt. Das haben wir von Anfang an so festgelegt. Genau für einen solchen Fall: Wenn einer nicht mehr da ist, sollte der andere die Geschicke der Firma leiten können. Es war verdammt schwer, etwa Gewinnausschüttungen nicht mehr an ihn zu überweisen. Aber wir haben im Gesellschaftervertrag schon stimmige Klauseln gehabt, wir haben einen guten Anwalt und vernünftige Richter gefunden. Unterm Strich: etwas Kohle verbrannt, Zeit vergeudet – aber keine Katastrophe für die Firma.«

»Und Sie? Wie kamen Sie menschlich mit Matthias aus?«

»Herr Horndeich, das ist jetzt Ihre Frage nach dem Motiv. Nein, ich hätte Matthias nicht umgebracht. Ich fand die Art, wie er mit mir die Firma geführt hat, ganz besonders in den zwei Jahren vor seinem Verschwinden, zum Kotzen. Das sage ich Ihnen ganz offen. Ich wollte neueste DNA-Analysetechnik einkaufen. Ihm war es wichtiger, noch einen Landrover Discovery als Firmenwagen anzuschaffen, ohne sich auch nur ein Kreuzchen auf der Liste der Extras zu verkneifen. Er hat das Geld zum Fenster rausgehauen. Und ich war immer der, der eher das Unternehmen im Blick hatte. Klar, das können Sie mir jetzt auch als Mordmotiv unterstellen. Aber die Firma hat überlebt. Und das war durch sein Verschwinden schwieriger als mit ihm an Bord.«

»Dieser Landrover – war das auch der Wagen, mit dem er privat unterwegs war?«

»Ja. Er war ganz vernarrt in die Karre.«

»Und der Wagen ist damals mit ihm verschwunden?«

»Ja. Ich habe ihn vor einem Jahr abgemeldet. Keine Ahnung, wo der ist. Wenn Sie sagen, dass Matthias schon zwei Jahre nicht mehr lebt – dann hat sein Mörder ihn entweder geklaut und vertickt oder im Rhein versenkt.«

»Haben Sie noch das Kennzeichen?«

»Klar. Einen Moment bitte.«

Bastian Lenz stand auf, verließ das Büro und kam eine Minute später wieder zurück. »Meine Sekretärin kümmert sich darum.« Er setzte sich wieder.

»Ich weiß, es ist schon ein Weilchen her, aber erinnern Sie sich, ob Matthias Anderson Feinde hatte? Mitarbeiter in der Firma, die ihm nicht wohlgesonnen waren?«, wollte Horndeich nun wissen.

Bastian Lenz zögerte. Dann sagte er: »Ich hab dem damals nicht viel Bedeutung beigemessen. Aber ja. Da war ein Mitarbeiter, mit dem er ziemlich aneinandergeraten ist. Und der ihm offensichtlich sogar mit Mord gedroht hat.«

»Eine Morddrohung? Wie darf ich das verstehen?«

»Na ja, Hannes Jakubtschik – er hat sich mit Matthias gestritten. Ein oder zwei Tage vor dessen Verschwinden.«

»Wie kommt es, dass Sie sich daran erinnern?«

»Das hat ziemliche Wellen geschlagen. Die beiden sind in
der Kantine richtig aneinandergeraten. Jakubtschik ist Anderson an die Gurgel gegangen. Wegen Jakubtschiks Job.
Also, die ganzen Personalangelegenheiten, darum hat sich
Matthias gekümmert. Ich hab mich schon immer für das
technische Equipment interessiert.«

Horndeich hatte sich dazu entschieden, auch das Gespräch
mit Jakubtschik noch zu führen. Bastian Lenz führte ihn in
einen der Besprechungsräume, und nur ein paar Minuten
später betrat Jakubtschik den Raum.

»Herr Jakubtschik, erinnern Sie sich noch an den Streit,
den Sie mit Matthias Anderson gehabt haben, Ende April
2015?«

Jakubtschik war nicht groß, aber von äußerst kräftiger
Statur. Er wirkte wie ein Ringer, bei dem man das Glas Bier
auf dem Hintern absetzen konnte. Klein, drahtig, kraftvoll.

»Klar erinnere ich mich daran. Ich meine, Anderson
wollte mich aus dem Unternehmen schmeißen. Völlig unge-
rechtfertigt!«

Welche Emotionen das auch heute noch in Jakubtschik
hervorrief, verrieten die zahlreichen hervortretenden Ve-
nen. »Das Arschloch wollte mich vollkommen grundlos kicken. Ihm passte meine Nase nicht.«

Okay, Jakubtschiks Nase entsprach nun nicht dem westeu-
ropäischen Schönheitsideal, das war aber auch kaum ein Kün-
digungsgrund. »Warum wollte Anderson Ihnen kündigen?«

»Er sagte, ich hätte bei einer PCR-Analyse Scheiße gebaut.
Aber das ist Blödsinn. Die Leitner, die wollte mich reinreiten.«

»Leitner? PCR-Analyse?«

»Mithilfe der PCR-Methode vervielfältigen wir DNA. Dabei werden nur nicht-codierte Bereiche der DNA untersucht. Also repetitive DNA – ich hör schon auf, das führt jetzt zu weit. Aber bei uns, da herrscht das Vier-Augen-Prinzip. Auf alle Analysen müssen mindestens zwei Leute gucken. Und die Leitner – die hat nicht nur draufgeguckt, sondern die hat vorher die Ergebnisse gefälscht.«

»Entschuldigen Sie, Herr Jakubtschik, ich verstehe nicht, worüber Sie reden.«

»Ganz einfach. Ein Vaterschaftstest. Wir nehmen die DNA des Kindes, wir nehmen die DNA des vermeintlichen Vaters, wir vervielfältigen die DNA und dann gucken wir, ob die DNA des Kindes mit der des vermeintlichen Vaters identisch ist. Das habe ich gemacht – und habe der Leitner die Ergebnisse gegeben. Alles wie immer. Und dann kommt die Tussi an und sagt mir, ich hätte mich getäuscht. Hätte nicht sauber gearbeitet. Dass ich die DNA des Vaters vertauscht hätte. Mit einer völlig anderen DNA. Die wollte mich loswerden. Die wollte meinen Job. Ich hab die Abteilung geleitet, und sie wollte meinen Posten. Und der Anderson, der wollte sie auch auf diesem Posten. Und deshalb wollte er mich kicken.«

»Und aus diesem Grund haben Sie sich mit Anderson gestritten?«

»Klar. Er hat der Leitner geglaubt.«

»Und Sie haben ihm gedroht, ihn umzubringen?«

»Quatsch. Er ist mir an die Gurgel. Hat mir erst eine in den Bauch gegeben und sich dann mit beiden Händen auf meinen Hals gestürzt.«

»Und das hat Sie wütend gemacht?«

»Klar. So was von. Ich meine, ich bin seit über sechs Jahren in diesem Unternehmen gewesen, heute sind es bereits acht. Hab mich immer voll für Genotics eingesetzt. Und dann kommt zwei Jahre nach mir diese Leitner. Und die glaubt, sie kann die Abteilung übernehmen und mich raus-kicken. Ja, da wird man schon mal ein bisschen wütend.«

»Sie sagen, dass Anderson auf Sie losgegangen ist?«

»Aber klar! Da gibt's sogar Zeugen!«

»Zeugen?« Das war ja mal ein neuer Aspekt.

»Anderson und ich, wir haben uns in der Kantine gestrit-ten. Und als Anderson auf mich zugestürzt kam und mir die Hände an die Kehle gelegt hat, da war noch der Typ vom Kantinenpersonal. Der hat das gesehen. Der kann das bestä-tigen, dass nicht ich auf Anderson losgegangen bin, sondern er auf mich.«

»Wissen Sie, wer das war?«

»Keine Ahnung. Da müssen Sie dann wieder den Herrn Lenz fragen.«

»Und Frau Leitner, kann ich mit der auch sprechen?«

»Die ist jetzt schon seit eineinhalb Jahren nicht mehr hier. Auch da müssen Sie Lenz fragen.«

Horndeich nahm sich vor, genau das zu tun, bevor er zu Leah auf den Parkplatz gehen würde.

Wahrscheinlich hatte sie wirklich überreagiert. Aber diese Art der Abzocke – es widerte Leah an. Liebes-Gene, was für ein Schwachsinn. Das Krieger-Gen. Was würde Donald Trump machen, wenn man feststellte, dass er über dieses Gen nicht verfügte? Rücktritt? Suizid? Wahrscheinlich eine Erklärung, dass DNA als Baustein unserer Vererbung völlig irrelevant wäre.

Sie lehnte sich an den Passat. Hatte sich nicht ins Auto ge-setzt. Also, sie hatte sich kurz hineingesetzt und sich gefühlt wie in einem Käfig und war wieder ausgestiegen.

Das Auto auf der Autobahn. Der Jeep Gladiator. Weiß mit Safaristreifen.

Bruno.

Ihr Bruno.

Ehemals ihr Bruno.

Ihr war klar, dass der Ausbruch eben vor allem der unerwarteten Begegnung auf der Autobahn geschuldet war. Niemand fuhr solch einen Wagen außer Bruno.

Vor vier Jahren waren sie zusammen in einer Abteilung gewesen, beim BKA in Wiesbaden. Zwischen damals und ihrem Wechsel nach Darmstadt lagen drei Jahre. In dieser Zeit waren sie Freunde gewesen. Gute Freunde.

Ein paarmal waren sie in seinem Jeep Gladiator übers Wochenende einfach rausgefahren. Sie mochte seinen Wagen, dieses Ungetüm, diesen Dinosaurier. Aber ein Dinosaurier mit Automatikschaltung. Dasselbe Modell wie in der Fernsehserie *Daktari*, einer Kindheitserinnerung von Bruno.

Viele Monate hatten sie zusammen verbracht, sie, die sich Menschen gegenüber nicht öffnen konnte, er, der immer noch an seiner vor Jahren verstorbenen Frau hing. Ein schräges Gespann, das aber gut miteinander auskam. Bis zu dem Moment, als sie ihrer tiefen Zuneigung auch körperlich hatten Ausdruck verleihen wollen.

Sie hatte es kaum ertragen. Er ebenfalls nicht, weil er immer noch dachte, seine Frau zu betrügen. Schräg. Sehr schräg.

Sie hatten sich daraufhin beide völlig voneinander entfernt. Sich nicht mehr getraut, einander in die Augen zu sehen. Die Unbefangenheit hatte sich in Luft aufgelöst. Anfangs hatte Leah gedacht, das wäre auch gut so. Niemand mehr, der ihre Kreise störte. Ab und an ein gemeinsames Essen mit Richard Feller, dann ihre Arbeit – unterm Strich genau das, was sie vom Leben erwartete. Nicht mehr.

Und dann in dieser Nacht vor einer Woche am Trainingsbad, als dieser Typ mit dem Messer auf sie zugekommen war. Der Typ mit dem Messer und der Zigarette. Der Zigarette. Als sie danach in ihre Wohnung ging, in die Wohnung, in der außer ihr nur ihre Schatten wohnten, war das der Moment gewesen, an dem sie das erste Mal seit Monaten – nein, seit Jahren – gedacht hatte: Es wäre schön, wenn Bruno jetzt hier wäre.

Aber angerufen hatte sie ihn nicht.

Und dann heute sein Wagen auf der Autobahn. Wohnte er immer noch in Wiesbaden? Sie wusste es nicht.

Wollte sie es wissen?

Ja, dachte sie jetzt, an den Passat gelehnt, in der frischen, warmen Sommerluft.

Sie erinnerte sich an einen Abend vor vier Wochen – einer der ersten warmen Tage des Jahres, so warm, dass sie und Richard Feller im *Delfino,* ihrem Italiener, auf deren Terrasse gespeist hatten.

Sie, die für gewöhnlich kaum Alkohol trank, hatte sich das zweite Glas Rotwein bestellt. Und wusste genau, weshalb. Seit über einem Jahr lebte sie mit Richard Feller neben ihrem Beruf in der gemeinsamen Abteilung auch so ein seltsames Freundschaftskonstrukt. Alle zwei Wochen beim Italiener – bestes Essen, beste Getränke, beste Unterhaltungen. Und doch – und das war ja genau das, was sie eigentlich so liebte – blieben die Unterhaltungen immer an der Oberfläche. Nach dem zweiten Glas Wein hatte sie ihre Hand immer mehr, Zentimeter um Zentimeter, in Richards Richtung gleiten lassen.

Und es hatte die eine Berührung gegeben. Ihr Finger nur ganz kurz an dem seinen. Aber lange genug, dass Leah wusste, dass er nicht der Mann war, der in der Lage wäre, die Schatten in ihrer Wohnung zu vertreiben.

Kurz hatte sie gehofft, dass sie etwas anderes spüren würde. Aber als sie schließlich allein in ihrem Bett lag, in jenen seltsamen Sekunden zwischen Wachen und Schlafen, da hatte sie wieder an Bruno gedacht. Und der Gedanke, dass er jener wäre, der die Schatten in ihre Schranken weisen könnte, auflösen könnte mit einer Lichtpistole, er hatte sie begleitet auf dem Weg in Morpheus' Arme. Und all das war erneut hochgekommen, als sie mit dem Passat an Brunos Jeep Gladiator vorbeigefahren war.

Ein Geräusch hinter ihr. Reflexartig drehte sie sich um, kreuzte die Hände vor der Brust, Schutzreflex. Im vergangenen Jahr waren ihr die Bewegungen aus dem WingTsun in Fleisch und Blut übergegangen.

»Alles okay, Kollegin?«

Leah ließ die Arme sinken. »Ja, alles gut.«

»Dann lass uns fahren«, sagte Horndeich und stieg auf der Fahrerseite ein.

Sie hatten fast das Polizeipräsidium Südhessen erreicht, als Horndeichs Handy klingelte. Es war mit der Freisprechanlage des Wagens gekoppelt. Bastian Lenz rief an. »Herr Horndeich, mir ist noch etwas eingefallen.«

»Schießen Sie los«, forderte Horndeich ihn zum Sprechen auf.

»Wir haben vorher ausschließlich über unser Unternehmen geredet. Wer hier irgendetwas gegen Matthias gehabt haben könnte. Und da ist mir noch was eingefallen, was nicht direkt mit der Firma zu tun hat.«

»Und das wäre?«

»Matthias hatte einen Bruder. Und er hatte kein besonders gutes Verhältnis zu ihm gehabt. Also, soweit ich das mitbekommen habe, hatten sie überhaupt keines. Aber der Bruder – das muss so eine Woche vor Matthias' Verschwinden gewesen sein –, der ist in die Firma gestürmt, ziemlich geladen.«

»Wie meinen Sie das?«

»Na ja, er ist direkt an der Sekretärin vorbei in Matthias'
Büro gerauscht. Sie konnte ihn nicht aufhalten. Im Büro
wurde es dann laut. Geschirr wurde zerschlagen. Matthias'
Sekretärin Frau Lüders öffnete dann die Tür, fragte, ob alles
in Ordnung sei. Matthias nickte nur, meinte, sein Bruder
wolle sowieso gerade gehen. Der stand da und hatte sich den
linken Hemdsärmel hochgekrempelt. Für Frau Lüders war
das ein ziemlich irritierendes Bild.«

»Hat Matthias mit Ihnen später darüber gesprochen?«

»Nein, hat er nicht. Ich habe versucht, mit ihm darüber
zu reden, aber er wollte nicht. Frau Lüders hat mir dann
später noch erzählt, dass, als der Bruder das Büro verlassen
hat, Matthias ihm wütend hinterhergebrüllt hat, er sei nicht
mehr sein Bruder! Wäre der Kerl nochmals aufgetaucht, sie
hätte sofort die Polizei gerufen. Sie hat richtig Angst gehabt
in dem Moment. Matthias hat zwar versucht, das ihr und
mir gegenüber runterzuspielen, aber sie war sehr erschrocken.«

»Und dieser Bruder – haben Sie Namen und Adresse?«

»Ich glaube, er heißt Peter. Fragen Sie am besten Matthias'
Frau Monika.«

Horndeich bedankte sich und beendete das Gespräch.

Achtzehn Uhr. Sie saßen im großen Besprechungsraum. In
einer Ecke des Zimmers stand ein Whiteboard. Doch es fris-
tete ein trauriges Dasein. Unter Horndeich war es kaum
zum Einsatz gekommen. Zwar hatte Leah es, als sie zur Er-
mittlungsgruppe gestoßen war, aus dem Dornröschenschlaf
erweckt – immer einen roten, einen grünen, einen orange-
farbenen und einen blauen Marker in der Hand, Magnete,
mit denen sie Fotos oder Dokumente an die weiße Tafel pinnen konnte und Verbindungslinien oder Rahmen in der je-

weiligen Farbe darum herumzeichnen – doch seit drei Monaten weinte das Whiteboard Krokodilstränen, denn es war abzusehen, dass es ausgemustert werden würde.

Grund für den frühen Ruhestand war das Surface Hub, das sie im Besprechungsraum installiert hatten. Sah aus wie ein riesiger Flachbildschirm, war aber ein Computer mit berührungsempfindlichem Bildschirm. Darauf konnte man Bilder hin und her schieben, Text via Tastatur oder Bildschirmtastatur gleich eingeben oder eben auch Striche ziehen und die Bilder umrahmen. In mannigfaltigen Farben. Und man konnte ganz bequem parallel dazu Videokonferenzen abhalten – die Kameras waren integriert.

Das Ergebnis auf dem Bildschirm sah jedoch bislang nicht viel anders aus als auf dem Whiteboard. Was daran lag, dass Leah mit Vorliebe das neue Medium nutzte – sie aber ihre Arbeitsweise kein bisschen verändert hatte: Grün stand für die Fakten, die gesichert waren. Orange für noch nicht gesicherte Informationen, die rote Farbe kennzeichnete Hypothesen, und Blau stand für offene Fragen. Ein wenig hatte sich die Darstellung auf dem Bildschirm doch gewandelt: Leah schrieb zwar in ihrer Handschrift, aber das System wandelte dies sofort in Druckbuchstaben um. Ursprünglich hatte Leah diese Funktion ausschalten wollen, doch das war der Moment gewesen, in dem sowohl Kollege Feller als auch er selbst Protest angemeldet hatten. Erfolgreich.

Horndeich fasste kurz zusammen, was sie bei Genotics herausgefunden hatten: Zum einen hatte sich Matthias Anderson mit seinem Angestellten Jakubtschik einen heftigen Streit geliefert. Dazu kam das schlechte Verhältnis zwischen Matthias und seinem Bruder. Feller hatte derweil zutage gefördert, dass dieser tatsächlich Peter hieß und ebenfalls in Frankfurt wohnte.

»Was diesen Jakubtschik angeht – der hat doch gesagt,

dass der Typ vom Kantinenpersonal alles mitbekommen hätte. Vielleicht sollten wir da noch mal nachhaken.«

Im rechten Bereich des Surface Hubs hatte Leah die To-do-Liste begonnen.

Kantinenpersonal Genotics – Zeuge, schrieb sie nieder.

»Und mit diesem Peter Anderson müssen wir reden.« Auch das wandelte Leah sofort in einen Listenpunkt um.

Horndeich wandte sich an Richard Feller: »Und du? Welche dunklen Geheimnisse hast du im Netz ausgeleuchtet und ans Tageslicht gezerrt?«

Feller blickte auf seinen Laptop – er hatte wahrscheinlich vor über zwanzig Jahren aufgehört, irgendetwas mit der Hand auf Papier zu schreiben.

»Fangen wir an mit den Telefonverbindungen, damit sind wir schnell durch. Denn Einzelverbindungsnachweise für Matthias Andersons Handy gibt es nicht mehr. Also: nada. Abgesehen von dem, was die Kollegen seinerzeit ermittelt haben: Der letzte Anruf von Matthias Andersons Handy ging am Donnerstag, dem 7. Mai 2015 aus Rio de Janeiro zu Marlene Winkler.

Besser sieht es aus mit den Bankdaten: Matthias Anderson hatte sein Privatkonto und sein Kreditkartenkonto bei der Driller-Privatbank in Frankfurt. Und die heben alle Belege für Umsätze eines Kunden dreißig Monate lang auf. Da haben wir also Glück. Wie der Kollege aus Frankfurt schon gesagt hat: Am Montag, dem 4. Mai, wurde das Hotel in Rio mit Kreditkarte bezahlt, und am Dienstag, dem 5. Mai, ein Leihwagen. Aber das war's dann auch. Danach ist diese Kreditkarte nie wieder benutzt worden. Und beim Girokonto sieht es ähnlich aus: Die letzte Belastung am dreißigsten April im *Hofgut Rodenstein.* Er hat dort neunundzwanzig Euro dreißig ausgegeben. Also entweder war er da mit jemandem Kaffee trinken und Kuchen essen, oder er hat allein gespeist. Danach ist von seinem Konto nichts mehr abgebucht worden. Zweimal ging noch sein Gehalt auf dieses Konto, das war's dann aber auch. Eine interessante Sache gab's dann aber doch noch: Eine Woche bevor er verschwunden ist, am dreiundzwanzigsten April, an einem Donnerstag, hat Matthias Anderson von seinem privaten Konto dreißigtausend Euro abgehoben. In bar. Vielleicht hat ihn jemand erpresst?«

»Aber mit dreißigtausend Euro kann man in Brasilien auch keine Ewigkeit leben. Zumindest nicht, wenn man nicht in die Slums von Rio ziehen möchte«, sagte Leah.

Feller und Horndeich kommentierten das nicht.

»So spricht unterm Strich wenig dafür, dass Matthias Anderson überhaupt in Brasilien war, oder? Das sieht doch eher so aus, als ob sein Mörder nach Brasilien geflogen ist, dort ein paar Spuren hinterlassen hat und wieder zurückgekommen ist«, gab Leah zu bedenken.

»Ja, das sehe ich auch so«, stimmte Richard Feller zu.

»Wenn aber Matthias Anderson nie in Brasilien war, wer hat dann seine Geliebte Marlene angerufen? Und warum erzählt Marlene dann, dass es Matthias Anderson gewesen wäre? Offenbar hängt sie da mit drin. Vielleicht hat sie Matthias Anderson wirklich im Affekt getötet und sich von jemandem helfen lassen, die Leiche zu beseitigen und Matthias Andersons Verschwinden zu inszenieren.«

»Dann werden wir uns mit der jungen Dame morgen noch mal unterhalten müssen«, folgerte Horndeich. »Sonst noch was?«, fragte er dann in die Runde.

Leah sortierte die Gedanken immer noch auf der elektronischen Tafel. Dann sagte sie: »Irgendwie ist das schon komisch. Da finden wir einen Schädel, der ursprünglich im Wochenendhaus von Matthias Anderson aufbewahrt wurde. Und ein paar Tage später taucht plötzlich das Skelett von

Matthias Anderson auf – gibt es da irgendeinen Zusammenhang?«

Feller war der Logiker unter ihnen und griff den Gedanken auf, den Horndeich auch schon gehabt hatte. »Nein. Dass die Hausmeister im Kongresszentrum diese Bodenplatte ausgetauscht haben, das ist ja nur der Schusseligkeit eines Ausstellers eine Woche zuvor geschuldet. Und dass die Kids ausgerechnet am vergangenen Sonntag den Schuh mit Knocheneinlage gefunden haben, auch das ist nichts, was sich irgendwie steuern ließe.«

»Wirklich Zufall?«

Horndeich grinste schräg. »Wenn ich mit Sandra abends im Fernsehen einen Krimi anschauen würde, in dem uns genau das serviert werden würde – dann könnte ich nur den Kopf schütteln. Im richtigen Leben? Da ist viel mehr möglich als in Filmen und Büchern.«

»Na, zum Glück werden aus unseren Fällen ja keine Bücher oder Drehbücher geschrieben«, sagte Feller.

Leah saß mit Laptop bewaffnet auf ihrem kleinen Balkon. Auf dem Tischchen daneben stand eine Flasche Rotwein, das Glas war halb gefüllt. Christian Weiland. Die kleine Zecke, die ihr mit Messer und Zigarettenkippe entgegengesprungen war. Und die jetzt behauptete, es hätte nie ein Messer gegeben. Hatte Leah am Anfang noch ein schlechtes Gewissen gehabt, weil sie den Jungen zu hart angefasst hatte, hatte sich dieses Gefühl aufgelöst wie ein Löffel Zucker im Teich.

Sie gab seinen Namen in die Suchmaschine ein.

Zwanzig Minuten später hatte sie bereits ein umfassendes Bild von ihm. Er war neunzehn Jahre alt, ging auf ein Darmstädter Gymnasium, hatte gerade das Abitur gemacht. Fuhr einen nagelneuen Golf GTI, spielte Tennis im Verein. Seine Posts auf Facebook waren im besten Falle belanglos, ansonsten zum größten Teil hirnrissig. Er schien auf Verschwörungstheorien zu stehen, deren Verbreitung er sich wohl zur Lebensaufgabe gemacht hatte. Und ganz offensichtlich verfügte der junge Mann – aus welcher Quelle auch immer – über richtig viel Geld. Bei seinem Alter konnte das nur von einem kommen, tippte Leah: Daddy.

Ein wenig weitere Recherche ergab, dass der Herr Papa eine größere IT-Firma leitete. Bingo. Auch die Bilder des trauten Heimes zeugten vom Wohlstand der Familie. Vor dem Haus ein Tesla und ein nagelneuer 7er-BMW.

Sie nahm einen tiefen Schluck aus ihrem Glas. Der Wein umschmeichelte ihre Zunge. Einer der besseren, dachte Leah.

Als sie an die brennende Zigarette dachte, zuckte sie kurz zusammen. Dann lenkte sie die Gedanken auf das Knacken des brechenden Knöchels dieses jungen Mannes.

Ihr Vater – komisch, darüber hatte sie noch nie konkret nachgedacht – war ihrer Mutter körperlich überlegen gewesen. Ein Meter achtzig groß und neunzig Kilo schwer. Ihre Mutter hingegen war zehn Zentimeter kleiner gewesen und hatte keine fünfundsechzig Kilo auf die Waage gebracht.

Aber dieser Moment war das erste Mal, dass sie dieser Gedanke irritierte. Denn ihr Vater hatte Mutters Schläge erduldet. Immer und immer wieder. Er hätte ihre Arme spielend festhalten können. Er hätte sich ihr problemlos entgegenstellen können. Und hätte er einmal, nur einmal zurückgeschlagen – sie hätte sicher damit aufgehört. Sie hätte ihn zwar weiterhin kritisiert und gedemütigt. Aber sie hätte aufgehört, ihn zu schlagen. In Bayreuth. Der Stadt, in der Leah aufgewachsen war.

Der Stadt mit den schönen Wäldern.

In denen sich ihr Vater an einem der Bäume erhängt hatte, als Leah sechzehn gewesen war.

An ihr hatte sich ihre Mutter nicht vergriffen, aber die verbalen Ohrfeigen, nein, die verbalen Tritte, die hatte auch Leah immer kassiert.

Nachdem Leah die Schule abgeschlossen hatte, war sie sofort ausgezogen. Und hatte umgehend einen dreistelligen Kilometerbereich zwischen sich und das einstige Zuhause geschoben. Und nie hatte sie jemandem von ihrer Geschichte erzählt. Bis Bruno es dann herausgefunden hatte. Als sie vier Jahre zuvor einen Fall gemeinsam bearbeitet hatten, der sie nach Bayreuth geführt hatte. Und sie zusammengebrochen war. Bruno, der angeboten hatte, Zuhörer zu sein, wenn sie über ihren Vater sprechen wolle.

Tatsächlich hatte sie das Angebot angenommen zu der Zeit, als sie sich nähergekommen waren. Ihm hatte sie erzählt – nein, sie hat es angedeutet –, dass ihre Mutter ihren Vater geschlagen hatte. Es klang so aberwitzig.

Dreimal, sie musste dreizehn gewesen sein, hatte sie ihre Eltern beim Sex beobachtet. Die *Bravo* hatte sie immer heimlich gelesen, Sexualkunde hat es in der Schule gegeben – sie hatte also eine ungefähre Vorstellung davon, was da passierte. Was daran so toll sein sollte, das konnte sie sich nicht erklären. Und schon gar nicht, nachdem sie ihre Eltern beobachtet hatte. Stets ihre Mutter auf ihrem Vater. Und einmal hatte ihre Mutter eine Zigarette in der linken Hand gehalten.

Ihre Mutter hatte geraucht. Wenig. Abends zwei bis drei Zigaretten. So eine Packung, die hielt immer eine Woche lang. Aber im Bett mit ihrem Vater? Eine Zigarette? Das hatte sie sich nicht erklären können.

Bis zu jenem Tag, als Jonas sie angesprochen hatte. Jonas Petersberger, ein gestandener Polizist, der einen Vortrag gehalten hatte auf einem gemeinsamen Lehrgang, den sie mit den anderen Anfängern absolviert hatte. Wegen der Zigarette.

Sie verdrängte den Gedanken. Steckte ihn in der mentalen Ablage ins hinterste Zimmer, ins dunkelste Regal, irgendwo dahin, wo die Spinnweben die Erinnerung bald verdecken würden.

Dieser kleine Wichser Christian Weiland. Er hatte ja keine Ahnung, was er da losgetreten hatte.

Leah trank erneut einen Schluck Wein. Schenkte sich nochmals nach. Sie war nie in ihrem Leben in der Gefahr gewesen, zu viel zu trinken. Sie mochte das Gefühl nicht, wenn sie nicht mehr die hundertprozentige Kontrolle hatte.

Doch seit diese kleine Knolle von Idiot mit Messer und Kippe auf sie zugekrochen war, hatte sich ihr Leben verändert.

Diese verdammte Zigarette …

Auch Matthias Andersons Bruder Peter lebte in Frankfurt, in einer Wohnung im Stadtteil Rödelheim. Horndeich parkte den Wagen vor dem Haus aus den Sechzigerjahren. Der Bau würde es ganz bestimmt nicht in die Zeitschrift *Schöner Wohnen* schaffen.

Donnerstags arbeitete Peter Anderson in seinem Home Office, hatte er Horndeich am Telefon mitgeteilt. Und ja, er würde sie dort treffen.

Die Wohnung lag im dritten Stock. Horndeich und Leah entschieden sich für den Aufzug. Dann folgten sie einem hässlichen Laubengang, zugestellt mit Fahrrädern, Bierkästen, Mülltüten. Wieso hauste ein promovierter Anglist, der an der Uni angestellt war, in so einem Gebäude?

Die Tür zu Andersons Wohnung war die letzte im Gang. Peter Anderson stand bereits dort, um sie zu empfangen. Jeans, ein grünes Hemd, das er in der Trekking-Abteilung gekauft haben musste. Grell, aber schnell trocknend. Na ja, bei diesem Wetter keine verkehrte Wahl. An den Füßen trug er, wenigstens unbestrumpft, Birkenstocks.

Nach der Begrüßung führte er sie in seine Wohnung. Horndeich hätte dafür den Titel »Wohnklo mit Kochnische« vergeben. Keine sechzehn Quadratmeter, die Küchenzeile an der einen Wand durch ein Ikea Regal als Raumteiler notdürftig abgetrennt. Eine Schlafcouch, ein Sessel, ein kleiner Tisch, ein Schreibtisch und eine Tür in Richtung Bad. Das war eine edle Residenz für einen Studenten – aber nicht für einen, der Studenten unterrichtete.

»Setzen Sie sich bitte«, sagte Peter Anderson.

Leah und Horndeich nahmen auf dem Sofa Platz. Durchgesessen. Horndeich erwartete die große Attacke auf sein Iliosakralgelenk. Und er wusste nicht, wer den Kampf auf diesem Sofa gewinnen würde.

Peter Anderson ließ sich auf dem schmalen Sessel nieder. »Sie haben gesagt, Sie müssten mit mir über meinen Bruder reden. Worum geht es?«, eröffnete Peter Anderson das Gespräch. Er hatte eine tiefe, fast sonore Stimme – wäre er nicht Anglistik-Lehrer, er hätte auch eine Karriere als Radiosprecher in Erwägung ziehen können.

»Herr Anderson, ich weiß nicht, ob die Frau Ihres Bruders es Ihnen schon mitgeteilt hat: Ihr Bruder lebt nicht mehr.«

Peter Anderson ließ den Blick zwischen Leah und Horndeich hin- und herwandern. Dann sagte er: »Nein, das habe ich nicht gewusst. Das habe ich vermutet, aber ich hab's nicht gewusst.«

»Wieso haben Sie das vermutet?«, fragte Horndeich.

Peter Anderson hob kurz die Schultern. »Mein Bruder und Brasilien? Nee, das konnte ich mir nicht vorstellen.«

»Warum nicht?«, hakte Horndeich sofort nach.

»Wissen Sie, mein Bruder war ein Karrieremensch. Schon immer gewesen. Er hat die Schule perfekt durchgezogen, sein Studium deutlich unter der Regelstudienzeit abgeschlossen, mit Bestnote natürlich, die Promotion draufgesetzt, mit summa cum laude, hat dann ein bisschen gearbeitet und schließlich die eigene Firma hochgezogen. Mein Bruder erinnerte mich immer ein wenig an Julius Caesar: Veni, vidi, vici. Er kam, sah, siegte, wie jeder weiß, der irgendwann mal Asterix gelesen hat. Und dann? Dann haut er ab? Nach Brasilien? In ein Land, dessen Sprache er nicht spricht? Ohne Kohle, ohne Plan? Nein, das habe ich mir nicht vorstellen können. Und das nur, weil er eine Geliebte geschwängert hat? Nun, Ihre Kollegen hier in Frankfurt waren davon überzeugt. Ich war es nicht.«

Da lag kein Vorwurf in Peter Andersons Stimme. Dennoch. Waren die Frankfurter Kollegen zu schnell zu überzeugen gewesen? Das hatte Horndeich sich gestern auch gefragt, war aber zu der Erkenntnis gekommen, dass er selbst wohl kaum anders gehandelt hätte. Mobilfunkdaten, Bankdaten – wer käme da schon auf die Idee, dass da etwas faul sein könnte?

»Wie war Ihr Verhältnis zu Ihrem Bruder?«, lenkte Horndeich auf das ursprüngliche Thema.

»Es war nicht vorhanden.«

»Wie darf ich das verstehen?«

»So, wie ich es gesagt habe. Es war nicht vorhanden.«

Leah schaltete sich ein: »Uns wurde berichtet, dass Sie in der Woche, bevor Ihr Bruder verschwunden ist, in seiner Firma aufgetaucht sind und sich lautstark mit ihm gestritten hätten.«

Peter Anderson nickte. »Ja. Das waren die letzten Worte, die wir miteinander gewechselt haben.«

»Ein Streit mit Rumbrüllen ist aber nicht das, was ich in die Kategorie ›Verhältnis nicht vorhanden‹ einordnen würde«, sagte Leah.

»Ich war bei ihm. Das eine Mal. Und ich hab ihn angeschrien. Dass die Fenster nicht zersprungen sind, das war alles. Ich glaube, es ist immerhin eine Kaffeetasse zu Bruch gegangen. Meine Stimme hatte ich noch. Sonst aber nicht mehr viel. Aber bevor ich zu ihm gegangen bin, hatte ich sechs Jahre lang gar keinen Kontakt zu ihm.«

»Warum?«, erkundigte sich Leah.

»Wir haben eine ziemlich verkorkste gemeinsame Geschichte. Wir sind bei meinem Großvater aufgewachsen. In unserem Haus in Fränkisch-Crumbach. Unsere Eltern – sie sind Opfer eines Überfalls geworden. 1977. Ich war damals gerade vier Jahre alt, Matthias ist drei Jahre älter als ich, er war sieben. Ins Haus wurde eingebrochen, und die Räuber haben meine Mutter und meinen Vater erschossen. Wir sind nur davongekommen, weil wir an diesem Tag mit meinem Großvater zur Burgruine Rodenstein gelaufen sind. Das haben wir an Wochenenden immer wieder mal gemacht. Und meine Eltern waren froh, dann einfach mal ein paar Stunden für sich zu haben.«

Horndeich kannte die Ruine Rodenstein. Sie lag gut dreißig Kilometer von Darmstadt entfernt im Odenwald, und besonders seine Tochter Stefanie liebte es, zwischen den Steinen auf Entdeckungsreise zu gehen. Am besten mit ihrem Hund, dem Chihuahua Che.

»Das mit unseren Eltern, das hat uns zusammengeschweißt, meinen Bruder, mich – und natürlich auch unseren Großvater. Wir waren ein gutes Team. Und wir beide waren als Kinder, glaube ich, ziemlich pflegeleicht. Irgendwie immer mit der Angst im Nacken, unseren Großvater auch noch zu verlieren. Und dann, es war kurz nachdem mein Bruder Abitur gemacht hatte, tickte der völlig aus. Er sprach kein Wort mehr mit mir – und auch nicht mit meinem Großvater. Das Ganze dauerte eine Woche, dann ist er ausgezogen.

Seitdem haben mein Bruder und ich kaum mehr ein Wort miteinander gewechselt. Als mein Großvater gebrechlicher wurde, als es darum ging, ob er noch im Haus in Crumbach würde wohnen können, da hat Monika den Kontakt zu mir aufgenommen, Matthias' Frau. Das war 2004. Die letzten Jahre seines Lebens bis zu seinem Tod 2009 verbrachte mein Großvater in einer Seniorenresidenz in Darmstadt. Er war darüber nicht glücklich – aber er konnte sich nicht mehr selbst versorgen. Das letzte halbe Jahr – und zum Glück nur dieses letzte halbe Jahr – saß er im Rollstuhl. Ich habe ihn regelmäßig besucht. Wir sind dann immer noch eine Runde spazieren gegangen, anfangs die große über das ganze Oberfeld, zum Schluss nur noch einmal quer durch den Garten.«

»Und Ihr Bruder? Hatte er noch Kontakt zu Ihrem Großvater.«

»Nein. Ich habe meinen Opa immer gefragt, was denn zu diesem Zerwürfnis geführt hätte. Er hat bis zu seinem Tod geschwiegen. Irgendetwas ist da passiert zwischen meinem Bruder und ihm. Und ich habe bis heute keine Ahnung, was das war. Und mein Bruder … mein Gott, wie oft habe ich versucht, mit ihm zu reden. Hab ihn angerufen, ihn besucht, habe Briefe verfasst, ihm E-Mails geschrieben. Einmal hat Monika mich und meine Familie zum Abendessen eingeladen, ohne ihm vorher Bescheid zu sagen. Er kam zur Haustür rein, sah mich, drehte sich wieder um und verließ das Haus. Monika ist damals vor Scham fast im Boden versunken.«

»Sie sagten, Sie haben sechs Jahre vor seinem Verschwinden, also heute vor acht Jahren, noch mal mit ihm geredet. Warum hat er da eingelenkt?«

»Nun, mit ihm gesprochen ist vielleicht ein etwas hochtrabender Begriff. Mein Großvater hat ein Testament hinterlassen, und als er starb, waren ich, mein Bruder, Monika und meine Frau gemeinsam beim Notar. Das Testament war simpel: Jeder von uns Brüdern sollte die Hälfte bekommen. Das war der Moment, in dem Matthias mir vorschlug, er würde das Haus behalten und mich auszahlen. So haben wir es gemacht.«

»Ihre Frau – wo ist sie? Sind Sie geschieden?« Leah blickte quer durch die Wohnung. Hier lebte seine Frau auf jeden Fall nicht.

Peter Andersons Lachen war bitter. »Bald. Sie und die

Kinder wohnen in Niederursel. Dort unterrichtet sie auch, sie ist Lehrerin. Die Kinder sind groß genug, dass das jetzt funktioniert.«

Die Vorstellung, dass seine Sandra und die Kinder nicht mehr mit ihm unter einem Dach wohnten – nein, das wollte sich Horndeich nicht vorstellen. Wie konnte es zu so etwas kommen? Ja, auch er hatte sich mit seiner Frau schon über Dinge gestritten. Auch er war schon wütend gewesen, sie war wütend gewesen, aber war das nicht normal in einer Familie? Wut war auch immer ein Zeichen fehlender Gleichgültigkeit. Vielleicht waren es wirklich die kleinen Rituale, die sie sich erarbeitet hatten, Streitkultur würde man das wohl in irgendwelchen Ratgebern nennen. Und dann waren da noch einfach diese Kleinigkeiten: eine Einladung in ein schönes Restaurant, ein Wochenendtrip nach Straßburg. Eine CD als Geschenk, ein Buch. Sie beide liebten es, sich gegenseitig zu überraschen.

»… Schulden.« Das Wort aus Peter Andersons Mund holte Horndeich in die Realität zurück.

»Zwanzigtausend Euro. Ich kann verstehen, dass meine Frau die Reißleine gezogen hat. Ich kann ihr nichts vorwerfen. So viel Geduld, wie sie mit mir gehabt hat, hätte ich wahrscheinlich im Gegenzug nicht aufgebracht. Sie hat mich mehrmals gewarnt.«

»Entschuldigen Sie bitte, ich hab das nicht ganz mitbekommen.« Horndeich konzentrierte sich wieder auf sein Gegenüber.

»Ich bin spielsüchtig. Also ich war spielsüchtig. Ich weiß bis heute nicht, wie man das nennt. Ein Alkoholiker bleibt ein Alkoholiker, auch wenn er trocken ist. Ein Spieler, der nicht spielt, ist aber kein Spieler mehr, oder?«

Weder Leah noch Horndeich wussten diese Frage zu beantworten.

»Ich war schon immer ein Roulettespieler. Schon während des Studiums bin ich ab und zu nach Wiesbaden ins Casino gefahren. Und natürlich hab ich unterm Strich immer verloren. Aus heutiger Perspektive nicht viel. Das waren mal hundert Mark, manchmal auch zweihundert. Aber für einen Studenten war das dann schon die Hälfte der Miete der Studentenbude. Das Ganze wurde richtig schlimm, nachdem mein Großvater gestorben war und wir das Geld geerbt hatten. Ich habe keine vier Jahre gebraucht, dann war von der Erbschaft nichts mehr übrig. Doch nicht einmal danach hat meine Frau mich verlassen. Dann ging es konsequent weiter: Ich habe Schulden gemacht, ich habe Kredite aufgenommen – und ich habe auch dieses Geld versemmelt. Als ich zu meinem Bruder gefahren bin, war das für mich die letzte Chance. Ich hatte zwanzigtausend Euro Schulden und keinen mehr, der mir auch nur einen Cent geben wollte. Und es war nur noch eine Frage der Zeit, bis der Gerichtsvollzieher den Kuckuck auf das Auto, die Küche und den Fernseher kleben würde.«

»Wissen Sie noch, an welchem Datum das war?«

Peter lachte bitter auf: »Freitag. Freitag, der vierundzwanzigste April. Eigentlich hätte es Freitag der Dreizehnte sein müssen. Denn einer meiner Gläubiger war ein Kredithai. Und der hat mir an diesem Tag sehr deutlich zu verstehen gegeben, dass er seine Kohle haben möchte. Dafür hat er einen Zahn von mir als Pfand genommen. Freitag, der vierundzwanzigste April. Werde ich niemals vergessen, das Datum.«

»Wie kamen Sie auf die Idee, dass Ihr Bruder Ihnen etwas geben würde?«

Wieder dieses bittere Lachen, das in solch einem scharfen Kontrast zu Peter Andersons angenehmer Stimme stand. »Das war überhaupt keine Idee. Das war die schiere Ver-

134

zweiflung. Und es war … ja, ich hab versucht, ihn bei seiner Ehre zu packen.«

Er schwieg, bis Leah ihn aufforderte, die Kunstpause zu beenden: »Ehre?«

»In Crumbach, da waren wir drei Jungs. Mike, ein Junge aus dem Dorf, mein Bruder Matthias und ich. 1982. Da haben wir unseren Treueschwur geleistet. Wir drei, zwölf, zehn und neun Jahre alt, wir nahmen das Messer, ritzten uns in den Unterarm ein Kreuz und gelobten den Treueschwur: Was immer uns auch im Leben passieren würde, wir drei würden füreinander einstehen. Ist aber dumm gelaufen. Das Messer war alles andere als steril, wir alle holten uns eine richtig fette Infektion am Arm. Bei Mike und Matthias heilte es, bei mir nicht. Es stand zwei Tage auf der Kippe, ob ich meinen Unterarm behalten würde. Mein Großvater war ein ruhiger und geduldiger Mensch. Aber was hat er uns da zusammengeschissen. Mit Recht, natürlich. Und auf diesen Treueschwur habe ich mich berufen, als ich in das Büro meines Bruders gestürmt bin. Hab mein Hemd hochgekrempelt und ihm die Narbe gezeigt. Dank der Infektion kann man die auch heute noch ziemlich gut sehen.«

In diesem Moment streckte Anderson ihnen seinen linken Unterarm entgegen. Die Narbe war wulstig und hässlich. Neben ihr waren einige Dellen in der Haut. Der Arm sah aus, als ob darüber jemand einen Miniatur-Fliegerangriff geübt hätte.

»Matthias' Narbe sah nicht mehr so aus. Also, sie war nie so groß gewesen. Und er hat sich da eine sauteure Lasertherapie gegönnt. Aber das Kreuz war dennoch zu sehen.«

»Und er hat Ihnen kein Geld gegeben?«, stellte Leah die eher rhetorische Frage.

»Nein. Hat er nicht. Vier Wochen später hat der Gerichtsvollzieher seine Kuckucks verteilt, wir mussten raus aus der schönen Fünf-Zimmer-Wohnung in Sachsenhausen – und ich habe mich in die Psychiatrie eingewiesen. Sie glauben gar nicht, was für ein Schwein ich gehabt habe. Ich hab meinen Job nicht verloren und ich war seit diesem Tag niemals mehr in einem Casino. Ich habe mich bei den ganzen großen Spielbanken in Deutschland sperren lassen. Die lassen mich einfach nicht mehr rein. Und das ist auch gut so.«

»Er soll Ihnen hinterhergerufen haben, Sie seien nicht mehr sein Bruder.«

Peter zuckte zusammen, als ob Leah ihn geschlagen hätte. Er senkte den Kopf, hob ihn, sah Leah direkt an und sagte mit ganz leiser Stimme: »Ja. Das hat er gesagt.«

»Und haben Sie Ihre Schulden bezahlen können?«, fragte Leah.

Peter Anderson antwortete: »Ich weiß, dass ich, wenn alles glattgeht, in zwei Jahren alles abbezahlt habe. Aber ich glaube nicht, dass meine Frau sich nochmals traut, sich auf mich einzulassen. Und das kann ich ihr auch nicht verübeln.«

»Und? Hat er was mit dem Tod seines Bruders zu tun?«, fragte Leah, als sie wieder im Auto saßen.

»Keine Ahnung. Das, was er gerade erzählt hat, das hat er sich ganz bestimmt nicht auf die Schnelle ausgedacht. Selbst wenn er seinen Bruder umgebracht hätte, hätte ihn das finanziell nicht viel weitergebracht. Schließlich hätte dann die Frau von Matthias Anderson alles geerbt.«

»Aber was ist mit den Dreißigtausend, die Matthias Anderson eine Woche vor seinem Verschwinden abgehoben hat?«

»Die hat er ja schon einen Tag, bevor Peter in sein Büro gestürmt ist, abgehoben. Und Peter Anderson brauchte ja nur zwanzigtausend. Trotzdem ist es natürlich seltsam.«

»Wenn Peter Anderson die Wahrheit sagt.«

»Ja, wenn Peter Anderson die Wahrheit sagt. Gehen wir mal kurz davon aus, dass er das tut. Was bleibt da noch übrig?«

»Wut? Rache?«

Horndeich zuckte die Schultern. »Möglich. Wenn er seinem Bruder in dessen Büro an die Gurgel gesprungen wäre – das würde für mich Sinn machen. Aber die ganze Geschichte mit Brasilien? Wie sollte er das durchziehen? Und vor allem, warum sollte er das durchziehen? Das passt so alles gar nicht zu Affekt und Wut.«

»Gut, dann sollten wir Marlene Winkler nochmals einen Besuch abstatten. Schließlich hat sie offensichtlich mit einem Geist in Brasilien telefoniert. Fünf Minuten lang.«

Horndeich nickte, ließ den Motor an und startete.

Es war Marlene Winkler anzusehen, dass sie sich in ihrer Haut nicht wohlfühlte, als die beiden Ermittler keine vierundzwanzig Stunden nach ihrem ersten Besuch schon wieder in ihrer Wohnung auf dem Sofa saßen. »Frau Winkler, wir hätten da noch ein paar Fragen«, begann Leah.

Marlene Winklers Tochter lag in ihrem Bettchen und schlief.

»Bei unseren Recherchen sind uns ein paar Ungereimtheiten aufgefallen. Vielleicht können Sie uns da weiterhelfen. Schließlich sind Sie die Frau, die Matthias Anderson als Letzte lebend gesehen hat. Wann war das noch gleich?«

»Sonntag. Wir haben gemeinsam gefrühstückt, dann ist er raus aus der Wohnung und dann habe ich ihn nie wiedergesehen. Nur angerufen hat er mich noch mal.«

»Wie war das, als Sie sich kennengelernt haben?«

Marlene Winkler sah aus dem Fenster, dann wieder zu Leah. »Wie meinen Sie das?«

»Na ja, Sie haben gesagt, Sie hätten sich in diesem Park in Frankfurt getroffen. Sich unterhalten und sich ineinander verliebt. Sind Sie gleich das erste Mal mit zu ihm in die Wohnung gegangen? Oder sind Sie erst noch ein paarmal im Park spazieren gewesen? Hat Matthias Anderson Sie zum Essen eingeladen? – Wie war das? Wir müssen da einfach mehr drüber wissen, wenn wir Matthias Andersons Mörder fassen wollen.«

»Ja, wir haben uns immer wieder im Park getroffen.«

»In welchem Park war das gleich noch mal?«

»Grüneburgpark.«

»Ah. Und hatte Matthias Anderson keine Bedenken, dass man Sie gemeinsam sehen könnte?«

»Na ja, am Anfang gab es da nicht viel zu sehen.«

»Und dann haben Sie sich hier getroffen?«

»Ja … Nein, das war in meiner ehemaligen Wohnung in Offenbach.«

Das war der Moment, in dem Horndeich zu seinem Notizbuch griff. Er hatte sich mit Leah zuvor abgestimmt. Die Dramaturgie war genau einstudiert. Er blätterte darin herum, runzelte kurz die Stirn und sagte dann: »Frau Winkler, gestern haben Sie gesagt, Sie hätten sich in einem Schnellrestaurant kennengelernt – und nicht in einem Park.«

Marlene Winkler zögerte kurz. »Es war ein Schnellrestaurant neben dem Park.«

Der Moment, in dem Leah ihr Tablet aus der Tasche zog, ein bisschen darauf herumwischte und Marlene Winkler schließlich einen Ausschnitt aus Google Earth zeigte: den Grüneburgpark von oben. »Wo lag denn das Restaurant?«

»Keine Ahnung.«

»Na ja, Sie müssen sich doch daran erinnern können, ob Sie in den Park eher von unten oder von oben oder von rechts oder von links reingegangen sind.«

Ein paar Falten zeigten sich auf Marlene Winklers Stirn, und ihre Stimme wurde ein bisschen lauter: »Ich habe keine Ahnung mehr. Wir haben uns danach immer nur im Park getroffen. Und dann bei mir.«

»Wie war das an Ihrem Geburtstag? Hat er Sie da besucht?«

»An meinem Geburtstag? Wie kommen Sie denn jetzt darauf?«

»Na ja, wenn Sie sagen, es habe ›Zoom gemacht‹ – dann würde er Ihnen doch zu Ihrem Geburtstag etwas geschenkt haben. Was denn? Und hat er das persönlich vorbeigebracht? Und an seinem Geburtstag? Haben Sie ihn da gesehen?«

Marlene Winklers linker Fuß verriet ihre Nervosität. Zehn Sekunden später rief sie: »Wir haben nur gefickt! Wir haben einfach nur gefickt, weil es geil war! Und dann bin ich schwanger geworden. Und das war Scheiße! Und dann hat er mich sitzen lassen! Sind Ihre Fragen damit beantwortet?! Können Sie mich jetzt bitte in Ruhe lassen?«

Sie war zu laut gewesen. Marlenes Tochter Stefanie war aufgewacht und begann sofort zu schreien. Marlene Winkler sprang auf in Richtung Kinderbettchen, wobei sie noch mal zu Leah brüllte: »Ist es das, was Sie erreichen wollten?«

Mit dem Kind auf dem Arm setzte sie sich wieder. Stefanie weinte noch immer, ihre Mutter hielt den Blick aber zu Leah und Horndeich gewandt. Auch Stefanie drehte den Kopf in Richtung der Fremden, hörte aber nicht auf zu weinen. Horndeich griff ganz tief in seine Trickkiste, mit der er sowohl bei seiner eigenen Stefanie als auch nun bei seinem Sohn Alexander, der ungefähr im gleichen Alter war wie Marlene Winklers Tochter, stets Erfolg gehabt hatte. Er ließ den Fingerelefanten über seinen Arm laufen. Fingerelefant, den Namen hatte seine Tochter für das imaginäre Tier erfunden. Nichts anderes als seine auf vier Fingern laufende

Hand. Und der Mittelfinger war der Rüssel. Stefanie war ganz begeistert gewesen, wenn der Rüssel ruckartig nach oben schnellte, die Hand zwei Schritte zurücklief – wenn der Fingerelefant sich also erschreckte. Stefanies Lieblingsverhalten des imaginären Dickhäuters forderte sie schließlich immer lautstark ein: »Lass ihn Pipi machen!« Denn sie wusste ja, wie ihr eigener Hund das machte. Und das hintere Beinchen beim Fingerelefanten war der kleine Finger.

Auch diese kleine Stefanie schien Gefallen am wandelnden Fingerelefanten zu haben, denn sie stellte das Weinen ein und schmiegte sich wieder an die Schulter ihrer Mutter.

Marlene streichelte ihrer Tochter über den Rücken. Auf Horndeich wirkte es so, als ob sie damit weniger die Tochter als vielmehr sich selbst beruhigen wollte.

»Wir können jetzt aufhören mit dem Spiel«, sagte Leah sehr leise. »Matthias Anderson war niemals in Brasilien.«

»Aber er hat mich doch von dort angerufen. Und mir gesagt, dass er in Brasilien ist.«

»Ich glaube eher, dass er Ihnen gesagt hat, dass er mit dem Kind in Ihrem Bauch nichts zu tun haben will. Und das war der Moment, in dem Sie zum Messer gegriffen haben.«

Wenn man Hinrichs Diagnose trauen durfte, dann war Matthias Anderson durch Erdrosseln gestorben. Und Leah glaubte auch nicht, dass Marlene Winkler eine Chance gehabt hätte, den Mann zu erwürgen. Dafür war sie einfach zu zierlich. Aber zum Messer greifen klang einfach gut, um die junge Frau etwas einzuschüchtern.

»Wen haben Sie angerufen, der Ihnen geholfen hat, die Leiche verschwinden zu lassen und den Brasilientrip vorzutäuschen?«, sprach sie im Stakkato weiter.

Marlene Winklers Hand hielt augenblicklich in der Bewegung inne. »Ich? Sie glauben ernsthaft, dass ich Matthias Anderson ermordet habe?«

»Ja. So sieht es aus«, fuhr Leah leise fort.

Marlene Winkler sah Leah an, dann wanderte der Blick hektisch weiter, zu ihrer Tochter, zu Horndeich, zum Fenster, wo er kurz verharrte – und dann wieder zurück zu Leah.

»Ja?«, forderte Leah die junge Frau auf, das zu erzählen, was sie erzählen wollte.

Diese zögerte nur noch kurz.

»Es war ganz anders, als Sie denken. Ich kenne überhaupt keinen Matthias Anderson. Thomas Vrancic ist der Vater der Kleinen hier. Nicht Matthias Anderson.«

Leahs Augenbraue zuckte nach oben. »Na, dann schießen Sie mal los.«

»Ich und Thomas waren ein Paar. Also irgend so was Ähnliches wie ein Paar. Er hat mir Geld gegeben. Mich besucht. Wir haben miteinander geschlafen – er war gut zu mir. Vor drei Jahren haben wir uns kennengelernt. Mein damaliger Freund war in einer seiner Bars. Na ja … Freund. Er hat mich nicht gut behandelt. Das hat Thomas gesehen und dem ein für alle Mal ein Ende bereitet. Nicht dass Sie das falsch verstehen: Ich war keines der Mädchen, die für ihn anschaffen. Ich war … so was wie seine kleine persönliche Prinzessin. Kapiert habe ich das nie. Aber es war gut, wie es war. Ich mochte ihn – und er gab mir etwas, das ich vorher im Leben nie gehabt habe: einen Hauch von Sicherheit.

Ab und an habe ich Thomas mal einen Gefallen getan. Mal ein Päckchen nach Heidelberg gefahren, mal eine Tasche nach Köln. Ihm zweimal ein Alibi gegeben. Ich habe nie nachgefragt, wenn er etwas von mir wollte. Es waren nie große Sachen – und er hat mir immer auch Kohle dafür gegeben. Dann kam er an einem Freitag zu mir. Und hat mir gesagt, wenn mich die Polizei jemals fragen sollte: Ich hätte eine Affäre mit Matthias Anderson gehabt, und das Kind wäre von ihm. Er hat mir einen Zettel gegeben, auf dem ein

paar Fakten zu Matthias Anderson standen, die ich mir ein-
prägen müsste. Und zwar genau diese Fakten und sonst
keine. Vielleicht würde die Polizei mich gar nicht befragen –
aber wenn, dann müsse ich unbedingt genau das sagen, was
auf dem Zettel stand.

Es war für mich keine große Sache. Das Einzige, was ich
in der Schule wirklich gut hinbekommen habe, war Aus-
wendiglernen. Sonntag kam Thomas dann noch mal. Mit
einem zweiten Zettel. Jetzt sollte ich sagen, dass ich Matthias
Anderson an diesem Sonntag zum letzten Mal gesehen
hätte. Dass er bei mir übernachtet, wir zusammen gefrühstückt hätten, ich dann von dem Kind anfing und er wutent-
brannt abgerauscht ist. Und er wollte, dass ich am Tag drauf
zu Matthias Andersons Frau gehe und dort eine Szene mache wegen dem Kind. Dann würde ich am Donnerstag angerufen werden. Von Matthias Anderson aus Brasilien. Wo
er mir sagen würde, dass er sich dorthin abgesetzt hätte. Ich
sollte wütend werden, mitspielen und ein paar Minuten mit
ihm telefonieren. Und das war's. Damit war mein Job erledigt. Und wenn mich die Polizei etwas fragen würde, sollte
ich stur bei dieser Geschichte bleiben. Und Thomas sagte
mir, dass die Polizei mich höchstens zweimal befragen
würde. Dann wäre die Sache vom Tisch.

Und das war sie dann ja auch. Bis Sie gestern hier reinspa-
ziert sind.«

»Und Sie haben dann Thomas Vrancic gestern gleich angerufen und gefragt, was Sie tun sollen?«

»Das hätte ich sehr, sehr gerne getan. Aber Thomas ist tot.«

Horndeich und Leah hatten unterwegs in einem asiatischen
Schnellimbiss ihren Hunger gestillt. Das Thai-Curry mit
Hühnchen hatte auf dem Bild in der Speisekarte deutlich
appetitlicher ausgesehen als auf dem Teller. Und auch der

Beutel Jasmintee hatte wohl schon bessere Monate erlebt. Nichtsdestotrotz – sie würden dem Termin im Frankfurter Polizeipräsidium, der nun anstand, zumindest nicht mit leerem Magen begegnen.

Wieder begrüßte sie Friedrich Klocke, mit dem sie schon am Vortag gesprochen hatten. Horndeich war froh darüber, ein vertrautes Gesicht zu sehen. Denn er wusste, dass Klocke eigentlich nicht zuständig war für das Rotlichtmilieu in Frankfurt, wo Thomas Vrancic offenbar aktiv gewesen war. Während Leah und Horndeich ihr Curry verdrückt hatten, hatte Feller in seinem Büro bereits die Basics über Thomas Vrancic herausgefunden. 1972 in Frankfurt geboren, las sich das Vorstrafenregister wie ein Who's who mittelschwerer Vergehen. Besonders häufig auf der Liste: Körperverletzung. Feller hatte ihnen auch ein Bild des Mannes zukommen lassen. Und die Bezeichnung Kleiderschrank erschien bei diesem Bär von Mann noch wie eine Untertreibung.

Neben Klocke stand ein weiterer Beamter, ein rothaariger Hüne in Jeans und mit weißem Poloshirt. »Das ist mein Kollege Fritz Bauer.«

Der Hüne reichte Leah die Hand, dann Horndeich.

»Fritz ist bei der Organisierten Kriminalität – also in der Abteilung«, machte Klocke einen schwachen Witz. »Und er ist ziemlich gut vertraut mit Thomas Vrancic.«

Eine Minute später saßen sie mit Klocke in einem der Besprechungsräume des Frankfurter Polizeipräsidiums. Auch dort hing ein Flachbildschirm an der Längsseite des Raums, und Bauer saß vor einem Laptop.

Horndeich fasste kurz zusammen, dass Thomas Vrancic irgendetwas mit dem Mord an Matthias Anderson zu tun haben musste. »Was wir nur überhaupt nicht auf Deckung kriegen, ist, was der Leiter eines DNA-Analyse-Labors mit einem Rocker-Ganoven aus Frankfurt zu tun hat.«

»Vielleicht kann ich Ihnen erst mal etwas zum Werdegang von Vrancic erzählen. Möglicherweise ergeben sich daraus ja schon Anknüpfungspunkte für Sie.«

Horndeich nickte, ebenso Leah, was der Startschuss für Bauers Bericht war. »Vrancic ist 1972 in Frankfurt Griesheim geboren. Ahornstraße. Also nicht so ganz Westend. Fiel schon mit zwölf auf, als er mit einer Jugendgang unterwegs war. Zur Gang gehörten auch seine vier älteren Brüder. Dementsprechend verlief die Karriere steil, ganz im Gegensatz zur Schullaufbahn. Eine Jugendstrafe folgte der nächsten, viele der kleinen Delikte kamen gar nicht vor den Richter. Aber damals fiel er schon durch seine Liebe zu Motorrädern auf. Hier noch mal ein Bild von ihm.«

Auf dem Bildschirm war das Horndeich schon vertraute Antlitz von Vrancic zu erkennen. Auch auf diesem Bild wirkte er schon, obwohl noch jugendlich, wie der Bär, der er als Erwachsener gewesen war.

»Was schätzen Sie, wie alt Vrancic auf dem Bild ist?«

»Achtzehn«, sagte Horndeich.

»Vierzehn«, meinte Leah.

»Die Dame hat neunundneunzig Punkte. Er war dreizehn. Ein absoluter Frühentwickler. Und mit vierzehn haben sie ihn das erste Mal auf einer geklauten Harley angehalten. Danach war er schlauer: Er klaute die Bikes nicht mehr, sondern kaufte sie. Mit vierzehn so viel Kohle? Ja, er war gut im Klauen. Fahren ohne Führerschein – dafür haben sie ihn mehrfach drangekriegt. Ummelden war ja etwas schwierig für einen noch nicht Achtzehnjährigen. Er hat die Maschine einfach über einen älteren Bruder zugelassen.«

Horndeich konnte sich ein Schmunzeln nicht verkneifen.

»Das Frankfurter Chapter der Rocker Heavens Devils, der Motorradclub schlechthin, hat ihm dann 1988 eine Chance gegeben: In deren eigenen Kfz-Werkstatt haben sie ihn eine Ausbildung zum Zweiradmechaniker machen lassen. Vrancic hat die Ausbildung auch tatsächlich abgeschlossen. Die Praxis war nicht das Problem, sondern die Berufsschule. Ich glaube, er hat damals schon im Club ein paar Mentoren gehabt, die ihn da durchgehievt haben. Ich denke auch, er war der jüngste Prospect, den die Devils je gehabt haben.«

Horndeich machte sich eine Notiz: »Motorradfahrer!« Wenn er sich recht erinnerte, hatte Anderson sich sein Knie bei einem Motorradunfall ruiniert. Gab's vielleicht irgendeine Verbindung zu dem Motorradclub? Das würde Feller sicher in Erfahrung bringen.

»Vrancic war der Einzige in der Familie, der sich so für Motorräder interessierte. Deshalb wurde der Draht zu den Brüdern etwas loser, als er bei den Devils einstieg. War keine schlechte Entscheidung. Von den vier Brüdern lebt nur noch einer. Die anderen sind alle in Bandenkriegen gestorben, bevor sie fünfundzwanzig waren.«

Das nächste Bild zeigte Vrancic in Lederkutte auf seinem Bike. Er war seiner Marke treu geblieben.

»Bei den Devils machte Vrancic Karriere. Er brachte es bis zum Vizepräsidenten des Frankfurter Chapters. Offiziell gehörte ihm jetzt die Kfz-Werkstatt, ein nach außen hin legaler Betrieb. In den vergangenen zehn Jahren fiel er auch bei der Polizei nicht mehr ständig auf. Nicht, dass er eine weiße Weste gehabt hätte, aber man konnte ihm kaum etwas nachweisen. Das ist der Vorteil, wenn man eine kleine Armee als Schutzschild um sich herum aufstellen kann.«

»Diese Werkstatt, wurde die nur von den Devils intern für ihre eigenen Maschinen genutzt? Oder war das ein ganz offizieller Betrieb?«

»Letzteres. Grundsätzlich konnte jeder dort sein Auto oder Bike hinbringen. Und in der Praxis …? Nun, das Klientel setzte sich nur aus den Devils zusammen oder eben Leuten, die den Devils nahestanden. Neben den Motorrädern standen ausschließlich aufgemotzte BMWs, Benz und ab und an auch mal ein Ferrari auf dem Hof.«

Horndeich machte sich noch eine weitere Notiz: »Kfz-Werkstatt?« Vielleicht hatte Anderson seine Maschine ja dort warten lassen.

»Vrancic ist erst vor gut drei Jahren in unseren Fokus geraten. Zu dieser Zeit begannen die ersten Bandenkriege unter Rockern in Frankfurt. Eine andere Gruppierung tauchte am Firmament auf: die Kalmyks. Sie traten auf wie Rocker, alle mit Lederkutte, unterschieden sich aber von denen, dass kaum einer von ihnen einen Motorradführerschein hatte. Und die fingen an, sich mit den Devils anzulegen. Am Anfang haben wir gedacht, das ist nur eine kurze Episode, doch der Chef der Kalmyks litt zwar ein wenig an Selbstüberschätzung, hat es aber geschafft, andere Motorradclubs auf seine Seite zu ziehen. Und plötzlich standen sich in Frankfurt zwei Armeen gegenüber.«

Horndeich erinnerte sich an diesen Bandenkrieg. Er hatte immer ein bisschen Angst gehabt, diese Auseinandersetzung könnte auch dreißig Kilometer nach Süden in seine Heimatstadt schwappen. War ja nicht so, dass kleinere Städte grundsätzlich vor Rockerkriegen geschützt waren. Er erinnerte sich an eine Fortbildung, als er einen Kollegen aus Reutlingen getroffen hatte. Schwäbische Provinz. Mit einem Rockerproblem. Gruselig.

»Vor zweieinhalb Jahren ist Vrancic angeschossen worden. Die Kalmyks waren in einem Puff der Devils angerückt, und das nicht in der Absicht, die Dienste des Hauses in Anspruch zu nehmen. Wilde Schlägerei und plötzlich Schüsse. Vrancic ging zu Boden wie auch zwei seiner Adjutanten. Bis heute ungeklärt.«

»War er schwer verletzt?«, wollte Leah wissen.

»Nein, er hat Glück gehabt. Drei Treffer, drei Streif-schüsse. Im folgenden halben Jahr gab es dann tatsächlich Tote. Zwei Devils, zwei Kalmyks. Wir haben eine Sonder-kommission eingerichtet und in einer Nacht sämtliche Etab-lissements der beiden Clubs hochgenommen. Und natürlich auch die ganzen Mitglieder eingesammelt. Aber für die Clubs gibt es nur eines, was schlimmer ist als der verfeindete Club: Das sind wir. Keiner hat geredet. Dementsprechend sind die meisten nach ein paar Stunden oder Tagen wieder nach Hause spaziert. Das Ganze erzähle ich nur so ausführ-lich, weil wir bei der Razzia auch eine ganze Menge an Pa-pierkram beschlagnahmt haben. Und jetzt kommt die Kfz-Werkstatt wieder ins Spiel: blühender Ersatzteilhandel mit ausgeschlachteten Teilen aus geklauten Autos. Ob V8-Motor oder ein BMW-Reihen-Sechszylinder, ob Getriebe, Sport-auspuff oder Subwoofer, die einen ganzen Kofferraum aus-füllen, für den Schallantrieb – alles dort zu bekommen. Das Gleiche in Grün natürlich auch für die Motorräder. Wenn auch ohne Woofer.«

»Da haben Sie Vrancic drangekriegt? Wegen Hehlerei?«

»Nein. Sie hatten seinen Namen perfekt aus den Büchern rausgehalten. Ein paar Bauernopfer aus seiner Truppe, aber das war's dann auch. Am schlimmsten war für die wohl, dass wir drei Viertel des Werkstattinventars beschlagnah-men konnten.«

»Und wann tauchte Marlene Winkler das erste Mal auf dem Bildschirm auf?«

Bauer klickte sich ein wenig durch seinen Rechner, dann sagte er: »Sie war schon an Vrancics Seite, als wir die Devils vor drei Jahren anfingen, genauer zu beobachten. Sie war keine feste Freundin, aber bei einigen Überwachungen ist sie auf den Bildern zu sehen. Wann genau sie zu ihm gestoßen ist, das wissen wir nicht. Polizeilich ist sie nicht aufgefallen. Vielleicht war Vrancic für sie persönlich nicht der schlechteste Einfluss.«

»Und wann ist Vrancic gestorben?«

»Das ist jetzt ziemlich genau ein Jahr her.« Wieder klickte Bauer sich durch einige Menüs, dann sagte er: »Im August des vergangenen Jahres. Er ist auf offener Straße niedergemäht worden mit acht Schüssen. Wir haben in zahlreiche Richtungen ermittelt. Es hätten die Kalmyks sein können, aber es gab auch Hinweise darauf, dass es innerhalb der Devils zu Machtkämpfen gekommen ist. Den Mörder haben wir bis heute nicht. Wie gesagt: Aus den Rockergangs spricht niemand mit uns.«

Horndeich klappte den Notizblock zu.

Leah und er bedankten sich bei den Frankfurter Kollegen, dann verabschiedeten sie sich.

»Ich hab was für euch«, rief Richard Feller Horndeich und Leah entgegen, als er sie am anderen Ende des Flurs der Mordkommission in Darmstadt sichtete.

»Aha«, entgegnete Horndeich. »Was denn?«

»Sitzt im Vernehmungsraum eins. Und wartet auf euch.«

Leah betrachtete Feller skeptisch. Vor einer halben Stunde, kurz bevor sie in Frankfurt gestartet waren, hatten sie noch mit dem Kollegen telefoniert. Und da hatte er ihnen nichts von einer Überraschung erzählt. Hätte er davon schon gewusst, so hätte er es getan. So effizient Richard Feller in seinen Recherchen war, so schlecht konnte er Geheimnisse für sich bewahren.

»Und wer sitzt dort?«, wollte Horndeich wissen.

»Michael Berger.«

»Aha.« Schien Horndeichs neues Lieblingswort zu sein. »Und wer ist Michael Berger?«

»Michael Berger ist der Mann, der vor zwei Jahren bei Genotics den Streit zwischen Jakubtschik und Anderson in der Kantine mitbekommen hat. Ich habe ihn ausfindig gemacht, er wohnt in Griesheim – und seit zehn Minuten wartet er auf euch.«

»Na, dann hören wir doch mal, wie der junge Mann – ist es eigentlich ein junger Mann? – die Situation erlebt hat.«

»Wie immer man jung definiert. Fünfundvierzig ist er.«

»Lassen wir durchgehen«, sagte Horndeich gnädig und wandte sich Leah zu. »Kommst du mit, oder soll lieber der Kollege Feller …« Leah wusste, dass dies ein Scherz war. Feller freiwillig im Verhörraum – das war, als ob man eine Katze zum Baden einlud. »Ich komme schon«, sagte sie.

Horndeich ging vor.

Feller trat auf Leah zu. »Alles in Ordnung bei dir?«, wollte er wissen.

Mein Gott, das war der Satz, den sie heute am meisten gehört hatte. Sagte das etwas über die Fragesteller aus? Oder über ihren Zustand? Wohl über beides. »Ja, alles bestens«, sagte sie und ließ ihren Mund lächeln.

»Herr Berger, sehr freundlich, dass Sie so kurzfristig vorbeischauen konnten«, grüßte Leah den Mann auf der anderen Seite des Verhörtisches.

Berger zuckte nur mit den Schultern. Er hatte eine gedrungene Körperstatur inklusive Stiernacken. Sein Körper war massig, aber nicht dick. Das Gesicht grobporig, die Nase breit und flach – Michael Berger war das wandelnde Klischee eines Türstehers, der leider zwanzig Zentimeter Körpergröße zu wenig abbekommen hatte. Horndeich schlug die Akte auf, die ihm Feller gerade eben in die Hand gedrückt hatte. Darin die wichtigsten Angaben zu Michael Berger. »Sie arbeiten bei Leistner-Catering?«

»Hab ich mal«, entgegnete Berger. »Bis vor einem Jahr. Hab das insgesamt zweieinhalb Jahre gemacht.«

»Und Sie waren immer in der Kantine von Genotics?«

»Ja. Bei Genotics, da haben sie keine eigene Küche. Nur zwei große Spülmaschinen. Und ein paar Schränke mit Geschirr. Ich bin also morgens mit dem Transporter und den Menüs zu Genotics gefahren. Dort standen die Warmhalte-Wagen, in die ich die Behälter mit dem Essen einfach einsetzen konnte. Waren immer vier Wannen. Meistens Nudeln oder Reis, dann irgendeine vegetarische Sauce, eine mit Fleisch, und im vierten Behälter noch die Tagessuppe. Dann noch ein Behälter mit gemischtem Salat. Hat gepasst.«

»Und Sie haben das Essen dann dort auch ausgegeben?«

»Klar. War mein Job. Und für Leistner war es die billigste Lösung. Einer, der einfach alles auf einmal machte.«

»Erinnern Sie sich noch an den Streit zwischen Herrn Jakubtschik und Herrn Anderson?«

»Sie meinen den Streit, wo der eine dem anderen an die Gurgel gegangen ist?«

»Ich meine den Streit in der letzten Aprilwoche 2015.«

»Klar erinnere ich mich daran.« Berger fuhr sich mit der Hand durchs gegelte Haar. Eigentlich, so dachte Leah, waren die Haare viel zu kurz, als dass Gel sie in irgendeiner Art und Weise in eine andere Richtung hätte lenken können. Aber vielleicht mochte Berger auch nur das Glänzende. Blender, dachte Leah.

»Kam ja nicht so oft vor, dass sich in der Kantine jemand gekloppt hat. An dem Tag, da waren die ganzen Essensgäste schon weg. Um vierzehn Uhr haben wir dichtgemacht, und ich habe auch immer darauf bestanden, dass um vierzehn Uhr fünf alle gegangen sind. Ich musste ja noch sauber machen und wollte spätestens um fünfzehn Uhr raus sein aus dem Laden. Ich habe alles abgeräumt und war gerade dabei, die Spülmaschine zu starten, als ich aus dem Essensraum Geräusche gehört habe. Ich bin dann hin. Und da haben die beiden sich gestritten wie die … wie sagt man da noch, ach ja, wie die Kesselflicker.«

»Haben Sie mitbekommen, worum es in dem Streit ging?«

»Nein, als ich dazukam, waren sie schon auf der Ebene, wo sie sich nur noch Schimpfwörter an den Kopf geschmissen haben. Also: ›Arschloch‹, ›Wichser‹ – lässt sich beliebig erweitern.«

»Und wer von den beiden ist dann wem an die Gurgel gegangen?«

»Ich weiß seinen Namen ja nicht, aber er war ein Angestellter von Herrn Anderson. Und der macht einen Satz nach vorn und springt ihm an die Gurgel. Ich wollt schon dazwischengehen, aber Anderson hat sich selbst zur Wehr gesetzt. Hat die Arme weggedrückt und dem Typen eine gelangt. Das war's dann auch. Der Typ ist raus, und ich hab Anderson noch gefragt, ob er verletzt wäre. Er hat abgewinkt und ist dem Typen hinterher. Mehr habe ich nicht mitbekommen.«

Das klang irgendwie anders als die Version, die Jakubtschik Horndeich erzählt hatte …

Leah Gabriely saß auf ihrem kleinen Balkon wie so oft in den vergangenen Wochen. Der Sommer meinte es gut mit ihnen, die Abende in diesem Juni waren warm. Sie hatte sich einen Tee zubereitet, der auf dem kleinen Balkontischchen stand. Den Laptop hatte sie auf dem Schoß. Es war kurz nach halb neun Uhr.

Sie hatte eine Datei angelegt und darin alles abgespeichert, was sie über Christian Weiland herausgefunden hatte. Noch zwei Tage weiterforschen, und sie wäre in der Lage,

seine Biografie zu schreiben. Aber sie war auf nichts gestoßen, was ihn diskreditiert hätte.

Ihr Handy klingelte. Die Rufnummer war unterdrückt.
Für gewöhnlich nahm sie in solchen Fällen das Gespräch
nicht an. Aber bei den Kollegen aus den einzelnen Präsidien
wurde die Rufnummer natürlich ebenfalls nicht angezeigt.
Und vielleicht war es ja ein solcher Kollege, der da gerade
anrief.

»Leah Gabriely«, meldete sie sich.

»Frau Gabriely, gut, dass ich Sie erreiche, hier spricht Axel
Klausner vom ersten Revier.«

Leah spürte, wie sich ihr Magen zusammenkrampfte.
»Ja«, erwiderte sie nur.

»Also, ich dürfte Ihnen das ja eigentlich gar nicht sagen …
aber die Staatsanwaltschaft hat heute Ihren Status von einer
Zeugin zu einer Beschuldigten verändert. Christian Weiland hat mehrfach versichert, dass da kein Messer gewesen
ist bei Ihrem Überfall. Und die Kollegen haben ja leider
auch nichts gefunden. Ich wollte Ihnen das nur mitteilen.
Also, ich wollte Ihnen auch sagen, dass ich Ihnen glaube. Ich
finde das richtig scheiße, was hier passiert.«

»Danke«, brachte Leah gerade noch heraus.

»Ja, dann …«, er zögerte, suchte nach Worten, »… dann
hoffe ich, dass das gut für Sie ausgeht.«

Leah bedankte sich nochmals. Ein Auf Wiedersehen
brachte sie nicht mehr heraus, bevor sie das Gespräch beendete.

Leah klappte den Laptop zu. Legte ihn auf dem zweiten
Balkonstuhl ab. Dann starrte sie in die Nacht.

Das Messer.

Die Zigarette.

Nach Tee war ihr überhaupt nicht mehr zumute. Sie spendete den edlen Aufguss ihren Petunien.

Wieder glitten ihre Gedanken in die Vergangenheit.

Sie in der Kneipe neben der Tagungsstätte. Diese Fortbildung mit angehenden Polizistinnen und Polizisten. Die älteren Kollegen. Sie erinnerte sich nicht mehr daran, was das Thema der Tagung gewesen war. War ja auch schon ein paar Jährchen her.

Dann stand er neben ihr. Jonas Petersberger. Aus Bayreuth. Leah erinnerte sich ebenfalls nicht mehr, wovon sein Vortrag an diesem Tag gehandelt hatte.

»Leah Gabriely – Sie kommen nicht etwa aus Bayreuth?«, hatte er sie gefragt und ihr ein Bier ausgegeben.

Schon in diesem Moment hatte Leah begriffen, dass von der Antwort, die sie jetzt geben würde, viel abhing. Sie könnte verneinen. Dann würde Petersberger sie in Ruhe lassen. Wahrscheinlich hatte er selbst schon herausgefunden, dass sie aus Bayreuth stammte. Wenn sie es abstritt, war das ein deutliches Zeichen, dass er bitte die Distanz zu ihrem Privatleben wahren sollte. Sie konnte auf der anderen Seite zugeben, dass sie aus der Stadt kam, in der er arbeitete. Was würde er ihr dann sagen?

Sein Tonfall hatte Leah bereits verraten, dass er mit ihr gewiss nicht über das Wagnersche Festspielhaus sprechen wollte oder über das deutsche Freimaurer-Museum oder über den Siegesturm oder andere touristische Highlights der fränkischen Metropole. Hier ging es um etwas Persönliches.

»Entschuldigen Sie, ich wollte Ihnen nicht zu nahe treten.« Er wandte sich ab.

»Nein, also ja, ich komme aus Bayreuth.« Leah war den Schritt gegangen.

Er sah sie wieder an. »Ihr Vater – sein Name war Leonhard Gabriely?«

Leah nickte nur. Sie hatte es gewusst. Sie hatte gespürt,

dass es um ihren Vater ging. Sie erwiderte Petersbergers Blick.

»Ich weiß nicht, wo ich anfangen soll. Ich weiß nicht, ob ich überhaupt anfangen soll. Ich meine, eigentlich geht es mich nichts an. Und auf der anderen Seite ...«

»Sagen Sie mir doch einfach, was Sie mir sagen wollen.«

Petersberger nahm einen Schluck Bier. Wischte sich den Schaum von den Lippen. Sog hörbar die Luft ein. »Wissen Sie, dass Ihr Vater zwei Jahre vor seinem Tod bei mir auf dem Revier war?«

Ihr Vater hatte die Polizei aufgesucht? Das konnte sich Leah kaum vorstellen. Was hatte er dort gewollt? »Nein, das wusste ich nicht. Warum kam er zu Ihnen?«

Petersberger seufzte. Leah konnte förmlich spüren, wie schwer es ihm fiel, die folgenden Worte auszusprechen: »Er hat Anzeige erstattet damals.«

»Anzeige?«

»Ja. Wegen Körperverletzung.«

»Was ist passiert?«

»Sie wissen es nicht?«

Natürlich wusste Leah es. Seit Jahren. Sie nickte nur. Einmal hatte ihr Vater also tatsächlich den Mut gehabt, sich gegen ihre Mutter zur Wehr zu setzen. Einmal. Zwei Jahre bevor er sich das Leben genommen hatte. »Gegen meine Mutter?« Leahs Stimme war tonlos. Jonas Petersberger musste die Frage von ihren Lippen abgelesen haben.

»Ja. Gegen Ihre Mutter.«

Leah hatte davon nichts mitbekommen. Aber wie alt war sie gewesen? Vierzehn? Wie hätte sie es mitbekommen sollen, dass ihr Vater doch einmal den Mut gefunden hatte? Über seinen Schatten gesprungen war? »Ich war derjenige, der damals die Anzeige aufgenommen hat. Er hat mir nur seine Arme gezeigt, die voller blauer Flecken waren.«

»Was haben Sie gemacht?«

»Ich habe die Anzeige aufgenommen. Und ich habe ihm geraten, die Verletzungen unbedingt von einem Arzt dokumentieren zu lassen.«

»Wissen Sie, ob er das getan hat?«

Jonas Petersberger schüttelte den Kopf. »Nein. Das hat er nicht getan. Am Tag danach kam er wieder zu mir und erklärte, er wolle die Anzeige zurückziehen.«

Leah stutzte.

»War damals noch möglich. Heute hätte er das nicht mehr machen können. Da hätten wir ermittelt, ob es ihm gepasst hätte oder nicht. Aber damals – da habe ich auch den Widerruf der Anzeige bearbeitet.«

»Warum erzählen Sie mir das dann?«, fragte Leah.

Petersberger leerte den Rest des Hopfengetränks in einem Zug. »Weil …« Er zögerte.

Die Türglocke riss Leah Gabriely aus ihren Gedanken an die Vergangenheit. Sie hatte die Augen geschlossen gehabt, musste sich orientieren, wo sie saß. Offensichtlich war sie kurz davor gewesen einzuschlafen. Diese Fortbildung. Petersberger. Seine Worte. Wer auch immer gerade klingelte, sie war ihm jetzt schon dankbar dafür, dass er sie aus dieser Erinnerung gerissen hatte.

Leah erhob sich, ging zur Gegensprechanlage.

Feller hörte ihre Stimme aus dem Lautsprecher: »Ja bitte?«

»Ich bin's«, sagte er, und seine Finger umfassten die Flasche des Cabernet Sauvignon der Firma Nederburg. Leah hatte ihn auf diesen Wein aufmerksam gemacht. Sie wusste einen guten Tropfen zu schätzen. Und er hatte diesen im vergangenen Jahr tatsächlich auch zu schätzen gelernt, sodass er selbst ab und an zu Hause ein Glas Rotwein trank.

»Hallo?«, fragte er die Plastikabdeckung. Leah hatte weder den Türsummer betätigt noch geantwortet. War eine bescheuerte Idee gewesen, jetzt unangemeldet bei ihr aufzukreuzen.

Er wohnte nur vier Häuser weiter. Und dennoch sahen sie sich auf privater Ebene ausschließlich beim Italiener an der Ecke. Dabei hätten sie sowohl auf seinem als auch auf ihrem Balkon sitzen können bei diesem schönen Wetter.

Jetzt ertönte das Summen, das den Weg freigab in Richtung Treppenhaus. Feller stieg hinauf, Leah wohnte in der Wohnung unterm Dach. Mit jedem Schritt, den er nach oben stieg, bereute er es, den Weg hierher gegangen zu sein.

Oft hatte er in den vergangenen Tagen und Wochen darüber nachgedacht, sie zu besuchen mit ebenjener Flasche Wein unterm Arm. Natürlich, sie sahen sich jeden Tag, sie waren ja ein Team, und das war es im Wesentlichen auch nur: ein gutes Team – sie, Horndeich und er. Wozu sollte er da Unruhe reinbringen? Ach verdammt, er wusste es doch genau.

Sie stand in der Wohnungstür. Hatte sich umgezogen. Trug ein luftiges Sommerkleid, das den Ausschnitt betonte. So etwas hatte er an ihr noch nicht gesehen. So etwas würde sie im Dienst auch niemals tragen.

»Komm rein«, sagte sie nur und gab den Eingang frei.

Er kannte ihre Wohnung. War ja nicht so, dass er noch nie hier gewesen wäre. An manchen Abenden und auch schon einmal an dem ein oder anderen Wochenende hatten sie von hier aus ermittelt. Via Rechner.

Leah ging vor in Richtung Balkon, hielt dann kurz inne: »Möchtest du was trinken?«

Feller hielt ihr die Weinflasche entgegen.

Leah zuckte mit den Schultern, bog in Richtung Küche ab, kam mit zwei bauchigen Rotweingläsern zurück. Auf dem Balkon ließ sie sich auf einem der beiden Stühle nieder und bedeutete Feller, sich ebenfalls zu setzen. Er hob den Laptop vom Stuhl, gab ihn Leah, die ihn auf dem Boden an die Wand lehnte.

Offensichtlich hatte Leah erfasst, um welchen Wein es sich handelte, denn sie hatte keinen Korkenzieher mitgebracht. Die Flasche war mit einem Drehverschluss versehen.

Feller öffnete sie, schenkte ihr ein, schenkte sich ein.

»Irgendwelche Neuigkeiten?«

Dass sie ihn nicht mit einer innigen Umarmung begrüßen würde, das war Feller klar gewesen. Aber diese Wortkargheit und Kühle – das war auch nicht die Leah, die er sonst kannte. Ja, sie war ein wenig seltsam gewesen in den vergangenen Tagen. Seit diesem Überfall eben.

Leah schien sich ein wenig aus ihrer Erstarrung zu lösen, griff zum Weinglas, hob es in die Höhe. »Zum Wohl, Richard.«

Sie stießen an.

»Ich bin jetzt ganz offiziell Beschuldigte für den Überfall am Trainingsbad. Ich soll diesen ...«, sie schluckte ein Schimpfwort hinunter, »... angegriffen haben. Das sagt er. Und außer mir scheint niemand sein Messer gesehen zu haben. Nochmals zum Wohl.«

Das erklärte einiges, dachte Feller. »Wie hieß der Kerl, der dich überfallen wollte?«

»Christian Weiland. Verwöhntes Muttersöhnchen aus bestem Hause hier in Darmstadt.«

Ganz offensichtlich hatte Leah bereits recherchiert.

»Und niemand außer dir hat das Messer gesehen?«

Der Blick, mit dem Leah Feller bedachte, entsprach ungefähr jenem, den Feller verschickte, wenn ihn jemand fragte, ob er sich der Ergebnisse einer Recherche wirklich ganz sicher war.

»Schon gut, schon gut.«

»Da war dieser Typ, der die Polizei rufen wollte. Vielleicht hat der das Messer auch gesehen. Ich weiß es nicht.«

Feller erinnerte sich daran, dass sie diesen Mann erwähnt hatte. Ihn musste man aufspüren. So einfach war die Welt. »Hast du eine Ahnung, wer das gewesen sein könnte?«

Leah schüttelte den Kopf. »Darüber habe ich mir auch schon viele Gedanken gemacht. Aber es ging alles so schnell. Er kam aus dem Nichts, fragte mich, ob er die Polizei holen solle. Ich hab abgelehnt und stattdessen selbst zum Handy gegriffen und die Kollegen gerufen. Und als ich das nächste Mal aufsah, war er weg.«

»War er jung? War er alt? Groß? Klein? Dick? Dünn?« Aber auch das hatte sich Leah bestimmt selbst schon oft gefragt. Daher überraschte ihn die Antwort nicht: ein schwaches Schulterzucken. Wie oft hatten Leah und Horndeich und auch die anderen Kollegen geseufzt, wenn sich ein Tatgeschehen direkt vor der Nase der Zeugen abgespielt hatte und jene danach nicht mal in der Lage waren, die Farbe einer Jacke zu nennen. Oder drei Zeugen vier verschiedene Farben nannten …

»Er war erwachsen. Er war normal groß. Kein Riese, kein Zwerg. Ob dick oder dünn, das weiß ich einfach nicht. Die Straßenlaterne leuchtete von hinten, ich hab ihn ja nur als Schatten wahrgenommen. Hätte ja nie gedacht, dass der Knabe mal wichtig werden könnte.«

Leah griff zu ihrem Glas.

Erwachsen. Normale Statur. Das war die Quintessenz dessen, was Leah Feller gerade gesagt hatte. Nicht wirklich viel.

Sie saßen fünf Minuten schweigend nebeneinander, jeder in seine Gedanken vertieft.

Er sah sie an, was sie nicht zu bemerken schien.

Und plötzlich waren da ein paar Schmetterlinge, die zaghaft anfingen zu flattern. Feller hätte nie gedacht, dass in seinem Bauch überhaupt noch welche wohnten. Wann hatte er dieses Gefühl zum letzten Mal gehabt? War lange her. Sehr lange.

Um die Jahrtausendwende hatte er sich einmal verliebt. Auch in eine Kollegin. Aber er wusste gar nicht mehr, wie das ging – Partnerschaft. Sie wollte reden, und er wusste nicht, worüber. Keine gute Basis. Das war der Zeitpunkt gewesen, als er anfing, einfach jede Minute seines Lebens zu nutzen, sich in die Welt der Computer, Netzwerke, Darknets, Bits und Bytes einzuarbeiten. Spät hatte er damit angefangen, aber er machte Alter durch Ehrgeiz wett.

Und vor einem Jahr war Leah Gabriely aus Wiesbaden mit zwei Laptops und einer externen Festplatte zu ihm ins Büro gekommen, verzweifelt, weil niemand außer ihm ihr beim Entschlüsseln des Inhalts der Festplatten helfen wollte. Und er hatte gern geholfen. Und er war so was von über seinen eigenen Schatten gesprungen, als er sie anschließend zum Essen eingeladen hatte. Auch dabei hatte er gar nicht mehr gewusst, wie man einen Abend lang Konversation bestritt. Doch Leah Gabriely war ohnehin eher der ruhigere, schweigsamere Typ. Und das kam ihm entgegen.

Als sie beim Italiener gesessen hatten, da war plötzlich eine Kiste aufgeklappt mit der Beschriftung *Gesprächsstoff*. Feller hatte nicht verstanden, woher er all die Dinge wusste, über die er gesprochen hatte. Im Nachhinein hatte er sich auch an die einzelnen Inhalte nicht mehr erinnert. Nur Computer – die waren definitiv nicht Gegenstand der Unterhaltung gewesen.

Zu dem kam: Sie konnten wunderbar miteinander arbeiten. Und sie gingen alle zwei Wochen zusammen essen, immer dienstags, ganz konsequent.

Es war ganz langsam geschehen, ohne dass er es anfangs wahrgenommen hätte. Aber er begann, diese Frau, die genau wie er einen dicken, fetten Panzer um die Seele gepackt hatte, zu mögen.

Und da war niemals eine Berührung zwischen ihnen gewesen.

Vor ein paar Wochen dann jener seltsame Abend, der so ganz anders gewesen war als alle gemeinsamen Abende zuvor. Leah trank immer genau ein Glas Wein. Nur die Menge an Mineralwasser variierte. Und an diesem Abend, da hatte sie das zweite Glas bestellt. Schon zu dem Zeitpunkt hätte Feller sie gern gefragt gehabt, was der Anlass war. Und so aufgekratzt und so offen sie an diesem Abend gewirkt hatte, so spürte er doch, dass vor den Panzer zusätzlich noch eine Steinmauer aufgebaut worden war.

Dann ihre Hand, die sich langsam, Zentimeter um Zentimeter, Millimeter um Millimeter, in seine Richtung schob. Seinen Finger berührt hatte. Kurz. Ganz kurz. Um sich sofort wieder zurückzuziehen.

War das ein Test gewesen? Feller hatte es nicht einordnen können.

Aber diese ganz leichte Berührung, sie hatte den Kokon der Schmetterlinge gesprengt.

Und da saß er nun. Es flatterte im Bauch. Aber er spürte auch, dass es keinerlei Fremdflattern gab.

»Na, mein Bester, wo bist du denn mit deinen Gedanken?« Sie riss ihn aus seinen Überlegungen. Dieses Mal hatte er überhaupt nicht mitbekommen, wie sie ihn angesehen hatte.

So hatte sie Feller noch nie erlebt: Sein Blick in weite Ferne gerichtet, aber sie konnte das Mahlen des Räderwerks in seinem Kopf förmlich hören. Ja, sie hätte einiges dafür gegeben, mehr als nur den berühmten Penny, um zu erfahren, was er da gerade dachte.

Nein, sein Verhalten ihr gegenüber hatte sich nicht verändert seit diesem bescheuerten Experiment mit der Berührung beim Italiener. Darüber war sie sehr froh. Aber so ganz sicher war sie sich nicht: Am heutigen Abend hatte er mit einer Flasche Wein vor der Tür gestanden, unangekündigt, unangemeldet. Etwas, das weder er noch sie im vergangenen Jahr jemals getan hatten. Leah hoffte inständig, dass hier nicht gerade etwas zu Bruch ging, was ihr sehr wertvoll war.

»Na, mein Bester, wo bist du denn mit deinen Gedanken?«, fragte sie ihn. Er zuckte regelrecht zusammen. Nein, das hier auf ihrem Balkon, das war keine gute Idee.

»Wollen wir noch eine Runde gemeinsam um den Woog gehen?«, schlug sie vor.

»Ja, gern«, antwortete er. Sofort wieder ganz im Hier und Jetzt.

Leah fühlte sich unwohl in diesem Kleid neben Feller. Es war definitiv ein Nicht-Dienst-Kleid. Sie trug es nur selten. Es war ihr viel zu luftig. Einzig der Wärme der vergangenen Tage war es geschuldet, dass sie es angezogen hatte. Und es war geplant gewesen, es in den eigenen vier Wänden zu tragen, ohne dass fremde Blicke darauf fielen. Zu viel Ausschnitt. Zu viel Betonung ihrer Hüften. Zu viel Bein. Aber es erschien Leah lächerlich, sich noch einmal umzuziehen, in einen züchtigeren Rock und eine Bluse zu werfen, um dann bei dem Spaziergang zu schwitzen.

Sie traten vor die Haustür. Nach links in Richtung ihres Italieners? Oder nach rechts in Richtung des Trainingsbads? Seit dem Überfall hatte sie die Woogrunde nicht mehr gedreht. Nicht, dass sie Angst gehabt hätte. Sie war bei dem Überfall ja als Siegerin hervorgegangen. Dennoch. Wenn sie das Trainingsbad nur sah, schlug ihr Herz schneller, und ein Ring schien sich um ihre Brust zu legen, der sich von selbst verengte. Sie bekam keine Luft mehr.

Panik, so wusste sie, nannte man diesen Zustand. Und ihr war nur allzu bewusst, dass sie das nicht durch puren Willen wieder loswerden würde. Ebenso wie ihre Wochenenden unter den Decken im Bett. Da bedurfte es anderer Therapien. Aber auch das war im Moment einerlei.

Nach links. Lieber in Richtung Italiener.

Sie waren gerade wenige Meter gegangen, als Leah stehen blieb. Am Bürgersteig in der Beckstraße stand sein Wagen. Ein Jeep Gladiator, weiß, mit Safaristreifen. Bruno. Was zur Hölle suchte dieser Wagen hier? Was zur Hölle suchte Bruno hier? Sie scannte das Wiesbadener Kennzeichen, und es brannte sich in ihr Gehirn.

»Ist dir nicht gut?« Fellers Stimme von ganz weit weg.

»Lass uns beim Italiener noch einen Grappa trinken«, flüsterte Leah. Mehr als ein Flüstern war nicht drin.

Sie setzten sich an den einzigen freien Tisch auf der Terrasse des Restaurants. Er stand direkt neben dem Eingang zum Außenbereich, der an drei Seiten von hohen Büschen vom Rest der Welt abgetrennt war. Deshalb hatte Leah Bruno erst wahrgenommen, als sie bereits saßen. Vier Tische weiter. Den Rücken ihr zugewandt. Aber sie konnte die Dame sehen, die ihm gegenübersaß.

Die Inhaberin Tanina trat zu ihnen: »Möchten Sie etwas essen?«

Leah sagte nichts. Feller übernahm: »Wir nehmen nur zwei Grappa. Bringen Sie uns doch bitte einen, der richtig gut ist.«

Tanina lächelte: »Kommt sofort.«

Die Frau strahlte Bruno an. Ein Gefühl gewann bei Leah die Oberhand, das sie bislang überhaupt nicht zu kennen geglaubt hatte: Eifersucht. Wer war diese Dame? Wer hatte ihr erlaubt, Bruno so anzusehen? Und verdammt, warum strahlte Bruno zurück? Letzteres konnte Leah zwar nicht sehen, sich aber nur allzu gut vorstellen.

»Glaubst du, du kannst den Mann wiedererkennen, wenn du ein Foto von ihm siehst?«, grätschte Feller in Leahs Gedankenwelt.

Von wem sprach er?

Als ob er ihre Gedanken lesen könnte, schob Feller hinterher: »Der Typ. Der dir vorgeschlagen hat, die Polizei zu rufen.«

Leah konzentrierte sich. »Ich weiß es nicht. Vielleicht, wenn ich ein Foto sehe. Aber ich weiß es nicht.«

Die Dame gegenüber von Bruno erhob sich und kam auf sie zu. Ein weißes Kleid mit schwarzen Punkten. Böse Zungen könnten behaupten: ein Kuh-Kleid … Wobei die Figur der Dame, die es trug, einfach nur perfekt war.

Bruno drehte sich nicht um.

Tanina kam wieder an ihren Tisch, stellte die beiden bernsteinfarbenen Grappa vor sie hin.

»Entschuldige«, flüsterte Leah und erhob sich ebenfalls. Auch sie ging in Richtung Toilette.

Die Kuh stand vor dem Spiegel und puderte sich das Gesicht. Und das bei dem Wetter. Überhaupt: Puder … In Leahs Augen völlig überflüssig.

Leah verschwand nicht in einer der Kabinen. Sie griff ebenfalls zum … nein, sie hatte die Handtasche ja gar nicht mitgenommen. Also schüttete sie sich eine Handvoll Wasser ins Gesicht.

Die Kuh glotzte verständnislos in ihre Richtung. Leah hatte keine Schminke aufgelegt, da gab es nichts zu verwüsten.

Die Kuh verließ die Damentoilette. Leah folgte ihr in gebührendem Abstand. Als sie sich wieder zu Feller setzte, strahlte die Kuh Bruno wieder an.

Leah griff zu ihrem Grappa, sagte kurz: »Prost«, dann kippte sie den edlen Trank in einem Schluck hinunter. Sie musste fort von hier. Und zwar schnell.

»Kannst du zahlen? Mir ist nicht gut. Ich muss nach Hause. Ich geb dir das Geld morgen.«

»Leah, soll ich dich begleiten?« Fellers Stimme klang besorgt.

»Nein, geht schon.«

Leah stand auf.

Leah flüchtete.

Und zehn Minuten später hatte Leah das Weinglas auf ihrem Balkon geleert.

Acht Uhr dreißig.

Feller saß bereits im Besprechungsraum. Sein Laptop war aufgeklappt und mit dem Flachbildschirm an der Wand verbunden.

»Ist die noch mal für kleine Königstiger?«, fragte Horndeich. Für gewöhnlich war Leah immer die Erste, die zu dieser Besprechungsrunde den Raum betrat.

Feller antwortete nicht, sondern hantierte mit Maus und Tastatur.

Wenn Leah vor den anderen eintraf, bereitete sie für gewöhnlich jedem einen Pott Kaffee zu. Doch auf dem Tisch stand kein einziger Kaffee. Leah war also offensichtlich noch nicht da. Horndeich sah auf sein Smartphone – keine Nachricht von Leah.

»Du weißt nicht, wo sie ist?«

Feller sah auf, und sein Blick sagte alles. Auf sehr unfreundliche Art.

Horndeich schaute auf die Armbanduhr – auch so eine Angewohnheit. Natürlich hatte auch das Smartphone eine Zeitanzeige. Doch die Gewohnheit, die Uhrzeit stets neben dem linken Handgelenkknöchel vorzufinden, würde bei Horndeich in diesem Leben wohl kein Smartphone mehr auslöschen. Fünf Minuten nach halb neun. Er hätte Leah anrufen können. Doch das erschien ihm etwas zu vorschnell.

»Käffchen auch für dich?«

Feller sah nicht auf, aber er nickte.

Da die Diva von Kaffeemaschine erst noch eine Spülung

des Milchsystems einforderte, bevor sie bereit war, ihre Kunst in Horndeichs Dienste zu stellen, dauerte es ein paar Minuten, bis Horndeich wieder im Besprechungsraum war.

Inzwischen saß Leah am Tisch. »Auch einen Kaffee?«, fragte er freundlich.

Leah schüttelte nur den Kopf, sah ihn dabei nicht richtig an.

Hoppla, dachte Horndeich. Hätte er es nicht gewusst, dass Leah kaum Alkohol trank, hätte er vermutet, dass seine Kollegin unter einem Kater litt. Er stellte Fellers Kaffee vor ihm ab, setzte sich, nahm selbst einen Schluck, dann fragte er: »Okay. Wo stehen wir?«

Sein Blick fiel automatisch in Fellers Richtung. Sollte Leah noch ein paar Momente Pause bekommen.

»Ich hab mir unseren Streithammel Jakubtschik noch mal zur Brust genommen. Aber der scheint sauber zu sein. Wir haben nichts über ihn in den Akten. Ich hab mir außerdem seinen Facebook-Account angeschaut – nichts Auffälliges. Auch nicht zu der Zeit vor dem Streit oder unmittelbar danach. Bleibt die Frage nach den dreißigtausend Euro, die Matthias Anderson kurz vor seinem Verschwinden abgehoben hat. Wenn Jakubtschik sie eingesteckt hat und dann so blöd war, sie auf sein Konto einzuzahlen, werden wir das heute kaum mehr rauskriegen. Er hat ein Konto bei der Volksbank – und die haben mir vorhin mitgeteilt, dass das ein ziemlich aussichtsloses Unterfangen wäre.«

»Gut. Dann haben wir an der Stelle also auch keine Neuigkeiten zu vermelden. Was schlagt ihr vor?«

Augenblicklich meldete sich Leah zu Wort, womit Horndeich nicht gerechnet hatte. »Wir sollten noch mal mit Monika Anderson sprechen, uns ansehen, wo Matthias Anderson gewohnt hat, bevor er verschwunden ist. Also die Wohnung in Frankfurt – und ich denke, auch das Wochenendhaus in Fränkisch-Crumbach sollten wir mal genauer unter die Lupe nehmen.«

»Klingt wie ein vernünftiger Plan.«

Feller ergriff das Wort: »Die letzte Zahlung in Deutschland, die hat Matthias Anderson doch auf diesem *Hofgut Rodenstein* mit seiner EC-Karte getätigt. Jemand sollte da hinfahren, um zu klären, ob er es wirklich war, der dort was gegessen hat. Ob er den Inhabern bekannt war – dann hätte kaum jemand anders mit seiner Karte bezahlen können.«

»Willst du?«, frotzelte Horndeich den Kollegen.

»Vergiss es«, entgegnete Feller unerwartet heftig. »Ich wühle noch ein bisschen in Jakubtschiks Dreck und vor allem auch in jenem seines Partners in der Firma und dem seines Bruders.«

Horndeich sah zu seiner Kollegin: »Also, wir beide nach Frankfurt?«

Leah nickte.

»Checkt das mit dem *Hofgut* bitte zuerst. Wenn Anderson dort gewesen ist, haben wir noch eine weitere Chance: Dreißigster April, erster Mai, da war dort Hochbetrieb. Wenn wir einen öffentlichen Aufruf starten, dass die Leute uns Fotos schicken sollen, die sie dort aufgenommen haben – vielleicht entdecken wir ihn darauf. Und vielleicht auch andere Menschen, die mit ihm in Kontakt waren. Wäre einen Versuch wert.«

Das *Hofgut* öffnete seine Pforten erst zur Mittagszeit, deshalb hatten Horndeich und Leah das Gespräch mit Monika Anderson vorgezogen.

»Und das ging wirklich nicht zu einem anderen Zeitpunkt?« Monika Anderson war ungehalten, als sie ihnen die Tür zu ihrem Eigenheim öffnete.

Es war ihr nicht recht gewesen, aus dem Büro zurück

nach Hause zu fahren, um dort die Kriminalpolizei zu empfangen.

»Frau Anderson, wenn es anders ginge, würden wir es anders machen«, sagte Horndeich. Sein Tonfall war freundlich, aber wer ihn kannte, wusste, dass die Grenze zwischen freundlich und genervt nur noch hauchdünn war und mit der kleinsten falschen Bemerkung überschritten werden konnte.

»Treten Sie ein«, sagte Monika Anderson und gab die Tür frei.

»Gibt es noch persönliche Dinge von Ihrem Mann hier im Haus?«, fiel Leah mit der bereits geöffneten Tür ins Haus.

Monika Anderson hob kurz die Schultern. »Ja. Sein Arbeitszimmer habe ich nicht angerührt. Die Tür ist einfach seit zwei Jahren verschlossen. Seine Klamotten habe ich alle in vier Umzugskartons gepackt und auf dem Dachboden gelagert. Ansonsten – wie das halt so ist bei einer langjährigen Ehe, viele Dinge gehören uns beiden.«

»Könnten wir einen Blick in sein Arbeitszimmer werfen?«, fragte Horndeich.

»Ja, folgen Sie mir.«

Monika Anderson führte die beiden Ermittler in den ersten Stock. Durch eine geöffnete Tür erkannte er das Schlafzimmer. Ein französisches Bett mit zwei mal zwei Metern Grundfläche. Darauf jedoch nur ein Kopfkissen und eine Bettdecke.

Die Tür zu einem weiteren Zimmer stand offen und gab den Blick frei auf das Zimmer der Tochter. An den Wänden Poster. Alle zeigten denselben Mann. »Wer ist das denn?«, konnte Horndeich sich nicht verkneifen zu fragen.

»Das ist Pietro Lombardi.« Monika Anderson lächelte. »Ich gehe davon aus, dass die Phase in spätestens neun Monaten überstanden ist …«

Der Name sagte Horndeich nichts. Und er fragte sich, wann seine Tochter Stefanie damit anfangen würde, sich Fotos fremder Männer an die Kinderzimmerwand zu pinnen. Er hoffte, dass er damit noch eine Weile verschont bleiben würde.

Leah nahm Horndeichs irritierten Gesichtsausdruck wahr und sagte: »Diesen Sänger willst du nicht hören. Glaub mir.«

Dann schloss Monika Anderson die beiden geöffneten Türen und führte sie zu einem weiteren Zimmer am anderen Ende des Flurs.

»Das war das Arbeitszimmer meines Mannes.«

Horndeich und Leah traten ein.

Die Luft roch abgestanden. In diesem Raum hatte schon lange keiner mehr gelüftet.

»Sie riechen schon, ich war lange nicht mehr hier drin«, sagte Frau Anderson auch prompt.

Der Raum wirkte aufgeräumt. Ein schickes Bücherregal in Weiß, bestückt mit Fachbüchern rund um das Thema DNA. Ein ebenfalls weißer Schreibtisch mit Glasauflage. Aus einem Kabelschacht lugte ein USB-Kabel. Horndeich verfolgte den Verlauf des Schachts. Er führte zur Wand und von dort zu einer niedrigen Kommode. Darauf stand ein kleiner Farblaser-Drucker.

»Wo ist der Computer?«, wollte Leah wissen.

»Den hat meine Tochter. Vor einem Jahr habe ich ihn zu einem Fachmann gegeben, der hat alles gelöscht, was drauf war, und den Rechner für meine Tochter neu eingerichtet.«

Na super, dachte Horndeich, hier war ihnen kein Glück beschieden. Über den Rechner hätten sie bestimmt einiges über Matthias Anderson erfahren können.

»Haben Sie noch Zugangsdaten zu seinem privaten Mailaccount?«

»Nein. Matthias war da immer ein wenig paranoid. Ich glaube, er hat die wichtigen Passwörter nirgendwo aufgeschrieben. Keine Chance für mich, da dranzukommen. Ich weiß noch nicht mal, wo er welche Accounts hatte. Bastian Lenz hat bestimmt noch die Zugangsdaten zu seinem E-Mail-Account der Firma. Aber ob er irgendwelche Cloud-Dienste in Anspruch genommen hat – das weiß ich nicht. Er hat auch bei Apple ein Benutzerkonto gehabt für das iPhone, für seinen privaten Computer – aber das Handy ist ja mit ihm verschwunden und auch die Daten auf dem Rechner – ich habe das alles einfach plattmachen lassen. Ich bin ja noch davon ausgegangen, dass er freiwillig gegangen ist und nicht mehr zurückkehren wollte. Und vor einem Jahr, da war so ein Moment, als ich so was von wütend geworden bin. Und da habe ich dann meiner Tochter den Rechner geschenkt und all seine Klamotten aus dem Schlafzimmer geworfen. Den Schmuck, den er mir geschenkt hat, den habe ich vertickt – wahrscheinlich viel zu billig. Ich wollte auch das ganze Arbeitszimmer komplett leer räumen und ein Lesezimmer, ein Ausruhzimmer, ein Rückzugszimmer für meine Tochter und mich einrichten. Aber Martina hat sich mit Händen und Füßen dagegen gewehrt. Sie wollte sich nicht damit abfinden, dass ihr Vater nicht mehr zurückkommen würde. Also habe ich es einfach so gelassen.«

Leah trat auf das Bücherregal zu, überflog die Buchrücken. »Dürfen wir uns hier etwas genauer umschauen?«

»Tun Sie, was Sie nicht lassen können. Sorgen Sie einfach dafür, dass es danach wieder genauso aussieht wie jetzt«, antwortete Frau Anderson.

Bevor sie sich umdrehte und das Zimmer verließ, fiel Leahs Blick auf eine gerahmte Fotografie, die auf einem der Regalbretter stand. Darauf waren drei Männer zu sehen:

links ein älterer Herr, daneben ein Mann um die vierzig und rechts ein Junge, die alle drei nebeneinander auf einer Bank saßen. »Ist das Ihr Mann?«, fragte Leah und deutete auf den Jungen.

Monika Anderson nickte. »Ja. Matthias hatte es nicht so mit Familiengalerien an der Wand. Aber dieses Bild hat er in Ehren gehalten, seit wir uns kennen. Links neben ihm sein Vater, ganz links sein Großvater. Ich konnte es nicht wegwerfen.« Sie wandte sich ab, und Sekunden später hörten sie, wie sie die Treppe hinunterstieg.

Leah fotografierte das Bild mit ihrer Handykamera ab, dann zog sie alle Bücher nach vorn, um zu sehen, ob Matthias Anderson dahinter etwas versteckt hatte. Ebenso schauten sie in die Schubfächer des Schreibtisches. Nichts. Ein paar Stifte, ein paar Blöcke, Bürobedarf, in der einen Schublade ganz hinten sogar noch ein paar CD-Rohlinge – aber nichts, was auch nur ansatzweise etwas Persönliches aus Matthias Andersons Leben offenbart hätte.

Horndeich schickte Feller eine SMS, dass dieser versuchen sollte, die Mails von Andersons Firmen-Account zu checken.

Zwanzig Minuten später verließen sie das Zimmer.

Monika Anderson saß mit ihrem Laptop am Esstisch.

»Frau Anderson, dürften wir vielleicht den Rechner Ihrer Tochter mitnehmen? Vielleicht kann unser IT-Forensiker noch Daten von der Festplatte gewinnen.«

Monika Anderson nahm einen Schluck aus der neben ihr stehenden Kaffeetasse, dann wandte sie sich Horndeich zu: »Nein. Denn die Festplatte meines Mannes ist nicht mehr im Rechner. Ich habe den Service damit beauftragt, eine neue Platte einzubauen. Komplett neu. Die alte sollte vernichtet werden. Was sie auch wurde. Ich hatte keine Ahnung, was mein Mann für Dinge auf diesem Rechner gespeichert hatte. Und ich wollte nicht, dass meine Tochter da plötzlich etwas entdeckt, das nicht für ihre Augen – und auch nicht für meine – bestimmt gewesen wäre.«

Also auch hier Fehlanzeige. »Ihr Mann hatte doch sicher irgendwelche Sicherheitskopien, oder?«

»Ja. Er hatte zwei externe Festplatten und eine Sammlung von rund zwanzig USB-Sticks. Die waren alle in seinem Schreibtisch.«

»Da sind sie aber nicht mehr.«

»Da können sie auch nicht mehr sein, denn ich habe sie vor einem Jahr herausgenommen.«

»Und?«

»Nun, die Daten sind nicht mehr vorhanden.«

»Haben Sie die Festplatten gelöscht? Mit einem Magneten?«

»Mit einem Hammer. Auch die USB-Sticks. Und dann alles zum Elektroschrott. Entschuldigen Sie, vor einem Jahr habe ich nicht daran gedacht, dass sich die Polizei jemals für diese Daten interessieren könnte. Da bin ich auch davon ausgegangen, dass mein Mann sich abgesetzt hat. Und nicht, dass er ermordet worden ist.«

Dann musste nun Plan B herhalten: »Dürften wir uns vielleicht in Ihrem Wochenendhaus in Fränkisch-Crumbach umschauen? Vielleicht finden wir da irgendwelche Hinweise, wer Ihren Mann umgebracht haben könnte.«

Monika Anderson zuckte unbeteiligt die Schultern. »Das können Sie gerne tun. Aber bitte verlangen Sie von mir nicht, dass ich Sie dorthin begleite. Ich würde jetzt gern wieder ins Büro gehen und ein bisschen Geld verdienen. Meine Nachbarin, Victoria Wiener, sie wohnt in der Hofreite hundert Meter unter der unseren in Erlau, sie wird Sie hineinlassen.«

Auf dem Weg zum Wochenendhaus waren Horndeich und Leah zu dem Restaurant unterhalb der Burgruine Rodenstein abgebogen.

Horndeich sah auf die Uhr: Der große Zeiger lag vertikal über dem kleinen – es war zwölf. »Schon Hunger?«, wollte er von seiner Kollegin wissen.

Die schüttelte nur den Kopf. Horndeich hatte den Eindruck, sie würde heute den ganzen Tag über nichts essen. Er hätte den falschen Beruf gewählt, wäre ihm nicht aufgefallen, dass Leahs Zunge eine dunkelblaue Färbung aufwies. Rotwein. Der Kater würde sie wohl erst in ein paar Stunden wieder freigeben.

Sie setzten sich an einen der Tische im Außenbereich. Horndeich bestellte sich eine Kartoffelsuppe und dazu ein alkoholfreies Hefeweizen, Leah entschied sich für eine große Flasche Mineralwasser.

Als Horndeich die Suppe gegessen und Leah bereits die Hälfte der Mineralwasserflasche geleert hatte, fragte er die Bedienung: »Könnten wir vielleicht mit dem Chef des Hauses sprechen? Wir sind von der Darmstädter Kriminalpolizei und ermitteln in einem Tötungsdelikt.«

Eine halbe Minute später trat der Inhaber des Restaurants zu ihnen. »Maik Kürschner – wie kann ich Ihnen helfen?«

Horndeich stellte sich und Leah vor und bat den Mann, eine stattliche Erscheinung von rund vierzig Jahren, Platz zu nehmen.

»Wir ermitteln in einem Tötungsdelikt. Matthias Anderson spielt dabei eine Rolle. Er war bei Ihnen zu Gast.«

»Der Name sagt mir auf Anhieb nichts«, erwiderte der Gastwirt.

Horndeich griff in die Innentasche seines Jacketts und holte sein Smartphone heraus. Kurz wischte er über das Glas, dann zeigte das Gerät das erste von fünf Fotos von

Matthias Anderson, die Feller im Netz von ihrem Toten gefunden hatte. Er hielt es in Richtung von Maik Kürschner.

Der betrachtete das Bild. »Darf ich«, fragte er, nahm das Handy und wischte die Fotografie zur Seite. Das nächste Foto von Matthias Anderson erschien. Es war jenes, das er auf der Businessplattform XING veröffentlicht hatte, wie Feller ihnen mitgeteilt hatte.

»Ja, das Gesicht kommt mir bekannt vor – der Mann hat eine Frau und eine Tochter, nicht wahr?«

»Ja, das stimmt«, sagte Horndeich.

»Einen Moment, ich hol gerade mal meinen Schwiegervater. Der hat ein besseres Personengedächtnis als ich.«

Als ein älterer Herr in Küchenschürze zwei Minuten später an den Tisch kam, hatte Leah bereits die gesamte Flasche Mineralwasser geleert.

»Wilhelm Zerlau, angenehm«, stellte der Ältere sich vor. »Hat sie geschmeckt?«

Horndeich schaute etwas irritiert.

»Die Kartoffelsuppe. Hab ich gemacht.«

»Ja, danke, war sehr gut. Wirklich!«

»Das freut mich. Aber Sie wollen mich was fragen wegen Matthias Anderson. Habe ihn lang nicht mehr gesehen.«

»Sie kannten ihn?«

»Ja, klar. Ich meine, er war ja schon als Kind hier. Mit seinem Bruder und seinem Großvater. Die wohnten ja in Erlau. Liegt keine drei Kilometer entfernt. Sie kamen damals zwei- bis dreimal im Monat hierher. War ja nicht leicht für die Jungs. Und auch nicht für den Großvater. Ich hatte einen Riesenrespekt vor diesem Mann. Ich hab das *Hofgut* 1978 gepachtet, und er war von Anfang an mit den Jungs Stammgast hier im Haus. Dass er sich nach dieser tragischen Geschichte im Jahr davor um die beiden Jungs gekümmert hat – da habe ich echt den Hut vor gezogen. Er hätte sie auch in ein Heim geben können. Ich meine, da war ja keine Familie mehr vorhanden. Stellte sich also nur die Frage: Zieht er die beiden Jungs groß oder gibt er sie ins Heim? Für ein Internat – da war einfach nie genug Geld da. Aber ich texte Sie hier zu – was ist mit Matthias? Ich war immer ziemlich stolz auf ihn. Hat wirklich was erreicht!« Die Wärme in seiner Stimme verriet, dass er den Jungen und späteren Mann sehr gerngehabt haben musste.

»Matthias Anderson lebt leider nicht mehr«, sagte Horndeich.

Wie aus dem Nichts brachte eine der Bedienungen noch eine Flasche Mineralwasser für Leah – sie hatte es offensichtlich per Handzeichen bestellt.

»Hatte Matthias einen Unfall?«

»Nein, er ist ermordet worden. Und das bereits vor gut zwei Jahren.«

»Ermordet? Das kann ich mir kaum vorstellen. Matthias Anderson war ein feiner Mensch. Ist er Opfer eines Überfalls geworden?«

»Das wissen wir noch nicht. Deshalb sind wir hier. Wir wissen, dass er am dreißigsten April vor zwei Jahren hier gegessen hat für knapp dreißig Euro. Das war der Donnerstag vor dem ersten Mai. Ich gehe nicht davon aus, dass Sie sich daran noch erinnern …«

Wilhelm Zerlau kratzte sich am Kopf. »Sie werden lachen, ich erinnere mich tatsächlich daran. Der Tag vor dem ersten Mai. Da ist hier ja immer die Hölle los. Also eigentlich schon in der Nacht davor. Tanz in den Mai – zwischen den Mauern der Ruine. Kommen immer ziemlich schräge Grüppchen hierher. Auch welche, die man den Rest des Jahres gar nicht sieht. Wo's auch nicht schade drum ist. Egal. Ich will jetzt nicht rumjammern. Aber ja, ich erinnere mich an den Tag aus zwei Gründen. Zum einen habe ich mich kurz mit Matthias Anderson unterhalten. Und da war er allein da. Das war er sonst nie. Immer haben ihn seine Frau und seine Tochter begleitet. Aber an diesem Tag … Er hat zu Mittag gegessen, auch daran erinnere ich mich noch. Und er hat zwei Bier getrunken – obwohl er sonst immer nur alkoholfreie Getränke bestellt hat. Und er wirkte … angespannt, nervös. Irgendwas schien mit ihm nicht in Ordnung zu sein, das dachte ich damals schon.«

»Sie sagten gerade, Sie hätten mit ihm gesprochen. Worüber?«

»Das weiß ich nicht mehr. Er hat dann, glaube ich, sogar noch einen Schnaps getrunken. Dann hat er bezahlt und ist gegangen. Das war das letzte Mal, dass ich ihn gesehen habe. Es kam mir schon komisch vor – denn ich habe auch seine Frau und die Tochter nicht mehr gesehen. Aber ich hab gehört, dass sie immer noch ab und zu nach Erlau gekommen ist. Ohne Matthias. Ich hab einfach gedacht, die hätten sich scheiden lassen und Matthias würde nun woanders in der Republik wohnen. Ich hab ja mit der Monika – also mit seiner Frau – nicht mehr gesprochen, weil sie ja nicht mehr hier ins Restaurant gekommen sind.«

Horndeich bedankte sich herzlich bei Wilhelm Zerlau.

Auch Leah verabschiedete sich. Sie hatte tatsächlich auch die zweite Flasche Mineralwasser geleert.

Der Weg von der Burgruine in Richtung Erlau führte über Landsträßchen, an denen kaum zwei Pkws aneinander vorbeifahren konnten, ohne die Geländetauglichkeit der jeweils rechten Seite des Fahrwerks zu testen. Horndeich hatte das Navi eingeschaltet – zwar war er vor ein paar Tagen schon einmal hier gewesen, aber da waren sie aus der anderen Richtung von Fränkisch-Crumbach aus gekommen.

Die Hofreite von Victoria Wiener lag wie beschrieben

fünfzig Meter unterhalb jener, die der Familie Anderson als Wochenendhaus diente. Doch Victoria Wiener öffnete nicht die Tür, als Horndeich klingelte. Auch nachdem er zum zweiten Mal den Klingelknopf bedient hatte, tat sich im Innern des Hauses nichts. »Hat Frau Anderson nicht gesagt, Frau Wiener würde uns empfangen?«, wollte Horndeich von seiner Kollegin wissen.

Die griff bereits zum Handy und wählte die Nummer von Monika Anderson. Als die Angerufene das Gespräch annahm, fragte Leah, ob sie wisse, wo Frau Wiener sich derzeit aufhalte. Sie hörte kurz zu, dann beendete sie das Gespräch, nachdem sie sich bedankt hatte. »Die ist schon im Wochenendhaus. Da ist offensichtlich noch jemand gekommen.«

»Wer außer uns sollte sich da noch umschauen wollen? Will sie es verkaufen?«

»Hat sie nicht gesagt. Komm, wir lassen den Wagen hier stehen und laufen kurz hoch.«

Das entpuppte sich als weise Entscheidung, denn der Hof der Hofreite war bereits mit Autos zugestellt. Aus der Schreinerei drangen Sägegeräusche, zwei Mitarbeiter beluden einen Kastenwagen mit der Aufschrift *Messebau und Tischlerei Landuhl* – dieselbe Aufschrift, die sich auch auf dem Firmenschild befand.

Drei Pkws drängten sich auf die restlichen Stellplätze. Zwei der Wagen waren mit regionalen Kfz-Kennzeichen versehen: ERB stand für Erbach respektive den Odenwaldkreis. Daneben parkte ein knallrotes Mazda MX5-Cabrio. Es war die RF-Version. Das Stahldach hatte der Fahrer passend zum Wetter im Wagen versenkt. Das Kennzeichen deutete darauf hin, dass der Besitzer aus Leipzig stammte.

Leah ging zur Haustür des ehemaligen Bauernhauses und betätigte die Klingel. Fast im selben Moment öffnete sich die Tür. Vor ihnen stand eine Dame, die die siebzig bereits überschritten hatte. Horndeich hatte kurz den Eindruck, vor ihm stünde Leah Nummer zwei in der dreißig Jahre älteren Version. Sowohl vom Gesicht als auch von der Statur ähnelte die Dame seiner Kollegin. Nur die Stimme unterschied sich deutlich: Die der älteren Dame war viel tiefer. Sie erinnerte Horndeich an jene von Zarah Leander. »Sie wünschen?«, fragte sie.

Leah stellte sie beide vor.

»Ah, Monika hat Sie bereits angekündigt. Treten Sie doch bitte ein. Ich bin Victoria Wiener. Ihre Kollegen sind auch schon da.«

»Unsere Kollegen?«

»Ja, aus Frankfurt – wobei, die Dame stammt wohl aus Leipzig. Kommen Sie mit, ich bringe Sie nach oben.«

Frankfurter Kollegen? Hatte Horndeich irgendetwas verpasst? Hatte Feller parallel zu ihnen bereits einen Trupp losgeschickt? Aber dann bestimmt niemanden aus Frankfurt. Und schon gar nicht aus Leipzig. Nun, die Dame aus Leipzig erklärte zumindest den schicken Wagen auf dem Hof.

»Wer sind die beiden Kollegen?«, wollte Horndeich wissen.

»Ein Herr Hendrix – oder so ähnlich. An den Namen der Frau kann ich mich nicht erinnern – entschuldigen Sie, ich bin nicht so gut in Namen.«

Die Haustür führte direkt in einen Flur, von dem man links über eine Treppe in den ersten Stock gelangte. Der Flur selbst ging fließend in eine große offene Küche über.

»Kommen Sie doch rein«, sagte Frau Wiener und lief vor nach rechts in ein kleines Wohnzimmer, in dem auch ein Esstisch stand. »Monika hat gesagt, dass Sie sich hier umschauen wollen. Wissen Sie denn, was genau Sie suchen?«

»Leider nicht«, bedauerte Horndeich und versuchte gleichzeitig, seinen ganzen Charme sprühen zu lassen. »Hat Ihnen

Frau Anderson mitgeteilt, dass Matthias Anderson nicht mehr lebt?«

»Ja, das hat sie mir gesagt. Schrecklich. Fürchterlich! Aber doch …« Während sie sprach, ließ sie sich auf einen der Stühle neben dem Esstisch nieder. »Es klingt grausam, aber es ist gut, dass Monika und Martina endlich Bescheid wissen. Dass die Warterei ein Ende hat. Und dass sie nicht länger glauben müssen, dass Matthias sie einfach verlassen hat. Darunter hat die Kleine ganz schön gelitten. Ich konnte mir das nie vorstellen. Matthias war allzeit ein feiner Kerl gewesen. Als Junge, als Jugendlicher, als Student und auch heute als erwachsener Mann.«

»Er ist schon vor zwei Jahren gestorben. Für uns ist es daher etwas schwierig herauszufinden, was damals passiert ist. Deswegen ist es auch so wichtig, dass wir uns hier umschauen dürfen.«

»Das geht in Ordnung«, sagte Victoria Wiener und erhob sich wieder. »Ich zeige Ihnen gerne das Haus.«

Vom Wohnzimmer führte eine Tür in das ehemalige Elternschlafzimmer. »Matthias hat nach Adolfs Tod hier einiges verändern und umbauen lassen.«

»Adolf?«, fragte Horndeich.

»Matthias' und Peters Großvater. Der die beiden großgezogen hat. Einerseits hat er sich geschämt für seinen Vornamen nach dem Krieg. Andererseits hat er sich immer dagegen gewehrt, dass mit einem Namen ein bestimmter Charakter verbunden wird. Ich fand es mutig, dass er seinen Namen behalten hat.«

Victoria verließ das Schlafzimmer, ging durch das Esszimmer zurück in den Flur. »Interessiert Sie auch das Bad?«

Weder Leah noch Horndeich antworteten, und das interpretierte Victoria als Ja. Von der Küche aus führte eine Tür in ein Badezimmer, das über bestimmt zwanzig Quadratmeter Grundfläche verfügte. Eine riesige Badewanne, eine ebenerdige Dusche, Waschmaschine und Trockner waren darin untergebracht. Die Dusche war eines jener Modelle, auf das Horndeich im Bauhaus ab und an ein Auge geworfen hatte: nicht nur mit simplem Wasserstrahl von oben, sondern zusätzlich mit horizontalen Massagedüsen, die den geplagten Rücken entspannten.

»Wenn Sie mir bitte nach oben folgen.«

Im ersten Stock befanden sich ebenfalls drei Räume und ein Bad. Dieses war allerdings viel kleiner und sehr funktional ausgestattet. Bei den Räumen handelte es sich um das Jugendzimmer von Martina, ein Lesezimmer mit kleiner Bibliothek und einen Abstellraum.

Wieder führte eine Treppe weiter nach oben, in den Bereich unter dem Dach.

»Hier war doch auch der Schädel untergebracht, oder?«, erinnerte sich Horndeich.

»Ja, ja. Das war damals alles nicht ausgebaut hier oben. Das hat Matthias machen lassen, unmittelbar nachdem diese unglückliche Geschichte mit diesem Robyn Riemer passiert ist.«

»Und was war hier oben? Und was ist jetzt dort?«

Victoria erklomm bereits die Stufen. »Kruscht, so würde ich das nennen. Regale voll mit altem Zeug und einer Staubschicht, die zum Teil zweihundert Jahre alt ist. Nachdem diese dumme Geschichte mit dem Schädel passiert ist, hat Matthias angefangen, das ganze Zeug zu sichten. Und gleichzeitig hat er das Dach ausbauen lassen. Das ging ganz schnell. Ist sehr praktisch, wenn auf dem eigenen Grundstück eine Schreinerei ihren Sitz hat.«

Der Flur am Treppenaustritt war nicht lang. Horndeich und Leah stießen bereits mit den Köpfen an die Decke, obwohl sie fast unter dem Dachfirst standen. »Geben Sie acht, es ist ein wenig niedrig hier«, warnte sie auch Frau Wiener.

Horndeich hörte ein Frauenlachen hinter einer der Wände. »Ihre Kollegin«, lächelte Victoria Wiener. »Sie ist eine ganz bezaubernde Frau. Passt gut zu Ihrem Kollegen.«

In diesem Moment öffnete sich eine der beiden Türen. Heraus trat eine braunhaarige Schönheit in Leahs Alter. Sie stieß einen spitzen Schrei aus. »Mein Gott, haben Sie mich erschreckt!«

Ihr Blick wanderte von Victoria Wiener zu Leah und dann zu Horndeich. »Und Sie sind?«

Horndeich war sich nicht sicher, ob dieser Dame eine solche Frage zustand, doch bevor er sich weitere Gedanken darüber machen konnte, entdeckte er den Kollegen Nummer zwei: Der Name Hendrix war nicht ganz korrekt gewesen, Martin Hinrich strahlte Horndeich an.

»Nein! Die Unterstützung aus Darmstadt! Was machen Sie denn hier?«

»Das, Herr Dr. Hinrich, könnte ich auch Sie fragen.«

»Nun, wir sind im Dienste der Wissenschaft unterwegs.« Während er diese Worte sagte, warf er einen Blick in Richtung der Dame an seiner Seite.

»Und Sie sind?«, fragte Leah ganz unverblümt.

Hinrich gab den Kavalier: »Das ist Frau Dr. Emilia Schubert, Gerichtsmedizinerin aus Leipzig. Eine hochgeschätzte Kollegin und Freundin.«

Dann stellte er im Gegenzug der geschätzten Kollegin und Freundin die beiden Darmstädter Ermittler vor.

Das war also jene Emilia, die Hinrich drei Tage zuvor in Frankfurt im Sektionssaal erwähnt hatte. Er erinnerte sich gut …

Victoria Wieners Blicke wanderten zwischen dem seltsamen Quartett hin und her, dann sagte sie: »Ich werde unten mal die Kaffeemaschine anwerfen, falls jemand von Ihnen einen Kaffee wünscht.« Mit diesen Worten stieg sie die Treppe hinab.

»Und was konkret untersuchen Sie hier im Dienste der Wissenschaft?«, wollte Leah es genauer wissen. Sie sprach damit nur aus, was Horndeich ebenfalls im Kopf herumspukte.

Hinrich antwortete: »Nun, Frau Anderson hat uns freundlicherweise erlaubt, die Heimstatt dieses Schädels etwas genauer unter die Lupe zu nehmen.«

»Und warum?« Horndeich nun.

»Weil wir doch in gewisser Weise eine Verpflichtung haben, diesem Schädel seine Identität zurückzugeben.«

»Haben Sie mir nicht gesagt, dass der Knabe seit rund vierhundert Jahren tot ist?«

»Ja. Ändert das irgendetwas daran, dass er nicht ein Recht darauf hat, seinen Namen zurückzubekommen?«

Diesen Eifer konnte Horndeich sich nicht erklären. Er hatte keine Ahnung, wie viele Schädel und Knochen etwa bei einem Medizinstudium begutachtet, vermessen, benutzt wurden, ohne dass deren Besitzer noch identifizierbar gewesen wären. Ebenfalls erinnerte er sich an das Skelett im Biologiesaal seiner Schule. Ein bisschen gruselig hatte er den Knaben in Erinnerung. Ganz besonders, da dessen Knochen nicht aus Plastik waren, sondern echt. Und auf ihm hatte kein Namensetikett geklebt. Sie alle hatten ihn nur Otto genannt – auch nachdem ihre Biologielehrerin sie darauf aufmerksam gemacht hatte, dass es sich um ein weibliches Skelett handelte.

»Und? Haben Sie irgendetwas Interessantes herausgefunden?«

»Durchaus«, meldete sich Emilia Schubert zu Wort. »Komm, Martin, wir zeigen es ihnen.« Sie griff den Kollegen

Hinrich am Unterarm und zog ihn zurück in den Raum, aus dem sie gekommen waren.

Auch Horndeich und Leah traten ein. Zwar war die Grundfläche des Raums sehr groß, doch die Dachschräge zog sich an den Rändern des Raums bis zum Fußboden. An allen drei anderen Wänden standen Regale. Zwei kleine Dachgauben ließen etwas Tageslicht hinein, doch der Löwenanteil der Helligkeit wurde von mehreren LED-Leuchten an der Decke erzeugt.

Horndeich überflog die Regale. Pappkartons, Pappkartons, Leitzordner, Leitzordner, Leitzordner, Pappkartons. Zwischendrin ein paar Bücher, deren Buchrücken darauf schließen ließen, dass auch sie bereits das gesamte Jahrhundert zuvor unter diesem Dach verbracht hatten.

»Hier befinden sich nur die ganzen Aufzeichnungen und Bücher – alles, eben alles, was auf Papier gedruckt oder geschrieben wurde«, verkündete Emilia Schubert. »Der Nebenraum ist vollgestopft mit Gegenständen. Ich glaube, mit all den Dingen hier oben könnte man ein komplettes Heimatmuseum einrichten.«

»Hat Sie das bei der Suche nach dem Namen des Schädelbesitzers irgendwie weitergebracht?«, wollte Leah wissen.

»Nun, hier handelt es sich ganz offensichtlich um ein Familienarchiv. Wir konnten das alles natürlich nicht im Detail sichten. Aber da sind Pappkartons voller Briefe, irgendwelche handgeschriebenen Tagebücher, Kladden.«

Er ging auf ein Regal zu und entnahm ihm ein ledergebundenes Buch: »Das hier zum Beispiel sieht aus wie ein Ahnenbuch.« Er schlug es auf. »Ist aber in deutscher Kurrentschrift verfasst.«

»In was?«

Hinrich rollte mit den Augen, und seine Kollegin und Freundin gab die Besserwisserin: »Das, was gemeinhin Sütterlinschrift genannt wird – fälschlicherweise. Denn es gibt ein paar deutliche Unterschiede. Die Sütterlinschrift basiert auf der Kurrentschrift, aber die Lineaturen, also die Verhältnisse der Ober- und Unterlängen veränderten sich ...« Sie zeigte mit dem Finger auf eines der Worte der Seite.

Als sie gerade im Begriff war, Luft zu holen, um den kleinen Vortrag fortzusetzen, hob Horndeich abwehrend die Hand: »Schon gut. Alte deutsche Schrift. Ich hab's kapiert.« Ja. Die Dame passt wirklich und wahrhaftig gut zu unserem Leichenschneider, dachte er noch bei sich.

»So kann man das jetzt auch nicht sagen«, nahm Hinrich den Diskussionsfaden auf, wobei er den Zeigefinger der rechten Hand ausstreckte. Bevor er weitersprechen konnte, stoppte ihn Horndeich mit der Erwiderung: »Für mich langt es.«

Hinrich stellte das Buch wieder zurück und zeigte mit der rechten Hand auf ein anderes Regal: »Schauen Sie hier«, sagte er und deutete auf sechs nebeneinanderstehende Bände, deren Buchrücken jeweils mehr als fünfzehn Zentimeter breit waren.

»Das hier ist eine Briefmarkensammlung. Und ich bin ziemlich sicher, dass sie exorbitant wertvoll ist. Ich kenne mich damit ja nicht besonders gut aus. Aber wenn ich das richtig beurteile, sind da Marken aus dem neunzehnten Jahrhundert vertreten. Unglaublich. Ich frage mich, ob Matthias Anderson wusste, welche Schätze hier lagerten.«

Der zweite Raum war etwas größer und bot mehr Fläche, auf der man stehen konnte, ohne den Kopf einziehen zu müssen. In einer Ecke standen ein Monitor, eine Tastatur und eine Maus. Deren Kabel führten alle in ein Kästchen, aus dem seinerseits ein einziges Kabel herausragte.

»Dockingstation von Apple«, beantwortete Hinrich die Frage, die Horndeich nur gedacht hatte.

»Ganz offensichtlich hat Matthias Anderson hier immer den Laptop angeschlossen.«

Schade, dachte Horndeich. Er hatte gehofft, dass sie vielleicht hier im Haus noch einen Rechner finden würden, den Matthias Anderson benutzt hatte. Offensichtlich war das nicht der Fall.

Horndeich sah sich um. Er fühlte sich ein wenig an Margots Vater erinnert. Sebastian Rossberg hatte ihm und Margot bei einigen Fällen zur Hand gehen können, als sie irgendwelches veraltetes und exotisches technisches Equipment benötigt hatten, um einen Fall zu klären. So hatte Rossberg seinerzeit etwa einen Filmprojektor besessen, der in der Lage gewesen war, das uralte Filmformat Normal-8 abzuspielen. Oder einen Videorekorder, der riesige, quadratische klobige Kassetten abspielen konnte, die ebenfalls aus der Steinzeit zu stammen schienen. *VCR* – Horndeich fiel sogar der Name des Systems wieder ein.

Auch in diesen Regalen lagerten technische Schätze: Er entdeckte zwei Filmprojektoren, einen Diaprojektor, einen Schallplattenspieler sowie ein Grammophon und ein Tonbandgerät. Des Weiteren zwei Stapel Schallplatten, ein paar Tonbänder in entsprechenden Pappkartons von BASF. Ein Regalbrett darüber lagerten Schmalfilme – und Horndeich erkannte sogar einige Filmrollen im breiteren 16-mm-Format. In einem anderen Regal lagen diverse Gartengeräte, die ebenfalls schon Jahrzehnte auf dem Buckel zu haben schienen. Auf weiteren Regalen befanden sich ein uralter Globus, das Holzmodell einer Kirche, eine Schiffsglocke, drei Hüte und allerlei mehr. Wenn es hier Hinweise auf den Mörder von Matthias Anderson geben sollte, dann waren sie definitiv sehr gut und tief versteckt. Horndeich konnte nicht umhin: Er seufzte.

Nein, sie sah nicht gut aus. Gar nicht gut.

Richard Feller räumte seine Sachen zusammen. Es war inzwischen neunzehn Uhr dreißig. Horndeich und Leah waren bereits vor einer Stunde gegangen.

Er hatte bis eben noch die Mails von Matthias Andersons Firmenaccount überprüft, bis drei Monate vor dessen Verschwinden. Aber darin hatte er auch nicht nur im Ansatz etwas Suspektes finden können.

Er fuhr seine Rechner herunter. Während die Festplatten sirrend in Richtung Nachtruhe rotierten, starrte Feller aus dem Fenster. Er wusste nicht, was in Leah vorging. Das war neu. Nein, eigentlich war das nicht neu. Eigentlich hatten sie nur nie darüber gesprochen, was in dem jeweils anderen vorgegangen war. Sie hatten sich stundenlang unterhalten können – über alles, was nicht sie selbst betraf.

Und dennoch war mit Leah etwas geschehen seit diesem Überfall. Etwas, das nicht gut war.

Richard Feller bezeichnete sich selbst nicht als Sensibelchen. Was nicht daran lag, dass er nicht sensibel gewesen wäre. Es lag eher daran, dass es wenige Menschen um ihn herum gab, die er seiner Sensibilität für würdig erachtet hätte. Leah war eine dieser Personen.

Das Fazit des heutigen Tages ließ sich mit einem Wort auf den Punkt bringen: nichts. Horndeich und Leah hatten Monika Anderson in Frankfurt besucht, hatten das *Hofgut Rodenstein* inspiziert, waren sogar in Fränkisch-Crumbach gewesen. Und er hatte die Mails studiert. Das Fazit vielleicht doch zwei Worte: gar nichts.

Er selbst setzte jetzt seine Hoffnungen auf die Medien. In der vergangenen Stunde hatte er noch mit der Pressesprecherin des Präsidiums telefoniert. Sie würden ein Foto von Matthias Anderson in die Welt schicken, verbunden mit der Frage, ob ihn jemand am 30. April 2015 auf dem *Hofgut*

Rodenstein oder der Umgebung gesehen habe oder auch in den Tagen danach irgendwo anders.

Die Aufforderung der Polizei war klar: Wer auch immer am dreißigsten April auf dem *Hofgut Rodenstein* gewesen war und dort Fotos oder Videoclips gemacht hatte, möge sie bitte der Polizei zur Verfügung stellen.

Richard Feller wusste nicht, ob die Aktion etwas bringen würde. Schaden konnte sie auf jeden Fall nicht.

Er packte seine lederne Aktentasche zusammen, dann verließ auch er das Polizeipräsidium.

Immer wieder dachte er darüber nach, was Leah ihm über diesen Überfall erzählt hatte. Und er spürte, dass da etwas nicht passte. Zweihundert Teile blauer Himmel, aber das eine Puzzleteil wollte sich nicht einfügen. Falsch. Es lag einfach nicht an der richtigen Stelle. Und genauso gab es in der Erzählung von Leah Gabriely dieses Teil, das nicht passen wollte. Das man nicht einmal mit einem Hammer an die richtige Stelle klopfen konnte. So sehr ragte der kleine Puzzle-Kopf in die falsche Richtung.

Als Richard Feller zu Hause angekommen war, schmierte er sich in der Küche ein Brot: Roggenvollkorn, keine Butter, Streichkäse mit Kräutern. Dann setzte er sich auf seinen Balkon, schenkte sich ein kaltes alkoholfreies Bier ein und dachte darüber nach, was Leah Gabriely ihm über diesen Abend erzählt hatte.

Er schaute in den Himmel. Sterne. Keine Wolken. Aber immer noch zu viele Straßenlaternen, die den ungetrübten Blick in den Himmel der Nacht verhinderten.

Was stimmte nicht an der Geschichte? Was passte da nicht zusammen?

Er aß sein Brot, trank das Bier, und die Gedanken kreisten weiter in Richard Fellers Kopf.

Der rote Mazda MX5 RF mit Leipziger Kennzeichen fuhr auf den Parkplatz der Firma Genotics. Emilia Schubert stellte den Motor ab und löste den Sicherheitsgurt.

Martin Hinrich saß auf dem Beifahrersitz. Auch er löste den Gurt. Emilia machte keine Anstalten, aus dem Wagen zu steigen. »Alles in Ordnung?«, wollte Hinrich wissen.

Ein Lächeln huschte über Emilias Gesicht, dann beugte sie sich zu ihm und gab ihm einen Kuss auf den Mund. »So was von.« Durch den Kuss schien das Lächeln von Emilias Lippen auf jene von Hinrich dupliziert worden zu sein.

Beide stiegen aus. Emilia öffnete den Kofferraum, und Hinrich entnahm ihm einen Metallkoffer. Viel mehr passte dort auch nicht hinein. Außer noch Emilias zierliche Handtasche, die sie nun ebenfalls an sich nahm, bevor sie den Wagen verschloss.

Bastian Lenz öffnete ihnen persönlich die Tür.

»Dr. Hinrich? Frau Dr. Schubert?«

»Ja, die sind wir«, sagte Emilia.

»Das ist sehr nett, dass Sie sich das Wochenende für uns Zeit nehmen«, fügte Hinrich hinzu.

Am vorigen Abend hatte er mit Lenz telefoniert. Gleich nachdem er und Emilia von Fränkisch-Crumbach zu Hinrich nach Hause gefahren waren, hatte er zum Hörer gegriffen. Die Firma Genotics war ihm ein Begriff, da sie sich im Bereich der »alten DNA« einen Namen gemacht hatte. Und alte DNA war definitiv etwas, das im Schädel des unbekannten Besitzers schlummerte. Auch nachdem die Darmstädter

Ermittler Horndeich und Gabriely das Haus in Fränkisch-Crumbach schon verlassen hatten, waren er und Emilia noch geblieben, um die beiden Räume noch detaillierter zu inspizieren. Es war eindeutig, dass unter diesem Dach jemand Andenken einer Familie gesammelt hatte. Und damit lag die Möglichkeit zumindest nahe, dass der Besitzer des Schädels und Matthias Anderson miteinander verwandt gewesen waren. Dies herauszufinden – dazu sollte nun Genotics beitragen. Emilia hatte Hinrich dazu überredet, Lenz persönlich anzurufen und ihn zu bitten, ob sie nicht an diesem Wochenende die Frage klären konnten. Hinrich war es recht gewesen. Ein Wochenende im Dienste der Wissenschaft gemeinsam mit Emilia – viel gab es für ihn im Moment nicht, was das noch toppen konnte.

»Nun, es gibt Angebote, die man nicht abschlagen kann«, antwortete Bastian Lenz und reichte zuerst Emilia und dann Hinrich die Hand.

»Gehen wir doch zuerst in den Besprechungsraum«, sagte er dann und führte seine Gäste in den Bürotrakt. Besagter Raum war für einen Besprechungsraum eher klein. Ein Tisch mit sechs Stühlen, Flachbildschirm an der Wand, zwei Laptops auf einer Anrichte – daneben ein Kaffeevollautomat.

Bastian Lenz bot seinen Gästen Kaffee an, bereitete ihn zu, und zwei Minuten später saßen sie um den Besprechungstisch herum.

»Sie haben sich gestern etwas bedeckt gehalten – was genau soll ich untersuchen?«, eröffnete Bastian Lenz den geschäftlichen Teil.

Hinrich hatte sich in den Kopf gesetzt, dass er diese Wette gegen den Kollegen Schuknecht unbedingt gewinnen wollte. Und dafür war er auch bereit, ein paar Euro in die Hand zu nehmen. Aus rechtsmedizinischer Sicht gab es keinen

Grund mehr, den Schädel in irgendeiner Weise weiter zu untersuchen. Wenn er, Martin Hinrich, wissen wollte, zu wem der Schädel gehörte, dann war dies seine Privatangelegenheit – und damit auch eine Angelegenheit des privaten Kontos. Vielleicht hätte er sich auch dagegen entschieden, den knöchernen Freund weiter zu examinieren, wenn nicht Emilia Schubert ihn dazu ermuntert hätte. Die Untersuchung von Schädel und Knochen würde Hinrich so viel kosten wie ein mehrtägiger Urlaub mit ihr jenseits von Europa. Aber auch da war Hinrich ein kühler Rechner: Er war mit Emilia zusammen, sie verbrachten auf intellektueller Ebene eine interessante Zeit miteinander – und die Zeit, die intellektuell weniger interessant war, die war in erotischer Hinsicht dafür umso aufregender. Das Geld war gut angelegt.

Hinrich hob den Metallkoffer auf den Besprechungstisch. Vorsichtig klappte er den Kofferdeckel auf. Darin lagen zwei Tupper-Behälter. Der große für den Schädel und ein etwas kleinerer für den Oberschenkelknochen von Matthias Anderson.

Hinrich entnahm die Plastikdosen, öffnete sie. Sowohl den Knochen als auch den Schädel hatte Horndeich in Tücher verpackt. Dreißig Sekunden später befanden sich Knochen und Schädel auf der Mahagoniplatte des Tisches.

»Ich möchte wissen, ob die beiden miteinander verwandt sind.«

Bastian Lenz ging um den Tisch herum und betrachtete den Schädel von vorn. »Darf ich Sie fragen, woher Sie dieses Exponat haben?«

»Ja. Dieser Schädel ist vor gut einer Woche im Darmstädter Kongresszentrum gefunden worden. Ich und meine Kollegin«, er sah kurz in Emilias Richtung, »wir haben festgestellt, dass er rund vierhundert Jahre alt sein muss. Und der

Knochen, den Sie vor sich sehen, er stammt aus dem Oberschenkel Ihres Geschäftspartners Matthias Anderson.«

Bastian Lenz sah Hinrich für einen Moment entgeistert an.

Hinrich ignorierte den Blick und fuhr fort: »Es ist für uns essenziell wichtig herauszufinden, ob Matthias Anderson mit dem Eigner des Schädels verwandt war.«

Bastian Lenz ließ sich auf einen der Stühle neben dem Tisch nieder. Nein, er plumpste regelrecht darauf.

»Vielleicht hätte ich Sie besser darauf vorbereiten sollen, dass wir hier mit einem Stück … Ihres Kollegen, Ihres ehemaligen Kollegen auftauchen.« Hinrich wurde erst in diesem Moment bewusst, wie pietätlos der Auftritt war. Daran hatte er keinen Gedanken verschwendet – dass der Mann, der völlig entgeistert auf den Schädel starrte, den Besitzer des Oberschenkelknochens ja über Jahrzehnte persönlich gekannt hatte. Er war ein Idiot.

Dann bemerkte Hinrich, dass der Knochen Lenz überhaupt nicht interessierte. Sein Blick wich nicht vom Schädel.

»Ich kenne diesen Schädel«, sagte Bastian Lenz.

Hinrich runzelte die Stirn. Dessen Besitzer war vierhundert Jahre tot. Wie sollte Bastian Lenz ihn kennen?

»Wo, sagen Sie, haben Sie diesen Schädel gefunden?« Lenz sah Hinrich nun direkt an.

»Im Kongresszentrum in Darmstadt. Hinter einer metallenen Abdeckplatte. Er war dort in einem Pappkarton deponiert.«

»Wissen Sie, wie er dorthin gekommen ist? Oder wissen Sie, woher er kommt?«

»Ja. Also nein. Wir wissen nicht, wie er dorthin gekommen ist. Aber wir wissen, woher er stammt, also wo er vorher gelegen hat. Im Wochenendhaus ihres ehemaligen Kollegen Matthias Anderson. In Fränkisch-Crumbach.«

»Dann ist das also Matthias Andersons Schädel – also, ich meine, ein Schädel, der sich in seinem Besitz befand?«

»Ja, davon ist auszugehen. Weshalb?«

»Wie ich schon sagte. Ich kenne diesen Schädel. Matthias Anderson hat ihn …«, Lenz schien kurz nachzudenken, »… er hat ihn ein paar Wochen, bevor er verschwunden ist, hier in die Firma mitgebracht.«

»Den Schädel?«, fragte Hinrich.

»Ja. Ganz sicher bin ich natürlich nicht – also, ich meine, ich hab schon ein paar Schädel in meinem Leben gesehen und sie unterscheiden sich nicht auf gravierende Weise voneinander. Doch der Schädel, den Matthias damals mitgebracht hat, auch er hatte Zahnlücken, aber viele Zähne waren noch vorhanden. Und der Schädel sah genauso … ja, fast perfekt poliert aus wie dieser.«

»Was hat Ihr Kollege mit dem Schädel gemacht?«

»Das weiß ich nicht. Es war ein Samstag, so wie heute. Als Matthias und ich das Unternehmen gegründet haben, da haben wir uns gesagt, wie gut oder schlecht das laufen würde, die Wochenenden gehörten uns und unseren Familien. Und man dürfe Arbeit per Laptop mit nach Hause nehmen – aber die Büroräume auch nur zu betreten wäre tabu. Wir beide haben uns im Großen und Ganzen daran gehalten. Wir haben schon auf unsere Work-Life-Balance geachtet, als es dieses Wort noch gar nicht gab. Egal, ich hatte an einem Freitagabend meinen Laptop vergessen und bin samstags in die Firma gefahren, um ihn zu holen. Und da stand Matthias mit dem Schädel. Im Labor. Ich habe ihn gefragt, was er dort macht. Er hat ein paar nichtssagende Bemerkungen von sich gegeben, die völlig klarmachten, dass er darüber nicht reden wolle. Also habe ich auch nicht weiter gefragt.«

»Und wie kommen Sie jetzt darauf, dass es sich um denselben Schädel handelt?«

»Ich erinnere mich noch genau an eine seiner Bemerkungen: Er sprach von der ›buckligen Verwandtschaft‹. Ich hab mich darüber gewundert, habe mich gefragt, ob er seinen Großvater exhumiert habe oder Ähnliches. Aber dafür sah der Schädel viel zu gut aus.«

Hinrich war nun wie elektrisiert. Das musste er den Darmstädtern mitteilen. Nicht, dass dieser Schädel ihnen bei ihren Ermittlungen helfen würde. Aber da war dieses kleine Jucken an einer Stelle, an der man sich nicht kratzen konnte, das sagte: Erzähl's den Darmstädtern. »Haben Sie vielleicht noch Daten von seinen Untersuchungen? Eventuell liegen Ihnen sogar Proben des Schädels vor? Dann wäre es ja ein Leichtes, herauszufinden, ob es sich um denselben Schädel handelt.«

Lenz stand auf, ging zur Anrichte und griff nach einem der beiden Laptops. Er nahm ihn zurück zum Besprechungstisch. »Geben Sie mir ein paar Minuten, dann kann ich Ihnen dazu etwas sagen.«

Während Bastian Lenz in den Untiefen seiner Datenbanken forschte, nahm Emilia Hinrichs Hand und streichelte sie. Er ertappte sich dabei, wie er für Sekunden die Augen schloss und einfach nur die Berührung genoss.

Damals, mit Angelina, da hatten sich die Hände, wenn sie sich einmal gefunden hatten, auch verhakt und nicht mehr losgelassen. Eine Welle der Sentimentalität schwappte über Hinrich zusammen. Etwas, das er kaum kannte. Und schon gar nicht, wenn er mit anderen Menschen in einem Raum saß.

»Ich habe hier tatsächlich etwas Auffälliges«, riss Lenz Hinrich aus seinen Gedanken. Emilia ließ in diesem Moment seine Hand los.

»Für alle Untersuchungen gibt es natürlich eine eigene Auftragsnummer. Und dann normalerweise auch einen

Namen des Kunden. Und da taucht Matthias tatsächlich als Kunde auf. Und ich denke, die Schädeluntersuchung lässt sich eindeutig herausfiltern. Er hat hier einen Vergleich der DNA zwischen einem ›John Doe‹ und einem ›John Doe jr.‹ durchgeführt.«

John Doe sagte Hinrich etwas. In Amerika bezeichnete man damit unbekannte männliche Leichen. Die unbekannten Damen wurden »Jane Doe« genannt. »Und Sie erinnern sich genau, an welchem Wochenende das gewesen ist? Heute noch?«

»Nein. Aber es ist die einzige Untersuchung, die an einem Samstag durchgeführt worden ist. Sechs Wochen vor dem 30. April 2015. Und das war der Samstag, an dem ich in der Firma war. Der 21. März 2015.«

»Und? Was war das Ergebnis?«

»Die beiden Proben, die er verglichen hat, waren miteinander verwandt.«

»Dennoch«, sagte Hinrich, »ich möchte, dass wir das selbst überprüfen.«

Nein, es war keine gute Idee gewesen, am heutigen Vormittag nochmals ins Polizeipräsidium zu fahren und zu recherchieren. Brunos Kennzeichen hatte sich Leah ins Gehirn eingebrannt – WI für Wiesbaden, zwei Buchstaben, drei Ziffern –, wenn man sie nachts um zwei Uhr geweckt hätte, sie hätte das Kennzeichen jederzeit rezitieren können.

Er wohnte immer noch in dem kleinen Häuschen in Wiesbaden, in dem er schon gemeinsam mit seiner Frau gelebt hatte, bis diese verstorben war. Ein Verlust, den er nie verwunden hatte.

Leah saß auf ihrem Balkon, schaute gen Süden in den Himmel.

Bruno. Einen besseren Freund als ihn konnte man sich

kaum vorstellen. Ein guter Zuhörer. Einer, der einem wertvolle Ratschläge erteilen konnte. Aber nur, wenn man ihn darum bat – nicht zu aufdringlich. Kein Missionar, keiner, der seine Ansichten um alles in der Welt hinausposaunen musste.

Ein zärtlicher Mann.

Ein sehr zärtlicher Mann.

Und was hatte dieser Mann mit der Kuh zu tun?

Leah nahm einen weiteren tiefen Schluck aus dem Rotweinglas.

Ihre Gedanken drifteten ab. Wieder in die Vergangenheit. Wieder zu jener Nacht des Seminars, als sie mit Jonas Petersberger an der Bar gestanden hatte. Er neben ihr an der Theke in der Kneipe.

Er hatte ihr von der Anzeige erzählt, die ihr Vater gegen ihre Mutter erstattet und die er schon am nächsten Tag wieder zurückgezogen hatte.

Und sie erinnerte sich an ihre Frage, weshalb er ihr das alles überhaupt erzählte.

Und wieder glitt sie in Gedanken in die Vergangenheit …

»Frau Gabriely, Leah, ich weiß nicht, ob Sie das hören wollen. Ihr Vater hat Selbstmord begangen. Und daran besteht auch überhaupt kein Zweifel. Aber …«

Wieder stockte Jonas Petersberger. Wieder sprach er nicht weiter.

»Worauf wollen Sie eigentlich hinaus?«, fragte Leah. »Wieso erzählen Sie mir von der Anzeige, wenn mein Vater sie doch zurückgezogen hat?«

Leah konnte beobachten, wie Jonas Petersberger mit sich rang, nicht wusste, was er erzählen, wie er es angehen sollte – das Räderwerk in seinem Kopf knirschte laut.

Sie hatte das nicht geplant, aber sie hatte ihm ganz kurz, für einen Moment, für eine Sekunde, vielleicht auch anderthalb, die Hand auf den Unterarm gelegt. Das hatte ihn dazu gebracht, weiterzuerzählen.

»Ich war einer der Ersten, als wir in den Wald gerufen wurden, nachdem ein Spaziergänger Ihren Vater gefunden hatte. Es war ein fürchterlicher Anblick – ich weiß, ich sollte das nicht sagen, aber ich kann Ihnen nur entweder alles erzählen oder nichts.«

Wieder entstand eine dieser Pausen. Und Leah sagte nur ein Wort: »Alles.«

Petersberger nickte. »Es hat eine Weile gebraucht, bis wir Ihren Vater … nun, auf dem Waldweg aufgebahrt hatten. Der Gerichtsmediziner kam. Und da Sommer war und Ihr Vater nur ein kurzärmliges Hemd trug, konnte er auf Anhieb die Hämatome am Arm erkennen. Deshalb schickte er den Leichnam Ihres Vaters auch direkt in die Gerichtsmedizin. Bei einer Obduktion sind immer Beamte der Kripo anwesend. Und fragen Sie mich nicht, ich weiß es nicht mehr, irgendwas war schiefgelaufen, irgendjemand war krank gewesen, im Urlaub oder bei einem anderen Fall – auf jeden Fall stand ich plötzlich mit im Sektionssaal.

Der Gerichtsmediziner kümmerte sich primär um die Wundmale am Hals. Es gab keine vernünftigen Zweifel, dass Ihr Vater selbst nach oben geklettert war. Aber da waren halt die Hämatome an den Armen, die den Rechtsmediziner stutzig gemacht haben. Frau Gabriely, ich habe den Körper Ihres Vaters gesehen.«

Das war der Moment, in dem Petersberger innehielt und sich einen doppelten Schnaps bestellte. Den er mit einem Schluck lehrte.

Petersberger sah zu ihr, und sein Blick flehte Leah an: *Beende das. Stoppe mich. Zwing mich nicht dazu, dir das jetzt auch noch alles zu erzählen.* Aber Leah konnte ihm den Gefallen nicht tun. Sie waren so weit an den Abgrund getreten, dass nun auch die letzten Schritte nötig waren, auch wenn es zehn waren und der Abgrund nur noch acht entfernt lag.

»Ich weiß nicht, was Sie damit anfangen. Ob Sie damit überhaupt etwas anfangen. Wahrscheinlich geht es auch nur darum, dass ich mein Gewissen erleichtere.«

Wieder schwieg er.

Leah fragte: »Und?«

»Ihr Vater hatte Hämatome nicht nur an den Armen, sondern am ganzen Körper. Besonders im Bauchbereich, Solarplexus, dann an den Oberarmen und auch auffallend viele an den Schienbeinen. Er ist malträtiert worden. Aber, Frau Gabriely, er hatte außerdem Wundmale. Brandwunden. Kreisförmig. Sechs bis zehn Millimeter im Durchmesser. Brandwunden durch Zigaretten. Auf der Brust, auf dem Bauch.«

Zigaretten.

Wieder erinnerte sie sich an das Bild ihrer Eltern im heimischen Schlafzimmer. Ihre Mutter auf ihm sitzend. Ihre Mutter mit der Zigarette in der Hand. Und sie verstand.

In diesem Moment starb etwas in Leah Gabriely.

Sie stand apathisch an dieser Bar.

Die Worte von Jonas Petersberger erreichten sie nicht mehr.

Eine Welle unglaublicher Wut schwappte über Leah Gabriely zusammen. Gleich einem Tsunami. Zuerst zog sich das Wasser zurück, um dann mit der Wucht einer eisernen Welle über allem zusammenzubrechen.

Es toste in Leah Gabriely, es brodelte, es wütete.

Doch Leah stand an dieser Bar und sagte nur: »Danke, Jonas, dass Sie mir das gesagt haben.«

Er stand noch eine Weile neben ihr, aber sie antwortete auf keine seiner Fragen. Sie stellte auch keine Fragen, sie stand einfach nur da. Wie ein Fels in der Brandung. Der Fels, als der sie sich ihr Leben lang gefühlt hatte. Die Wellen kamen, die Wellen gingen, die Wellen tosten, die Wellen plätscherten – Leah stand.

Die Zigaretten.

Die Zigarette in der Hand jenes Mannes vor dem Trainingsbad.

Zigaretten.

Sie hasste Zigaretten.

MONTAG, 12. JUNI

Montag früh um acht Uhr saßen sie wieder im kleinen Besprechungsraum, Leah, Horndeich und auch Richard Feller.

Leah hatte schlecht geschlafen in der vergangenen Nacht. Mal wieder. Der Überfall, die Zigarette, alles hatte sich in ein wildes, bedrohliches Durcheinander vermengt, aber in Dolby Surround und 3-D. Dreimal war sie in der Nacht aufgrund eines solchen Traums aufgewacht.

»Was ist das«, hörte sie den Kollegen Horndeich fragen. Er deutete mit der Hand auf ein rotes Schächtelchen aus Plastik, das Feller neben seinem Laptop abgestellt hatte.

»Habt ihr am Samstag die *Hessenschau* gesehen? Oder am Samstagmorgen das *Darmstädter Echo* oder das *Odenwälder Echo* aufgeschlagen?«

Das hatte Leah nicht getan. Sie sah eher selten Fernsehen. Ab und an einen Spielfilm über den Streamingdienst. Dann meist am Wochenende die *FAZ* oder die *Süddeutsche*. Aber nicht an diesem Wochenende, und dort hätte sie von den örtlichen Neuigkeiten auch wenig erfahren. Feller tippte auf der Tastatur seines Laptops, dann beamte er das Bild auf den Bildschirm an der Wand.

Der zeigte die Online-Ausgabe der Darmstädter Tageszeitung. Leah schmunzelte. Es war unvorstellbar, dass Feller den Artikel, den er ihnen hatte zeigen wollen, aus der Papierausgabe ausgeschnitten und fotokopiert hätte.

Auf dem Schirm sahen sie das Konterfei von Matthias Anderson. Daneben konnten sie den Artikel lesen, der besagte, dass Anderson am 30. April 2015 zuletzt im *Hofgut*

Rodenstein gesehen worden war. Und er enthielt den Aufruf, falls jemand an diesem Tag ebenfalls dort gewesen wäre und fotografiert oder gefilmt hätte, der Polizei dieses Material zur Verfügung zu stellen. »Das ist die erste Ausbeute«, sagte Feller und deutete auf das rote Schächtelchen. »Elf USB-Sticks voll mit Bildern – zum Teil sind sogar ein paar Videos dabei. Ich habe heute früh schon eine kleine Runde gedreht und die Sticks bei den jeweiligen Revieren abgeholt.«

»Wow!«, entfuhr es Horndeich. »Dann bist du aber früh auf den Beinen gewesen.«

Feller zuckte nur mit den Schultern. »Ab fünf. Habe sowieso nicht mehr schlafen können.«

Da hatte es also noch einen gegeben, für den die vergangene Nacht kein reines Vergnügen gewesen war, dachte Leah.

»Wie willst du die jetzt auswerten?«

»Na ja, das übliche Procedere: Ich packe sie alle auf eine Festplatte, dann fahr ich damit zum Bundeskriminalamt nach Wiesbaden – die haben eine flotte Software –, und dann sollten wir herausfinden, ob Matthias Anderson irgendwo auf diesen Bildern zu sehen ist. Und mit ein bisschen Glück erkennen wir vielleicht noch jemanden auf den Fotos, mit dem er sich unterhält. Vielleicht seinen Mörder? Wir werden sehen. Die Hälfte der Sticks habe ich bereits kopiert, jetzt ist die zweite Hälfte dran. Ich hab mit den Kollegen in Wiesbaden schon gesprochen – die können mich für eine Stunde einschieben. Dann wissen wir heute Nachmittag vielleicht schon mehr.«

Leah und Horndeich stellten ihren Wagen genau an dem Platz ab, an dem zwei Tage zuvor Emilia Schuberts roter Mazda geparkt hatte.

Hinrich hatte Horndeich während der morgendlichen Besprechung angerufen und ihm mitgeteilt, dass es in seinem Fall eine interessante Entwicklung gegeben hätte. Er möge doch bitte zu Genotics kommen, Bastian Lenz und er müssten ihm dort etwas zeigen. Hinrich war nicht dazu zu bewegen gewesen, bereits am Telefon die Katze aus dem Sack zu lassen.

»Der nervt«, zischte Leah aufgebracht. »Wenn er irgendetwas Relevantes rausgekriegt hat, soll er uns einfach eine E-Mail schreiben.«

Horndeich gab ihr recht. Aber er wusste auch: Meister Hinrich liebte die Inszenierung. Und die schnellste Möglichkeit, nun an die frisch gewonnenen Informationen zu gelangen, war, sich einfach ins Auto zu setzen und zu Genotics zu fahren.

Feller hatte versprochen, sich weiter um die Fotos zu kümmern.

Hinter der Empfangstheke saß dieselbe Dame, die sie schon vergangenen Mittwoch begrüßt hatte. Noch bevor Horndeich das Namensschildchen erkennen konnte, fiel ihm ihr Name wieder ein: Frau Schwacke. Sie geleitete Leah und Horndeich abermals in Bastian Lenz' Büro.

Lenz und Hinrich saßen am Besprechungstisch.

Dort lag der Schädel, daneben ein Oberschenkelknochen. Horndeich erkannte, dass einer der Gelenkknorren am unteren Ende fehlte. Jener, der durch eine Prothese ersetzt worden war. An der es jetzt ihrerseits mangelte, weil der Gerichtsmediziner sie herausgebrochen hatte, um eine Seriennummer zu finden. Horndeich wusste, zu welchem Oberschenkel der Knochen einmal gehört hatte …

Die beiden Männer erhoben sich und begrüßten die Gäste.

Als alle vier um den Tisch herumsaßen – Horndeich konnte dem Schädel sozusagen direkt ins Gesicht sehen –, fragte er: »Und, die Herren, was haben Sie herausgefunden, das Sie uns nur hier und jetzt vor Ort mitteilen können?«

Hinrich ergriff sofort das Wort: »Herr Dr. Lenz, Dr. Schubert und meine Wenigkeit haben an diesem Wochenende ganze Arbeit geleistet. Wir sind in Ihrem Mordfall ein gutes Stück weitergekommen.«

»Gut. Dann lassen Sie uns doch bitte endlich an Ihrem Wissen teilhaben«, blitzte Leah Hinrich kampflustig an.

Horndeich überlegte, dass es vielleicht doch keine so gute Idee gewesen war, die Kollegin mit hierher zu nehmen. Er erkannte sie kaum wieder. Ihr Motto hatte bislang immer gelautet: »Lieber drei Sätze nicht ausgesprochen als einen zu viel.« Diese Frau hier neben ihm war jedoch eindeutig auf Krawall gebürstet, eine Eigenschaft, die er an ihr noch nie wahrgenommen hatte. Und für deren Auftauchen aus der Höhle hier und jetzt ein denkbar ungünstiger Zeitpunkt war.

Hinrich quittierte Leahs Angriff sofort. »Alles der Reihe nach, werte Frau Gabriely. Herr Dr. Lenz, wollen Sie unseren beiden Ermittlern nicht erst einen kleinen Abriss darüber geben, von welchen Hypothesen wir ausgegangen sind, bevor wir uns an den DNA-Vergleich gemacht haben?«

Lenz' Blick wanderte kurz zwischen Leah und Hinrich hin und her, streifte dann noch jenen von Horndeich, bevor er sagte: »Vielleicht sollten wir unsere Gäste nicht so sehr auf die Folter spannen. Das Ergebnis zuerst: Matthias Anderson war eindeutig ein Nachfahre des Besitzers dieses Schädels.« Er zeigte mit dem Finger auf das knöcherne Haupt.

Hinrich wollte sich offenbar nicht anmerken lassen, dass ihm Lenz' Vorpreschen nicht gefallen hatte, doch Horndeich, der seinen Kollegen seit so vielen Jahren kannte, konnte das in den Gesichtszügen des Mediziners eindeutig ablesen.

»Okay, Anderson und Mister Schädel sind verwandt«, raunzte Leah in Richtung Hinrich. »Und? Vierhundert Jahre, sagten Sie? Da hat Matthias Anderson also den Schädel eines Urururgroßvaters in seinem Haus gehabt. Fantastisch. Wahrscheinlich ist sein Geist dann der Mörder. Weil der Schädel sich nicht pfleglich behandelt gefühlt hat.«

Nun wurde Leah sogar sarkastisch. Horndeich wünschte sich, dass sich der Fortbildungskurs mit dem Titel »Leahs neue Charakterzüge« nicht zu einem ausgewachsenen Power-Seminar entwickeln würde. Denn dann würde Hinrich mauern. Wobei auch Horndeich auf den ersten Blick nicht klar war, was an dieser Entdeckung nun so sensationell war.

»Nun, Urururgroßvater wäre hier der völlig falsche Terminus. Gehen wir von einer Generationenfolge von fünfundzwanzig Jahren im Durchschnitt aus, wäre der Besitzer des Schädels nicht der Urururgroßvater. Sie müssten dann noch zehn Urs vorne anstellen. Zudem haben Sie offensichtlich überhaupt keine Vorstellung davon, wie diffizil eine solche Untersuchung ist.«

»Nein. Habe ich nicht. Muss ich auch nicht haben.«

Wieder schaltete sich Lenz beschwichtigend ein: »Wenn ich da ein paar Details aufzählen darf, vielleicht sind diese Erkenntnisse für Sie dann doch nicht ganz so uninteressant.«

»Genau, Dr. Lenz, erzählen Sie unseren Herrschaften doch bitte, wie Sie versucht haben, aus dem Zahn DNA zu gewinnen. Wir haben dem Armen nämlich einen selbigen ziehen müssen.«

»Hatte er Schmerzen?«, säuselte Leah. »Wenn der Nerv erst mal faul ist, kann es richtig grausam werden.«

Lenz ignorierte Leahs Einwurf. »Bei einem so alten Objekt ist es immer schwierig, überhaupt verwertbare DNA zur Verfügung zu haben. Wir haben dem Schädel einen Zahn gezogen, weil sich dort am ehesten verwertbare DNA über die Jahrhunderte gehalten haben könnte. Die Crux bei der Verwandtschaftsbestimmung über so viele Generationen hinweg liegt darin, dass sich von Generation zu Generation die DNA von Mutter und Vater in der nächsten Generation vermischen. Deshalb können wir Verwandtschaftsbeziehungen über viele Generationen hinweg nur über die rein weibliche oder rein männliche Linie bestimmen. Für gewöhnlich arbeiten wir bei der Untersuchung solch alter Objekte gerne mit der sogenannten mitochondrialen DNA. Das ist die DNA, die nicht im Zellkern liegt, sondern außerhalb. Diese Art der DNA hat gegenüber der Zellkern-DNA den riesigen Vorteil, dass sie in einer viel höheren Kopienzahl vorliegt. Das heißt, die Chance, hier verwertbare DNA-Spuren zu finden, ist tausendmal größer. Und diese sogenannte mtDNA wird unverändert von der Mutter an die nächste Generation weitergegeben. Aber eben nur von der Mutter. Wenn sie einen Sohn hat, hat der zwar auch dieselbe mtDNA, gibt sie aber nicht weiter. Und da der Besitzer des Schädels ein Mann war, hat er seine mtDNA nicht weitergeben können. Womit auf diesem Wege keine verwandtschaftliche Beziehung nachgewiesen werden kann.«

Auch wenn Horndeich nicht klar war, wie sie das bei der Aufklärung des Mordes irgendwie weiterbringen sollte, war jetzt sein technisches Interesse geweckt: »Wie sind Sie dann vorgegangen?«

»Wir haben versucht, aus dem Zahn noch Zellkern-DNA zu extrahieren. Das ist uns gelungen. Aber es nützt uns auch nur etwas, wenn wir Merkmale aus dem Y-Chromosom gewinnen können. Sie wissen ja: Frauen haben zwei X-Chromosomen, Männer ein X-Chromosom und ein Y-Chromosom. Und die Merkmalstypen des Y-Chromosoms werden unverändert an einen Sohn weitergegeben. Natürlich kann es auch hier zu Mutationen kommen – aber grundsätzlich ist die Untersuchung von mtDNA oder dem Y-Chromosom der einzig gangbare Weg, Abstammung über so viele Generationen zu erkennen. Und wir haben Glück gehabt. Mithilfe von STR-Markern auf dem Y-Chromosom konnten wir klären, ob der Besitzer des Schädels und Matthias Anderson miteinander verwandt waren.«

Horndeich hatte nur wenig davon verstanden, was Lenz da gesagt hatte.

Der fuhr ungerührt fort: »Matthias Anderson war mit dem Besitzer des Schädels tatsächlich in direkter und ausschließlich in direkter *männlicher* Linie verwandt – eben patrilinear, wie das entsprechende Fachwort heißt.«

»Verstehe ich Sie richtig? Der Besitzer des Schädels war der Vater eines Jungen, der wieder Vater eines Jungen wurde und der wieder Vater eines Jungen wurde, bis schließlich Matthias Andersons Vater Matthias Anderson gezeugt hat.«

»Ja. Genauso ist es«, resümierte Lenz.

»Und das funktioniert über vierhundert Jahre hinweg?«

»Nun, bei Richard dem III., König von England, hat das auch funktioniert. Über siebzehn Generationen. Die haben bewiesen, dass die Knochen, die man 2012 auf einem Parkplatz in Leicester gefunden hat, jene des ehemaligen britischen Königs waren«, dozierte Lenz.

Hinrich ergriff das Wort: »Und, Herr Horndeich, Sie waren doch auch in dem Haus in Fränkisch-Crumbach. Wir haben alleine zwei Ahnentafeln in der Hand gehabt – da sollte es uns doch gelingen, den Besitzer des Schädels zu bestimmen. Ich meine – cirka sechzehn Generationen in rein männlicher Linie –, da wird es nicht viele Linien geben.«

»Es tut mir leid«, brauste Leah auf, »ich kann immer noch nicht erkennen, wie uns das bei der Aufklärung des Mordfalls in irgendeiner Weise helfen sollte. Können wir diesen Mummenschanz hier nicht beenden?«

»Frau Gabriely – da gibt es etwas, das für Sie ganz sicher interessant ist«, sagte Lenz in ruhigem Tonfall. »Matthias Anderson hat exakt die Untersuchung, die Dr. Hinrich und ich an diesem Wochenende durchgeführt haben, sechs Wochen vor seinem Verschwinden ebenfalls durchgeführt.«

»Wow!«, entfuhr es Leah Gabriely – und der Zynismus troff aus jeder Schallwelle. »Und vier Wochen vor seinem Verschwinden im Mai war er beim Zahnarzt, und acht Wochen vor seinem Verschwinden ist er im Herrngarten über eine dieser bescheuerten Fünfzehn-Meter-Hundeleinen gestolpert – nein, dann wäre er ja nicht ermordet worden, sondern dann wäre er derjenige gewesen, der das Frauchen ermordet hätte, das ihre Töle diese Stolperfalle immer quer über die Wege ziehen lässt. Meine Herren, ich bin hier durch.« Sie wandte sich ihrem Kollegen zu: »Nimmst du ein Taxi? Ich widme mich jetzt richtiger Ermittlungsarbeit.« Damit erhob sie sich. »Ich finde selbst hinaus, danke.«

Horndeich blieb sitzen, und Leah verschwand.

Irgendwie schien über den Räumen dieses Unternehmens ein Fluch zu liegen. Ein Fluch, der Leah immer genau hier dazu veranlasste, auszuticken. Was war in seine Kollegin gefahren? Horndeich hasste solche Gespräche, aber er würde ein solches nachher führen müssen: Sie würde ihm mitteilen müssen, was in ihr so tobte, das ein gemeinsames Arbeiten als Team kaum möglich machte.

»Können Sie mir etwas genauer erklären, was Matthias Anderson sechs Wochen vor seinem Verschwinden gemacht hat?«

Bastian Lenz berichtete Horndeich kurz, was er zwei Tage vorher Martin Hinrich bereits erzählt hatte: dass Matthias Anderson sechs Wochen vor seinem Verschwinden den Schädel mit im Labor hatte. »Er hat auch die Proben noch in unseren Gefrierschränken aufbewahrt. Ich konnte sie mit den Proben vergleichen, die wir selbst genommen hatten. Es sind eindeutig dieselben. Er hat seine eigene DNA mit jener des Schädels verglichen. Und er ist zum selben Ergebnis gekommen wie wir.«

»Wir haben das auch zweimal überprüft«, brachte sich Hinrich wieder ins Spiel.

Wenn Horndeich sich richtig erinnerte, hatte Monika Anderson ihm gesagt, dass ihr Mann erst nach der Geschichte mit Robyn Riemer angefangen hatte, sich für die Hinterlassenschaften seiner Vorfahren unterm Dachboden zu interessieren. Was hatte ihn dazu veranlasst? Welche Entdeckung hatte er gemacht, die ihn kurz vor seinem Tod zur Klärung seines Verwandtschaftsverhältnisses zum ehemaligen Besitzer des Schädels getrieben hatte? Nein, im Gegensatz zu Leah fand er diese Frage nicht trivial. Natürlich, die Untersuchung des Schädels durch Matthias Anderson konnte auch in überhaupt keinem Zusammenhang mit seiner Ermordung stehen. Aber Horndeich wollte sich auch nicht nachsagen lassen, dass er nicht jeder Spur gefolgt sei.

Horndeich bedankte sich bei Lenz und Hinrich.

»Soll ich Sie eben ins Präsidium fahren?«, bot der Gerichtsmediziner Horndeich an.

»Gern«, antwortete dieser.

Hinrich steuerte auf das Mazda-Cabrio mit Leipziger Kennzeichen zu.

»Erinnern Sie sich noch?«, wollte der Mediziner wissen. »Wir beide waren mal etwas sportlicher unterwegs.«

Horndeich musste schmunzeln. Sein Chrysler Crossfire. Ein wundervolles Sportcoupé, das Martin Hinrich zur selben Zeit ebenfalls gefahren hatte. Ja, Horndeich weinte diesem Wagen ein Tränchen nach. Ein Wagen vom Feinsten. Vielleicht sollten er und Sandra sich doch mal wieder ein unvernünftiges Auto kaufen?» Wie kommt es, dass Sie jetzt den MX5 fahren?«

Ein warmes Lächeln überzog Martin Hinrichs Gesicht – und Horndeich verstand auf Anhieb, dass dies nicht dem schönen Auto vor ihm galt, sondern wohl eher der Besitzerin.

» Emilia musste noch mal nach Leipzig. Ein paar Tage Urlaub klarmachen. Wir haben die Autos getauscht. Sie wollte immer schon mal einen alten Achtzylinder-BMW fahren – und ich habe mich in diese kleine Sporthummel hier wirklich verliebt.«

Horndeich genoss die Fahrt im Cabrio. Er war kein großer Fan von Stoffdächern, möglichst noch mit erblindetem Plastik-Guckloch nach hinten. Aber ein Cabrio mit Stahldach und Glasfenster – ja, das könnte ihm gefallen. Zumal Hinrich das »Sport« im Wort »Sportwagen« durchaus herauskitzelte.

Vielleicht war es der jugendhaften Fahrweise des Fahrzeuglenkers geschuldet, dass Horndeich ihn, kaum angekommen auf dem Parkplatz des Polizeipräsidiums Hessen-Süd, jovial fragte: »Und? Sie und Emilia? Da geht was?« Die Worte waren herausgeplappert, bevor Horndeich nachgedacht hatte.

Doch Hinrich schien sich nicht daran zu stören. Ganz entgegen seiner sonstigen gehobenen Ausdrucksweise grinste er Horndeich nur an und sagte: »Aber so was von.«

Horndeich bedankte sich.

» Kennen Sie das Lied von Georg Danzer: ›Weiße Pferde‹?«

Horndeich schüttelte den Kopf.

» Hören Sie es sich an. Ich weiß wieder, woran ich glaube.«

Horndeich verstand nicht ganz, was der Gerichtsmediziner damit meinte. Was ihn am meisten wunderte, war die doch offensichtlich sehr persönliche Äußerung.

»Hör ich mir an«, sagte er, stieg aus und hatte das Gefühl, sich schütteln zu müssen wie ein nasser Hund. So ein Auto verändert den Charakter, dachte er und wusste nicht, ob er grinsen sollte oder sich bekreuzigen.

Wiesbaden. Sie war völlig verrückt geworden.

Leah lenkte den Passat auf die Ausfahrt in Richtung der A 60. Nach ihrem etwas unrühmlichen Abgang bei Genotics hatte sie sich ins Auto gesetzt und war in Richtung Polizeipräsidium gefahren. Sie hätte sich in den Hintern treten können. Was war das für ein unprofessioneller Auftritt gewesen! Kollege Horndeich würde ihr nachher etwas erzählen – und er würde recht haben.

Was war eigentlich in sie gefahren?

Ach, sie wusste es doch ganz genau. Bruno war in sie gefahren. Also eigentlich an ihr vorbei. Dank moderner Technik hatte sie ihrem Handy gerade befohlen: »Rufe an – Handynummer – Bruno Gerber.«

»Bruno Gerber wird angerufen«, hatte ihr die Assistentin aus Bits und Bytes verkündet.

Keine drei Klingeltöne – dann seine Stimme: »Leah?«

»Ich möchte dich sehen«, hatte sie nur gesagt.

Er hatte geschwiegen. Nur kurz. Dann hatte er gesagt: »Port & Sherry? Halb eins?«

»Ja«, hatte sie geantwortet und das Gespräch beendet. Ohne ein »Tschüss« oder gar ein »Ich freue mich«.

Im Port & Sherry in Wiesbaden hatten sie ein paarmal zusammen gegessen. Ihr damaliger gemeinsamer Chef im Bundeskriminalamt, Lorenz Rasper, er hatte ihnen das Restaurant nahegebracht. Sie setzte den Blinker, fuhr an einem Reisebus vorbei.

Sie hätte auch entspannt hinter dem Bus fahren können – sie würde ohnehin viel zu früh im Restaurant ankommen.

Von der A 60 auf die A 671. Sie fuhr von Süden in die Landeshauptstadt hinein. Welch seltsames Gefühl. So lange hatte sie hier gelebt und doch wollte sich kein Gefühl von Heimat einstellen.

Sie musste ein wenig herumkurven, bevor sie einen Park-platz fand. Hier glichen sich Darmstadt und Wiesbaden auf unheimliche Weise.

Um zwölf Uhr saß sie bereits an einem Tisch in einer Ecke des Restaurants, bestellte sich ein Wasser und einen Cap-puccino.

Bruno betrat das Restaurant um fünfzehn Minuten spä-ter. Er sah sie, und in seinem Gesicht ging die Sonne auf.

Leah stand auf, Bruno drückte sie an sich und ihr dann einen Kuss auf die Wange. »Ist das schön, dich wiederzu-sehen!«

»Ich bin im Innendienst«, erzählte er ihr, nachdem auch er etwas zu trinken bestellt hatte. »Nur noch auf zwei Drittel. Ich lasse es etwas ruhiger angehen. Aber du – du scheinst in Darmstadt ja richtig Karriere zu machen! Habe verfolgt, wie ihr im vergangenen Jahr diesen Kinderschänder hochge-nommen habt. Wie geht es dir?«

Leah sah Bruno an, und sie spürte, wie der Druck hinter ihren Augen stieg. Im Auto hatte sie wie ein Mantra wieder-holt, dass sie mit Bruno eine locker-flockige oberflächliche Unterhaltung führen würde. Und nun fragte er nur, wie es ihr ging – und sie war drauf und dran, loszuheulen. »Wer ist diese Kuh?«, hörte sie sich selbst sagen. Sie war heute wirk-lich nicht gut darin, das Denken vor dem Reden einzuschal-ten.

»Wer ist wer?«

»Die Frau in dem weißen Kleid mit den schwarzen Punk-ten drauf. Mit der du in Darmstadt beim Italiener warst.«

Bruno starrte Leah entgeistert an. Er sagte nichts.

Nach einer halben Minute fragte Leah noch einmal: »Wer ist sie? Deine Freundin?«

Bruno holte tief Luft. »Nein, Leah. Das hier funktioniert nicht. Ich habe mich sehr gefreut, dich zu sehen. Ich habe mich über deinen Anruf gefreut. Aber das hier ist definitiv das falsche Thema.«

Er hatte in der Kuh offenbar gefunden, was er gesucht hatte. Immer dieses beschissene falsche Timing. Damals, da hatte seine verstorbene Frau noch in seinem Kopf gewohnt und jede seiner Gesten, die er Leah hatte zukommen lassen, kommentiert. Und bei ihr selbst? Immer waren die Bilder ihres Exmannes auf der inneren Leinwand aufgetaucht, wenn sie versucht hatte, sich Bruno hinzugeben.

Und nun, wo sie spürte, dass sie eigentlich nur einen wollte, nämlich ihn – da hatte er sich an eine Kuh verschenkt.

Bruno erhob sich. »Nein, Leah, ich kann und will mir das nicht kaputt machen lassen. Entschuldige.« Und damit war Bruno so schnell aus Leahs Leben entschwunden, wie er wieder hineingetreten war.

»Ich habe sie alle aufgehoben. Alle.« Nein, Martina Anderson war nicht glücklich. Was allein der Blick belegte, den sie ihrer Mutter zuwarf.

Nach dem Desaster in Wiesbaden hatte Leah Monika Anderson angerufen und gefragt, ob es vielleicht noch Fotografien gäbe, auf denen ihr Mann zu sehen sei. Vor allem interessierte es sie, ob es vielleicht noch Fotos von gemeinsamen Familienfesten oder Ähnlichem gab, auf denen man Personen sah, die vielleicht mit seinem Tod in Zusammenhang stehen könnten. Alles sehr vage, das war Leah durchaus bewusst. Aber sich die Fotos anzuschauen, empfand sie als sinnvoller, als sich mit alten Schädeln zu beschäftigen.

Monika Anderson war nicht begeistert gewesen. Sie hatte

Leah gesagt, dass ihre Tochter noch eine Handvoll Familienbilder auf ihrem Rechner habe. Die stammten von ihrer eigenen Digitalkamera.

Monika Anderson hatte schließlich zugestimmt, sich mittags in ihrem Haus gemeinsam mit der Tochter diese Fotos anzusehen.

Nun saßen sie am Schreibtisch im Zimmer von Monika Andersons Tochter. Martina hatte den ehemaligen Laptop ihres Vaters hochgefahren und den Ordner mit der simplen Bezeichnung »Papa« geöffnet.

»Können wir das vielleicht chronologisch durchgehen?«, fragte Leah.

»Klar. Kein Problem.«

Die Vierzehnjährige klickte ein paar Mal auf der Maus, dann erschien das erste Bild auf dem Monitor des Laptops.

»Es ist das letzte Bild, das ich von meinem Papa habe. Er hat sich ja nicht so gern fotografieren lassen«, sagte sie und wieder glitt ein vorwurfsvoller Blick in Richtung ihrer Mutter.

Monika Anderson kommentierte diese Bemerkung nicht. Offensichtlich waren ihr zahlreiche Diskussionen vorausgegangen. Der Vorwurf der Tochter bezog sich ganz bestimmt nicht darauf, dass ihr Vater keine Fotos von sich gewünscht hatte. Denn daran hätte auch seine Frau nicht viel ändern können.

Das Foto zeigte einen strahlenden Matthias Anderson, der am Steuer seines Landrover Discovery saß und durchs offene Fenster in die Welt grinste.

Es folgten vier Bilder, auf denen jeweils auch ein Weihnachtsbaum zu sehen war. »Ich hab das immer gewusst, dass Papa uns nicht verlassen hat«, sagte die junge Dame in Richtung Leah.

Leah erwiderte ihren Blick und vernahm den Seufzer von

Monika Anderson nur akustisch. Leah konnte sich gut vorstellen, wie die Diskussionen zwischen Mutter und Tochter
immer wieder in unangenehme Regionen abgeglitten waren. Ihr eigener Vater hatte sich umgebracht. Leah hätte nie
gedacht, dass sie diesem Gedanken jemals etwas Positives
hätte abgewinnen können. Nur allein deswegen, weil es am
Tod ihres Vaters und der Ursache für diesen Tod nie auch
nur den geringsten Zweifel gegeben hatte.

»Papa hatte im August Geburtstag. Das war, glaube ich,
die letzte große Fete, die wir zusammen mit ihm gefeiert
haben.«

Nun folgten mehrere Bilder. Sie waren aufgenommen im
Garten hinter dem Reihenhaus. »Nicht ganz so schnell«,
sagte Leah. »Kannst du mir sagen, wer die Menschen sind,
die wir hier sehen?«

Martina sah zu ihrer Mutter. »Ich glaube, da kann ich
ganz gut helfen«, sagte diese.

Einige der Gäste arbeiteten in Matthias Andersons Firma.
Zwei Frauen waren enge Freundinnen von Monika Anderson. Sie waren mit ihren Männern auf die Feier gekommen.

Auf einem der Bilder fiel Leah ein Mann mit Sonnenbrille
auf. Er trug Cowboystiefel, eine Jeans und ein spärlich zu-
geknöpftes Hemd, das die behaarte Brust gut zur Geltung
brachte. Auf einem der Bilder hielt er eine Frau mit blon-
dem, lang wallendem Haar im Arm. Leah erinnerte die Frau
an Dolly Parton, ungefähr ein Vierteljahrhundert jünger.
»Wer ist das?«

»Das ist Hans«, antwortete Martina spontan. »Der war
cool. Den fand ich richtig gut. Der wirkte viel jünger, als er
war! Und der hat gute Musik gehört.«

Monika Anderson schaltete sich ein: »Hans Dellinger war
ein Freund meines Mannes. Nicht ganz mein Typ, aber die
beiden haben sich gut verstanden.«

»Ach, Mama, du fandest den doch nur doof, weil er echt cool war und nicht so langweilig.«

Monika Anderson huschte ein Lächeln übers Gesicht. »Ja, mein Liebes, das darfst du gerne so sehen.«

»Wie war er denn, dieser Hans Dellinger? Und vor allem, wer war er?«

»Mein Mann hat Hans Dellinger im Fitnessstudio kennengelernt. In Kranichstein. Da ist er hingegangen, wenn er aus der Firma kam. Lag für ihn ja günstig. Und Hans, der hat in Kranichstein gewohnt. Ich hab mich immer gewundert, dass die beiden Gesprächsstoff hatten. Dellinger war Hausmeister, Matthias promovierter Biologe. Aber trotzdem. Matthias hat mir mal gesagt, dass Hans eigentlich hätte Medizin studieren können. Er hatte sich unglaubliches Wissen angeeignet über den Körper, über die Muskeln – sein Antrieb war gewesen zu verstehen, was er da betrieb im Fitnessstudio. Und Hans hat sich dafür interessiert, womit Matthias sein Geld verdient. Und Matthias war immer gut darin gewesen, das, was er machte, auf ganz einfache Art zu erklären. So *Sendung-mit-der-Maus*-mäßig.«

»Und wo war Hans Dellinger Hausmeister?«

»Keine Ahnung«, sagte Monika Anderson.

»Im Kongresszentrum«, erwiderte Martina Anderson.

»Im Kongresszentrum? Im Darmstädter Kongresszentrum?«

»Ja. Und er war kein *Hausmeister*. Er hat großen Wert darauf gelegt, dass er beim Technischen Dienst arbeitet. Das hat er mir genau erklärt. Hausmeister gucken nur, ob die Heizung funktioniert. Die vom Technischen Dienst können sie auch reparieren. So hat er mir das erklärt auf der Geburtstagsfeier.«

Leah spürte, wie das Adrenalin ihren Körper durchströmte. Offensichtlich war sie der Erklärung nahe gekommen, wie der Schädel aus dem Besitz von Matthias Anderson hinter eine Blechverkleidung im Darmstadtium gelangen konnte. »Haben Sie die Adresse von Hans Dellinger?«

»Da muss ich schnell runtergehen und das Handy holen«, sagte Monika Anderson. »Ich glaube, ich habe seine Adresse noch gespeichert.«

Sie stand auf und verließ das Zimmer ihrer Tochter. Martina drehte sich um und verfolgte, wie ihre Mutter in den Flur trat. Dann sagte sie leise: »Da ist noch etwas, das ich Ihnen zeigen möchte. Aber verraten Sie meiner Mutter nicht, dass Sie die Bilder von mir haben.«

Leah hatte keine Ahnung, was nun folgen würde, aber sie nickte.

Wieder klickte Martina durch diverse Ordner, dann zauberte sie ein Bild auf den Bildschirm, auf dem zwei Personen zu sehen waren, die sich küssten. Leah kannte beide Personen. Einmal Martinas Mutter Monika Anderson. Und zum Zweiten Peter Anderson – Matthias' Bruder. »Die beiden haben sich immer gut verstanden, auch heute verstehen sie sich noch gut. Onkel Peter besucht uns immer mal wieder. Und ich merke schon, dass zwischen den beiden irgendwas ist. Aber mein Papa und Onkel Peter, die haben sich nie verstanden. Nein, ich hatte eher den Eindruck, dass mein Vater irgendetwas gegen Onkel Peter hatte. Egal.«

»Und wie kommst du zu diesem Bild?«, wollte Leah wissen.

Schamesröte stieg in Martinas Gesicht. »Mama hat ja die ganzen USB-Sticks vor einem Jahr kaputt gehauen. Und die Festplatten. Ich sollte das dann alles zum Elektroschrott bringen. Habe ich ja auch gemacht. Hab aber jeden Stick vorher noch mal ausprobiert. Und auf dem einen, da stand *Handyfotos*. Da war das Plastik zwar kaputt, aber er hat noch funktioniert. Da hatte mein Papa wohl die Bilder draufgetan, die er mit seinem Handy aufgenommen hatte.«

»Und da war dieses Bild drauf?«

»Ja, auch. Da waren sicher zweihundert oder dreihundert Bilder. Aber er hat mit seinem Handy immer nur bei der Arbeit fotografiert. Irgendwelche Maschinen, irgendwelche Geräte, manchmal auch ein Dokument. War alles völlig uninteressant. Bis auf dieses eine Foto.«

»Wann ist das Bild aufgenommen worden?«, wollte Leah wissen. Gleich würde Monika Anderson wieder den Raum betreten, und dann würde Martina kaum mehr antworten können.

»Papa ist am dreißigsten April verschwunden. Das Bild ist zwei Wochen vorher aufgenommen worden.«

Martina Anderson wechselte wieder zurück in den Ordner mit den Familienbildern. »Kannst du mir das Bild schicken?«

»Nein. Meine Mama schaut immer mal in meinen Mail-Account.« Sie hörten Schritte auf der Treppe. Monika Anderson kam zurück und reichte Leah einen Zettel. Darauf stand die Adresse von Hans Dellinger – inklusive Telefon- und Handynummer.

Leah ließ sich von Martina Anderson noch weitere Familienbilder zeigen, die in der Chronologie immer weiter zurückgingen. Aber da fanden sich keine weiteren Personen, auf die Leah einen zweiten Blick werfen wollte. Sie wollte jetzt vor allem eins: Kontakt zu Dellinger aufnehmen. Und Peter Anderson auf seine Affäre mit seiner Schwägerin ansprechen.

»Das war's«, sagte Martina Anderson und riss Leah damit aus ihren Gedanken.

Leah bedankte sich bei Martina und ihrer Mutter.

»Ich bringe Sie noch nach unten«, sagte Monika Anderson und begleitete Leah die Treppe hinunter zur Haustür.

»Haben Sie ganz herzlichen Dank. Ich glaube, Sie haben mir heute sehr geholfen.«

Sie gab Monika Anderson die Hand, dann drehte sie sich Richtung Ausgang. Hinter sich hörte sie das Trappeln von Füßen, die die Treppe hinunterhasteten.

Leah drehte sich noch einmal um. Auch Martina gab ihr die Hand und verabschiedete sich ebenfalls: »Es ist gut, dass Sie rausfinden wollen, wer meinen Vater umgebracht hat.«

Leah spürte, dass in Martinas Hand etwas lag. Als sich ihre Hände voneinander lösten, hielt Leah einen kleinen USB-Stick in ihrer Hand.

Martina zwinkerte ihr zu.

»Wo ist Leah?«, fragte Feller.

Horndeich zuckte mit den Schultern. »Ich habe keine Ahnung. Und ich bin nicht sicher, ob ich sie im Augenblick hier sehen will.«

»Darf ich fragen, was das zu bedeuten hat?«

Horndeich blickte Feller direkt in die Augen: »Hast du eine Ahnung, was mit ihr los ist? Ich erkenne sie nicht wieder. Meine ruhige, zurückhaltende, besonnene Ermittlerin ist im Moment zu einem Derwisch mutiert.«

»Horndeich, ich glaube, der Überfall steckt ihr in den Gliedern.«

Horndeich schüttelte den Kopf. »Dass ihr das zu schaffen macht, das weiß ich. Aber diese Überreaktionen – ich versteh es nicht. Anderes Thema: Du warst beim BKA?«

»Ja. Ich hab denen die ganzen Daten vorbeigebracht. Gigabytes voll mit Bildern und Videos. Mal sehen, was sie rauskriegen. Sie haben gesagt, dass sie heute Nachmittag Bescheid geben, ob sie irgendwelche Treffer gelandet haben.«

»Okay. Und danke.«

»Nichts zu danken. Ist mein Job. Und ich habe die letzte Stunde genutzt, um noch mal eure Berichte zu überfliegen.

Ihr habt da von einem Gespräch mit Peter Anderson Aufzeichnungen gemacht. Der hat gesagt, dass seine und Matthias' Eltern 1977 bei einem Überfall in ihrem Haus in Fränkisch-Crumbach ums Leben gekommen sind. Das habe ich mal gecheckt. Und da scheint irgendwas nicht zu stimmen.«

Horndeich war ganz Ohr. Die beiden Männer saßen in Horndeichs Büro, Feller hatte auf Leahs Stuhl Platz genommen.

»Lass hören.«

»Das war kein normaler Überfall. Ich bin stutzig geworden, weil ich mir kaum vorstellen konnte, dass irgendein mit einer Knarre bewaffneter Räuber eine Hofreite in Fränkisch-Crumbach überfällt, erwischt wird und die Besitzer erschießt.«

»Na ja, unmöglich scheint mir das nicht.«

»Ich fand es ... ein klein wenig abwegig. Und mein Bauchgefühl hat mich nicht getrogen. Ich hab im Archiv einen Artikel darüber gefunden. Es ist richtig, dass die beiden Opfer die Eltern von Matthias und Peter Anderson waren. Aber der Täter war kein Räuber. Sein Name war Frank Wiener.«

Feller machte eine Pause. Sah Horndeich erwartungsvoll an.

»Sollte mir der Name irgendwas sagen?«

»Ja, sollte er.«

»Bitte, Richard, spuck es einfach aus. Meine Dosis an ertragbaren Kunstpausen hat unser aller Freund, Gerichtsmediziner Hinrich aus Frankfurt, heute innerhalb von ein paar Minuten aufgebraucht.«

»Frank Wiener. Wohnhaft in Erlau. In Fränkisch-Crumbach. Der Ehemann von ...«

»... Victoria Wiener«, beendete Horndeich den Satz.

»Genau.«

»Und? Ist er damals verurteilt worden?«

»Nein, denn es war kein Raubüberfall. Frank Wiener ist am helllichten Tag mit geladenem Schrotgewehr in das Haus

der Andersons. Und es war kein gewöhnliches Schrotgewehr. Es war ein sogenannter Drilling. Ein Jagdgewehr mit
drei Läufen. Zwei für Schrotladungen und ein Kugellauf.
Frank Wiener hat genau gewusst, was er tun wollte. Mit der
ersten Schrotladung hat er Ilona Anderson ins Gesicht geschossen. Die zweite Schrotladung der Waffe war für Werner Andersons Gesicht bestimmt. Dann hat er die Waffe in
den Mund gesteckt und den letzten Gewehrlauf genutzt: den
mit dem Projektil. Hundert Prozent erfolgreich. Alle drei
Köpfe waren ziemlich pulverisiert.«

Horndeich schluckte. Das klang ganz anders als *Raubüberfall.* »Und warum?«

Feller seufzte. Jeder andere Kollege hätte Horndeich jetzt
irgendein Blatt Papier zugeschoben, das die Frage erklären
würde. Nicht so Kollege Feller. Er klappte den Laptop auf –
ohne den er sein Büro nie verließ – und wartete ein paar Sekunden, bis der Rechner startbereit war. Er wischte mit dem
Finger über das Touchpad, wenig später drehte er den Rechner in Horndeichs Richtung.

Der Bildschirm zeigte zwei Fotos. Das eine war ein aktu-
elles Bild von Peter Anderson. Den Mann auf dem zweiten
Bild kannte er nicht. Er war etwa im selben Alter wie Anderson – und er sah ihm unglaublich ähnlich.

»Frank Wiener. Noch Fragen?«

»Frank Wiener ist der Vater von Peter Anderson?«

»Also, wenn ich mir diese Bilder hier anschaue, dann
würde ich sagen, den DNA-Test können wir uns sparen.«

»Dann sollten wir vielleicht einmal mit Victoria Wiener
sprechen.«

Feller klappte den Laptop zusammen und erhob sich.
»Ich geh dann mal wieder in mein Büro.« Was übersetzt
hieß: Das »wir« bezieht sich ganz sicher nicht auf uns beide.

Feller verließ gerade den Raum, als Leah eintrat.

Sie ließ sich auf ihren Bürostuhl fallen, während Horndeich sie schweigend musterte.

»Entschuldige. Das war keine Glanzleistung heute. Das weiß ich selbst. Nimm diese Entschuldigung bitte einfach an und frag nicht weiter nach.«

Horndeich antwortete nicht. Klar, natürlich würde er die Entschuldigung annehmen. Sie mussten ja zusammen weiterarbeiten. Aber es gefiel ihm nicht. Es gefiel ihm nicht, nicht zu wissen, welche Dämonen gerade mit der Kollegin Schlitten fuhren. Jetzt war jede gemeinsame Befragung, die er mit ihr unternahm, wie ein Ritt übers Minenfeld.

»Ich weiß, es muss dir so vorkommen, als wäre jede weitere gemeinsame Befragung mit mir ein Ritt übers Minenfeld. Aber ich werde mich zusammenreißen. So was kommt nicht wieder vor.«

Okay … so ein bisschen gemeinsam schwingen konnten sie offensichtlich doch noch. Horndeich seufzte und sagte dann: »Passt schon.«

»Ich habe auch etwas rausgefunden.« Leah erzählte von den neuen Erkenntnissen über Hans Dellinger und das Techtelmechtel zwischen Peter Anderson und Matthias Andersons Frau. Von dem Matthias Anderson gewusst haben musste.

Horndeich berichtete im Gegenzug darüber, was Richard Feller ihm vor wenigen Minuten dargelegt hatte.

Während Horndeich Victoria Wiener anrief, versuchte Leah, Kontakt zu Hans Dellinger aufzunehmen. Als sie die Handynummer gewählt hatte, erzählte ihr prompt eine elektronische Stimme, dass diese Nummer nicht vergeben wäre. Also rief sie den Festnetzanschluss an. »Sabine Dellinger?«, sagte eine Frauenstimme.

Leah nannte Namen und Beruf. »Könnte ich bitte mit Ihrem Mann, Hans Dellinger, sprechen?«

»Die Polizei? Nein, Sie können leider nicht mit Hans Dellinger sprechen. Hans Dellinger ist vor einem halben Jahr verstorben.«

»Oh. Das tut mir leid.«

»Sie rufen mich an wegen dem Schädel, nicht wahr?«

Hoppla, mit dieser Antwort hatte Leah nicht gerechnet. »Ja. Wie kommen Sie darauf?«

»Na ja, es ging durch die Zeitung.«

»Wäre es möglich, dass wir beide persönlich miteinander sprechen?«

»Klar. Sie haben Glück, ich habe gerade eine Woche Urlaub.«

Leah las die Adresse auf dem Zettel: Borsdorffstraße in Kranichstein. »Die Adresse in der Borsdorffstraße stimmt noch?«

»Ja, die stimmt noch.«

»Dann wäre ich in zwanzig Minuten bei Ihnen?«

»Sehr gern«, sagte Sabine Dellinger und verabschiedete sich.

Leah legte ihr Handy auf den Tisch. »Und bei dir? Kannst du mit Victoria Wiener sprechen?«

»Ja, auch sie hat Zeit für mich.«

»Gut. Ich denke, dann treffen wir uns in zwei Stunden wieder hier.«

Horndeich nickte. »Klingt wie ein solider Plan.«

Die ehemals weißen Wohnblöcke versteckten ihre Grundfarbe inzwischen gut hinter einer gehörigen Portion Patina. Als Leah in die Stadt gezogen war, hatte sie sich ein wenig mit den Stadtteilen, ihrer Geschichte und ihren Highlights beschäftigt. Nun, die Wohnblöcke in der Borsdorffstraße konnte man kaum als Highlights bezeichnen, aber sie waren mit die ersten Gebäude gewesen, die auf dem ehemaligen

Brachland zwischen der Stadt und der Hochhaussiedlung errichtet worden waren.

Sabine Dellinger wohnte in der westlichen Häuserzeile. Nachdem Leah endlich einen Parkplatz gefunden hatte, ging sie auf das Haus zu, klingelte und stand eine Minute später im Wohnzimmer von Frau Dellingers Drei-Zimmer-Wohnung. Sabine Dellinger sah genauso aus wie auf dem Foto, das sie von ihr und ihrem Mann gesehen hatte. Den Vergleich zu Dolly Parton musste sie hingegen revidieren – Sabine Dellinger hatte ein wunderschönes Gesicht und diesem Eindruck war nicht mit Botox und Skalpell nachgeholfen worden. Die Natur schien es einfach gut mit ihr zu meinen.

Die Balkontür stand auf, und Sabine Dellinger schloss sie. »Ich glaube, diese Unterhaltung führen wir besser ohne unsere Nachbarn.«

Sie bot Leah ein Glas Wasser an, beide setzten sich auf die Couchgarnitur im Wohnzimmer. Die Möbel waren nicht teuer, aber Sabine Dellinger wusste auch mit wenigen Mitteln, eine gemütliche Atmosphäre zu erzeugen. Zahlreiche Pflanzen trugen zu dieser Wohnlichkeit bei.

»Sie erwähnten von sich aus, dass ich Sie wegen des Schädels aus dem Kongresszentrum angerufen hätte – wie kamen Sie darauf?«

Sabine Dellinger hatte die Hände gefaltet und knetete mit dem Daumen den Zeigefinger der anderen Hand. »Mein Mann … mein Mann war durch und durch aufrichtig. Ich habe das gleich gesehen, als wir das erste Mal aufeinandergetroffen sind. Ich war fünfzehn, er achtzehn. Komisch, ich habe ihn gesehen – und sofort gewusst: Er ist es. Er war mein erster und einziger Mann, und ich habe das nie, keine Sekunde, jemals bereut.«

Leahs Blick fiel auf die Schrankwand. Darauf standen

mehrere Fotografien, denen man entnehmen konnte, dass Sabine und Hans Dellinger drei Kinder hatten.

Sabine Dellingers Blick folgte dem von Leah. »Sind alle schon aus dem Haus. Wir haben sehr früh angefangen mit dem Nachwuchs«, lachte sie. »Meine Älteste, sie bekommt jetzt auch ein Baby. So geht alles seinen Gang, und ich beklage mich nicht über mein Leben. Es ist schade, dass mein Hans so früh gehen musste – aber er hat nicht gelitten.«

Leah überlegte kurz, ob sie Frau Dellinger fragen sollte, woran Hans Dellinger gestorben war, aber das erübrigte sich, weil sie einfach weitersprach. »Darmkrebs. Zwischen der Diagnose und seinem Tod lagen zum Glück nur drei Wochen. Es ging schnell. Und das war genauso, wie er es haben wollte. Schläuche und Chemo – das hat er strikt abgelehnt. Ich auch. Da waren wir uns völlig einig. Es war zu früh, aber es hätte auch viel schlimmer kommen können.«

Ein wenig bewunderte Leah die Frau ihr gegenüber, die das Schicksal akzeptieren konnte, ohne Wehklagen, ohne Anklagen – ja, es nötigte ihr Respekt ab.

»Mein Hans war aufrichtig, das sagte ich schon. Er hat sich immer am Leben gefreut, er war immer interessiert und neugierig – deswegen hat ihm auch die Freundschaft mit Matthias Anderson so viel bedeutet. Matthias war ja promovierter Biologe, und Hans hatte nur einen Realschulabschluss. Er hat damals Haustechniker gelernt – das hat ihm von Anfang an Spaß gemacht –, und er hat auch diverse Fortbildungen besucht, als immer mehr Elektronik in die Häuser eingezogen ist. Aber er hat kein Abi, er hat auch nicht studiert – er war einfach nur ein unglaublich interessierter Mensch. Und das war das, was die beiden Männer verbunden hat. Hans interessierte sich für Biologie, denn er hatte ja quasi ein kleines Medizinstudium absolviert, um im Fitnessstudio seinen Körper aufzubauen und nicht zu schädigen.

Und diese ganzen DNA-Geschichten – das fand er total spannend, weil er halt auch gern Krimiserien geguckt hat, ganz besonders die, in denen die Gerichtsmediziner zum Zuge kamen. *Bones* – die Serie um die forensische Anthropologin –, das fand er immer toll, und dann hat er auch immer wieder einzelne Folgen mit Matthias diskutiert. Ich erzähle Ihnen das alles, damit Sie verstehen, warum Hans das getan hat, was er getan hat.«

»Was hat er denn getan?«

»Er hat sich entscheiden müssen zwischen der Loyalität zu seinem Arbeitgeber und der Loyalität zu seinem, ja, ich schäme mich nicht, es zu sagen, besten Freund. Ich bin sicher, dass Hans nicht der beste Freund für Matthias war. Aber umgekehrt war es auf jeden Fall so. Und er hat sich dann für die Loyalität gegenüber seinem Freund entschieden.«

»Und die bestand worin?« Leah ließ die Menschen gerne von sich aus erzählen. Immer so lange, bis sich abzeichnete, dass die Berichte in die richtige Richtung liefen. Aber bei Sabine Dellinger hatte Leah den Eindruck, die Richtung nun ein wenig vorgeben zu müssen.

»Lassen Sie mich noch ein bisschen ausholen, bitte. Hans und Matthias haben sich vor vier Jahren kennengelernt, 2013. In diesem Fitnessstudio hier in Kranichstein. Matthias war noch ziemlich neu dort, Hans trainierte schon seit über zehn Jahren. Und er konnte sehr ehrgeizig sein, wenn er sich irgendwelche Ziele gesetzt hatte. Zu dem Zeitpunkt, als er Matthias kennengelernt hat, da hatte er wieder irgendein Kilo-Ziel mit der Langhantel. Also diesem Teil, das auch die Gewichtheber stemmen. Ich kenne mich da nicht besonders gut aus, aber inzwischen weiß ich, dass gerade bei der Langhantel, wenn man sie liegend nach oben stemmt und man an seine Grenzen gehen will, immer jemand hinter einem stehen muss, während man selbst auf der Bank liegt und das Teil nach oben drückt. Hans hat das nicht beherzigt an dem Tag, als Matthias ihm das Leben gerettet hat – wahrscheinlich. Er hatte zu viele Kilo auf der Langhantel – oder er hat zu viele Versuche gemacht, ich weiß es nicht. Auf jeden Fall hörte Matthias, der unmittelbar neben ihm trainierte, wie Hans ächzte. Über hundert Kilo lagen auf seiner Brust, und er war nicht mehr in der Lage, sie nach oben zu stemmen und die Hantel in der Halterung über ihm abzulegen. Matthias hat ihm geholfen. Gebrochene Rippen wären das Mindeste gewesen, was Hans sich auch nur fünf Sekunden später zugezogen hätte. Sie kamen ins Gespräch. Hans wurde Matthias' Trainer – und Matthias sein Partner. Zweimal die Woche trainierten sie gemeinsam. Es wurde ein richtiges Ritual daraus, dass sie danach auch gemeinsam die Sauna besuchten. Das war der Ort, an dem sich die Gespräche entwickelten.

Und als Matthias Hans und mich zu seinem Geburtstag eingeladen hat – das war für Hans ein schöneres Fest als Weihnachten. Wir hatten Matthias und Monika und ihre Tochter auch schon hier zu Gast. Monika schien sich nicht so wohlzufühlen, aber Martina und Hans verstanden sich prächtig.«

»Und die Loyalität gegenüber Matthias Anderson, worin hat sich die gezeigt?«, nahm Leah einen erneuten Anlauf.

»Ich habe lange nichts gewusst. Hans hat mir erst spät davon erzählt, ein paar Tage bevor er starb. Matthias hatte ihn angesprochen – das war ganz kurz, bevor er verschwunden ist. Er hatte zu Hans gesagt, er hätte zwei sehr wertvolle Pakete, die er für ein paar Wochen irgendwo verstauen müsse, wo sie sicher sind. Und er wolle sie weder in einem Bahnhofsschließfach deponieren noch in einem Bankschließfach. Und schon gar nicht bei sich zu Hause oder in seinem

Wochenendhaus. Hans hatte Matthias Monate zuvor einmal eine Privatführung durch das Darmstadtium gegeben. Und woran sich Matthias noch erinnern konnte, waren die vielen Stellen in diesem Haus, an die nie jemand herankam. Hohlräume hinter irgendwelchen Verblendungen, im Bodenbereich irgendwelcher Hydrauliken, die ganze Bodengruppen höher oder tiefer in einem Raum positionieren können. Und er hat Hans gefragt, ob er diese zwei Pakete absolut idiotensicher im Darmstadtium verstecken könne.

Natürlich kannte Hans diese Orte. Er war seit der Eröffnung des Darmstadtiums im Dezember 2007 dort beschäftigt gewesen – nein, schon ein paar Monate vorher, als der Bau noch gar nicht fertig war. Ich glaube, kein anderer Mensch auf dieser Welt kannte das Gebäude so gut wie mein Mann. Aber Hans war auch klar, dass er das nicht tun durfte.

Als er im Krankenhaus lag, er hatte in drei Wochen fast zwanzig Kilo abgenommen, hat er es mir erzählt. Eine Pappkiste, in der der Schädel war. Natürlich hatte Hans hineingeschaut. Und dann ein weiteres Paket, offenbar voll mit alten Briefen.

Er hat die Pakete von Matthias genommen. Er hatte ja einen Generalschlüssel für das Kongresszentrum. In der Nacht, als Matthias ihm die Sachen gegeben hat, ist er ins Kongresszentrum gefahren und hat sie versteckt. Matthias hat ihm damals wohl gesagt, es sei höchstens für vier, allerhöchstens für sechs Wochen, dann würde er sie wieder an sich nehmen. Nein, Hans hat es anders formuliert. Er hat gesagt, Matthias habe zu ihm gesagt, dann würde er die Pakete ohnehin der Öffentlichkeit präsentieren.

Hans hatte natürlich nachgefragt, um was genau es sich handelte, aber Matthias wollte es ihm nicht verraten. Er hat nur gesagt, dass sie keinen Schaden nehmen dürften. Also nicht an Stellen versteckt werden sollten, an denen auch nur ein Hauch von Feuchtigkeit wäre oder die Temperaturen stark schwanken würden. Und Hans hat das gemacht.

Doch dann ist Matthias ja verschwunden. Er tauchte nicht mehr im Fitnessstudio auf, und als Hans Matthias' Frau Monika anrief – da war diese äußerst kurz angebunden. Matthias blieb verschwunden. Und erst als Hans die Diagnose bekommen hat, hat er Monika nochmals angerufen und sie gefragt, wo Matthias wäre und dass er ganz dringend mit ihm sprechen müsse. Monika hat ihm gesagt, dass Matthias nach Brasilien abgehauen wäre. Dass sie nicht wisse, ob er jemals zurückkommen würde. Und dass es sie auch nicht interessiere. Und auch er, Hans, solle sich nicht mehr bei ihr melden. Danach hat sie aufgelegt.

Mein Mann – er wollte die Sache mit diesen Paketen unbedingt geklärt haben, bevor er von dieser Welt abtreten würde. Er hat mich gebeten, noch einmal zu versuchen, Matthias zu erreichen. Es gelang mir nicht. Das Handy war tot. Matthias Anderson war verschwunden.

Einen Tag vor seinem Tod hat Hans zu mir gesagt, dass er mir aufmalen würde, wo die Pakete untergebracht wären. Er kam nicht mehr dazu. Der Tod war schneller.

In den Tagen danach hatte ich im Übrigen ganz andere Probleme – erst musste ich die Beerdigung organisieren, dann mein Leben. Ohne die finanzielle Unterstützung meiner Kinder hätte ich die Wohnung nie halten können. Frau Gabriely, ich hatte diese Pakete völlig vergessen, sie waren für mein Leben nicht wichtig, bis ich vor ein paar Tagen in der Hessenschau gesehen habe, dass man im Darmstadtium hinter einer Abdeckung einen Schädel gefunden hat.«

»Kamen Sie nicht auf die Idee, zur Polizei zu gehen?«

»Nein, Frau Gabriely. Denn was hätte ich ihnen sagen sollen? Dass es noch ein weiteres Paket gibt, in dem irgendwelche Papiere aufbewahrt werden? Ich habe keine Ahnung, wo dieses Paket sich befindet. Und ich habe noch weniger Ahnung davon, was in diesem Paket sein soll. Ich weiß, dass es keine Bomben sind. Also – wem schadet es, wenn sie hinter irgendeiner Verkleidung verschimmeln?«

»Und Ihr Mann hat Ihnen nicht mehr darüber erzählt, was in dem zweiten Paket war?«

»Er hat mir alles erzählt, was er selbst wusste. Ein Schädel. Ein Paket mit vielen Briefen. Und er hat sie nicht auf Anhieb lesen können. Das kann an der Handschrift gelegen haben oder an der Sprache – mein Mann wusste es nicht. Und mehr weiß ich dazu auch nicht.«

Inzwischen war Horndeich der Weg nach Fränkisch-Crumbach vertraut. Immer die B 38 Richtung Reichelsheim und dann möglichst die erste Abzweigung nach Fränkisch-Crumbach nicht verpassen. Das Navi seines Handys unterstützte ihn darin. Und wenige Minuten nach dem Abzweig hatte er das Grundstück von Victoria Wiener erreicht.

Er stellte den Wagen auf dem Innenhof ab. Victoria Wiener stand bereits im Türrahmen der Haustür. Wenn ein Auto auf den eigenen Hof fuhr, war das ein ebenso deutliches Zeichen für Besuch wie das Klingeln an der Haustür.

Horndeich verschloss den Wagen mit einem Druck auf den Schlüssel, dann trat er auf Victoria Wiener zu.

Sie reichte ihm die Hand und begrüßte ihn wieder mit ihrer tiefen Stimme: »Guten Tag, Herr Horndeich.«

Das Haus von Victoria Wiener war ein wenig anders geschnitten als jenes, in dem die Andersons gewohnt hatten. Die Haustür lag quasi im Hochparterre. Das untere Stockwerk auf steinernen Wänden war hier nicht ausgebaut, sondern quasi der Keller auf Bodenniveau. Dementsprechend lag über dem Wohnbereich auch gleich das Dach.

»Treten Sie ein«, sagte Victoria Wiener – und Horndeich tat wie ihm geheißen.

Auch in diesem Haus führte vom Flur aus die Treppe nach oben. Direkt dahinter ging es in den Wohnbereich. Victoria Wiener bat Horndeich dort hinein.

Auf einem hölzernen Couchtisch standen zwei Flaschen Mineralwasser und zwei Gläser. Um den Tisch waren zwei Ledersofas platziert, die ihrerseits auch schon einiges über die Geschichte des Hauses hätten erzählen können, wenn man die abgewetzten Stellen hätte plaudern lassen.

Horndeich setzte sich, ebenso die Hausherrin. Er ging gleich in die Offensive: »Frau Wiener, Ilona und Werner Anderson sind keinem Raubüberfall zum Opfer gefallen. Ihr Mann hat sie und danach sich selbst erschossen.«

Victoria Wiener blickte auf den Fußboden. Sie flüsterte: »Es war mir schon klar, dass das alles jetzt hochgespült werden würde, wo sie die Leiche von Matthias Anderson gefunden haben. Das damals, das hat mit heute überhaupt nichts zu tun. Und man muss es auch nicht an die große Glocke hängen. Wir wohnen hier in einem kleinen Dorf. Einem Dorf voller Geheimnisse und Geschichten, die man sich nur hinter vorgehaltener Hand erzählt. Und auch meine Geschichte ist eine solche. Das ist auch gut so. Das möchte ich gar nicht anders haben. Und wenn Sie jetzt kommen und wieder alles umgraben und aufgraben und herausholen und ans Tageslicht zerren …« Sie beendete die Tirade nicht.

»Frau Wiener, ich möchte überhaupt nichts ans Tageslicht zerren oder in die Welt hinausposaunen. Das Einzige, was mich interessiert, ist die Frage: Wer hat Matthias Anderson ermordet? Ich weiß nicht einmal, ob Ihre Geschichte irgendetwas mit seiner Ermordung zu tun hat. Aber so ist das leider, wenn wir versuchen, Mordfälle aufzuklären: Fünfundneunzig Prozent aller Informationen entpuppen sich im

Nachhinein als wertlos. Die Betonung liegt dabei auf: im Nachhinein. Was ich von Ihnen wissen möchte, sind zwei Dinge: Erstens, was ist damals passiert? Zweitens: Wer weiß davon heute?«

»Gut, Herr Horndeich, dann werde ich Ihnen beide Fragen beantworten, so gut ich es kann. Fangen wir an mit der Schreinerei in der Hofreite der Andersons. Die Schreinerei hieß nicht immer Landuhl. Sie hieß über zwei Jahrhunderte hinweg Anderson. Erst Adolf Anderson hat sie verkauft, als er seine beiden Enkel durchbringen musste und zu alt war, das Unternehmen gleichzeitig selbst zu führen. Aber als mein Mann, Frank Wiener, und ich hierhergezogen sind, da hieß die Schreinerei noch Schreinerei Anderson – und da war auch noch nichts mit Messebau oder ähnlichem Firlefanz. Die Schreinerei Anderson hat Möbel gebaut. Gute, solide Möbel. Immer schon ein bisschen exklusiver und hochpreisiger als andere – aber das hat über Jahrzehnte funktioniert.

Mein Mann, Frank, er ist im Zweiten Weltkrieg acht Wochen vor dem Ende noch zum Volkssturm eingezogen worden. Er war vierzehn. Sie kennen den Film *Die Brücke* von Bernhard Wicki? Die Geschichte, in der sieben sechzehnjährige Jungen aus einer Schulklasse völlig sinnlos eine Brücke vor den herannahenden Amerikanern verteidigen sollen? Sieben Jungen, einer überlebt. Ersetzen Sie Brücke durch Talsperre und ersetzen Sie sieben durch neun – und der einzige Überlebende war Frank.

Wir haben uns kennengelernt 1960, da war ich gerade achtzehn und Frank schon neunundzwanzig. Er war ein Schweigsamer. Hat nie viel geredet. Hat mich nie gestört. Ich habe schon immer hier in Fränkisch-Crumbach gewohnt, Frank kam aus Nordhessen. 1961 haben wir geheiratet. Denn Frank wollte eines: eine glückliche, harmonische Familie.

230

Darin waren wir uns einig. Wir haben beide in der Schreinerei Anderson gearbeitet, 1965 konnten wir sogar hier in das Haus einziehen. Das Einzige, was uns zum Glück gefehlt hat, waren Kinder. Wie ich heute weiß: Ich konnte keine bekommen. Wir haben es über zehn Jahre versucht – es hat nicht funktioniert. Das war das, was unsere Ehe vergiftet hat. Wir haben nicht mehr miteinander geredet, irgendwann auch nicht mehr miteinander geschlafen. Wir haben jeder neben dem anderen hergelebt. Ich habe mich in den Vereinen engagiert, Frank hat für die Firma und seine Arbeit gelebt.

Damals wäre es mir nie in den Sinn gekommen, dass er eine Geliebte haben könnte. Er war vierzehn Stunden am Tag im Betrieb – wann hätte er sich mit jemandem treffen sollen?« Victoria Wiener schwieg.

Horndeich hatte ihr aufmerksam zugehört, war so gebannt von der Erzählung, dass er noch nicht einmal das Notizbuch herausgezogen hatte.

»Mein Mann Frank, er hatte tatsächlich eine Geliebte. Es war die Frau des Chefs. Ich habe davon überhaupt nichts mitbekommen. Die ganze Firma war froh und glücklich, als klar war, dass Ilona Anderson wieder schwanger war. Der kleine Matthias, ihr Erster, war ein Sonnenschein. Werner Anderson platzte fast vor Stolz, als sein zweiter Junge das Licht der Welt erblickte. Alle freuten sich mit den Eltern – nur Frank, der wurde immer verschlossener.

Der kleine Peter war zwei Jahre alt, da hat mir Frank alles gestanden.

Er hat mit dem Oberkörper über dem Küchentisch gehangen, als ich nach irgendeiner Vereinssitzung abends nach Hause gekommen bin. Vor ihm eine fast leere Flasche Wodka. Und Frank hat selten getrunken.

Es sei sein Kind, hat er die ganze Zeit wiederholt. Das Kind, das ich ihm verwehrt hätte. Und er heulte und tobte.

Zum einen aus Wut gegen mich, da ich nicht in der Lage gewesen war, ihm ein Kind zu schenken, dann wieder aus tiefstem Selbstmitleid, da er nun eins hatte, von dem niemand erfahren durfte.

Er blitzte mich an aus seinen trunkenen Augen – und er sagte viele Dinge, an die er sich am nächsten Morgen kaum mehr erinnern konnte. Aber eines hatte ich verstanden: Es war nicht nur das Kind. Er liebte diese Frau. Sie war, wenn ich ihn richtig verstanden hatte, ebenfalls gefangen in einer unglücklichen Ehe. Ich wusste nicht, wie es hinter den Kulissen bei Ilona und Werner Anderson aussah. Nach außen hin machten sie einen … normalen Eindruck. Aber das konnte alles und nichts heißen.«

Victoria Wiener hielt inne. Sie starrte an Horndeich vorbei aus dem Fenster, als ob dort der Souffleur stünde, der ihr beim weiteren Text helfen würde.

»Was haben Sie gemacht? Haben Sie Ilona Anderson zur Rede gestellt?«

»Sie? Zur Rede gestellt? Unmöglich! Sie war meine Arbeitgeberin. Sie war Franks Arbeitgeberin. Ich konnte doch unsere wirtschaftliche Existenz nicht aufs Spiel setzen. Das ist anders als heute. Natürlich haben sich auch damals Ehepaare scheiden lassen. Aber, Herr Horndeich, das geschah in den Städten. Das waren die Nachrichten aus Berlin, München, Frankfurt und ja, vielleicht auch aus Darmstadt. Aber wir hier in Fränkisch-Crumbach? Da drehen sich die Zeiger der Uhren ein bisschen langsamer. Und wissen Sie was? Ich hab mir damals selbst die Schuld gegeben. Ich dachte, Frank hätte recht. Ich war nicht in der Lage, ihm ein Kind zu schenken. Er war offensichtlich zeugungsfähig. Ich habe ihn gefragt, wieso er so sicher sein konnte, dass das Kind seins war und nicht das von Ilonas Mann Werner. Er hat mich angesehen. Hat geschrien: ›Schau in meine Augen.‹ Er hatte schöne

Augen. Schöne blaue Augen. Wie auch Ilona – das war mir zuvor schon einmal aufgefallen. Und da habe ich es kapiert: Auch der kleine Peter hatte blaue Augen. Werner Anderson dagegen braune. Meine Schulbildung war begrenzt, aber ausgerechnet mein Mann hatte mir irgendwann von der Vererbungslehre erzählt. Gene für braune Augen waren dominant. Die für blaue Augen waren rezessiv. Peter Anderson konnte kaum Werner Andersons leiblicher Sohn sein. Wäre er es gewesen, hätte sein Sohn wahrscheinlich braune Augen gehabt. Na, und mit jedem Jahr, das der Bub älter wurde, wuchs die Ähnlichkeit. Er war Frank wie aus dem Gesicht geschnitten.«

»Und was haben Sie gemacht?«

»Ich? Nichts. Ich habe einfach damit gelebt. Ganz ehrlich: Im Sportverein, da habe ich einen Mann kennengelernt, und auch wir haben uns gelegentlich … nun, getroffen. Aber Frank … Frank konnte irgendwie nicht mehr damit leben. Er wurde immer aggressiver. Nicht mir gegenüber. Aber ein Fernseher ist bei uns zu Bruch gegangen. Und Fernseher waren damals alles andere als billig.

Am Tag, bevor er …« Victoria Wiener machte eine Pause, der Wortstrom versiegte einfach. Sie ließ die Benennung unausgesprochen, ein weißer Fleck in der Zeile, wo Buchstaben hätten stehen sollen, und fuhr fort: »An diesem Tag hat er das erste Mal nach Monaten ganz ruhig mit mir gesprochen. Ich habe das als gutes Zeichen gewertet und erst im Nachhinein verstanden, dass der Plan in seinem Kopf längst feststand. Er hat mir gesagt, dass er Ilona mehrfach gebeten, nein, angefleht habe, sich von ihrem Mann scheiden zu lassen und mit ihm, Frank, ein neues Leben zu beginnen. Frank hatte sich zu diesem Zeitpunkt schon bei mehreren Firmen beworben, alle außerhalb von Fränkisch-Crumbach. Er hatte sein Leben mit Ilona Anderson und seinem Sohn durchgeplant. Wobei mir nicht ganz klar war, welche Rolle er für den ersten Sohn von Ilona und Werner vorgesehen hatte.

Mein Mann hat mir dann gesagt, dass Ilona sich nicht von Werner trennen werde. Und dass sie ihrem Mann in den kommenden Tagen ihren Fehltritt beichten würde. Und dass Werner das nicht gutheißen würde. Aber er würde Peter nie als Kuckuckskind denunzieren. Denn ihm läge der Ruf seiner Familie und seiner Firma besonders am Herzen.

Als Frank mir das erzählt hat, dachte ich, jetzt würde alles gut werden. Die Fronten wären geklärt. Peter wäre Franks Kind, aber davon würde die Öffentlichkeit nie etwas erfahren. Wir würden weiter unsere Ehe führen, Ilona und Werner würden ihrerseits ihre Ehe führen mit den beiden Jungs.«

Victoria Wiener schwieg erneut. Als sie weitersprach, war ihre Stimme viel leiser geworden: »Ich habe überhaupt nicht kapiert, was im Kopf meines Mannes vor sich gegangen ist. Er kannte die Familie Anderson gut. Er wusste um ihre Gewohnheiten. Der 30. April 1977 war ein Samstag. Ganz oft wanderten …«

»Moment«, unterbrach Horndeich Frau Wiener. »Es war an einem dreißigsten April, an dem Ihr Mann die Andersons überfallen hat?«

»Ja. Das Datum vergesse ich nicht.«

»Es ist das gleiche Datum, an dem Matthias Anderson mutmaßlich ermordet wurde. Nur exakt dreißig Jahre danach«

Victoria Wiener hob kurz die Schultern. »Wenn Sie das sagen. Auf jeden Fall ging Adolf Anderson mit seinen beiden Enkelsöhnen Matthias und Peter an diesem Samstag zum Rodenstein. Sie aßen dort gemeinsam zu Mittag, um dann den Rückweg anzutreten. Für den kleinen Peter war das ein richtig weiter Weg. Aber er liebte es. So wie er seinen Opa liebte.

›Ich geh mal rüber‹, hat Frank gesagt und ist zum Gewehrschrank gegangen. Er war ja auch ein Jäger. Ein guter sogar. In dem Moment habe ich begriffen, was er vorhatte. Ich stürzte mich auf ihn, aber Frank war ein kräftiger Mann – was mir immer imponiert hatte. Aber an diesem Tag hat er mich einfach durchs halbe Zimmer geschleudert, mein Kopf blieb an irgendeiner Ecke hängen, ich wurde ohnmächtig. Als ich wieder zu mir kam, war das Haus leer. Und das Nächste, was ich hörte, war ein Schuss, dann ein zweiter Schuss und dann den dritten.

Ich rannte nicht zum Haus der Andersons. Ich wusste genau, was passiert war. Ich wusste es ganz, ganz genau. Ich blieb hier, hier an dieser Stelle, wo Sie und ich jetzt sitzen – und ich heulte mir die Seele aus dem Leib.«

Horndeich sah, dass Victoria Wieners Augen feucht geworden waren. Dennoch sprach sie weiter: »Dann kam die Polizei. Jemand aus der Schreinerei hatte sie angerufen. Das Einzige, woran ich mich noch erinnere, war, dass ich einem der Polizisten gesagt habe, dass Adolf mit den Jungs beim Rodenstein sei. Und sie sollten dafür sorgen, dass die Kinder das hier nicht zu sehen bekämen.

Wie die Polizisten das gelöst haben, ich habe keine Ahnung. Ich bin irgendwann zusammengebrochen und im Krankenhaus wieder aufgewacht.«

»Wer weiß von dieser Geschichte? Weiß Peter Anderson Bescheid? Weiß Matthias Anderson Bescheid? Hat Ihr Großvater den Enkeln jemals diese Geschichte erzählt?«

»Ach, Herr Horndeich. Wir sind ein kleines Dorf. Und genauso, wie Gerüchte sich wie ein Lauffeuer verbreiten, genauso gut sind wir darin, die dunklen Geheimnisse zu verschweigen. Aber Sie kennen das ja auch von Ihrem Beruf: Die wenigsten haben über Jahre oder gar Jahrzehnte Bestand.«

Horndeich hakte nach: »Und das bedeutet konkret für Matthias und Peter Anderson?«

Victoria Wieners Augen wurden wieder feucht. »Matthias – er hat es herausgefunden. Es hat zehn Jahre gebraucht, aber dann … Wissen Sie, als die Polizei aus Erbach damals da war, da haben die Jungs von der Schreinerei gesagt, dass das doch eigentlich alles nach einem Raubüberfall aussähe. Und ob man das nicht so in die Öffentlichkeit tragen könne? Schon allein, um den Ruf des Unternehmens nicht zu schädigen. Immerhin haben hier damals fast zwanzig Menschen gearbeitet. Wir reden von der Zeit vor dem Internet. Und es hat funktioniert. Die offizielle Version dieser Schießerei war immer, dass ein Einbrecher Ilona und Werner Anderson erschossen habe. Ich weiß wirklich nicht, wer von der Schreinerei damals wen von der Polizei kannte – aber etwas anderes wurde nie veröffentlicht.«

»Und wie wurde erklärt, dass Ihr Mann nicht mehr hier war?«

Victoria schloss kurz die Augen, atmete hörbar aus. »Er hat mich verlassen. Wegen einer Freundin aus Frankfurt. Das war die Version, die ich allen erzählt habe. Und die mir auch geglaubt wurde.«

»Und wie hat Matthias Anderson dann all das rausgefunden?«

»Er hatte einen Schulkameraden, dessen Vater bei der Polizei in Erbach gearbeitet hat. Fragen Sie mich nicht, wie genau der junge Mann an die Polizeiakten gekommen ist. Und fragen Sie mich auch nicht, warum er überhaupt daran gerührt hat. Fakt ist, dass er Matthias reinen Wein eingeschenkt hat. Und nur Matthias. Peter wusste viele, viele Jahre nichts davon. Denn offensichtlich hatte Matthias seinem Bruder – seinem Halbbruder – auch nichts davon erzählt.

Ich bin damals zu Adolf gegangen, habe ihm meine Hilfe angeboten. Es ging immer noch darum, die beiden Jungs großzuziehen. Die beiden haben alles geerbt, die Firma, das Vermögen. Und Adolf – er wurde vom Gericht als Treuhänder eingesetzt. Und als Vormund. Er hat mir damals gesagt, er würde die Firma verkaufen und mit dem Geld würde es ihm schon gelingen, Matthias und Peter auf einen guten Weg zu bringen. Und er hat zu mir gesagt, dass ich nichts dafür könne, was mein Mann angerichtet habe. Herr Horndeich, das hat mir mehr bedeutet als jede Absolution in der Kirche.«

»Aber warum hat Matthias seinem Bruder nichts erzählt?«

Victoria Wiener seufzte tief. »Adolf – er war ein rechtschaffener Mann. Er hatte seine Prinzipien und nach denen hat er gehandelt. Das oberste Prinzip war: Die Familie kommt zuerst. Und anders als Matthias definierte er Familie nicht über DNA. Sondern über die Eltern, zu denen die Kinder gehörten. Und als Matthias ihn mit den Informationen konfrontierte, die Adolf natürlich selbst längst kannte, war Matthias völlig schockiert, als sein Großvater ihn aufgefordert hatte, darüber nie ein Sterbenswörtchen zu verlieren. So hat Adolf es mir später erzählt. Natürlich hat Matthias rebelliert, hat gesagt, man müsse diese Schmach doch aufdecken. Sein Bruder wäre nur sein Halbbruder. Und wenn er, der Großvater, auch lügen wolle, dann wäre sein Vater Werner der einzig Aufrechte in der ganzen Familie gewesen.

Adolf hat sich das angehört und dann zur ultimativen Waffe gegriffen: Er, Adolf, wäre der Treuhänder des Vermögens von Matthias und Peter. Und wenn Matthias irgendetwas davon an die Öffentlichkeit bringen würde, dann könne Matthias gar nicht so schnell schauen, wie Adolf das Geld versenken würde. Er würde das Geld der beiden, das er ja noch verwaltete, durch gezielte Fehlinvestitionen einfach vernichten, und dann stünden sie beide mittellos da.

Matthias hatte ihn angeschrien und diese Tirade hat er offenbar mit vielen Fäkalausdrücken unterstrichen. Er hatte das Abi gerade geschafft, mit perfektem Notendurchschnitt, und er ist abgehauen, hat danach weder mit seinem Bruder noch mit seinem Großvater je wieder ein Wort gewechselt – aber natürlich hat ihm das Geld das Studium und damit auch seinen Erfolg ermöglicht.«

»Und wann hat Peter davon erfahren, dass er ein Kuckuckskind ist?«

Victoria Wiener seufzte tief. »Es war ein paar Tage, bevor Matthias verschwunden ist. Peter kam zu mir. Direkt zu mir. Und er war wütend und aufgebracht. Und ich hatte auch den Eindruck, dass er nicht er selbst war, dass er irgendwelche Drogen genommen hatte. Er war wie elektrisiert. Und er hat mich angeschrien: ›Wer ist mein Vater!?‹

Ich fragte ihn, wie er darauf käme, dass Werner nicht sein Vater sei. Er hat geantwortet, dass Matthias ihn ein paar Tage zuvor angeschrien hätte, er wäre nicht mal sein Bruder.«

Horndeich überlegte. Er erinnerte sich, wie Bastian Lenz von der Firma Genotics beschrieben hatte, dass Matthias Anderson seinem Bruder hinterhergerufen habe, er wäre nicht mehr sein Bruder. Hatte er das Wort »mehr« falsch verstanden? War es in Wirklichkeit ein »mal« gewesen? Das würde die Reaktion von Peter Anderson erklären.

»Und als Peter da zu mir kam, habe ich ihm die Geschichte erzählt. Genau so, wie ich sie Ihnen jetzt erzählt habe. Es kommt ja doch alles immer irgendwann heraus. Egal, wie wir uns dagegen wehren.«

»Und das war vor dem Verschwinden von Matthias Anderson?«

»Ja. Irgendwann in der Woche davor. Ich weiß das alles nicht mehr so genau.«

Peter Anderson hatte sofort zugestimmt, als Leah ihn gefragt hatte, ob er sich noch einmal mit ihr unterhalten würde. Horndeich hatte ihr am Telefon kurz berichtet, was Victoria Wiener ihm erzählt hatte. Konnte man seinen Partner wirklich so wenig kennen, dass man übersah, wenn die Pförtner, die den Wahnsinn im Zaum hielten, einfach sang- und klanglos ihren Job gekündigt hatten? Kurz dachte sie an ihren Exmann Egmont. Ja, man konnte.

Wieder fuhr sie nach Frankfurt-Rödelheim in die schäbige Absteige, in der Peter Anderson derzeit wohnte.

»Neue Erkenntnisse?«, fragte er sie schon, als sie den Laubengang auf seine Wohnung zuging. Er stand bereits vor der Wohnungstür.

»Vielleicht«, sagte sie.

Wenig später befand sie sich an dem Ort, an dem sie vor wenigen Tagen auch schon gesessen hatte.

»Was kann ich für Sie tun?«, fragte Peter Anderson.

»Sie können mir erklären, weshalb Sie Monika Anderson geküsst haben – und das vor Matthias Andersons Verschwinden vor zwei Jahren. Wir haben ein Foto von seinem Handy, das Sie beide zeigt.«

»*Fuck*«, sagte Peter Anderson und sah Leah direkt in die Augen. »Ich hatte keine Ahnung, dass mein Bruder davon wusste.«

»Dann erzählen Sie es mir«, sagte Leah.

Peter Anderson blickte zu Boden. »Monika – sie war immer diejenige gewesen, die uns zwei Brüder wieder zusammenbringen wollte. Sie hatte keine Ahnung, was zwischen uns vorgefallen war – und da hatte sie einiges gemeinsam mit mir. Ich habe damals auch nicht verstanden, was passiert ist. Mein Bruder, mein geliebter Bruder, zickt von einem Tag auf den anderen völlig rum. Er meidet mich wie einen Haufen stinkender Scheiße, und er spricht auch mit unserem Großvater kein Wort mehr. Wirklich, ich kann mir nicht vorwerfen, ihn nicht oft genug gefragt zu haben, was denn los sei. Aber er hat nur geschwiegen. Und dann, wenig später, ist er ausgezogen. Und auch mein Opa – er hat mir nicht gesagt, was mit Matthias passiert war. Ich habe gespürt, dass da irgendetwas vorgefallen ist zwischen ihnen. Und ich habe mich gefühlt wie das Nesthäkchen, dem niemand etwas erzählt, weil das eine Sache zwischen Erwachsenen ist. Frau Gabriely, ich habe es gehasst.«

Ja, dunkle Geheimnisse, verschwiegen vor dem Rest der Welt, das war Leah durchaus vertraut.

»Ich habe immer wieder versucht, den Kontakt zu Matthias herzustellen. Er hat sich dagegen gestemmt wie gegen eine Staumauer gegen den See. Ich habe es nicht verstanden. Und Monika hat es auch nicht verstanden. Und ganz oft habe ich mit ihr darüber gesprochen. Und ganz oft hat sie zu mir gesagt, wie schade sie es fände, dass wir beiden Brüder kaum Kontakt zueinander hätten.

Wir saßen im Garten des Häuschens meines Bruders, tranken Wein und stellten fest, dass wir beide uns auch mochten. Mehr, als eine Schwägerin und ein Schwager sich mögen sollten. Wir haben uns lange dagegen gewehrt, aber irgendwann … Ich meine, die Ehe zwischen meinem Bruder, also meinem Halbbruder, und meiner Schwägerin, sie war zu diesem Zeitpunkt schon ziemlich am Ende. Mein Bruder sprach nicht nur mit mir nicht, sondern er hatte sich zu einem richtigen Eigenbrötler entwickelt, der sich auch mit seiner Frau nicht mehr austauschte. Und Monika war die, die mir wirklich geholfen hat, meine verdammte Spielsucht in den Griff zu bekommen. All das überschneidet sich ein bisschen. Und ja, wir haben uns geküsst. Mehrmals. Immer wieder. Und ich hatte keine Ahnung, dass Matthias davon wusste. Mehr ist nicht passiert in dieser Zeit. Erst als Matthias nicht mehr da war. Ein paar Tage zuvor, da gab es ja diese Szene in der Firma meines Bruders. Aber dazu habe ich Ihnen ja schon alles gesagt. Nur das nicht, dass er, als ich den Flur entlang Richtung Ausgang gegangen bin, mir hinterhergeschrien hat: ›Du bist nicht mal mein Bruder.‹ Ich habe das akustisch sehr wohl verstanden. Es hätte auch heißen können: ›Du bist nicht mehr mein Bruder‹ – aber meine Ohren sind von all meinen Sinnesorganen wohl die am besten entwickelten.«

»Sie sind also nur der Halbbruder von Matthias Anderson«, stellte Leah in den Raum, obwohl sie die Antwort ja schon kannte.

Peter nickte. »Ja. Mein Vater war ein Angestellter der Firma meiner Eltern.«

»Und warum erfahren wir das erst jetzt von Ihnen?«

»Warum hätte ich Ihnen das sagen sollen? Ich meine, es hat ja nichts mit dem Mord an Matthias zu tun.«

»Nein? Hat es das nicht?«

Peter Anderson sah sie direkt an: »Nein. Nicht, was mich betrifft.«

Leah dachte daran, dass die Entscheidung darüber, was relevant und was nicht relevant war, immer noch die Polizei traf. Aber sie hatte keine Lust, über dieses Thema jetzt eine Diskussion anzuzetteln, zumal diese völlig fruchtlos gewesen wäre. »Und wie ging das weiter mit Ihnen und Monika Anderson?«

Peter Anderson seufzte laut. »Was soll ich Ihnen sagen? Meine Frau möchte nicht mehr zurück zu mir, weil sie mir nicht glauben kann, dass ich meine Sucht im Griff habe. Ich kann ihr das nicht verübeln. Und dann ist da Monika Anderson, deren Mann nicht mehr da ist, die an mich glaubt. Die gleichzeitig einen Job hat, der sie sechzig Stunden in der Woche auffrisst. Sie und ich – das sind Momente. Glückliche Stunden mal in einem Hotel. Ach, verdammt, mal im Auto, mal im Wald. Ich habe keine Ahnung, wie das alles weitergeht. Nur eines kann ich Ihnen mit Sicherheit sagen: Ich bin nicht der Mörder meines Bruders.«

Als Horndeich in seine Einfahrt fuhr, hörte er, kaum dass er aus dem Auto gestiegen war, hinter dem Haus eine fröhliche Runde.

Er schloss den Wagen ab, dann ging er direkt in den Garten. Wieder war ein großes Mahl aufgetischt – Sebastian Rossberg stand am Grill. Neben ihm, mit einer Küchenschürze, auf der Snoopy abgebildet war, schwang ein weiterer Mann eine Grillzange. Horndeich traute seinen Augen kaum. Es war Martin Hinrich.

An der aus Campingtischen zusammengestellten improvisierten langen Tafel saßen zudem Margot, ihr Freund Nick, Chloe, dann seine Frau, seine Tochter und im Babystuhl Alexander, der freudig mit dem Löffel das Holz malträtierte. Auch Emilia Schubert saß in der Runde. Sie stand auf und begrüßte Horndeich. Der ging danach auf seine Frau zu, küsste sie und fragte: »Was ist der Grund für die Party?«

»Deine Exkollegin hat vor zwei Stunden angerufen und gefragt, ob es möglich wäre, sich bei uns zu treffen. Mit Martin Hinrich und seiner Kollegin. Und mit ihrem Vater und Chloe. So ganz habe ich das nicht verstanden, aber jetzt sind alle da, haben eine ganze Kühlbox leckerer Steaks mitgebracht, und wir haben einen schönen Abend.«

Sebastian Rossberg wendete die Steaks und unterhielt sich mit Hinrich. So richtig einordnen konnte Horndeich das Ganze nicht, aber er wusste: Des Rätsels Lösung lag bei Martin Hinrich. Also ging er auf den Grill zu.

»Herr Horndeich!« Der Gerichtsmediziner war bester Laune. »Es ist so nett, dass wir uns heute bei Ihnen treffen können.«

Horndeich ging nicht auf die launige Eröffnung ein. »Vielleicht können Sie mir verraten, worum es hier eigentlich geht?«

Hinrich zwinkerte Sebastian Rossberg zu, eine Vertraulichkeit, die Horndeich ebenfalls nicht einzuordnen wusste.

»Der Schädel, Herr Horndeich, der Schädel. Der lässt mir keine Ruhe. Sehen Sie, jetzt haben wir nachgewiesen, dass er ein Vorfahre von Matthias Anderson ist. Ein Vorfahre in direkter männlicher Linie. Doch ich würde gerne wissen, wer genau der Mann war.«

Horndeich konnte sich in keinster Weise erklären, wieso Martin Hinrich sich so für dieses Artefakt interessierte.

Emilia Schubert trat neben ihn. »Herr Horndeich, das alles muss Ihnen wie ein Überfall vorkommen. Vielleicht darf ich Ihnen erklären, weshalb wir heute Abend Ihre Gastfreundschaft in Anspruch nehmen.«

Diese Aussage war schon mehr nach Horndeichs Geschmack. »Gerne. Klären Sie mich auf.«

»Dieser junge Mann hier«, sagte sie und deutete auf Martin Hinrich, »er hat sich vor wenigen Tagen erdreistet, eine Wette einzugehen, er würde herausfinden, wem dieser Schädel gehört hat. Das Problem: Die wichtigen Unterlagen unter dem Dach des Hauses in Fränkisch-Crumbach sind in deutscher Kurrentschrift verfasst. Und einige Unterlagen auch in Englisch. Offensichtlich englische Handschrift. Sollte Martin das Rätsel um den Schädel jemals lösen, braucht er Hilfe. Und Sebastian Rossberg kann deutsche Kurrentschrift fließend lesen, Chloe und Nick sind des Englischen und auch des Deutschen mächtig. Und auch Margot hat sich bereit erklärt, das Chaos auf dem Dachboden in Fränkisch-Crumbach mit uns zu entschlüsseln.«

Horndeich warf Margot einen Blick zu. Die hob kurz die Hand zum Gruß.

»Und warum sind Sie nun alle hier in meinem Garten?«, stellte Horndeich die durchaus berechtigte Frage.

»Ich habe das alles mit Monika Anderson geklärt. Heute«, sagte Martin Hinrich. »Wir können morgen ins Haus – und wir können dort in aller Ruhe forschen. Frau Anderson hat gesagt, auch wenn es mehrere Tage dauert, wir hätten grünes Licht. Sebastian und Chloe, sie können dort im Haus wohnen, Margot und Nick – die leben ja nicht weit entfernt. Und Emilia und ich haben uns in Fränkisch-Crumbach ab morgen ein Zimmer genommen.«

»Herr Dr. Hinrich, weshalb interessiert Sie das so, wem dieser Schädel gehört hat? All dieser Aufwand wegen einer Wette?« Er sah zuerst Hinrich, dann Emilia Schubert entgeistert an.

»Die Wette war völlig bescheuert. Aber ich verliere nicht gerne. Also habe ich Margot und Nick beauftragt, uns zu helfen. Und als Experten hatten sie Sebastian und Chloe mit ins Boot geholt. Wir werden das Rätsel knacken. Wir werden dem Schädel seinen Namen zurückgeben.«

Keiner konnte die Steaks so auf den Punkt grillen wie Sebastian Rossberg. Horndeich genoss das seine – und auch noch die Hälfte von Sandras Steak. Sie saßen lange im Garten. Es war eine schöne Runde. Niemals hätte er gedacht, dass er einmal so mit Martin Hinrich zusammensitzen würde, noch dazu an der Seite einer so sympathischen Dame. Und er genoss Sebastian Rossbergs Hingabe an seine Rolle als Chef de Cuisine. Martin Hinrich hatte die Rolle des Grill-Assistenten akzeptiert.

Es war Margot, die plötzlich hinter ihn trat und ihre Hände auf seine Schultern legte. »Schön, mal wieder in diesem Garten zu sitzen. Wenn auch auf diese etwas schräge Weise.«

Kein guter Abend.

Richard Feller saß in seinem Wohnzimmer und wusste nichts mit sich anzufangen. Ein Zustand, in dem er sich äußerst selten befand.

Natürlich, auch er hatte seine Höhen und Tiefen im psychischen Befinden. Für gewöhnlich half es ihm dann, den Rechner einzuschalten und ein wenig durchs Netz zu surfen. Zumeist stieß er dann auf irgendeinem Videokanal auf irgendeine Dokumentation, sei es über die Versenkung der Wilhelm Gustloff oder die Verstrickungen der USA in den Vietnamkrieg – irgendetwas, das plötzlich sein Interesse fesselte.

Doch die innere Unruhe wollte sich heute nicht legen.

Feller ging in die Küche. Inzwischen hatte er dort ein Weinregal installiert. Für einen echten Weinkenner wäre es langweilig gewesen: Sechzehnmal der Cabernet Sauvignon von Nederburg. Feller öffnete eine der Flaschen, goss sich ein Glas ein und ging zurück ins Wohnzimmer.

Er hatte sein Handy mit der Hi-Fi-Anlage gekoppelt. Ein guter Stereo-Vorverstärker, zwei ganz passable Boxen – das war seine Welt. Backes&Müller – die hatte er sich vor einem Jahr geleistet.

Er setzte sich in seinen Musiksessel, trank einen Schluck Wein und ließ die Gedanken kreisen. Immer und immer wieder um die Aussage seiner Kollegin – ja, und irgendwie auch Freundin – Leah Gabriely. Der Mann, gegen den sie sich verteidigt hatte, war mit einem Messer auf sie zugegangen. Und dieses Messer war nun verschwunden.

Er gab in der Musik-App den Suchbegriff »knife« ein – das englische Wort für Messer. Vielleicht würde die Musik ihn inspirieren.

Ganz oben auf der Liste erschien »The Knife« von Genesis. Ein schöner Song. Er mochte besonders die Liveversion von 1973.

Er drückte auf »Play«, ließ sich zurücksinken und lauschte nur noch den Tönen.

Und er nickte immer wieder ein.

Als er aus dem Halbschlaf erwachte, hörte er einen Elektrobeat.

Er warf einen Blick auf sein Handy, über das er die Musik steuerte. Die Gruppe hieß The Knife – deshalb wurde sie auch gespielt. Der Titel nannte sich »Pass This On«.

Die Musik empfand Richard Feller eher als durchschnittlich. Die elektronischen Beats des Liedes imitierten eine karibische Steel Drum.

Richard Feller war versucht, auf die Taste »Springe zum nächsten Lied« zu tippen.

Dann hielt er inne.

Drückte auf Pause.

Und war mit einem Mal hellwach.

Seit Tagen hatte er überlegt, wie er Leahs Aussage, ihr Angreifer hätte sie mit einem Messer bedroht, und das Nichtvorhandensein eines Messers, als die Polizei eingetroffen war, unter einen Hut bekommen konnte.

Und dann hörte er dieses triviale Liedchen mit dem Titel »Pass This On« – gib das weiter – und verstand.

Nun, da er wusste, wonach er suchen musste, war das Vorgehen schon deutlich leichter. Wenn Leah behauptete, ihr Angreifer habe ein Messer in der Hand gehalten, und als die Polizei eingetroffen war, war das Messer plötzlich nicht mehr da, dann gab es nur zwei Erklärungen: Entweder Leah hatte sich das Messer eingebildet. Oder es war da gewesen, und jemand hatte es an sich genommen.

Und außer Leah gab es nur einen Menschen, der das Messer hätte an sich nehmen können: der Kerl, der kurz nach dem Angriff neben Leah aufgetaucht war und sie gefragt hatte, ob er die Polizei rufen solle.

Je mehr Feller darüber nachdachte, umso mehr kam ihm diese Situation äußerst suspekt vor.

Der Mann war vorher nicht in Erscheinung getreten. Und er war, nachdem er seine Frage gestellt hatte, auch sofort wieder verschwunden. Er hatte nicht einmal mit Leah gewartet, bis die Polizei eingetroffen war. Für Feller gab es nur eine sinnvolle Erklärung: Dieser Mann war ein Komplize des Angreifers mit dem Messer. Er verstand nur nicht, warum dieser Komplize Leah nicht ebenfalls angegriffen hatte.

Vielleicht hatte die kurze Demonstration ihrer Fähigkeiten ihn dazu veranlasst, sie in Ruhe zu lassen. Vielleicht wollte er nur noch Schadensbegrenzung betreiben. Er hatte in einem Moment von Leahs Unaufmerksamkeit nach dem Messer greifen können und war dann in der Dunkelheit verschwunden.

Ja, das erschien Richard Feller ein plausibles Szenario.

Jetzt musste er diesen Typen nur noch finden. Aber in solchen Dingen war er ja gut.

Feller fuhr seinen Rechner hoch. Und dann begann er mit der Recherche.

786 Freunde.

786 Freunde hatte Christian Weiland auf Facebook.

Da konnte man sich glücklich schätzen.

Ein reiches Sozialleben.

Zumindest virtuell.

Fellers Hypothese war, dass der Kerl, der mit Weiland gemeinsame Sache gemacht hatte, auch zu seinen virtuellen

Freunden zählte. Sein erster Schritt bestand nun darin, die Damen der Schöpfung auszuschließen. Blieben 498 Freunde.

Jetzt war die Frage, wer von diesen rund fünfhundert männlichen Freunden tatsächlich mit Christian Weiland kommuniziert hatte. Wer hatte seine Posts geliked? Wer hatte Kommentare verfasst? Fleißarbeit war angesagt.

Mit den entsprechenden Werkzeugen transferierte er die Freundesliste in eine Tabellenkalkulation. Und dann ging es los. Wer von den Freunden – wenn man sie denn so nennen konnte – hatte wirklich Kontakt zu Christian Weiland?

Als Feller eine erste Tendenz definieren konnte, war es bereits zwei Uhr dreißig.

Zeit, ins Bett zu gehen.

Zeit, zu schlafen.

Zeit, Kraft zu tanken für die weiteren Recherchen.

Morgenbesprechung. Wie bereits am Vortag.

»Sind wir irgendwo ein Stück weiter?«, fragte Horndeich die kleine Runde.

»Bei mir nicht«, sagte Leah Gabriely. »Also abgesehen von dem, was wir gestern herausgefunden haben: Matthias Anderson und der Schädel sind verwandt. Matthias Andersons Bruder Peter hatte eine Affäre mit dessen Frau – und Matthias Anderson und Peter Anderson sind nur Halbbrüder. Ich kann mir gut vorstellen, dass Peter Anderson seinen Halbbruder vielleicht sogar im Affekt erwürgt hat. Sie treffen sich. Beide sind bereit zu einer Aussprache. Oder vielleicht sollte es auch ein letzter Versuch von Peter werden, doch noch Geld von Matthias zu fordern. Das ist der Moment, in dem Matthias Anderson ausrastet: Seine Eltern sind gestorben, weil Peters Vater sie umgebracht hat. Und dann nimmt er sich die Frechheit raus, ihn nochmals um Geld anzubetteln, obwohl er sogar ein Verhältnis mit seiner Frau hat. Matthias geht auf ihn los, Peter wehrt sich, gewinnt die Überhand – erwürgt ihn. Deckt ihn notdürftig mit ein paar Zweigen und Blättern zu. Später, in der Nacht, transportiert er den Leichnam dann nach Darmstadt ins Naturschutzgebiet. Scheint mir im Moment als das wahrscheinlichste Szenario.«

Horndeich zuckte mit den Schultern. »Ja. Das macht Sinn. Aber es ist reine Theorie. Wir haben keinerlei Indizien, geschweige denn Beweise.«

»Na ja. Wir wissen auf jeden Fall, dass, wer auch immer

Matthias Anderson umgebracht hat, derjenige sein vermeintliches Verschwinden nach Brasilien ziemlich aufwendig inszeniert hat.«

»Was uns nicht wirklich viel weiterbringt.«

»Über Marlene Winkler sind wir zumindest mal bis zum Rocker-Vize Vrancic vorgedrungen. Vielleicht gibt es ja eine Verbindung zwischen Peter Anderson und Vrancic?«

»Unser Anglistik-Professor als Freizeitrocker?«

Ein kurzes Schweigen breitete sich aus.

»Klingt auch nicht plausibel. Wir haben einfach noch zu wenig Informationen«, sagte Horndeich.

Feller sog tief die Luft ein. »Die Neuigkeiten, die ich nun zu verkünden habe, spielen uns da nicht in die Hände. Das Bundeskriminalamt hat sich gemeldet. Sie haben unsere Fotos und Videos durch ihre Gesichtserkennungssoftware gejagt – aber dabei keine Treffer vermelden können.«

»Und das heißt?«, wollte Horndeich wissen.

»Das bedeutet, dass wir Matthias Anderson auf den Videos nicht gefunden haben. Und auf den Bildern nicht. Aber letztlich heißt das auch wieder gar nichts.«

»Was meinst du damit?«

»Ich habe mir einige der Fotos angesehen. Und auch einige der Videos. Es war so ein heller Frühlingstag, dass jeder Zweite eine Sonnenbrille aufgehabt hat. Das ist der Punkt, wo auch die Gesichtserkennung streikt.«

»Und das bedeutet?«, fragte Horndeich. Die Antwort darauf konnte er sich schon selbst geben.

Feller formulierte sie trotzdem: »Das bedeutet, dass wir all die Bilder und Videos selbst sichten müssen.«

»Gut. Dann machen wir uns mal an die Fleißarbeit. Sollten wir ihn identifizieren können, bringt uns das vielleicht weiter. Ansonsten kümmern wir uns noch mal um diese mögliche Verbindung zu Vrancic.«

Margot Hesgart hatte am Morgen zur Spurensuche bezüglich des Schädels beigetragen, verlegte sich jetzt aber auf das Catering und beschloss, zum Mittagessen für die gesamte Truppe einen Eintopf zu kochen. Ihr Lieblingsrezept: Hühnerbrühe, Hühnchenfleisch, Reis, Möhren und Spinat – das Ganze angereichert mit Chili, Pfeffer und Ingwer.

Die Zutaten hatte sie im Ort gekauft, nun stand sie am Herd. Die Küche des Wochenendhauses war angenehm großzügig geschnitten. Ihr stand eine größere Arbeitsfläche zur Verfügung als in ihrem eigenen Zuhause in Lichtenberg. Der Herd war mit Induktionsfeldern ausgestattet – die Töpfe und Pfannen waren vom Feinsten, ebenso die Messer. Für Margot das wichtigste Kriterium.

Der Rest der Truppe saß um den großen Esstisch herum. Ihr Vater neben Chloe, Martin Hinrich neben Emilia Schubert. Nick saß neben Chloe und ging ihr beim Lesen der englischen Dokumente zur Hand. Die Zubereitung des Eintopfs dauerte ungefähr fünfundvierzig Minuten. Dann rief Margot: »Essen ist fertig.« Komisch, wie sich sofort geschlechtsspezifische Verhaltensweisen identifizieren ließen. Chloe und Emilia kamen in die Küche, um Teller und Besteck zum Esstisch zu tragen, die Herren der Schöpfung kümmerten sich darum, den Esstisch von den ganzen Unterlagen zu befreien.

Es war Margot völlig rätselhaft, weshalb Martin Hinrich sie von seinem privaten Vermögen bezahlte, nur damit sie die Identität des Schädels klärten. Ohne zu zucken, hatte er Nicks und ihren Tagessatz akzeptiert. Es war der beste Stundensatz, den sie jemals für das Kochen von Suppe bekommen hatte. Und was er ihrem Vater und Chloe bezahlte … sie hatte keine Ahnung, aber sie würde die beiden bei Gelegenheit fragen.

Zehn Minuten später saßen sie alle am gedeckten Tisch.

Emilia übernahm die Rolle der Gastwirtin und schöpfte jedem eine ordentliche Portion des Eintopfs in den Suppenteller.

»Also, wir können ja alles rausstreichen, wo irgendeine Frau in der Ahnenlinie auftaucht«, eröffnete Martin Hinrich sofort die Fachdiskussion über die Erkenntnisse des Morgens. Hinrich hatte von Monika Anderson das Haus für vier Tage gemietet. Daraufhin hatte sie ihm den Schlüssel gegeben, sie konnten sich frei bewegen. Zunächst hatten Sebastian Rossberg und Chloe unterm Dach jene Ordner, Bücher und Folianten herausgesucht, in denen irgendwelche ahnengeschichtlichen Informationen verzeichnet waren. Dann hatten sich Hinrich, Emilia und auch sie und Nick darangemacht, die entsprechenden Werke durchzusehen, ob irgendwelche relevanten Informationen darin verzeichnet waren. Ihr Vater hatte seinen Laptop mitgebracht und einen kleinen Beamer. Damit konnten sie Erkenntnisse über die Familienverhältnisse gleich aufzeichnen und für alle sichtbar an eine weiße Wand werfen.

»Ich glaube, dass der Ariernachweis von Fritz Anderson uns am meisten hilft. Er hat sich ja damals für die SS beworben. Brauchte dafür also den sogenannten großen Ariernachweis. Und da sind wir dann schon einmal bei einer geraden Linie bis 1800.«

»Diesen Nachweis habe ich mir schon angeschaut«, sagte Sebastian Rossberg. »Und inzwischen fünf direkte männliche Anderson-Linien bis vor 1800 ausfindig gemacht.«

»Was würde ich darum geben, das lesen zu können«, warf Emilia Schubert ein. »Diese Kurrentschrift ist für mich genauso wenig lesbar wie die chinesischen Zeichen.«

»Wir haben sie damals in der Schule gelernt«, murmelte Sebastian Rossberg in Gedanken.

»Fünf Linien«, warf Martin Hinrich ein. »Wie kommen wir von dort aus weiter?«

»Ich bin auf eine von den fünf Linien gestoßen, die in einem weiteren Ahnenbuch verzeichnet ist«, sagte Nick. Er sah zu Sebastian Rossberg. »Offensichtlich ist ein Anderson im achtzehnten Jahrhundert von England nach Deutschland gekommen. Warum auch immer. Das war James Anderson. Auf ihn stoßen wir auch im Ariernachweis von Fritz Anderson.«

»Und? Hast du seine Linie weiter zurückverfolgen können?«, fragte Martin Hinrich.

»Nein. Aber ich glaube, dass er die Schlüsselfigur ist. Er selbst hat eine Ahnentafel aufgestellt, die ziemlich weit zurückreicht. Aber die habe ich noch nicht völlig entschlüsselt.«

»Nun, dann wartet nach diesem fantastischen Essen – für das ich Margot ganz herzlich danken möchte – noch eine Menge Arbeit auf uns«, sagte Martin Hinrich.

Sie hatten die Bilder und Videos gerecht aufgeteilt.

Feller hatte sich bereit erklärt, die Videos zu übernehmen. Das war der schwierigere Part. Aber er hatte auf einem seiner Rechner auch eine entsprechende Software installiert, die die Suche etwas vereinfachte: Im Gegensatz zu einem gewöhnlichen Mediaplayer konnte er hier auch während der Wiedergabe Ausschnitte beliebig vergrößern. Das war für Feller ein wichtiges Werkzeug. Denn die Teile des Films, die ihn interessierten, die lagen selten im Vordergrund des Bildes. Meist hatten Eltern ihre spielenden Kinder gefilmt oder Oma und Opa beim Schnitzelessen. Die Bildbereiche, auf die Feller sein Augenmerk richtete, lagen hingegen im Hintergrund in den Randbereichen. Dort befanden sich die Personen, die zufällig vor die Linse geraten waren. Und die für denjenigen, der den Film gedreht hatte, nicht interessant, wenn überhaupt wahrnehmbar gewesen waren. Aber auf keinem der Videos hatte Feller in den vergangenen drei

Stunden jemanden gesehen, der Matthias Anderson auch nur entfernt ähnlich sah.

Leah und Horndeich begutachteten in ihrem Büro die Fotos. Feller hatte die Bilddateien bereits so präpariert, dass sich die Dateien über ihre Benennung mit einem Mausklick chronologisch sortieren ließen. Zusätzlich hatte Feller in den Dateinamen die Nummer des Sticks eingefügt, sodass sich bei einem Treffer genau rekonstruieren ließ, wer der Fotograf gewesen war. Alle zwanzig Minuten hatten Horndeich und Leah an diesem Vormittag eine Pause eingelegt, damit sie nicht aufgrund mangelnder Konzentration irgendetwas übersahen.

Wenn Horndeich das richtig einschätzte, würden sie bis zum frühen Abend alle Fotos gesichtet haben.

Er stand auf. »Ich muss kurz mal an die frische Luft.«

»Ich komme mit dir«, sagte Leah.

Gemeinsam verließen sie das Gebäude des Polizeipräsidiums. Draußen war es heiß und stickig und schwül. Nicht eben das Klima, das gedanklicher Aktivität förderlich war.

»Was ist eigentlich bei den Ermittlungen zum Überfall auf dich rausgekommen«, fragte Horndeich. Sie hatten sich auf die Treppe vor dem Haupteingang gesetzt.

Leah zuckte die Schultern. »Übermorgen soll ich noch mal eine Aussage machen.«

»Hast du einen Anwalt?«, erkundigte sich Horndeich.

Leah schüttelte den Kopf. »Ich sollte den Vater von deiner Exkollegin Margot noch mal anrufen. Er war ja früher mal Anwalt. Ich hab's bisher aber noch nicht getan.«

»Leah, du *brauchst* einen Anwalt!«

Sie nickte. »Ich weiß das. Mein Kopf weiß das. Es ist … ach, Scheiße, es fühlt sich an wie eine Kapitulation. Wenn ich mir einen Anwalt nehme, sieht das so aus, als ob ich irgendeine Schuld eingestehen würde.«

»Das ist doch Blödsinn.«

Leah seufzte tief. »Ja. Das sagt mein Kopf auch die ganze Zeit. Aber es fühlt sich einfach nicht so an.« Dann wurde ihre Stimme lauter. »Verdammt noch mal, dieser Wichser ist mit einem Messer auf mich zu. Und dafür brauche ich jetzt einen Anwalt – Horndeich, das ist schon ein bisschen verrückt, nicht wahr?«

Darauf wusste er keine Antwort. Er selbst hatte immer an ein funktionierendes Rechtssystem geglaubt. Aber gut, die Jungs und Mädels, die er vor Gericht brachte – die waren auch eindeutig schuldig gewesen. Ein kleiner, fieser Gedanke zwängte sich zwischen die Gehirnwindungen in seinem Kopf: Hatte er vielleicht auch schon jemanden – um in Leahs Bildsprache zu bleiben – unrechtmäßig ans Messer geliefert? Aber selbst wenn sie dem Richter den Falschen präsentierten, dann war es immer noch Aufgabe des Gerichts, ihn als solchen zu entlarven.

Und wenn Leah nun – definitiv die Falsche – mit einem Anwalt in den Prozess ging, war es dann garantiert, dass der Richter das auch erkennen würde?

»Lass uns wieder hochgehen. Ich kümmere mich um einen Anwalt. Es bleibt mir nichts anderes übrig. Ich rufe Herrn Rossberg noch mal an.«

Ja, das war sicher nicht verkehrt, dachte Horndeich. Auch wenn ihm bei diesem Gedanken überhaupt nicht mehr wohl war.

Fünf Minuten später saßen sie wieder in bestimmt nicht bandscheibenförderlicher Haltung an ihren Rechnern. Horndeich hatte niemanden entdeckt, der Matthias Anderson hätte sein können. Mit oder ohne Sonnenbrille.

Horndeich gähnte. Was für ihn um diese Uhrzeit ungewöhnlich war. Spielende Kinder, grinsende Hunde, wieder spielende Kinder, Selfies vor der Burgruine, Selfies vor dem

Wald, Selfies allein, Selfies zu zweit und – ganz besonders oft – Selfies von Pärchen, die sich vor dem Hintergrund der Burg küssten. Das Lustige dabei war, dass wahrscheinlich jedes dieser Pärchen gedacht hatte, ein besonders originelles Foto zu schießen. Vielleicht war auch das ein Grund für das Gähnen gewesen: Es war gefühlt das fünfzigste Kuss-vor-Ruine-Bild. Das nächste Foto hob sich wohltuend von den anderen ab: Jemand hatte den Parkplatz fotografiert. Autos statt Menschen. Und nur Autos. Kein einziger Mensch und auch kein einziger Hund. Horndeich wollte schon zum nächsten Bild springen, als er innehielt.

Dieses Foto war definitiv nicht mit einer billigen Handykamera gemacht, sondern mit einem richtigen Fotoapparat. Dementsprechend hoch war die Auflösung, und vor allem war das Bild gestochen scharf, auch in den Randbereichen. Horndeich vergrößerte es und sah sich nach und nach die Fahrzeuge an.

Bei den meisten handelte es sich um Durchschnittsautos. Doch tatsächlich entdeckte Horndeich auch einen metallicroten Chrysler Crossfire. Er seufzte. Die Fahrt in dem MX5 der Leipziger Gerichtsmedizinerin hatte in ihm einen kleinen, boshaften Virus implantiert. Den Virus der automobilen Unvernunft …

Er scrollte die Reihe der Fahrzeuge weiter entlang. Dann stutzte er. Unmittelbar neben seinem geliebten Chrysler stand ein hochbeiniger SUV. Einen kantigen Mercedes der G-Klasse hätte er sofort identifizieren können. Was war das für ein Modell? Horndeich kramte in den Untiefen seines mentalen Autokatalogs.

Er klickte auf der Tastatur die Taste mit dem Pfeil nach unten, und das nächste Bild erschien. Er hatte Glück. Auf diesem hatte der Fotograf sich ganz dem ästhetischen Erleben des Parkplatzes gewidmet. Und der SUV war deutlich

prominenter in Szene gerückt. Horndeich klickte weiter –
aber es gab keine weitere Fotografie, die den Wagen noch
deutlicher zeigte. Also wieder zurück.

Auf dem zweiten Monitor eröffnete Horndeich den Brow-
ser und darin Wikipedia. Dann gab er ein: *Landrover Discovery*. Treffer. Der Wagen auf dem Foto war genau ein solcher. Horndeich zoomte das Bild noch stärker heran,
navigierte in Richtung Nummernschild und konnte es trotz
grober Pixel entziffern. DA-MA und dann noch eine drei-
stellige Nummer. Ja. Das war eindeutig der Wagen von Matthias Anderson.

Auch den gesamten Nachmittag widmeten sie dem Studium
uralter Dokumente. Margot hatte erst Nick zur Seite gestanden, mittlerweile bereitete sie noch eine Runde Kaffee zu.

Martin Hinrich war der Dirigent. Er teilte die Dokumente
auf die Anwesenden auf. James Anderson schien eine heiße
Spur zu sein – denn über seine Ahnen gab es tatsächlich eine
ganze Menge Dokumente.

Eines lag nun vor Margot. Auch dies eine Ahnentafel eines Oliver Anderson. Er war der Urgroßvater von James Anderson. Und offensichtlich hatte sich dieser Oliver Anderson mit Genealogie beschäftigt.

Margot blätterte durch die Seiten.

Die Schrift war schwer zu lesen, aber entzifferbar. Sie
musste nur die männlichen Linien betrachten. Immer wenn
eine Frau die Anderson-Linie durchbrach, war es klar, dass
dies nicht die Abstammungslinie zwischen Matthias Anderson und dem Besitzer des Schädels sein konnte.

Sie wusste, dass der Schädel rund vierhundert Jahre alt
war. Interessant waren also alle Männer in der männlichen
Abstammungslinie, die vor etwas mehr als vierhundert Jahren als Väter verzeichnet worden waren.

Sie stieß auf ein Ehepaar Catherine Anderson und ihren Mann Edgar Anderson. Edgar Anderson war 1620 gestorben.

»Ich habe hier eine direkte männliche Linie bis zu Matthias Anderson«, sagte Margot.

Hinrich stand auf, ging um den Tisch herum und kam direkt auf sie zu. »Das ist die erste rein männliche Linie, die wir zwischen einem Urahnen aus dieser Zeit und Matthias Anderson ziehen können«, sagte er.

Margot zeigte auf die Stelle, an der Catherine und Edgar standen. Dann deutete sie auf ihre Notizen, auf denen sie die Linie zwischen Matthias Anderson und Edgar Anderson nachgezeichnet hatte.

»Er war der Jüngste von vier Geschwistern, der Nachzügler. Sein Vater war bereits gestorben, als Edgar zwei gewesen war. 1566. Damit scheidet der Vater von Edgar als Besitzer des Schädels aus. Todesdatum 1617 plus/minus dreißig Jahre – nicht wahr, Dr. Hinrich?«

»Fantastisch!«, freute sich Hinrich. Emilia war neben ihn getreten, und Margot entging nicht, dass sie mit ihrer Hand kurz über seinen Rücken strich.

»Wir müssen jetzt aber prüfen, ob es noch weitere rein männliche Linien gibt.«

Sebastian Rossberg schaltete sich ein: »Wie viele Generationen liegen nun zwischen Matthias Anderson und Edgar Anderson?«

Das konnte Margot sofort beantworten: »Sechzehn.«

Sebastian Rossberg hielt kurz inne, dann fuhr er fort: »Dann ist die Wahrscheinlichkeit dafür, dass diese Linie überhaupt existiert, also dass tatsächlich über sechzehn Generationen hinweg eine rein männliche Linie existiert – lass es mich kurz überschlagen –, deutlich mehr als eins zu zweiunddreißigtausend. Ich weiß, beim Lotto sind die Chancen noch schlechter, aber ich würde mit hohem Einsatz auf meine These wetten, dass wir keine zweite Linie finden werden, die tatsächlich nur über Männer weitergegeben wurde.«

Margot war immer wieder erstaunt, wie wach und schnell ihr Vater mit über achtzig Jahren im Geiste noch sein konnte.

»Gut«, sagte Hinrich, »konzentrieren wir uns darauf. Gibt es noch weitere rein männliche Linien?«

»Mit List und Politik erreicht das Ziel, nach dem ihr strebt«, formulierte Emilia Schubert neben Margot. Was sollte denn das sein? Sie sah zu Hinrich und konnte sich sein verzücktes Lächeln nicht erklären.

Ihr Vater sah auf: »Hörte ich da gerade Shakespeare?«

Der weiße Landrover erwies sich als Volltreffer. Matthias Andersons Wagen war an diesem Tag auf dem Parkplatz des *Hofguts Rodenstein* abgestellt worden. Nachdem Horndeich den anderen Bescheid gesagt hatte, konzentrierten sie sich zunächst ausschließlich auf Fotos, die auf dem Parkplatz aufgenommen worden waren. Die Sichtung ergab, dass Matthias Anderson den Wagen vor zehn Uhr dreißig geparkt hatte, an jenem dreißigsten April vor zwei Jahren. Und sie konnten anhand der Fotos außerdem festmachen, dass er am ersten Mai morgens um acht Uhr nicht mehr dort gestanden hatte.

Ein weiteres Foto hatte sich als wahrer Glückstreffer erwiesen: Ein Mann hatte seine Freundin fotografiert, offensichtlich vor seiner Neuanschaffung, einem Mercedes AMG GT. Soweit Horndeich wusste, war der Wagen kaum unter hunderttausend Euro zu bekommen. Was wohl die Dame gekostet hatte? Horndeich konnte sich den Gedanken nicht verkneifen. Zunächst gab es ein Selfie des jungen glücklichen Paares – natürlich vor dem Wagen. Der junge Mann hatte Muskeln wie Schwarzenegger zu seinen besten Zeiten. Darauf befand sich reichlich Platz für literweise Tattoo-Tinte, den er auch kreativ zu nutzen gewusst hatte. Ebenso wie seine Freundin. Ihre Lippen erinnerten ihn außerdem an schmale Thüringer Bratwürste. Nein, er konnte mit derlei vermeintlicher Körperverschönerung überhaupt nichts anfangen. Hätte er die beiden in ihrem Wagen durch Darmstadt brausen sehen, wäre ihm nur ein Etikett in den Kopf gekommen: »Aufstrebendes Jungdealertum«. Natürlich konnte dies hier kaum zutreffen, denn sonst hätte der junge Mann seine Fotos nicht zur Verfügung gestellt, wofür ihm Horndeich jetzt sehr dankbar war. Es war ein Kreuz mit den Vorurteilen …

Nach dem Selfie mit seiner Freundin hatte er diese auf weiteren fünfundzwanzig Bildern verewigt, wie sie sich um und auf dem teuren Benz rekelte. Einige der Bilder waren ziemlich gewagt, und Horndeich wunderte sich, dass der junge Mann sie der Polizei übergeben hatte. Alle Bilder der Bikini-Schönheit waren aus derselben Perspektive aufgenommen worden. Deshalb war Matthias Andersons Landrover auch immer mit im Bild. Und auf Bild Nummer sechzehn war Matthias Anderson tatsächlich zu erkennen, wie er die Fahrertür seines Landrovers öffnete. Der Wagen hatte zu diesem Zeitpunkt schon mindestens anderthalb Stunden auf dem Parkplatz gestanden. Offensichtlich hatte Matthias Anderson irgendetwas aus dem Wagen holen wollen.

Er war zwar nur ein kleines Pixelmännchen am oberen rechten Bildrand – aber nun wussten sie, welchen Mann sie auf den anderen Fotos suchen mussten. Eine beigefarbene Hose, ein türkises Hemd – und tatsächlich: eine schwarze Sonnenbrille.

Mit diesem Wissen sichteten sie die Bilder ein weiteres Mal. Und tatsächlich: Matthias Anderson war auf zahlreichen Bildern im Hintergrund zu erkennen. Bilder, die sie zuvor schon einmal angeschaut hatten, auf denen sie Matthias Anderson jedoch nicht erkannt hatten. Jetzt, wo sie wussten, wonach sie suchen mussten, sprang er ihnen förmlich ins Auge.

Um achtzehn Uhr dreißig konnten sie folgende Erkenntnisse festhalten: Matthias Anderson war mit seinem Wagen nach neun, aber vor zehn Uhr dreißig auf den Parkplatz des *Hofguts Rodenstein* gefahren. Um zwölf Uhr war er an seinen Wagen gegangen und hatte etwas daraus geholt. Die Kreditkartenabrechnung hatte gezeigt, dass er eineinhalb Stunden später im *Hofgut* sein Mittagessen bezahlt hatte. Während er dort gegessen hatte, war er auch auf vier Fotos im Hintergrund zu sehen gewesen. Da hatte er seine Sonnenbrille nicht getragen, aber das Gesicht war so verpixelt, dass daran jede Software der automatischen Gesichtserkennung hatte scheitern müssen.

Weitere Fotos belegten, dass er gegen vierzehn Uhr dreißig im Außenbereich des *Hofguts* offensichtlich noch einen Kaffee getrunken hatte.

Um vierzehn Uhr fünfundvierzig war das letzte Foto geschossen worden, auf dem Matthias Anderson zu sehen war.

Der Landrover allerdings war an diesem dreißigsten April überhaupt nicht mehr bewegt worden. Das letzte Bild mit Landrover war gegen einundzwanzig Uhr aufgenommen worden.

Matthias Anderson war über Stunden auf dem *Hofgut Rodenstein* unterwegs gewesen. Warum? Horndeich hatte keine Antwort darauf. »Was sind die nächsten Schritte?«, sagte Feller, und man konnte seiner Stimme anhören, dass er müde war.

»Ich glaube, heute gar keine mehr«, sagte Horndeich. »Lass uns morgen weiter darüber nachdenken. Auch ich möchte jetzt nach Hause.«

Leah nickte nur. »Feierabend für heute. Das eilt auch morgen noch.«

Horndeich und Leah verließen nach ihrer Besprechung sofort das Präsidium. Feller versicherte ihnen, dass er ebenfalls gleich nach Hause gehen würde. Aber das hatte er nicht vor.

Er wollte sich weiterhin der Frage widmen, wer von den Facebook-Freunden regelmäßig mit Christian Weiland kommuniziert hatte.

Es war reine Fleißarbeit. Und Feller war froh, dass Leah diese Kaffeemaschine installiert hatte.

Zwei Stunden und vier Kaffee später hatte er eine erste Einschätzung.

Fünfzehn junge Männer waren auf Facebook regelmäßig in Kontakt mit Christian Weiland.

Feller war sich sicher, dass sich unter diesen fünfzehn Männern jener befand, mit dem Christian Weiland vor dem Trainingsbad gemeinsame Sache gemacht hatte.

Es würde nicht ganz einfach werden. Er war ja eher der Typ, der in seinem Kabuff still vor sich hin arbeitete, schnell die richtigen Schlüsse zog – aber niemals das Büro verließ. Es sei denn, um einen seiner Zigarillos zu rauchen. Doch wenn er Leah aus dieser Sache heraushauen wollte, dann musste er vor die Tür gehen. Daran führte kein Weg vorbei. Und er musste es allein tun. Kurz hatte er in Erwägung gezogen, Steffen Horndeich einzuweihen. Aber die Tatsache, dass er dieser Ermittlung auf eigene Faust nachging, war schon grenzwertig. Wenn er seinen Vorgesetzten da mit reinzog – wer wusste schon, was das nach sich ziehen würde. Nein, hier war er auf sich allein gestellt.

Aber auch Richard Feller hatte einen Ausweis, auf dem der Begriff »Kriminalpolizei« vermerkt war. Damit hatte er es geschafft, die Videodateien des Krankenhauses zu bekommen, in dem Christian Weiland lag, und die im Empfangsbereich der vergangenen zweiundsiebzig Stunden aufgenommen worden waren. Weitere Videoaufzeichnungen gab es leider nicht – Krankenhäuser beriefen sich immer darauf, dass sie Heilanstalten wären und keine Hochsicherheitstrakte.

108 Gigabyte an Videomaterial hatte ihm der Sicherheitsdienst des Krankenhauses auf seinen 128-Gigabyte-Stick übertragen.

Nun galt es, die Gesichter zu identifizieren.

Es war halb zehn, das Polizeipräsidium Hessen-Süd war entsprechend dünn besetzt. Er hatte sich im Besprechungsraum niedergelassen. Der Grund war einfach: All die fünfzehn jungen Männer, die er bei seiner Facebook-Rasterfahndung identifiziert hatte, waren nun auf den großen Surface-Hub-Bildschirm projiziert.

Feller wünschte sich eine Software, die diese fünfzehn Bilder mit den zweiundsiebzig Stunden Videomaterial abgleichen konnte. Er hatte sie nicht. Da musste er nun durch.

Ganz besonders in den Nachmittagsstunden war das Getümmel im Empfangsbereich unübersichtlich. Feller konnte die Wiedergabegeschwindigkeit des Videomaterials kaum um den Faktor acht beschleunigen, um einigermaßen den Überblick zu behalten.

Gegen Abend wurde es ruhiger. Feller traute sich, die Geschwindigkeit auf das Zwölffache anzuheben, in den Nachtstunden sogar auf den Faktor zweiunddreißig.

Es dauerte gut sechs Stunden, bis Richard Feller das gesamte Videomaterial gesichtet hatte.

Treffer, Treffer, Treffer und Treffer.

Von den fünfzehn Kumpeln auf Facebook waren es exakt vier gewesen, die im Krankenhaus erschienen waren.

Vier Namen, um die sich Feller morgen – nein, heute etwas genauer kümmern würde. Er legte sich auf die Couch im Aufenthaltsraum und schlief sofort ein.

Martin Hinrich und Emilia Schubert hatten Margots Angebot angenommen, am Morgen gemeinsam in ihrem Haus in
Lichtenberg zu frühstücken. Ihr Vater und Chloe hatten darum gebeten, im Wochenendhäuslein etwas länger schlafen
zu dürfen.

Margot hatte das Frühstück zubereitet, dann saßen sie zu
viert um den Frühstückstisch auf der Terrasse.

»Was hat Sie eigentlich hierher verschlagen?«, fragte
Margot und sah Emilia an. So ein bisschen Polizistinnen-
neugier konnte sie sich dann ja doch nicht verkneifen.

Martin Hinrich sah verliebt in Emilias Richtung und legte
seine Hand auf die ihre.

Sie waren am Vortag noch ein gutes Stück vorangekom-
men: Es gab tatsächlich nur diese eine rein männliche Linie
zwischen Matthias Anderson und Edgar Anderson, zumindest in den Unterlagen, die ihnen vorlagen.

Als sie am vorigen Abend bei einem Glas Wein auf Margots Terrasse saßen, hatte Martin Hinrich ihnen nochmals
von der Wette erzählt, die er mit dem Kollegen Schuknecht
eingegangen war. Dass er dem Schädel einen Namen geben
wollte. Wobei Emilia sofort ergänzt hatte, dass Martin Hinrich beteuert hatte, es handele sich um einen berühmten
Mann.

Nun, wer Edgar Anderson gewesen war – das würden sie
hoffentlich heute herausfinden.

Margot betrachtete Martin Hinrich und Emilia Schubert.
Nein, Martin Hinrich hatte sie während ihrer aktiven

Dienstzeit kaum als jemanden gesehen, der vielleicht einmal auf ihrer Terrasse mit ihr frühstücken würde. Seine Überheblichkeit, die oftmals in Arroganz abgeglitten war, hatte sie niemals gemocht. Und auch seine offensive Zurschaustellung weiblicher Eroberungen gepaart mit schicken Autos – das war nicht ihr Ding gewesen. Wobei er fachlich eine absolute Koryphäe war. Aber jetzt, hier, auf dieser Terrasse, neben dieser Frau, da wirkte er – verletzlich. Bei Weitem nicht so kernig, ja fast abgebrüht wie diese Dame an seiner Seite. Dass er sich da mal kein blaues Auge holt, dachte Margot.

Nick biss herzhaft in ein Croissant. »Was ich so überhaupt nicht verstehe: Weshalb hat Matthias Anderson diesen Schädel im Kongresszentrum verstecken lassen? Das ergibt für mich überhaupt keinen Sinn. Okay, vielleicht war es der Schädel eines Vorfahren. Trotzdem – ich kann das nicht nachvollziehen.«

Da war Nick nicht der Einzige, dachte Margot.

Nach dem Frühstück brachen sie auf nach Fränkisch-Crumbach ins Wochenendhaus von Monika Anderson.

Ihr Vater und auch Chloe saßen bereits wieder am Esstisch. Chloe erhob sich. »Ich habe schon einen Kaffee gemacht«, sagte sie und ging in Richtung Küche.

»Und ich konnte nicht schlafen«, eröffnete Sebastian Rossberg. »Und das Schlimme ist: In dem Moment, wo ich aufwache, ist sie auch wach«, fügte er an und deutete mit dem Kopf in Richtung Chloe. »Das hatte aber auch etwas Gutes. Ich habe über unseren Edgar und unsere Catherine Anderson noch etwas herausgefunden.«

Die vier Neuankömmlinge setzten sich an den Tisch.

»Ich habe das hier ein bisschen zusammengeschrieben«, sagte Sebastian Rossberg und schaltete den Beamer ein.

»Edgar Anderson wurde 1568 geboren, am Rande von London. Er gehörte zum sogenannten Landed Gentry, also dem niederen britischen Adel. Er hatte vier Geschwister, die aber alle bereits im Kindesalter gestorben sind. Zweimal Typhus, zweimal Tuberkulose – das war zumindest das, was die Ärzte damals diagnostiziert haben. Deshalb gab es auch keine Erbstreitigkeiten: Edgar hat die gesamten Ländereien seiner Eltern geerbt und war damit keine schlechte Partie. Er war erst zwei gewesen, als sein Vater starb. Seine Mutter verschied, als er dreizehn war. Danach hatte ein Onkel das Vermögen bis zum Erwachsenenalter treuhänderisch verwaltet. Catherine Linton war sechs Jahre jünger, also Jahrgang 1574. Das Anwesen ihrer Eltern lag keine drei Kilometer von jenem der Andersons entfernt. Es ist nicht ganz klar, ob die beiden sich wirklich geliebt haben oder ob der Onkel und die Eltern der Braut die Ehe arrangiert hatten – wie dem auch sei, 1592 haben die beiden geheiratet. Catherine Anderson ist dann auf das Gut ihres Gatten gezogen. Catherine hat ihm vier Kinder geboren. 1594 kam die kleine Elisabeth auf die Welt, 1598 Scarlett, dann 1600 Gwydion und 1601 wieder ein Mädchen, Amylee.

Gwydion wurde übrigens vierundsechzig Jahre alt, starb 1664. Er scheidet also auch als Eigner des Schädels aus.

Die Familie war durchaus wohlhabend. Die Andersons hatten weitreichende Ländereien und diese komplett verpachtet. Damit konnten sie ihren Lebensunterhalt mehr als genügend bestreiten. Soweit es die Unterlagen, die wir gefunden haben, belegen, hat Edgar Anderson kein öffentliches Amt bekleidet. Was für den Stand des niederen Adels auch nichts Besonderes war.

Tja, so viel haben wir rausgekriegt. Und Gwydion ist der Sohn, der dann seine Gene in Richtung Matthias Anderson weitergetragen hat.«

Er wandte sich Hinrich zu: »Edgars Vater kann nicht der Eigner des Schädels gewesen sein, Edgars Sohn auch nicht. Also muss es wohl Edgar Anderson selbst gewesen sein. Sie haben Ihren Namen, Herr Dr. Hinrich!«

Als Leah die Flure des K10 betrat, saß Feller schon hinter seinem Schreibtisch. Allerdings in den gleichen Klamotten wie am Vortag. Die Schatten unter seinen Augen verrieten, dass er nicht viel geschlafen hatte.

»Nachtschicht?«, fragte sie irritiert.

Feller zuckte nur mit den Schultern, antwortete aber nicht.

Wenige Minuten später kam auch Horndeich. Dann verteilten sie die Aufgaben: Horndeich und Feller kümmerten sich um die weitere Auswertung der Fotos. Sie waren auf die Idee gekommen, sich die Kennzeichen der Autos auf dem Parkplatz einmal genauer anzusehen. Vielleicht hatte dort ja noch jemand geparkt, der im Zuge ihrer Ermittlungen schon einmal aufgetaucht war.

Leah wollte nicht mehr stundenlang auf Rechnerbildschirme starren. Deshalb hatte sie vorgeschlagen, nochmals ins Kongresszentrum zu fahren. Der frühere Techniker des Hauses, Hans Dellinger, hatte ja nicht nur den Schädel dort versteckt, sondern, wie seine Frau es berichtet hatte, noch ein weiteres Paket. Und das alles ganz kurz bevor Matthias Anderson verschwunden war. War das Zufall? Natürlich konnte dem so sein. Wahrscheinlich war es auch so. Aber das würden sie erst genauer erfahren, wenn sie auch das andere Paket gefunden hätten.

Leahs Plan war es, einen Kollegen von Dellinger aufzutreiben, mit dem er möglicherweise über diese beiden Pakete gesprochen hatte. Das konnte natürlich alles für die Katz sein – aber wie bei so vielen Spuren, denen sie in ihren

Fällen nachgingen, zeigte sich das immer erst im Nachhinein. Und von hundert Spuren, die sie verfolgten, war es ohnehin meist nur eine, die sie irgendwie weiterbrachte.

Die Dame am Empfang im Kongresszentrum bat sie, kurz zu warten. Wenig später kam die junge Pressesprecherin zu ihr. Zehn Minuten später hatte diese tatsächlich dafür gesorgt, dass die Haustechniker inklusive des Chefs der Abteilung in einem der Räume versammelt waren. Fünf Männer.

Leah mochte es nicht, Ansprachen vor Menschenmengen zu halten. Okay, Menschenmenge war hier vielleicht nicht der passende Ausdruck. Auf jeden Fall war dies hier viel besser, als gemeinsam mit ihren beiden Kollegen Löcher in Monitore zu starren. Sie gab sich einen Ruck.

»Sie alle haben mitbekommen, dass vor zwei Wochen am Fuße der Calla ein Paket mit einem Schädel gefunden worden ist. Wir haben dazu inzwischen ein paar neue Erkenntnisse. Wir haben herausgefunden, dass der Pappkarton mit dem Schädel von einem Ihrer ehemaligen Kollegen hier versteckt worden ist. Sein Name ist … sein Name war Hans Dellinger. Unsere Frage an Sie ist nun: Gab es jemanden unter Ihnen, der mit Hans Dellinger freundschaftlich verbunden war? Oder der regelmäßig mit ihm zusammengearbeitet hat? Wenn ja, dann melden Sie sich bitte.« Leah starrte in die Runde. Sie fühlte sich ein wenig wie eine Lehrerin, die gerade vor versammelter Klasse gefragt hatte, wer denn freiwillig an die Tafel kommen wolle, um die unglaublich komplizierte Integralrechnung vor aller Augen in den Sand zu setzen. Natürlich meldeten sich von den Technikern genauso viele wie von den Schülerinnen und Schülern ihrer fiktiven Klasse.

Kurz bevor Leah sich dem Leiter der Technik zuwandte, hob tatsächlich ein Mann die Hand. Ebenfalls wie in der Schule.

Leah gab die Lehrerin: »Ja?«

»Also, ich hab mit dem Hans über Jahre zusammengearbeitet.«

»Und Sie heißen?«

»Gerhard Wollreit. Ich bin doch der, der die Kiste mit dem Schädel entdeckt hat.«

»Danke, Herr Wollreit. Noch irgendjemand?«

Aber wie erwartet war da niemand mehr. Als die gestandenen Männer den Raum verließen, hatte Leah wirklich den Eindruck, dass sie alle das Gefühl hatten, noch einmal davongekommen zu sein.

Gerhard Wollreit war im Raum geblieben. Er hatte sich mit seinem Chef per Blickkontakt und Nicken verständigt. Dieser verließ den Raum ebenfalls mit den Worten: »Wenn Sie noch was brauchen, melden Sie sich einfach bei mir.« Und schon war auch er verschwunden.

Wollreit blieb auf seinem Stuhl sitzen, der rund drei Meter von Leah entfernt stand. Also ging Leah auf ihn zu und setzte sich auf einen der Stühle in seiner Nähe.

»Wie kann ich Ihnen helfen?«, fragte er, und in seiner Stimme schwang Unsicherheit mit.

»Herr Wollreit, wir haben erfahren, dass Ihr Kollege Dellinger nicht nur den Pappkarton mit dem Schädel hier im Kongresszentrum versteckt hat, sondern auch noch ein weiteres Paket. Das ist ein bisschen kleiner und enthält Schriftstücke. Haben Sie irgendeine Ahnung, wo sich dieses Paket befinden könnte? Wissen Sie davon? Hat er Ihnen etwas darüber erzählt?«

»Hans und ich, wir haben immer das Beste gegeben, damit alles im Haus funktioniert. Damit das Haus funktioniert. Damit die Menschen sich hier wohlfühlen und sich über nichts ärgern müssen.« Er machte eine Pause.

»Herr Wollreit, wir wollen weder Ihnen ans Leder noch

Hans Dellingers Namen beschmutzen.« Sie spürte, dass es Wollreit genau darum ging: Dass der Name seines langjährigen Kollegen nicht im Nachhinein verunglimpft würde, weil er etwas getan hatte, was die Chefetage sicher nicht besonders witzig fand.

Wollreit hob seinen Blick: »Nein. Er hat mir nichts erzählt.«

»Und Ihnen selbst ist auch nichts aufgefallen? Sie wissen nichts von den beiden Paketen?«

»Frau Kommissarin, dann wär ich doch nicht so erstaunt gewesen, als da plötzlich diese Pappschachtel war. Und nein, ich habe keine Ahnung, wo er die andere Schachtel versteckt haben könnte.«

»Wirklich nicht?«

Wollreit sah Leah Gabriely an, dann sagte er: »Ich gebe Ihnen mein Wort. Ich weiß es nicht. Das Einzige, was ich weiß: Wenn er das getan hat, dann hatte er einen ganz triftigen Grund.«

Womit Leah Gabriely genau genommen genauso schlau war wie vor einer Viertelstunde, als sie diesen Raum betreten hatte.

Ihr Vater war nicht nur geistig fit, stellte Magot fest. Er hatte auch seine Vorliebe für technische Neuerungen und Spielereien noch nicht verloren. Auf seinem Laptop hatte er eine Sprachsoftware installiert. Man schaute den Laptop an, sagte ihm etwas, und das, was man sagte, erschien in geschriebener Sprache auf dem Bildschirm.

Margot war fasziniert. Sie hatte schon davon gehört, und es hätte die Arbeit im Präsidium auch sicher sehr erleichtert, wenn es damals zu ihrer Zeit bereits eine solche Software gegeben hätte. Berichte wären unendlich schneller geschrieben beziehungsweise diktiert worden.

Hinrich und Emilia waren weiter unter dem Dach aktiv und versuchten, wichtige von unwichtigen Unterlagen zu separieren.

Auf der Couch im Wohnzimmer saßen ihr Vater, Chloe und Nick auf einem Sofa. Nick und Chloe wechselten sich ab, den jüngsten Fund laut vorzulesen. Jeweils mit einem Headset, drahtlos verbunden mit dem Laptop. Und während sie abwechselnd diktierten, korrigierte Sebastian Rossberg, was die Sprachsoftware falsch verstanden hatte.

Nick und Chloe waren zu Simultanübersetzern geworden: Sie hatten tatsächlich ein persönliches Tagebuch des Adligen Edgar Anderson gefunden. Und nun lasen Chloe und Nick die Seiten dieses Buches abwechselnd vor, wobei sie den Text vom englischen Original gleich ins Deutsche übertrugen.

Margot hatte sich in die Küche zurückgezogen, bereitete abermals eine Kanne Kaffee zu, während im Hintergrund quasi wie ein Hörbuch Edgar Andersons Leben akustisch vor ihr abgespult wurde.

Mal hörte sie Chloe, mal ihren geliebten Nick, wie sie ihr das Leben aus der Sicht von Edgar Anderson erzählten. Edgar war ein großer Freund der Jagd gewesen. Auch am Hofe in London war er mehrmals eingeladen worden, wohl eher als Zaungast denn als Person von Interesse, wenn er das auch nicht so unverhohlen zugab. Um 1598, so nahm es Margot wahr, änderte sich der Tonfall der Aufzeichnungen etwas. Die Passagen wurden schwülstiger – und es brauchte ein paar Minuten, bis Margot verstand, dass Edgar, wenn er von der Schönheit einer Blüte oder sich öffnenden Blütenkelchen sprach, sich nicht auf seine plötzlich entflammte Liebe zur Botanik bezog, sondern ganz offensichtlich auf die Liebe zu einer Frau, einer Geliebten. Er nannte sie nie beim Namen – es sei denn, ihr Name wäre tatsächlich Rose gewesen. Mehrmals hörte sie Chloe kichern, als sie die besonders salbungsvollen Passagen vorlas.

Margot brachte den Kaffee ins Wohnzimmer, ging dabei auf Zehenspitzen, als ob sie in einem Aufnahmestudio nicht stören wollte.

Neben den pathetischen Floristik-Beschreibungen klang auch immer wieder die Beschwerde über seine Gattin durch – die sich ihm entzog und nicht mehr hingab.

Ab ungefähr dem Jahr 1600 wurde das Tagebuch nicht mehr ganz so ausführlich gepflegt wie in den Jahren zuvor. Edgar vermerkte noch die Geburt seines Sohnes am vierundzwanzigsten Februar. Wenn man zwischen den Zeilen las, erkannte man, dass er sich arrangiert hatte: ein kleines Licht im schwelgenden Fest höfischen Übermaßes, ein Mann, der sich eine Mätresse hielt, sie wirtschaftlich versorgte und dafür körperliche Dienste wünschte. Ein Mann, der mit seiner Frau nur noch wenig zu tun hatte und Zerstreuungen am ehesten auf der Jagd suchte.

1601 wurde die Geburt der Tochter Amylee nur noch mit einer knappen Notiz erwähnt.

Erst 1602 füllten sich die Blätter des Buches wieder mit längeren Eintragungen: Im April war seine Frau gestorben. Von einem Moment auf den anderen. Die Todesursache war unklar. Sie erfuhren nur, dass sie, während sie ihr Haar gekämmt hatte, zusammengebrochen und auf der Stelle tot gewesen war.

Über mehrere Seiten haderte Edgar Anderson damit, wie seine eigene Zukunft nun aussähe. Die Rose bekam einen Namen: Isabella. Und er fragte sich, innerhalb welcher Zeit er sie ehelichen könne.

Chloe übersetzte diesen Teil in der ihr eigenen stoischen Art. Die Spracherkennungssoftware war davon begeistert, ein potenzieller Hörer des Hörbuchs wäre wohl eher gelangweilt gewesen. Doch plötzlich stutzte sie. Sie las die Zeilen des Tagebuchs schweigend und übersetzte keine einzige mehr.

»Chloe, mein Schatz, was ist denn?«, erkundigte sich Margots Vater.

»Gimme a sec, honey«, erwiderte Chloe auf Englisch und las weiter. Sie war plötzlich wieder ganz in ihr Amerikanisch verfallen. Gib mir einen Moment, Schatz – das hatte sich Margot auch zusammenreimen können. Seit sie und Nick ein Paar waren, war ihr ehemals grottenschlechtes Englisch zumindest auf umgangssprachlich belastbarem Niveau angekommen.

»Kannst du uns an deinen Erkenntnissen teilhaben lassen?«, fragte ihr Vater. Und Margot war sich nicht sicher, ob Chloe diese doch etwas gehobene Ausdrucksweise verstehen konnte.

Doch die antwortete wie zuvor: »A sec, babe, just a sec.« Nur eine Sekunde, mein Schatz, nur eine Sekunde.

Chloe sah auf: »I can't believe this!« Margot fragte sich, ob Chloe bewusst war, dass sie gerade Englisch sprach. Margot war erstaunt gewesen, wie gut es ihr gelungen war, in ihrem Alter Deutsch zu lernen. Sie sprach nicht einmal annähernd so gut Englisch, wie Chloe inzwischen des Deutschen mächtig war. Offenbar verfügte sie über irgendein Sprachgen, das nicht jedem zu eigen war. Aber jetzt: nur noch Englisch.

Chloe reichte das Tagebuch an Nick. »Hon, you'll have to translate for me. I can't remember any of my German right now.«

Nick nahm das Buch zur Hand.

Chloe zeigte auf die Stelle, an der sie aufgehört hatte zu übersetzen.

Nick las und übersetzte: »Ich habe diese Briefe gefunden.

Briefe, die sie über Jahre hinweg gesammelt hat. Von diesem … Dichter! Habe auch schon von ihm gehört. William Shakespeare. Dieser impertinente Wichtigtuer hat sich meiner Frau genähert! Und das schon seit Jahren! Von 1599 stammt der erste Brief! Welch Schmach! Welch …« Nick unterbrach sich selbst. »Ich habe keine Ahnung, wie man dieses Wort übersetzt.« Kurz tippte er auf seinem Smartphone, dann fuhr er fort: »Welch Frevel! Und nicht nur einmal! Und dann? Die Zofe meiner Frau schlägt mich mit einer Flasche des Weines – und entreißt mir die Briefe. Zur Hölle mit ihr!«

Er ließ das Buch sinken. Dann sagte er nur: »Shakespeare?«

Die ehemalige Kriminalistin in Margot kombinierte schnell: eine Liaison zwischen Catherine Anderson und William Shakespeare. 1599. 1600 die Geburt von Gwydion. Zu einer Zeit, als das Familienoberhaupt Edgar seinerseits mit seiner Rose liiert war. Natürlich waren damals die biologischen Zusammenhänge zwischen Zeugung und Geburt noch nicht bekannt – doch dass Edgar seiner Frau die gleichen Leibesfreuden zugestanden hätte, die er für sich in Anspruch nahm, das wiederum konnte sich Margot auch nicht vorstellen.

»Shakespeare?«, ächzte Margot.

Nick las weiter: »Ihre Zofe ist mit den Briefen geflüchtet. Aber das Wissen um diese Liaison – das hat sie nicht mitgenommen. Diese Hure!«

Damit meinte er jetzt offensichtlich wieder seine Frau.

»Einen einzigen, einen einzigen konnte ich festhalten. Ein einziges Indiz ihrer Untreue. Ihrer frevelhaften Untreue!«, las Nick weiter.

Shakespeare, dachte Margot. Shakespeare.

»So, ich habe sie alle überprüft. Alle Autos, die am 30. April 2015 auf dem Parkplatz vor dem *Hofgut Rodenstein* gestanden haben.« Feller wirkte zufrieden.

Sie saßen im kleinen Besprechungsraum. Horndeich fragte: »Und? Irgendwelche Treffer?«

»Ich mache es kurz. Auch wenn es mich reizen würde, die lange Version abzuliefern. Also, nur für euch: Ungefähr dreißig Autos passen auf den Parkplatzbereich. Dann gibt es noch zehn, vielleicht zwanzig Plätze am Seitenstreifen auf der Wiese, nicht offiziell, aber geduldet. Über den gesamten Tag hinweg habe ich hundertacht verschiedene Fahrzeuge gezählt.«

»So genau? Ich meine, der Parkplatz war ja wohl nicht das Hauptmotiv der Fotografen.«

Feller zuckte die Schultern: »Seit es Handys gibt, macht keiner mehr zehn Fotos, sondern mindestens zweihundert. Und da ist auch der Parkplatz oder zumindest ein Teil davon oft im Hintergrund zu sehen. Der Rest war Fleißarbeit. Von den hundertacht Fahrzeugen ist es mir gelungen, bei achtundneunzig so viel vom Kennzeichen rauszufiltern, dass ich diese Fahrzeuge beim Kraftfahrzeug-Bundesamt checken lassen konnte. Vier Autos waren Leihwagen, vierundsechzig waren auf private Halter zugelassen und dreißig waren Firmenwagen.« Feller machte eine Pause.

Horndeich hasste das. Denn er wusste, jetzt kam der springende Punkt, und er hatte eigentlich keine Lust, noch weitere zehn Sekunden darauf zu warten.

Es war Leah, die vorpreschte: »Also?«

»Peter Anderson. Sein Wagen stand auch auf dem Parkplatz.«

»Der Halbbruder von Matthias?«

»Der Halbbruder von Matthias. Zumindest dessen Wagen. Ein fünfzehn Jahre alter weißer Suzuki Swift. Damals bereits seit anderthalb Jahren auf ihn zugelassen. Wenn ich das richtig interpretiere, die billigste Lösung, um halbwegs mobil zu bleiben, auch wenn man nicht mehr viel Kohle hat.

Ich habe mir daraufhin die gesamten Fotos und Videos noch mal im Schnelldurchlauf angesehen. Es gibt zwei Fotografien, auf denen er abgebildet sein könnte. Aber er ist jeweils so im Hintergrund und so pixelig, dass ich keine fundierte Aussage machen kann. Aber zu seinem Auto kann ich etwas sagen. Peter Andersons Wagen erreichte gegen halb eins den Parkplatz. Oder um es exakt zu formulieren: um zwölf Uhr zweiundzwanzig stand er noch nicht an der Stelle, an der er später stand. Und auf einem Foto um zwölf Uhr fünfunddreißig stand der Wagen dann dort.«

»Wie lange etwa?«, wollte Horndeich wissen.

»Zwischen fünfzehn Uhr zehn und fünfzehn Uhr dreiundvierzig hat er den Parkplatz verlassen.«

»Also rund zwei Stunden nachdem Matthias Anderson sein Mittagessen bezahlt hatte. Und das hat er ja offensichtlich allein eingenommen, wenn man dem Wirt des Gasthauses Glauben schenken darf. Und das tue ich«, sagte Leah.

»Ich werde mir die Bilder jetzt nochmals anschauen. Nicht im Schnelldurchlauf. Vielleicht finde ich ja tatsächlich noch was.« Feller erwies sich ein weiteres Mal als unentbehrlich, dachte Horndeich.

Sir Dean Holloway. Dieser Name war in den vergangenen Stunden immer und immer wieder aufgetaucht. Hinrich war wie elektrisiert.

Hinrich und Emilia waren auf seine Unterlagen mehr oder weniger zufällig gestoßen. Holloway war ein Sammler und vor allem ein Shakespeare-Fan gewesen. Ein Shakespeare-Fan mit viel Geld.

Er hatte 1878 einen Brief an einen Antiquar in London

geschrieben, in dem er diesen darum bat, für die Briefe, die er ihm angeboten hatte, doch bitte eine Beglaubigung zu erwirken.

Daraus ergab sich ein Briefwechsel. Schließlich tatsächlich eine Beglaubigung eines Grafologen mit einem Siegel. Aber wie überzeugend waren Siegel schon damals? Und wie überzeugend die Meinung eines Grafologen, dessen wissenschaftliche Disziplin gerade erst am Entstehen war?

Die Briefe, über die Sir Dean Holloway korrespondierte, waren jene, die, wenn man dem glauben durfte, William Shakespeare seiner Geliebten Catherine Anderson zugesandt hatte, zwischen 1599 bis zu ihrem Tod im Jahre 1602. Allein die Datierungen sorgten bereits dafür, dass Hinrich diesen schriftlichen Zeugnissen hohe Glaubwürdigkeit attestierte.

Shakespeare – der große Dichter als Vater von Gwydion Anderson. Als Urvater von Matthias Anderson. Es war Fantasterei. Hinrich kannte sich aus mit der Erbfolge von Shakespeare: Da gab es keine lebenden Nachfahren mehr. Shakespeare hatte mit seiner Frau Anne Hathaway drei Kinder gehabt: Susanna aus dem Jahr 1583 und die Zwillinge Judith und Hamnet 1585. Hamnet starb, bevor er hätte eigene Kinder zeugen können – er war nur elf Jahre alt geworden. Judith bekam drei Kinder, die alle ohne Nachkommen starben. Susanna hingegen hatte eine Tochter, Elizabeth Barnard. Aber die blieb kinderlos. Und mit ihrem Tod im Jahr 1670 – mit zweiundsechzig Jahren – starb die direkte Linie von William Shakespeare aus. Es gab keine legitimen und bislang auch keine bekannten illegitimen Nachfahren von Shakespeare – und schon gar nicht in der Jetztzeit.

Und nun tauchte dieser Holloway auf. Und fabulierte von Nachfahren Shakespeares mit seiner Geliebten Catherine Anderson.

Holloway hatte gelebt von 1840 bis 1902. Und er hatte versucht, alle Artefakte von Shakespeare zu erwerben. Die Briefe von Catherine Anderson waren das eine. Aber bei einer Auktion von 1901 wollte er auch den Schädel von Shakespeare ersteigert haben.

Es war so skurril.

Hinrich saß mit Emilia Schubert im Hof der Hofreite der Andersons. Auf dem Tischchen stand eine Kanne Tee. Hinrich trank hin und wieder einen Schluck des braunen Gebräus, ebenso wie Emilia.

Holloway hatte Siegfried Anderson im Jahre 1895 kennengelernt. Siegfried Anderson war der Großvater von Matthias Andersons Großvater Adolf gewesen. Siegfried Anderson hatte auch die Hofreite in Fränkisch-Crumbach gekauft und dort die Schreinerei gegründet. Holloway war auf Siegfried Anderson gestoßen, als er versucht hatte, Nachfahren von Catherine Anderson ausfindig zu machen – und Siegfried Anderson hatte auf Holloways Brief reagiert. Daraufhin hatte Holloway ihn und seine Frau nach England eingeladen. Die beiden Männer hatten sich angefreundet. Holloway und seine Gattin waren sogar nach Fränkisch-Crumbach zur Beerdigung gereist, als Siegfrieds Frau 1901 bei einem Reitunfall verstorben war. Während Holloways Frau die Shakespeare-Begeisterung ihres Mannes nicht teilen konnte, fand Holloway in Siegfried Anderson einen zweiten Jünger des englischen Dichters. Vielmehr machte er ihn dazu.

Siegfried Andersons Frau war eine Tochter aus reichem Hause. Sie hatte von ihren Eltern viel geerbt – was nach ihrem Tod alles Siegfried Anderson gehörte. Und als Holloway selbst ein Jahr nach Andersons Frau verstarb, hat er die gesamte Sammlung, die Sir Dean Holloway zusammengetragen hatte, gekauft und nach Deutschland bringen lassen.

»Wo sind dann die Briefe, von denen Holloway spricht?«, wollte Emilia wissen.

Auch Hinrich hatte darauf keine Antwort.

Inzwischen hatten sie einen ziemlich guten Überblick über die Dinge, die dort oben gelagert waren. Aber eine Schachtel oder ein Ordner mit besagten Briefen war ihnen noch nicht untergekommen.

»Wenn all diese Aufzeichnungen richtig sind, dann lassen sie nur einen Schluss zu: William Shakespeare ist ein Vorfahre von Matthias Anderson. Und dein Schädel hat dann wahrlich den Status einer Berühmtheit«, sagte Emilia.

Hinrich nickte. Emilia hatte den Nagel auf den Kopf getroffen. War der Schädel, den sie im Kongresszentrum in Darmstadt gefunden hatten, tatsächlich der Schädel von William Shakespeare? Das schien schon ein wenig suspekt.

»Aber der Todeszeitpunkt, er passt. Shakespeare ist 1616 gestorben. Und wenn unsere Bestimmung des Todeszeitpunkts stimmt – und ich denke, wir sind mit 1617 plus/minus dreißig Jahren schon sehr konservativ unterwegs – und nicht Edgar der Besitzer des Schädels war, weil nicht der Vater von Gwydion, dann stammt der verdammte Schädel von William Shakespeare.«

»Aber da gibt es zwei Einschränkungen«, warf Emilia ein.

»Welche?«

»In unseren Dokumenten haben wir nur eine rein männliche Linie nachverfolgen können. Das heißt aber nicht, dass es tatsächlich nur eine Linie gab.«

»Das ist richtig. Wenn auch die Wahrscheinlichkeit dagegen spricht, dass es noch mehrere Linien gibt.«

»Der zweite Einwand wiegt aber schwerer.«

»Welcher?«

»Der Schädel von William Shakespeare liegt in Stratford-upon-Avon, dem Ort, in dem er geboren wurde, wo er starb und wo er auch begraben worden ist.«

Davon war Hinrich bislang auch ausgegangen.

»Wie passt das zusammen?«, fragte Emilia.

Polizeiarbeit war Polizeiarbeit war Polizeiarbeit.

Über eine verschlüsselte Verbindung konnte Feller auch vom heimischen Balkon aus auf die Polizeinetzwerke zugreifen.

Am heutigen Tag hatte er das Polizeipräsidium pünktlich verlassen, um von zu Hause aus weiter zu recherchieren.

Feller gab die Namen der vier Facebook-Freunde, die Weiland im Krankenhaus besucht hatten, in den Polizeicomputer ein.

Drei davon waren ein Treffer.

Eberstadt Süd.

Gangs.

Jugendliche, die meinten, ihr Taschengeld durch Diebstahl und Raub aufbessern zu müssen. Einen von ihnen hatte Richard Feller auch schon persönlich getroffen. Wenn er diese Klientel sah, war er oftmals enttäuscht von der Politik des Landes.

Er selbst war von seinem Vater zweimal in seinem Leben geschlagen worden. Einmal, als er im wahrsten Sinne des Wortes die Kirschen aus Nachbars Garten klauen wollte. Und zum zweiten Mal, als er einen Kaugummi im Tante-Emma-Laden um die Ecke hatte mitgehen lassen.

Er hatte in seinem Leben nie etwas davon gehalten, Kinder zu schlagen. Aber er hatte immer sehr viel davon gehalten, dass Fehlverhalten sofort geahndet wurde. Darin war er sich ganz sicher: Nur wenn die Konsequenzen von »Scheiße gebaut« sofort erfahren wurden, konnten sie lehrhaft sein.

Eine Zeitspanne von acht Monaten zwischen einer Straftat und deren Konsequenz in einem Gerichtssaal – mein Gott, acht Monate waren für einen Jugendlichen von vierzehn Jahren eine Ewigkeit. Da hielt es Feller ganz mit der Jugendrichterin Kirsten Heisig, die genau dieses Prinzip der schnellen Konsequenz bei den Straftaten von Heranwachsenden für die Justiz gefordert hatte.

Sicherheitshalber checkte Feller noch einmal einen der jungen Männer, der Weiland im Krankenhaus besucht hatte, aber nicht im Polizeicomputer aufgetaucht war. Hubert Schneider war offensichtlich wirklich nur ein Freund, der einen Freund besucht hatte, der schwer verletzt im Krankenhaus lag.

Aber die anderen drei …

Alle waren mehrfach bei der Polizei aufgefallen. Klar, sozialer Brennpunkt. Diebstahl, Körperverletzung, minderschwerer Raub – die Liste unterschied sich bei allen dreien nur marginal.

Feller hatte zunächst keine Vorstellung davon, was Christian Weiland mit diesen Jungs zu tun hatte.

Aber auch das würde er noch herausfinden.

Es war zwei Uhr vierzehn, als Richard den Treffer hatte: Ivan Borowski. Dass er und Christian Weiland sich kannten, belegten sogar die Polizeiakten.

Listete man all die Straftaten von Ivan Borowski auf, konnte man kaum verstehen, wieso dieser Mann seine Zeit gerade nicht hinter schwedischen Gardinen verbrachte. Von den drei Kandidaten war er definitiv jener, der über die meiste kriminelle Energie verfügte.

Und einmal war er mit Christian Weiland zusammengetroffen. Sie leisteten gemeinsam Sozialstunden ab. Bei Ivan waren es hundertzwanzig gewesen, bei Christian dreißig. Als Landschaftsgärtner waren die beiden gemeinsam unterwegs gewesen – und Feller konnte sich unschwer vorstellen, dass Ivan Borowski mit Christian Weiland intensive Gespräche geführt hatte.

Waren also Christian Weiland und Ivan Borowski Partner bei dem Überfall am Trainingsbad gewesen?

Hier würde Richard Feller noch ein wenig tiefer graben müssen.

Die Pension in Fränkisch-Crumbach, in der sie untergekommen waren, hatte auch ein Restaurant.

Emilia und Hinrich hatten gut gespeist, dazu eine Flasche Wein getrunken – und Hinrich freute sich darauf, mit seiner Emilia hinauf in das Zimmer im ersten Stock zu gehen.

Er wusste nicht, ob es heute jemandem aufgefallen war, dass er in der vergangenen Nacht nicht so viel geschlafen hatte. Aber es wäre ihm auch gleichgültig gewesen. Emilia hatte die Spuren der Nacht unter dezentem, aber wirkungsvollem Make-up verschwinden lassen.

Die Bedienung hatte noch einen Schnaps aus der Region ausgegeben. Die bauchigen Gläser standen vor ihnen.

Sie stießen an.

»Auf die schöne Zeit, die wir zusammen gehabt haben.«

»Gehabt haben?«

»Nun, auf dem Karolinenplatz hast du mich schon ziemlich beeindruckt, als du plötzlich Shakespeare zitiert hast.«

Hinrich lächelte. Nahm ihre Hand. »Aber als ich dich am Abend zuvor gefragt hatte, ob ich dich zu einem Drink einladen darf – da hast du mich eiskalt abblitzen lassen.«

»Da wusste ich auch noch nicht, wer du warst.«

»Und wieso trinkst du mit mir auf die schöne Zeit, die wir gehabt haben? Wir haben doch noch ein paar Tage vor uns?«

»Mein Lieber, ich muss morgen zurückfahren.«

Hinrich hörte kaum, was seine Ohren wahrnahmen. »Du

musst zurückfahren? Hast du nicht noch die restliche Woche Urlaub?«

»Ja, Chéri, aber morgen ist der neunzigste Geburtstag meines Schwiegervaters. Um sechzehn Uhr beginnt die Feier.«

Schwiegervater? Hatte Hinrich da irgendetwas verpasst? Emilias Blick wich nur kurz nach unten, dann sah sie Martin Hinrich wieder direkt an. »Ja. Mein Schwiegervater wird morgen neunzig Jahre alt.«

Schwiegervater. Dieses Wort kam ihm so fremd vor. Denn Schwiegervater bedeutete, dass Emilia verheiratet war. Kein Ring am Finger hatte darauf hingewiesen. »Emilia – du bist verheiratet?«

Hinrich zog seine Hand zurück.

»Ach, Chéri. Ja, ich bin verheiratet. Das hat nichts damit zu tun, dass die Zeit mit dir nicht schön war. Nicht schön ist.«

Nein, solch einer Situation hatte sich Hinrich bislang nicht stellen müssen. Viele seiner Gespielinnen waren zwanzig Jahre jünger gewesen – und sowohl die Damen als auch er hatten immer gewusst, dass das Vergnügen ein vorübergehendes gewesen war.

Und nun? Nun war da jene eine, mit der er nicht nur auf intelligente Weise parlieren konnte, sondern die auch denselben Berufszweig gewählt hatte und mit Shakespeare-Zitaten um sich warf. Verdammt, verdammt, verdammt – sie hätte er erwählt. Sozusagen. »Du bist wirklich … verheiratet?«, schob er tonlos hinterher.

Emilia sah ihn an. Und nickte nur.

»Ich dachte, du wüsstest das. Ich meine, es steht überall. Auf Facebook, auf meiner Webseite – überall.«

Hinrich sank in sich zusammen. Ja, er mochte in seinem Job gut sein. Er mochte in seinem Job sogar sehr gut sein. Er mochte in seinem Job vielleicht sogar exzellent … Das alles änderte nichts daran, dass er sich in diesem blöden Internet nicht zurechtfand. Alle Welt wusste, dass seine Emilia verheiratet war? Nein, er wusste es nicht. Und er war, gelinde gesagt, ein wenig überrascht.

Emilia griff nach Hinrichs Hand. Er ließ es geschehen. Nicht aus Zuneigung, sondern aus Apathie.

»Martin, ich mag dich. Ich mag dich sehr. Ich mag dich vielleicht sogar ein kleines bisschen zu sehr. Aber ich bin verheiratet. Auch wenn mein Mann viel älter ist als ich.«

Martin Hinrich zog seine Hand zurück.

Er wusste nicht, was er sonst tun sollte.

Doch, eines wusste er. Dass er weder die kommende Nacht noch irgendeine weitere Nacht neben dieser Frau im Bett liegen wollte. Nein, es war nicht schlau, sich jetzt ins Auto zu setzen und nach Frankfurt zu fahren. Denn wenn er in eine Fahrzeugkontrolle geriet, könnte es passieren, dass er ein paar Monate lang Taxi fahren müsste.

Aber es war ihm egal.

Er zog seine Geldbörse aus der Innentasche seines Jacketts. Zum Glück hatte er immer reichlich Bargeld eingesteckt. Er legte drei Hunderteuroscheine auf den Tisch. »Das sollte reichen für das Essen und für das Zimmer.«

Er stand auf.

»Martin …«, rief Emilia. Sie erhob sich ebenfalls, umrundete den Tisch. Doch als sie die Treppe vom Haupteingang zum Bürgersteig hinablief, hatte er den BMW bereits gestartet.

Hinrich schaltete die Musikanlage im Auto an. Sein Handy hatte sich augenblicklich mit ihr verbunden. Ein Song ertönte aus den Lautsprechern. Unvermittelt sang Dierks Bentley:

You can leave me in the dark, if that's all I get from you
He can be the sun, I'll be the moon

Du kannst mich in der Dunkelheit verstecken, wenn das al-les ist, was ich von dir bekomme. Er darf die Sonne sein, ich bin der Mond.

Nein, das war nicht die Art von Musik, die Martin Hinrich jetzt hören wollte. Und er spürte, wie ihm immer wieder Tränen in die Augen stiegen. Als er nach Darmstadt hinein-fuhr, war ihm klar, dass er jetzt schlafen musste. Er steuerte das Maritim-Hotel an und nahm sich ein Zimmer.

Morgen war ein neuer Tag.

Und morgen war der erste Tag ohne Emilia.

Horndeich war ein wenig erschrocken. Es war eine ganze Delegation, die um Einlass ins Polizeipräsidium bat. Seine ehemalige Kollegin Margot Hesgart und ihr Lebensgefährte Nick, Margots Vater Sebastian Rossberg mit seiner Chloe – und dann, Horndeich konnte es kaum glauben, Dr. Martin Hinrich höchstselbst. Sie alle wollten ihm Ermittlungsergebnisse präsentieren, wie sie es genannt hatten.

Leah und Feller waren ebenfalls anwesend, und so besetzten sie diesmal den großen Besprechungsraum.

»Okay, worum geht es?«, eröffnete Horndeich nun die Runde.

Nick fungierte offenbar als Sprecher der kleinen Gesellschaft. »Wir haben in den vergangenen zwei Tagen das Archiv im Haus in Fränkisch-Crumbach untersucht. Und dabei haben wir einige Erkenntnisse gewonnen.«

Wo war Emilia Schubert?, fragte sich Horndeich. Die Dame war Hinrich in den vergangenen Tagen ja kaum von der Seite gewichen.

»Alles deutet derzeit darauf hin, dass, vereinfacht ausgedrückt, Matthias Anderson ein Nachfahre des berühmten englischen Dichters William Shakespeare ist.«

»Shakespeare?«, echote Horndeich.

»Ja. Es sieht tatsächlich so aus, als habe William Shakespeare eine Affäre gehabt mit einer britischen Landadligen und mit ihr einen männlichen Nachkommen gezeugt, Gwydion Anderson. Und von ihm aus ging die Linie auf rein männlicher Ebene bis hin zu Matthias Anderson.«

»Das ist ein Scherz?«, versuchte Horndeich der kleinen Truppe den Wind aus den Segeln zu nehmen.

Es war seine ehemalige Kollegin Margot, die betonte: »Nein, Horndeich. Es ist kein Scherz. Matthias Anderson scheint tatsächlich ein Nachfahre von William Shakespeare zu sein. Und da der Schädel von einem Vorfahren von Matthias Anderson stammt, passt in den fraglichen Zeitraum nur der Schädel von William Shakespeare.«

Horndeich hatte es die Sprache verschlagen. Ebenso wie Leah und Feller. »Aber das ist noch kein Beweis, oder? Wie wollt ihr nachweisen, dass der Schädel wirklich der von Shakespeare ist?«

»Da gibt es eine Option«, sagte Hinrich.

Horndeich kannte den Gerichtsmediziner nicht wirklich gut. Aber dass der heute nicht die beste Tagesverfassung hatte, das konnte auch er bezeugen. Hinrich hatte Ringe unter den Augen, und die waren auch noch verquollen. Hatte der Gerichtsmediziner etwa – geweint?

Auch seine Stimme war nur eine tonlose Ausgabe seines sonst so selbstsicheren Organs. »In Darmstadt wird die Totenmaske von Shakespeare aufbewahrt. Wenn wir die Chance hätten, diese mit dem Schädel direkt zu vergleichen, könnten wir vielleicht eine Übereinstimmung feststellen.«

»Shakespeares Totenmaske in Darmstadt? Und Elvis liegt auf dem Waldfriedhof?«, fragte Horndeich.

»Ich bitte Sie! Mit Shakespeare macht man keine Scherze. Ja. Seine Totenmaske liegt in Darmstadt. Im Untergeschoss der Universitäts- und Landesbibliothek.«

»Und wie kommt sie dahin?«

»Das weiß ich auch nicht. Aber das werde ich den Unipräsidenten dann fragen.«

»Okay, nehmen wir für einen Moment an, es ist tatsächlich Shakespeares Totenmaske, die hier in Darmstadt liegt.

Wie wollen Sie zwischen Gips und dem Knochen des Schädels eine Übereinstimmung feststellen?«

»Der Gips ist nicht interessant. Interessant sind Haare, die beim Abdruck des Gesichts mit eingipst worden sind. Ein Barthaar, ein Schläfenhaar … so etwas. Und von dem könnten wir mit etwas Glück DNA gewinnen. Dabei ist ganz klar: Wenn wir diese Übereinstimmung nicht feststellen, heißt das nicht, dass die beiden nicht miteinander verwandt wären. Wer weiß, wie und durch wen die Maske schon verunreinigt worden ist. Aber wenn es eine Übereinstimmung gibt, dann wäre das natürlich eine Sensation – für die ganze Welt.«

»Aber der Schädel von Shakespeare – ich meine, Shakespeare ist doch in England begraben. Wie sollte der Schädel von Shakespeare nach Fränkisch-Crumbach kommen?«, fragte Feller.

»Auch da gilt es noch viel zu forschen. Ein Brite hat den Schädel 1901 auf einer Auktion gekauft. Und alles, was er über Shakespeare zusammengetragen hat – inklusive der Briefe an seine Geliebte –, all das hat der Urahne nach Fränkisch-Crumbach gebracht.«

Leah sah in die Runde. »Wir alle kennen einen Anglisten.«

Alle Blicke richteten sich auf sie.

»Peter Anderson. Der Bruder von Matthias Anderson. Und plötzlich hat dieser Bruder, wenn Ihre Theorie stimmt, ein ganz handfestes Motiv: Matthias Anderson identifiziert sich als einen Nachfahren von William Shakespeare. Er hat genau die Forschungen angestellt, die sie auch in den vergangenen zwei Tagen angestellt haben. Wir wissen auch, dass Matthias Anderson den Schädel in seinem DNA-Labor untersucht hat. Nun erfährt Peter Anderson davon. Er, der Anglist, der an seiner Fakultät nur ein kleines Licht ist. Und der auch als Nachfahre von William Shakespeare gelten könnte – wenn seine Mutter nicht fremdgegangen wäre. Peter Anderson trifft seinen Bruder und sagt, er möchte gerne ein bisschen was vom Shakespeare-Kuchen abhaben. Ein Anglist, Nachfahre des Dichtergottes – das würde seiner Karriere bestimmt einen kräftigen Schub verpassen. Und den Schädel könnte man ebenfalls gewinnbringend veräußern. Aber da grätscht ihm Matthias Anderson dazwischen: Er droht, er wird öffentlich machen, dass Peter Anderson keineswegs ein Nachfahre von William Shakespeare ist.

Das ist der Moment, in dem Peter Anderson ihm an die Gurgel geht.«

Die Runde schwieg.

Hinrich ergriff als Erster wieder das Wort: »Ich werde mich um einen Vergleich mit der Totenmaske kümmern.«

»Und ich nehme mir Peter Anderson zur Brust«, sagte Leah.

»Sie waren am *Hofgut Rodenstein!* An dem Tag, an dem ihr Bruder offensichtlich dort ermordet worden ist.« Leah Gabriely war unmittelbar nach der Sitzung im Präsidium nach Frankfurt gefahren. Peter Anderson arbeitete dort in seinem Büro. Er saß ihr gegenüber, im Gebäudetrakt des anglistischen Seminars. Das Büro teilte er sich mit einer Kollegin, die jedoch derzeit ihren Urlaub auf den Kanaren verbrachte. »Nein. Ich war nicht da.« Doch Peter Andersons Stimme verriet bereits, dass da wenig Glaube vorhanden war, überzeugen zu können.

»Herr Anderson, wir haben Beweise dafür, dass Sie dort waren.«

Leah war ein bisschen genervt über dieses Taktieren. Sie zog das Tablet aus ihrer Tasche, wischte dreimal darüber, dann zeigte sie Peter Anderson das Bild, auf dem sein Wagen auf dem Parkplatz des *Hofguts* zu sehen war. »Dieses

Bild ist aufgenommen worden, als Ihr Bruder sich ebenfalls auf dem *Hofgut Rodenstein* befunden hat. Und Sie wollen mir jetzt erzählen, dass Sie sich dort nicht getroffen haben? Dass Sie seinen Wagen nicht gesehen haben? Dass Sie in den zwei Stunden, in denen Sie dort waren, Ihrem Bruder nicht begegnet sind? Herr Anderson, mit Verlaub, das ist doch Bullshit!«

Peter Anderson zögerte. Dann sagte er ganz leise: »Ja. Ich war dort. Aber nein, ich habe meinen Bruder dort nicht gesehen.«

»Sie sind einfach aus einer Laune heraus hingefahren, rein zufällig zum selben Zeitpunkt, an dem Ihr Bruder auch dort war.«

»Offensichtlich«, sagte Peter Anderson.

»Was haben Sie da gemacht?«

»Ich bin spazieren gegangen. Wir waren als Kinder ja ganz oft dort. Ich habe sie geliebt, die Ausflüge mit meinem Großvater zum *Hofgut*. Nudeln mit Tomatensoße. Oder Bratwurst mit Pommes – wir durften aussuchen. Mich hat es dorthin gezogen, weil ich nachdenken wollte. Und das habe ich gemacht.«

»Sie haben dort auch zu Mittag gegessen?«

»Nein. Ich bin einfach nur spazieren gegangen.«

Leah lehnte sich ein wenig nach vorn. »Und ich sage: Sie sind dort hingefahren, weil Sie sich mit Ihrem Bruder verabredet hatten.«

»Und warum hätte ich das tun sollen?«

»Tja. Da gibt es inzwischen mehrere Möglichkeiten. Die erste wäre, Sie wollten ihn noch mal um Geld anhauen. Die zweite Variante: Sie wollten mit ihm über Ihre Beziehung zu seiner Frau reden. Das artete in einen Streit aus – und Sie haben ihn im Affekt erwürgt.«

»Ach, das ist doch alles Blödsinn.«

»Nein? Dann komme ich zu Theorie Nummer drei, die ich für die wahrscheinlichste halte. Sie haben sich mit ihm verabredet, weil Sie über den Schädel sprechen wollten. Und weil Sie einen Teil vom Kuchen des Ruhmes abhaben wollten. Und weil Sie nicht zulassen wollten, dass Ihr Bruder an die große Glocke hängt, dass Sie kein Nachfahre von Shakespeare sind.«

»Shakespeare? Schädel? Wovon sprechen Sie eigentlich?«

Wenn Peter Andersons Irritation in diesem Moment geschauspielert war, dann hätte er sich auch auf der Stelle am Wiener Burgtheater bewerben können. Die Mimik seines Gesichts war ein einziges Fragezeichen.

»Shakespeare. Von dem Sie alle abstammen. Also von dem Ihr Bruder abstammt. Sie ja nicht. Weil Ihre Mutter sich damals auf Frank Wiener eingelassen hatte.«

»Mein Bruder stammt von Shakespeare ab? Was ist das denn für ein Schwachsinn?«

Ganz offensichtlich hatte Peter Anderson keine Ahnung, wovon Leah gerade sprach.

»Wollen Sie behaupten, dass Sie davon nichts wussten? Hat Ihr Bruder Ihnen nicht mitgeteilt, dass er in direkter Ahnenlinie zu William Shakespeare steht?«

»Frau Gabriely, ob Sie mir das nun glauben oder nicht – davon höre ich jetzt und aus Ihrem Mund zum ersten Mal. Wie kommen Sie darauf, dass mein Bruder von William Shakespeare abstammen sollte?«

Ganz kurz gab Leah einen Abriss darüber, was ihnen heute Morgen berichtet worden war.

»Wow«, sagte Peter Anderson. »Das ist ja harter Tobak. Das heißt, der Schädel, den Sie im Kongresszentrum gefunden haben, das ist der Schädel von William Shakespeare?«

»So sieht es aus. Wir müssen noch ein paar Untersuchungen durchführen, aber es gibt nur geringe Zweifel.«

Peter Anderson nickte. »Ich hatte keine Ahnung«, sagte er. »Ich hatte überhaupt keine Ahnung. Aber jetzt machen die letzten Wochen im Leben meines Großvaters plötzlich einen Sinn.«

»Wie meinen Sie das?«

»Ich habe Ihnen ja bereits erzählt, dass ich ihn im Altenheim immer besucht habe. In den letzten Tagen seines Lebens fing er an, als er die Realität nicht mehr von der Gedankenwelt in seinem Kopf unterscheiden konnte, immer wieder von Shakespeare zu erzählen. Wie sein Großvater ihm Geschichten erzählt habe vom großen Dichter, von dem sie alle abstammen würden. Ich habe das überhaupt nicht ernst genommen. Mein Großvater hat zu diesem Zeitpunkt nur noch Blödsinn erzählt. Aber immer, wenn er von Shakespeare gesprochen hat, hat er mir direkt in die Augen gesehen und ich hatte den Eindruck, das waren Momente, in denen er total klar war. Dennoch – ich habe das nicht ernst genommen.«

»Sie meinen, er wusste es?«

»Ich meine, der Großvater meines Großvaters hat ihm viele Geschichten erzählt über Shakespeare, als mein Großvater noch ein Kind war. Und all das ist wieder nach oben gespült worden, als die Demenz ihn bereits völlig im Griff hatte.«

In einem war sich Leah nun sicher: Peter Anderson hatte nicht gewusst, dass sein Bruder über sechzehn Generationen hinweg mit Shakespeare verwandt war. »Was halten Sie davon, dass der Schädel im Kongresszentrum der Schädel von William Shakespeare sein soll? Ich meine, Shakespeare ist doch in England begraben.«

Peter Anderson zuckte mit den Schultern. »Frau Gabriely, da kann ich keine Aussage machen. Ja, ich bin Anglist. Und ja, ich habe mich natürlich auch intensiv mit Shakespeare beschäftigt. Aber immer nur mit seinen Werken und deren Interpretation. Viel weniger mit seiner Person. Auch da gibt es ja ganz viele Räuberpistolen, dass William Shakespeare überhaupt nicht existiert hat und so weiter. Damit konnte ich nie etwas anfangen. Aber mit seinen Worten, seinem Werk, das hat mich immer sehr angesprochen und manchmal auch zutiefst berührt. Shakespeare war ein kluger Mann – in vielen Dingen zeitlos, in noch mehr Dingen seiner Zeit voraus. Aber ja, es gibt tatsächlich so eine Räuberpistole – also bisher habe ich es immer für eine Räuberpistole gehalten –, dass Shakespeares Schädel aus dem Grab in Stratford-upon-Avon geraubt worden sei. Ende des achtzehnten Jahrhunderts. Ich habe mich damit nie beschäftigt. Es hat mich auch nie interessiert.«

»Und wer könnte uns da weiterhelfen?«

»Bernhard. Bernhard Gullister. Er ist ein Kollege am anglistischen Seminar in London. Er ist die Koryphäe zu allen Fragen rund um den historischen William Shakespeare.« Peter Andersons Finger flogen über die Tastatur seines Computers, drei Sekunden später hörte Leah das leise Surren des Laserdruckers.

Peter Anderson stand auf, entnahm dem Drucker ein Blatt und gab es Leah. »Das sind seine Kontaktdaten. Richten Sie ihm einen schönen Gruß von mir aus.«

Horndeich hatte immer ein wenig Angst vor dem Fliegen. Ganz besonders im Moment des Starts waren seine Gefühle zwiespältiger Natur: Einerseits liebte er den Druck im Magen, dieses wundervolle Gefühl, wenn man plötzlich über den Dingen schwebte – und gleichzeitig war da die Angst, die ihm sagte, hätte Gott gewollt, dass die Menschen fliegen können, hätte er ihnen Flügel verliehen.

Erstaunlich war, dass, sobald der Flieger wieder in der

Waagrechten war, sich die Angst sofort verabschiedete. Dann fühlte Horndeich sich sicher. Was irrational war. Denn immer noch schwebte er etwa zehn Kilometer über dem Boden. Eine sehr trügerische Ruhe.

Dennoch hatte er zugestimmt, als Leah ihm vorgeschlagen hatte, diesen Trip nach London zu machen. Sie hatte ihm erzählt, wie sie mit Peter Anderson gesprochen hatte. Dann hatte sie direkt mit diesem Anglistik-Professor telefoniert, Bernhard Gullister. Er hatte sich angeboten, den deutschen Polizisten einen Crashkurs in Sachen Shakespeare zu geben, mit besonderem Schwerpunkt auf dem Ableben des Dichters. Er hätte viele Unterlagen, aber das Effizienteste wäre wohl, wenn einer der deutschen Kollegen mal eben kurz nach London käme.

Horndeich hatte kurzerhand den Flug gebucht, zuvor selbst noch mit Gullister telefoniert. Der hatte zugesagt, ihn direkt am Flughafen in London Heathrow abzuholen.

Horndeich trug nur eine kleine Reisetasche bei sich und konnte sich die Warterunde am Gepäckband sparen. Bernhard Gullister war ein großer Mann, von etwas schwerfälliger Statur, mit roten Haaren, rotem Rauschebart und freundlichen Augen. Er hielt ein Schild mit Horndeichs Namen in die Höhe. Horndeich steuerte direkt auf ihn zu: Blickkontakt, Händeschütteln.

»Das ist ja wirklich klasse, dass Sie das so kurzfristig einrichten konnten«, sagte er auf Englisch mit einer sonoren Bassstimme.

»Ich habe Ihnen zu danken, dass Sie sich Zeit für mich nehmen«, antwortete Horndeich ebenfalls in der Landessprache.

»Ach, es ist immer wieder nett, wenn sich jemand mal nicht nur für Shakespeares Sonette interessiert, sondern auch für den Menschen dahinter.«

Horndeich folgte dem Literaturexperten. Er empfand den Frankfurter Flughafen ja schon als unübersichtlich, aber dieses Labyrinth des zwanzigsten Jahrhunderts toppte den in Frankfurt um Längen. Vielleicht kam ihm das auch nur so vor, weil er Heathrow natürlich viel seltener sah als Frankfurt.

Wenig später erreichten sie die Parkgarage, dann Gullisters Auto. Aus der Ferne erschien der Wagen wie ein silberner Opel Corsa. Horndeich sah auf das Markenemblem – wirkte irgendwie wie ein verunglücktes Škoda-Zeichen.

Horndeich ging ganz automatisch auf die rechte Seite des Wagens. Schaute hinein. Sah ein Lenkrad.

»Nehmen Sie es mir nicht übel, aber ich glaube, es ist besser, wenn ich fahre«, lachte Gullister in Horndeichs Richtung.

»Entschuldigung«, sagte Horndeich und ging auf die andere Seite des Wagens.

»Kein Problem. Passiert mir inzwischen auch, wenn ich in Deutschland bin.«

Als Horndeich auf dem Beifahrersitz Platz nahm, fühlte er sich ganz verloren. Da fehlte ein Lenkrad. Und auch die Pedalerie war seltsamerweise abhandengekommen.

Gullister startete den Motor und lenkte den Wagen souverän zum Ausgang.

»Was ist das für einer?«

»Vauxhall Corsa. Bei euch heißt er Opel Corsa. Ansonsten das gleiche Auto, nur das Lenkrad sitzt an einer komischen Stelle.« Gullister lachte über seinen eigenen Witz. »Ich bin Bernhard. Vergessen wir das Mr. Gullister.« Während er das sagte, reichte er Horndeich die rechte Pranke quer durchs Auto.

»Horndeich«, sagte der Kommissar. »Alle nennen mich so. Hätte es meinen Nachnamen als Vornamen gegeben, hätten meine Eltern mich wahrscheinlich Horndeich Horndeich genannt.«

Wieder lachte Bernhard.

Der Mann, der jetzt vom Flughafen auf das normale Straßennetz gewechselt war, war ihm sympathisch. Nur als er beim ersten Kreisel nach links abbog, hätte Horndeich ihm fast ins Lenkrad gegriffen. Mit dem rechten Fuß wollte er auf die Bremse treten – und testete damit nur die Stabilität des Bodenblechs.

»Noch drei Kreisel, dann wird es dir ganz normal vorkommen.«

Horndeich nickte. Und war jetzt sehr froh, hier nicht selbst fahren zu müssen. Sein Atem ging schneller. Die Briten schienen eine Vorliebe für Kreisel zu haben. Eine Geisterbahn auf dem Rummelplatz hatte Horndeich nie in seinem Leben auch nur im Ansatz schocken können. Aber diese Fahrt hier, dieses ständige Gefühl, auf der falschen Seite zu fahren, das machte ihm zu schaffen.

»Gleich sind wir auf dem Motorway – dann ist es nicht mehr ganz so schlimm.« Wenige Minuten später war Gullister auf die Autobahn aufgefahren. Auf der einen Seite der Fahrer, auf der anderen der Seitenstreifen – zwar spiegelverkehrt, aber irgendwie wieder normal. Horndeichs Nerven beruhigten sich etwas. Keine weiteren Kreisel in Sicht. Nachdem sie ein paar Meilen gefahren waren, hatte sich Horndeich fast daran gewöhnt. Zumindest zuckte er nicht mehr zusammen, wenn auf der rechten Seite ein Auto an ihnen vorbeifuhr.

Er wandte sich Gullister zu. »Wie ist das nun mit dem Schädel? Liegt er im Grab von William Shakespeare – oder liegt er nicht da?«

»Das kann ich dir auch nicht beantworten. Aber ich kann dir erzählen, wieso die Zweifel daran, dass der Schädel dort liegt, nicht mehr ganz so abwegig sind, wie sie noch vor wenigen Jahren erschienen.«

»Also?«

»Der Dreh- und Angelpunkt ist ein Artikel in einem Magazin. Dieses Magazin hieß *The Argosy* – eine Art *Gala* der frühen Neuzeit. Okay, mehr Text, weniger Bilder. Aber das war der Zeit geschuldet. In einer Ausgabe von 1879 hat ein unbekannter Autor unter einem Pseudonym eine Geschichte erzählt. 1794 soll ein gewisser Frank Chambers gemeinsam mit ein paar Komplizen den Schädel von Shakespeare aus seinem Grab in der Holy Trinity Church in Stratford-upon-Avon gestohlen haben. Der Autor beschrieb genau, wie die Bande aus dem flachen Grab ohne Särge den Schädel entnahm. Das Ganze klang wie eine Räuberpistole und wurde von niemandem ernst genommen.«

»Und heute?«

Gullister lächelte. »Heute? Heute fahren wir zu der Kirche, und dann erzähle ich dir den Rest der Geschichte.«

Die Holy Trinity Church lag direkt am beschaulichen Flüsschen Avon. Horndeich konnte nicht umhin, ein paar Urlaubsgefühle wahrzunehmen, als die Sonne den Friedhof vor der Kirche und auch das Wasser des Flusses in warmes Postkartenlicht tauchte. Ein wundervoller Ort, um Urlaub zu machen. Er würde es Sandra vorschlagen.

Gullister begrüßte den Mann, der an einer Sperre vor dem östlichen Teil der Kirche saß, mit Handschlag. Erst als sie ihn passiert hatten, begriff Horndeich, dass sie beide keinen Eintritt zahlen mussten. Offensichtlich kannte Gullister den Mann.

»Hier«, sagte er und deutete auf die Gräber, die sich auf der anderen Seite der Absperrkordel befanden.

Ganz links lag das Grab der Gattin von William Shakespeare, Anne. Rechts daneben das seine, es folgte jenes des

Ehemanns seiner Enkelin, dann das des Schwiegersohns und das einer Tochter.

»Siehst du den Spruch auf dem Grabstein?«

»Ja«, sagte Horndeich, »aber ich kann ihn nicht lesen.«

Gullister griff in seine Innentasche und zog einen Stapel laminierte Karten heraus, die im oberen linken Rand mit einer Hohlniete zusammengehalten wurden. Die Karten hatten die Fläche eines großen Smartphones und unterschiedliche Farben. Gullister drehte die Karten beiseite, bis die gelbe zu sehen war.

»Hier ist die deutsche Übersetzung«, sagte er und reichte sie Horndeich. Der las:

O guter Freund, um Jesu willen grabe nicht
im Staube, der hier eingeschlossen liegt.
Gesegnet sei, wer schonet diese Steine,
verflucht sei, wer bewegt meine Gebeine.

»Will sagen?«, wollte Horndeich wissen.

»So. Jetzt schau dir mal den Stein an, unter dem William Shakespeare liegt.«

Horndeichs Augen glitten über die verschiedenen Grabplatten. »Die von Shakespeare ist zweigeteilt.«

»Bingo! Bislang hatte sich darüber noch niemand Gedanken gemacht. Aber jetzt wird es interessant: Im vergangenen Jahr feierten wir ja den vierhundertsten Todestag des großen Dichters. Kevin Colls von der Universität in Stratford und die Geophysikerin Erica Utsi haben gemeinsam – zusammen mit meiner Wenigkeit im Hintergrund – dieses Grab hier mit einem Radargerät untersucht. Denn all die Pfarrer dieser Gemeinde haben sich über die Jahrhunderte hinweg dagegen gewehrt, das Grab öffnen zu lassen und das, was sich darin befindet, wissenschaftlich zu untersuchen. Du erinnerst dich an den Spruch? Den haben alle bisher ernst genommen.«

»Und was haben sie mit dem Radar entdeckt?«

»Als Erstes: Reparaturarbeiten am Kopfende des Grabes von William Shakespeare. Zudem, ich formuliere es jetzt mal ganz laienhaft: dass die Konsistenz der Erde unter dem Kopfende eine völlig andere ist als jene unter dem Rumpf. Will sagen: Die Radarbilder unterstützen die These, dass hier jemand gebuddelt hat.«

Horndeichs Synapsen fügten all das bisher angeeignete Wissen zusammen. »Und wo kommt jetzt die hundertdreißig Jahre alte *Gala* wieder ins Spiel?«

»Bingo!«, sagte Gullister – und Horndeich definierte diesen Begriff als das Wort des Tages.

»Bei der Radaruntersuchung wurden zwei Dinge festgestellt. Erstens: Das Grab ist nicht tief. Nur einen Meter. Und das ist genau die Tiefe, die auch in diesem Artikel angegeben wurde: ›Three feet.‹ Zweitens: Shakespeare und die anderen seiner Familie sind nicht nur in geringer Tiefe beerdigt worden, sondern auch nur in Tüchern und nicht in Särgen. Auch das ist ungewöhnlich, aber genau beschrieben in diesem Artikel.«

Horndeich sah Gullister direkt an.

»Ja. Wenn ihr in Darmstadt jetzt mit der Theorie ankommt, dass ihr den Schädel von Shakespeare gefunden habt – dann halte ich das für nicht gänzlich abwegig. Bei eurer Totenmaske – da hege ich Skepsis. Aber das mit dem Schädel … es wäre eine Sensation!«

Feller hatte sich die Akte Borowski nochmals genauer angesehen. Bei einer Schlägerei war ihm ein Messer abgenommen worden. Er hatte es nicht in der Hand geführt, sondern in einem Lederetui am Gürtel gehabt. Da einer der Beteiligten jedoch behauptet hatte, Borowski habe ihn mit dem Messer bedroht, war das gute Stück als Beweisstück in der Asservatenkammer gelandet – und zuvor fotografiert worden: ein Jagdmesser mit feststehender einseitig geschliffener Klinge von elfeinhalb Zentimetern Länge. Also war es genau einen halben Zentimeter kürzer, als dass es strafbar gewesen wäre, das Messer mit sich zu führen.

Feller blätterte weiter: Die Anklage gegen Borowski war dann doch fallen gelassen worden, da er an diesem Tag das Messer offenbar nicht gezückt hatte, wie die anderen der Truppe bestätigten. Deshalb war das Messer nach vier Monaten seinem Besitzer wieder zurückgegeben worden.

Feller betrachtete das Foto. Wenn man etwas für Messer übrighatte, dann war dies ein auffällig schönes Stück. Die Klinge war nicht glatt geschliffen, sondern verziert: Das Muster im Messerrücken, der oberen Hälfte der Längsseite der Klinge, erinnerte ihn ein wenig an die Kreismuster auf dem blanken Stahl der früheren Nahverkehrswagen der Deutschen Bahn. Auch der Griff war auffällig gestaltet. Zwischen dem Ricasso, also dem ungeschliffenen Teil der Klinge vor dem Griff, und dem Griff selbst war ein Handschutz eingelassen, der das Abgleiten der Hand auf das Blatt verhindern sollte. Auf dem Ricasso war der Name des Herstellers eingeschlagen: *Manufaktur Lüdau. Füssen.*

Der Griff selbst war ebenfalls auffallend gestaltet: Das erste Drittel des Hefts bestand aus Hirschhorn, die beiden letzten Drittel aus gemasertem Holz, in das drei kleine Rauten aus Horn als Intarsienarbeiten eingelassen waren. Feller konnte sich vorstellen, dass das gute Stück richtig teuer gewesen war. Er googelte nach der Messermanufaktur. Fand die Webseite. Eine Manufaktur für Jagdmesser aller Art. Neben ganz einfachen Messern konnte Feller auch solche entdecken, die ähnlich aufwendig produziert worden waren wie jenes, dessen Foto er gerade in der Akte betrachtet hatte. Messer, gefertigt aus Damaszenerstahl, deren Preise im vierstelligen Bereich lagen.

Vielleicht war das genau die Möglichkeit, Borowski mit der Tat in Verbindung zu bringen. Dieses Messer konnte man nicht beim Kaufhof um die Ecke besorgen – und Feller war sich sicher, dass es davon nicht wirklich viele in Darmstadt gab. Er hatte eine Idee.

Professor Dr. Dr. h. c. Rüdiger Welter bat Martin Hinrich, Platz zu nehmen. Das Büro am Karolinenplatz war großzügig eingerichtet, der Blick Richtung Schloss fantastisch. Die Residenz war in warmem Licht angestrahlt. Welter hatte Hinrich erst jetzt, um halb zehn am Abend, einen Termin geben können. Hinrich war dankbar, dass er es überhaupt eingerichtet hatte.

»Shakespeares Totenmaske? Sie wollen sie … ausleihen?« Welter stand am Fenster.

Hinrich saß bereits auf der Ledercouch und betrachtete den Präsidenten der Technischen Universität Darmstadt. Der Bauch des Mannes war füllig, doch der Anzug war perfekt geschnitten und ließ ihn schlanker erscheinen, als er war. Offensichtlich hatte er einen fähigen Schneider. »Falls es überhaupt die echte ist«, sagte Hinrich.

»Davon dürfen Sie ausgehen. Darf ich Sie fragen, was Sie dazu veranlasst?«

»Das erzähle ich Ihnen gerne. Doch zuvor würde ich zu gerne wissen, weshalb Sie meinen, dass ich davon ausgehen darf, dass die Maske echt ist. Und wieso ist sie ausgerechnet in Darmstadt? Gehört Shakespeares Totenmaske nicht nach … London?«

»Sehr geehrter Herr Dr. Hinrich, da war sie auch schon einmal. Mitte des neunzehnten Jahrhunderts.«

»Und wieso ist sie es dann nicht mehr?«

An die Tür zum Büro wurde geklopft, Rüdiger Welter sagte: »Herein.«

Eine Sekretärin brachte eine Flasche Mineralwasser und zwei Gläser.

Als sie wieder verschwunden war, fragte Rüdiger Welter: »Die kurze oder die lange Variante?«

»Die verständliche«, lächelte Hinrich.

»In Ordnung. Ich versuche es mal zusammenzufassen. Der erste bekannte Eigentümer der Totenmaske von William Shakespeare war Reichsgraf Franz Ludwig von Kesselstatt. Lange lag im Dunkeln, ob Kesselstatt überhaupt jemals in England gewesen war, Grundbedingung dafür, dass er die Maske überhaupt hätte kaufen können. Die Mainzer Anglistin Hildegard Hammerschmidt-Hummel hat dies inzwischen nachgewiesen: 1775 war der junge Graf und spätere Mainzer Domherr tatsächlich in England gewesen. Er starb 1841 und seine Bibliothek wie auch seine Kunstsammlung kamen 1842 unter den Hammer, wurden also versteigert. Danach verlor sich die Spur der Maske, bis sie 1849 von Ludwig Becker, einem ehemaligen Darmstädter Hofmaler, in Mainz bei einem Trödler entdeckt und gekauft wurde. Ludwig Becker war zwei Jahre lang fieberhaft auf der Suche danach gewesen. Ludwig Beckers Halbbruder Ernst war seinerzeit bei Prinz Albert in London als Privatsekretär angestellt. Ludwig Becker brachte die Maske zu seinem Bruder und damit nach England. Dann war die Maske lange im Britischen Museum ausgestellt. Doch die Briten zweifelten an der Echtheit der Maske, weil es damals keinen Beleg gegeben hatte, wie Kesselstatt in den Besitz der Maske hätte gekommen sein können – was heute ja geklärt ist. 1865 kam die Maske also wieder nach Darmstadt zu Beckers Familie.

In den folgenden Jahrzehnten entfachte ein Streit darum,

ob die Maske echt wäre. Vieles sprach dafür, einiges sprach dagegen. Frau Hammerschmidt-Hummel hat mit zahlreichen Unterstützern, zum Teil mithilfe Ihrer Kollegen vom Bundeskriminalamt in Wiesbaden, überzeugende Argumente geliefert, dass die Maske echt ist. Die Nachfahren von Ludwig Becker ließen die Maske 1960 versteigern. Die Stadt Darmstadt hat sie dann für zweiundfünfzigtausend Mark erworben. Lange Zeit wurde sie im Schloss aufbewahrt, nun ist sie in der Universitäts- und Landesbibliothek ausgestellt. Jeder kann sie dort im Tiefgeschoss bewundern.«

»Und warum ist sie nicht mehr in England?«

Welter seufzte. »Wie überall ist auch hier Politik im Spiel. Die Briten waren seinerzeit sehr skeptisch, ob die Maske denn echt wäre. Und die Besitzerfamilie hatte erwogen, die Maske dem Britischen Museum zu schenken. Aber sie befürchtete, dass unmittelbar nach der Schenkung die Briten die Maske als echt anerkennen würden. Was *mich* jetzt aber interessiert: Weshalb möchten Sie die Maske eigentlich ausleihen?«

Hinrich holte Luft. »Sie haben sicher mitbekommen, dass vor zwei Wochen im Kongresszentrum ein Schädel gefunden worden ist.«

Welter nickte nur.

»Wir gehen inzwischen davon aus, dass es sich bei dem Schädel um jenen von William Shakespeare handelt. Und um das zu verifizieren, würden wir die Maske gerne ausleihen. Vielleicht finden sich darin noch Rückstände der Leiche, von der die Maske abgenommen wurde – vielleicht ein Haar, das wäre am besten. Dann hätten wir die Chance, die Identität von Schädel und Totenmaske abzugleichen.«

»Und wenn die Maske nicht echt ist?«

»Dann kann die Identität auch nicht übereinstimmen. Aber gesetzt den Fall, es gibt eine Übereinstimmung, dann wären zwei Dinge gleichzeitig bewiesen: dass der Schädel William Shakespeare gehört und dass die Totenmaske im Tiefgeschoss der Unibibliothek echt ist.«

Rüdiger Welter sagte nichts. Er sah Hinrich nur an. Dann räusperte er sich und fragte: »Kennen Sie dieses Gefühl eines Déjà-vu? Dass das, was gerade passiert, schon einmal passiert ist?«

Hinrich war ein wenig irritiert. Wovon sprach sein Gegenüber?

»Es ist schon ein wenig seltsam. Fast die identische Unterhaltung habe ich vor etwas mehr als zwei Jahren mit einem DNA-Forscher geführt.«

Kurz ratterten die Zahnräder in Hinrichs Kopf, dann erwiderte er: »Sie sprechen nicht von Matthias Anderson?«

Rüdiger Welters linke Augenbraue hob sich kurz. »Ja. Das war sein Name. Matthias Anderson. Und er hat mir erzählt, dass er den Schädel von William Shakespeare gefunden habe. Und dessen DNA mit der vielleicht noch zu findenden DNA der Totenmaske William Shakespeares vergleichen wolle.«

»Und? Haben Sie ihm die Maske geliehen? Hat er Sie jemals über das Ergebnis informiert?«

Nun war es an Rüdiger Welter, tief Luft zu holen. »Ja. Ich habe ihm die Maske geliehen. Einer meiner Mitarbeiter war dafür abgestellt, den Transport der Maske zu überwachen. Er war auch bei den gesamten Untersuchungen dabei, und er hat die Maske zwei Tage später zurückgebracht. Aber nein, ich habe nichts mehr von Matthias Anderson gehört. Ganz persönlich: Ich fand das sehr ärgerlich.«

»Nun, das mag daran gelegen haben, dass Matthias Anderson vor gut zwei Jahren ermordet worden ist. Wissen Sie noch, wann Sie ihm die Maske zur Verfügung gestellt haben?«

»Er ist … ermordet worden?« Welters Stimme wurde tonlos.

»Ja. Ende April vor zwei Jahren. Wann haben Sie ihm die Maske überlassen?«

»Das war im Frühjahr 2015. Ich glaube, in der ersten Aprilwoche. Ich kann das herausfinden. Also den genauen Tag. Wollen Sie die Maske jetzt untersuchen?«

»Herr Dr. Welter, das möchte ich ganz bestimmt tun. Aber zuvor muss ich noch etwas klären. Haben Sie ganz herzlichen Dank für Ihre Zeit«, sagte Hinrich, während er bereits aufstand.

Er würde die Maske mit dem Schädel vergleichen. Aber vielleicht gab es ja tatsächlich noch Aufzeichnungen von Matthias Anderson, der das ja offensichtlich schon einmal getan hatte.

Wieder ein Abend auf dem Balkon. Wieder der Blick auf den Woog. Einmal war sie in diesem See schwimmen gegangen. Horndeich hatte ihr davon vorgeschwärmt. Nach drei Minuten waren ihre Füße das erste Mal mit irgendeinem Wassergras in Berührung gekommen, von dem sie den Eindruck hatte, es wolle sie in die Tiefe ziehen. Zwei Minuten später wieder. Als der nächste im Wasser schwimmende Trieb sich gleichzeitig um ihren Arm schlang und das andere Ende versuchte, in ihren Mund zu gelangen, war sie zu der Erkenntnis gekommen: Sie und dieser See würden in diesem Leben niemals mehr Freunde werden.

Aber der Blick auf das Wasser war fantastisch. Hatte schon fast etwas Mediterranes.

Ein Glas Wein und das Abschweifen der Gedanken.

Wieder dachte sie zurück an die Begegnung mit Jonas Petersberger. Nachdem dieser ihr vom Obduktionsbericht ihres Vaters erzählt hatte, hatte Leah nicht gewusst, was sie tun sollte.

Was sie tun sollte und was sie lassen sollte.

Da war diese Stimme in ihr, die ihr sagte, fahr zu deiner Mutter, stell sie zur Rede, bring sie dazu, dass sie sich selbst stellt. Und wenn du ihr dafür an die Gurgel gehen musst.

Und sie wusste, dass dies vergebliche Liebesmüh sein würde. Ihre Mutter würde alles leugnen. Und es gäbe ja auch keine Beweise mehr. Selbst wenn man ihren Vater jetzt, nach mehr als zwanzig Jahren, exhumieren würde – Brandwunden würden sich da nicht mehr nachweisen lassen. Und es würde sich schon gar nicht der Beweis führen lassen, dass ihre Mutter die Verursacherin gewesen war.

Leah tat, was sie am besten konnte: Sie verkroch sich in sich selbst.

Sie galt als unnahbar. Unter den Kollegen. Sie hätte auch als unnahbar im Freundeskreis gewirkt, hätte sie einen solchen gehabt. Schon immer.

Der Mann, auf den sie sich schließlich eingelassen hatte, er war ein Sunnyboy gewesen. Hatte sich nicht daran gestört, dass der Großteil der Konversation von ihm bestritten worden war. Gleichzeitig war er witzig gewesen, humorvoll, interessant – gut aussehend. Sie wollte nicht mehr allein sein, und da war er, Egmont, der ihr den Hof machte. Was sie überhaupt nicht verstehen konnte. Aber offensichtlich mochte er sie, interessierte sich für sie – liebte sie?

Es hatte zwei Monate gedauert, bis sie zugelassen hatte, dass sie miteinander schliefen. Sie hatte es nicht genießen können. Hatte nichts gespürt. Gar nichts. Und konnte nicht verhindern, dass sich immer wieder das Bild ihrer Eltern vor ihr geistiges Auge schob. Ihre Mutter. Auf ihrem Vater.

Er war fordernd geworden. Aggressiver. Viel aggressiver.

Und sie hatte gemerkt, dass, wenn er ihr wehtat oder fast wehtat, dann endlich das Denken aufhörte. Dass das Bild der Eltern verschwand, wenn der Schmerz zunahm. In einem solchen Moment hatte sie sich ihm versprochen.

Großer Fehler.

Denn seine Raserei nahm zu. Fesseln an den Händen, Fesseln an den Beinen. Wäscheklammern an ihrem Körper. Irgendwann der Punkt, an dem sie merkte, dass das hier in eine völlig falsche Richtung lief. Dass der Preis für das Vergessen des Bildes ihrer Mutter Narben am eigenen Körper waren.

Aber immer noch hatte sie sich nicht zur Wehr gesetzt.

Auch nicht, als er das Wachs auf ihre Haut geträufelt hatte.

Wenn sie schrie, entschuldigte er sich. Nie wieder, sagte er dann, es wäre mit ihm durchgegangen. Am Anfang lagen Wochen zwischen der Wiederholung. Schließlich nur noch Tage. Dann war es tägliches Ritual.

Bis zu dem Tag, als er sich die Zigarette angezündet hatte, als er sie – fickte. Ein anderes Wort war dem nicht mehr angemessen. Er, der Nichtraucher.

Sie war in diesem Moment – nun, in ihren Bewegungsmöglichkeiten etwas eingeschränkt gewesen.

Am nächsten Tag war sie zum Anwalt gegangen. Der Geruch der Zigarette im eigenen Schlafzimmer hatte sie zur Vernunft gebracht. Sie hatte nie gewusst, ob das Rauchen parallel zum Sex nur weitere Erniedrigung hatte sein sollen oder ob er sie damit verbrennen wollte, wie ihre Mutter ihren Vater verbrannt hatte. Einerlei. Sie war ohnehin viel zu weit über die eigenen Grenzen gegangen. Aber sie hatte den Fehler ihres Vaters nicht wiederholt.

Scheidung.

Und danach ein Panzer um die Seele, der dicker war als die Stahlbetonmauern der Atombunker aus der Nachkriegszeit.

Nein, sie hatte keinen Mann mehr in ihre Nähe gelassen. Die Ironie: Je verschlossener sie sich gegeben hatte, umso mehr männliche Motten waren um ihr Licht geschwirrt. Sie hatte keinen mehr in ihr Herz, in ihre Wohnung oder auch nur in die Nähe ihres Körpers gelassen.

Bis auf Bruno. Er war der Erste gewesen nach so vielen Jahren.

Wie entsetzt war sie gewesen, als er bei ihr gewesen war, in ihr, und das einzige Bild, das sich plötzlich in ihrem Kopf zeigte, eine Zigarette gewesen war. Warum sie in diesem Moment geschrien hatte, hatte sie Bruno nie erklären können.

Und nun?

Nun hatte er seine Kuh.

Und sie? Sie hatte das allererste Mal das Bedürfnis, Bruno seiner Kuh zu entreißen und sich um ihn schlingen zu müssen. Ganz. Mit Haut und Haar. Ohne Zigarette. Nur sie. Und Bruno.

Doch es war offensichtlich zu spät.

Leah trank einen Schluck Wein.

Und weinte.

Was sie es seit Jahren nicht mehr getan hatte.

Hinrich fuhr nach Kranichstein. Noch am Vorabend hatte er mit Bastian Lenz von Genotics gesprochen. Er wollte das klären, und zwar jetzt. Er hatte auch keinen Bedarf, das mit Steffen Horndeich oder Leah Gabriely abzusprechen, denn er wusste, dass er hier einer ganz heißen Spur folgte. Während er nach Kranichstein fuhr, sprach er mit der Sekretärin von Bastian Lenz. Der würde für ihn Zeit haben, wenn er in zehn Minuten auf den Parkplatz des Unternehmens fahren würde.

So war es dann auch.

Hinrich begrüßte den Unternehmer. Seine Sekretärin brachte den Kaffee, und drei Minuten nachdem er die Geschäftsräume betreten hatte, konnte er mit Bastian Lenz über sein eigentliches Anliegen sprechen. »Herr Lenz, ich habe gestern Abend vom Präsidenten der Technischen Universität in Darmstadt erfahren, dass Matthias Anderson Untersuchungen an der Totenmaske von William Shakespeare vorgenommen hat. Können Sie mir dazu etwas sagen?«

Lenz zuckte die Schultern. »Eine Totenmaske? Von Shakespeare? Davon weiß ich nichts. Wir haben am vergangenen Wochenende ja gemeinsam festgestellt, dass Matthias und der Schädel verwandt waren. Von weiteren Untersuchungen habe ich keine Ahnung.«

Hinrich wurde ungeduldig: »Ja, ja, ja – aber *gab* es da noch andere Vergleichsproben?«

»Keine Ahnung.«

»Können Sie das herausfinden?«

Bastian Lenz erhob sich vom Sessel, ging zu seinem Schreibtisch, ließ sich auf dem Schreibtischstuhl nieder und hackte auf die Tastatur ein. »Einen Moment«, sagte er.

Hinrich beobachtete, wie sich seine Stirn runzelte.

»Ja, da ist tatsächlich was. Da gab es einen Vergleich zwischen John Doe und John Doe jr. Das wissen wir ja schon. Aber hier sehe ich, dass es noch vier weitere Proben gab. John Doe Mask eins bis vier.«

Mask. Das englische Wort für Maske.

»Was bedeutet das?«

»Das bedeutet, dass Matthias vier Proben genommen hat. Und die DNA dieser Proben hat er mit jener Probe von John Doe verglichen. Allerdings nicht an einem Wochenende. Sonst wäre mir das vor sechs Tagen ja schon aufgefallen. Da haben wir ja explizit nach Untersuchungen gesucht, die an einem bestimmten Wochenende durchgeführt worden sind.«

»Und was ist das Ergebnis?«

»John Doe Mask eins, zwei und vier sind nicht mit John Doe verwandt. Aber die Probe von John Doe Mask drei ist identisch mit jener von John Doe.«

»Haben Sie noch die Originalartefakte, von denen die DNA genommen wurde?«

»Ja. Die müssten in unserem Kühlschrankarchiv, wie wir es immer nennen, noch vorhanden sein.«

»Nur noch einmal, damit ich hier keinen Denkfehler mache: Es gibt eine Probe von John Doe Mask, die mit John Doe verglichen worden ist und nun tatsächlich übereinstimmt.«

»Ja. Genauso ist es.«

Horndeich hatte den ersten Flug von London nach Frankfurt gebucht. Sechs Uhr dreißig ab London Heathrow. Die

Nacht war kurz gewesen. Gullister hatte es sich nicht nehmen lassen, noch einen der angesagtesten Pubs in London zu besuchen. Und bei einem guten Guinness vom Fass – da wurde auch Horndeich schwach. Ein Taxi hatte ihn schließlich zum Hotel gebracht, das unmittelbar neben dem Flughafen lag.

Vier Stunden Schlaf – das hatte genügen müssen.

Durch die unterschiedlichen Zeitzonen war er zwar nur eineinhalb Stunden geflogen, aber erst nach zweieinhalb Stunden angekommen. Um zehn Uhr hatte ihn das Taxi am Polizeipräsidium abgesetzt.

Gemeinsam mit Feller saßen sie nun in Horndeichs und Leahs Büro.

»Und?« Leah hatte ihm einen starken Kaffee gemacht.

»Das Fazit? Das Fazit ist, dass es alles andere als sicher ist, dass der Schädel von Shakespeare sich in seinem Grab befindet.«

»Hast du noch irgendetwas Brauchbares herausgefunden?«, wollte Horndeich dann von Feller wissen. Ihm brummte der Kopf.

»Bislang noch nicht. Aber ich habe auch noch nicht alle Fotos durch. Gib mir noch zwei Stunden.«

Kurzes Schweigen in der Runde.

Dann fasste Feller zusammen: »Wir können also davon ausgehen, dass der Schädel tatsächlich jener von William Shakespeare ist. Und dass Matthias Anderson ein Nachfahre des berühmten englischen Dichters war.«

»... und Andersons Tochter eine weitere Ahnin ist«, ergänzte Leah.

»So sieht es aus«, gähnte Horndeich. »Aber wir sollten noch einmal versuchen, das auch über die DNA zu belegen. Hinrich wollte sich ja um einen Vergleich mit der Totenmaske bemühen.«

In diesem Moment klopfte es am Türrahmen. Martin Hinrich. »Störe ich?«

»Nicht wirklich«, sagte Horndeich. Er war viel zu müde, um sich gestört zu fühlen. Und ja, daran war sicher auch das letzte Pint Guinness schuld. Vielleicht auch das letzte Pint Guinness in Kooperation mit dem vorletzten Pint Guinness.

»Shakespeare ist Shakespeare!«, verkündete Hinrich.

Feller, Leah und auch Horndeich sahen den Gerichtsmediziner irritiert an.

»Er ist es!«, sagte Hinrich, nun deutlich lauter und euphorisierter.

Immer noch waren in alle drei Gesichter Fragezeichen gemeißelt.

»Der Dichter ist der Dichter!«, erläuterte Hinrich, aber auch das brachte keine Klarheit.

»Die DNA von der Totenmaske von Shakespeare und die DNA von seinem Schädel, sie stimmen überein! Der Schädel ist echt! Und auch die Maske ist echt!« Ja, die Glückshormone hatten den Lautstärkepegel von Hinrichs Aussagen deutlich angehoben.

Doch Horndeich war einfach zu müde. Seine Stimme war gedämpft, als er sagte: »Das sagt wer?«

»Das sagt die DNA-Analyse. Die Matthias Anderson bereits durchgeführt hatte. Er hat von der Totenmaske vier Proben genommen und diese mit der DNA des Schädels verglichen. Und: Bingo!«

Nein. Übernahm der Gerichtsmediziner nun bereits per Telekinese die Wortwahl des Professors aus London?

Hinrich fuhr ungerührt fort: »Ihr kennt doch sicher alle den Jazz-Song von Rickie Lee Jones: ... *and we belong together* ...«

»Nein. Kenne ich nicht«, sagte Feller.

Leah fügte hinzu: »Ich auch nicht.«

Horndeich hob nur müde die Hand. »Ich ebenfalls nicht.«

»Völlig egal. Wir haben jetzt den DNA-Beweis, dass der Schädel William Shakespeare gehörte. Dass außerdem die Totenmaske von William Shakespeare echt ist. Und dass Matthias Anderson ein direkter Nachfahre von William Shakespeare war. Was übrigens eine Menge Motive hervorzaubert, oder?«

Horndeich nickte nur. Vielleicht wäre er ohne den langen Abend zuvor etwas ekstatischer gewesen. Aber seine Reaktion musste genügen: »Ja, Dr. Hinrich. Danke schön.«

Hinrich rührte sich nicht vom Fleck. Nach ein paar Sekunden sagte er: »Hinrich? Danke schön? – Ist das alles?«

»Toll gemacht«, brachte Leah ebenfalls etwas lahm hervor.

Hinrich schnaubte: »Ich löse hier Ihren Fall, und Sie sitzen faul rum und ein schlaffes Dankeschön ist alles, was ich höre! Unglaublich. Un-glaub-lich!« Dass er dabei nicht mit dem Fuß aufstampfte, war alles. Er verließ seinen Standort im Türrahmen und damit das Büro.

Leah überlegte kurz, dann sagte sie: »Haben wir ihn verärgert?«

Feller grinste, Horndeich war dazu zu müde.

Leah fuhr fort: »Es bleibt die Frage, warum Matthias Anderson den Schädel – und vielleicht noch irgendwelche Dokumente – den Versteckkünsten eines Haustechnikers anvertraut hat.«

Feller schaltete sich ein: »Das leuchtet mir schon ein. Stell dir vor, du nimmst ein Bankschließfach. Und irgendein blöder Richter stellt aus irgendeinem Grund einen Durchsuchungsbefehl aus. Zapp – schon liegt er hier auf dem Tisch, der Schädel. Oder die Schachtel mit den Briefen. Wenn er Schädel und Dokumente jedoch dem Hausmeister gibt, weiß niemand davon, außer ihm und dem Hausmeister. Also, würde ich irgendetwas Wertvolles für ein paar Tage oder ein paar Wochen verstecken wollen, dann macht diese Methode durchaus Sinn.«

»Aber *vor wem* wollte Matthias Anderson den Schädel und die Dokumente verstecken? Vor seinem Halbbruder? Der hatte keine Ahnung, dass Matthias Anderson ein Nachfahre von Shakespeare ist.«

»Das hat er zumindest gesagt. Ob es wahr ist?«

Leah zuckte die Schultern. »So, wie ich ihn erlebt habe, hat er nicht gelogen.«

Horndeichs Blick wanderte zwischen Leah und Feller hin und her. Die beiden waren gut. Er musste sich nur zurücklehnen und zuhören.

»Offensichtlich hat Matthias Anderson aber Angst gehabt, dass jemand ihm den Schädel wegnehmen würde. Sonst hätte er ihn nicht verstecken müssen. Und auch die Dokumente nicht«, gab Feller zu bedenken.

»Also muss es noch jemanden gegeben haben, der hinter dem Schädel her war. Und das kann nur bedeuten, dass es jemand war, der wusste, um was für einen Schädel es sich handelte.« Leah.

Feller sprach weiter: »Und ich behaupte jetzt mal ganz dreist: Dieser Jemand ist der Mörder von Matthias Anderson. Aus welchem Grund auch immer – er wollte den Schädel klauen. Vielleicht ist er davon ausgegangen, dass der Schädel sich nach wie vor auf dem Dachboden des Hauses in Fränkisch-Crumbach befindet. Er erwürgt Matthias Anderson. Er klaut ihm seine Schlüssel – die haben wir nämlich nicht bei seiner Leiche gefunden –, und mit dem Schlüssel bricht er in das Haus in Fränkisch-Crumbach ein. Aber weder der Schädel ist da noch die Dokumente.«

»Na ja, wenn der Mörder tatsächlich davon gewusst hat, dass es sich bei dem Schädel um den von William Shakespeare handelt, dann wollte er den sicher versilbern lassen.«

»Shakespeare«, brummte Horndeich. »Ich gebe euch recht: Das taugt sicher als Motiv. Aber dennoch: Das Motiv macht noch keinen Täter. Wer war es also, der das Motiv hatte? Und der zum fraglichen Zeitpunkt am Tatort war?«

»Schon verstanden«, brummte Feller. »Ich arbeite weiter an den Fotos.«

»Ich helfe dir«, sagte Leah.

Und ich würde jetzt gerne eine Runde schlafen, dachte Horndeich.

Sie starrten beide auf den Monitor. Feller dirigierte mit Maus und Tastatur die Abfolge der Bilder. Sie hatten bereits alle, auf denen Matthias Anderson zu sehen gewesen war, in einen eigenen Ordner kopiert. Dennoch sahen sie sich im Moment vor allem die Bilder an, auf denen Matthias Anderson nicht zu sehen gewesen war. Ihre Hoffnung: ihn vielleicht doch noch auf einem weiteren Bild zu entdecken. Und nicht allein, sondern mit einer weiteren Person. Womöglich mit seinem Mörder.

Sie beide waren gut darin, Details in Fotos aufzuspüren. Im vergangenen Jahr hatte Leah Feller oft zur Seite gestanden, wenn es um die Auswertung irgendwelcher Digitalbilder ging. Es war definitiv nicht ihre Lieblingsbeschäftigung, aber es lag ihr.

Leah und Feller arbeiteten jetzt auch nicht in Fellers Labor, wie Leah sein Büro immer nannte. Sie hatten sich im großen Besprechungsraum niedergelassen, mit dem Surface Hub von zwei Metern Bildschirmdiagonale. Feller hatte sich zwei Meter entfernt platziert, Leah saß in mehr als fünf Metern Entfernung vor dem Schirm. Zwei unterschiedliche Perspektiven auf dieselben Bilder.

Sie arbeiteten im selben Takt wie Horndeich und Leah zuvor: zwanzig Minuten auf die Bilder schauen, zehn Minuten

Pause. Jedes Bild mindestens zehn Sekunden auf dem Schirm.

Feller hatte das Bild bereits weggeklickt, als Leah nur sagte: »Stopp. Noch mal zurück.«

Auf dem Foto war eine Familie zu sehen, Papa, Mama, drei Kinder, die alle in die Kamera grinsten. Sie standen im Torbogen des Eingangs zur Ruine und lachten fröhlich in die Runde.

»Was ist das?«, fragte Leah. »Oben rechts.« Natürlich, da war wie auf fast jedem Bild ein Stück Wald zu sehen. Aber Leah hatte gemeint, einen Schatten wahrgenommen zu haben.

Sie stand auf und ging direkt auf den großen Bildschirm zu. Mit beiden Händen zog sie das Bild auf und machte den Bildausschnitt damit größer. Zu sehen waren pixelige Bäume, Büsche. Unzählige Variationen von Braun und Grün und Schwarz.

Leah zeigte auf eine bestimmte Stelle. »Da. Sind das nicht die Konturen von zwei Männern?«

Wenn es denn zwei Männer waren, so befanden sie sich am äußersten rechten Bildrand der Fotografie. Und ja, da war etwas, das nicht so aussah wie Baum oder Busch.

»Verdammt, du hast recht«, sagte Feller.

Leah betrachtete den Zeitstempel. Vierzehn Uhr fünfzig. »Kannst du da noch was zaubern?«

Feller nickte nur und war sofort in die Bildbearbeitung versunken. Leah hatte keine Ahnung davon, was man tun musste, damit man plötzlich Dinge sah, die man vorher nicht wahrgenommen hatte. Aber sie machte sich keine Sorgen. Feller war darin ein Ass. Wenn jemand aus diesem Bild noch eine verwertbare Information herauskitzeln konnte, dann war er es.

Keine fünf Minuten später sagte Feller: »Fuck. Du hast recht.«

Der Riesenmonitor zeigte denselben Ausschnitt. Doch Feller hatte irgendwelche Filter angewendet – und nun sah man es glasklar: Matthias Anderson. Und einen zweiten Mann. Viel konnte man nicht erkennen. Der Mann trug eine dunkle Hose, ein helles T-Shirt und ebenfalls eine Sonnenbrille. Alles andere verbarg der Pixelbrei.

»Ist das Peter Anderson?«, stellte Feller die Frage in den Raum.

»Auf den ersten Blick?«, meinte Leah. »Ja. Eine Wette im dreistelligen Bereich würde ich zwar nicht darauf abschließen, aber zwanzig Euro – die würde ich schon setzen.«

Nein, dieses Mal hatten sie die Samthandschuhe ausgezogen. Ein Streifenwagen hatte Peter Anderson vom Büro seines Instituts abgeholt, und Leah hatte sie zuvor instruiert, dass sie auf jeden Fall das Blaulicht anhatten. Sie wollten das große Kino dieses Mal.

Eine Stunde später saß Peter Anderson im Verhörraum.

Leah ging zu ihm. Sie war diejenige, die schon öfters mit ihm gesprochen hatte. Und Leah hatte auch das Gefühl, dass sie zu ihm vordringen konnte, wenn er etwas zu gestehen hatte.

»Herr Anderson. Sie haben uns versichert, dass Sie am *Hofgut Rodenstein* spazieren gegangen sind, zwei Stunden lang, ohne Ihren Bruder zu treffen. Das stimmt offensichtlich nicht.«

Leah reichte Peter Anderson das Tablet, darauf der von Feller optimierte Ausschnitt aus dem Foto.

»Darauf erkennt man Sie und Ihren Bruder. Eindeutig.«

Na ja, das mit dem eindeutig – darüber konnte man trefflich streiten. Dennoch. Leah ging in die Offensive.

Peter Anderson schaute auf den Fotoausschnitt. Er sagte nichts.

»Worüber haben Sie da gesprochen?«, wollte Leah wissen.

Peter Anderson schob ihr das Tablet über den Tisch zurück.

»Herr Anderson, Sie wussten von dieser ganzen Shakespeare-Geschichte. Und Sie waren stinksauer, dass Sie kein Teil davon waren. Aber Sie wollten Geld von Ihrem Bruder. Und das hat er Ihnen nicht gegeben. Und da sind Sie auf ihn los, haben ihn erwürgt. Ich kann das verstehen. Auch ich und meine Schwester – eine sehr komplizierte Beziehung.«

»Sie haben keine Schwester.«

Leah hob eine Augenbraue.

»Meinen Sie nicht, dass ich im Netz nicht herausfinden kann, mit wem ich es zu tun habe? Sie sind ein Einzelkind. Ihr Vater hat sich umgebracht. Alles Informationen, die man mit ein bisschen Know-how finden kann. Nein, keine Informationen, die illegal angeboten werden.«

Leah schluckte. Der Punkt ging an Peter Anderson. Dennoch: »Das erklärt nicht, warum Sie mit Ihrem Bruder hier auf diesem Bild zu sehen sind, wo Sie doch behauptet haben, Sie hätten ihn an diesem Tag überhaupt nicht gesehen.«

Peter Anderson seufzte. »Ja. Das sind wir beide. Aber ich habe ihn nicht getötet.«

»Nein?«, fragte Leah.

»Nein. Ich hätte es getan. Ich hab es getan. Ich bin ihm tatsächlich an die Gurgel gegangen. Aber ich habe ihn nicht umgebracht. Nicht ich.«

Leahs Interesse war geweckt. »Also?«

Peter Anderson sah sie direkt an. Sein Blick scannte die Wände und die Decken, an denen noch zwei Kameras befestigt waren. Er sah in eine der Kameras.

»Ja, Sie hatten völlig recht. Ich war am Rodenstein. Und an diesem Tag war ich ziemlich sentimental. Auf den Tag genau dreißig Jahre zuvor sind meine Eltern erschossen worden, während ich mit meinem Bruder und meinem Großvater auf dem *Hofgut* war. Ich bin da hingefahren, wie ich es in den Jahren zuvor auch immer wieder mal gemacht hatte, an diesem fiesen Jubiläum. Ich bin dort spazieren gegangen, die ganzen Pfade abgelaufen, die wir auch als Kinder erforscht haben. Es war so halb drei, als ich mich an unserer Fichte auf den Boden gesetzt habe. Mittlerweile ist da allerdings nur noch ein Baumstumpf. Diese Fichte – sie war unser Baum. Dort haben wir unseren Treueschwur geleistet.

Um kurz vor drei tauchte dann wie aus dem Nichts Matthias auf. Ich stand auf, fragte ihn, was *er* denn hier mache. Wollte ihn sogar umarmen, aber er trat einen Schritt zurück. Ob es ihn an diesem traurigen Jubiläum auch hierhergezogen habe, wollte ich wissen. Das war der einzige Moment, in dem so etwas wie ein Lächeln über sein Gesicht gehuscht ist, wenn es auch ein sehr trauriges war. Das habe ich als Aufmunterung gesehen, und sofort fing ich wieder an, auf ihn einzureden. Ich habe ihm gesagt, dass ich seine Hilfe bräuchte. Dass ich mich bereits für ein Programm angemeldet hätte, mit dem ich meine Spielsucht in den Griff bekommen würde. Was alles nichts daran änderte, dass ich jetzt zwanzigtausend Euro bezahlen musste.«

»Und? Wie hat Ihr Halbbruder reagiert?«

»Zunächst gar nicht. Er hat sich meine Monologe angehört. Und ich habe überhaupt nicht begriffen, dass ein Monolog, der länger als zwei Minuten dauert, kaum mehr in einen Dialog führen wird. Ich habe geredet, geredet und geredet – und darauf gewartet, dass er endlich sagt: Okay, Halbbruderherz, ich geb dir die Kohle.«

»Und was ist dann passiert?«, hakte Leah nach.

»Er hat sein Handy aus der Hosentasche gezogen. Hat ein bisschen auf dem Display rumgewischt und mir dann die

Fotografie unter die Nase gehalten, die Sie ja auch schon gesehen haben: das Foto, auf dem seine Frau und ich uns küssen. Na ja, Sie können sich vorstellen, was dann abgegangen ist. Er ist richtig sauer geworden, ich bin richtig sauer geworden. Seit Monaten, wenn nicht seit Jahren hat er sich einen Scheiß um Monika und auch um seine Tochter gekümmert. Und jetzt wollte er den Moralapostel raushängen lassen? Ach, es ging nur noch um Monika. Gar nicht mehr um das Geld. Er hat mich geschubst. Und dann bin ich ausgerastet. Ich habe ihm beide Hände um den Hals gelegt und richtig fest zugedrückt. Irgendwann hat er gejapst, ist zu Boden gegangen, ich hab immer noch nicht abgelassen. Für Sekunden. Dann habe ich innegehalten – und bin weg.«

»Sie geben also zu, ihn erwürgt zu haben?«

»Nein. Ich habe ihn verletzt. Aber ich habe ihn nicht umgebracht.«

Leah war ein wenig irritiert. »Sie haben doch gerade zugegeben, dass Sie ihn erwürgt haben.«

»Nein. Ich habe zugegeben, dass ich ihn *gewürgt* habe. Nicht, dass ich ihn *erwürgt* habe.«

»Okay. Können Sie mir bitte den Unterschied erklären?«

Peter Anderson holte tief Luft. »Jetzt kommt der Teil, den Sie mir nicht mehr glauben werden. Mein Bruder lag am Boden. Und ich bin fortgegangen – in Richtung Burgruine. Und, Scheiße, ja, ich hatte ein richtig schlechtes Gewissen. Also wollte ich zurück zu meinem Bruder. Und dann habe ich ihn gesehen. Den Mann, der meinen Bruder umgebracht hat.«

»Ich verstehe nicht ganz?«, sagte Leah.

Peter Anderson lachte auf. »Das habe ich auch nicht verstanden. Als ich zurückkam, stand mein Bruder schon wieder. Er hatte sich offensichtlich von meiner Attacke erholt. Aber ihm gegenüber stand ein Mann, Jeans, schwarzes

Hemd, ebenfalls eine dunkle Sonnenbrille – lustig, wir alle hätten zur CIA gehören können, so wie wir aufgetreten sind. Aber was er tat, war überhaupt nicht lustig. Er würgte meinen Bruder ebenfalls. Und er hatte Handschuhe an. Und er sah mich. Wieder ging Matthias zu Boden. Der Kerl blieb über ihm, und er sah mich direkt an, während er meinen Bruder – meinen Halbbruder – umgebracht hat. Die Szene war völlig surreal.«

Es entstand eine Pause. Weder Leah noch Peter Anderson sagten ein Wort.

Leah fand zuerst zur Sprache zurück: »Warum erzählen Sie uns das erst jetzt?«

Peter Anderson stieß einen gutturalen Laut aus: »Sie sind gut! Ich habe Matthias gewürgt mit bloßen Händen. Und jetzt war da dieser Typ, der Handschuhe getragen hat. Und während er meinen Halbbruder ermordet hat, hat er mich die ganze Zeit angesehen. Der Kerl war sich ganz sicher: Wenn die am Hals meines Halbbruders Fingerabdrücke oder gar DNA-Spuren finden würden – das wären meine gewesen. Und nicht die seinen.«

»Was haben Sie gemacht?«, wollte Leah wissen.

»Ich? Es war zu spät. Ich war fünfzehn Meter entfernt. Vielleicht waren es auch nur zehn, ich weiß es nicht. Aber mein Bruder, er war tot. Was ich gemacht habe? Als sich meine Erstarrung endlich gelöst hatte, habe ich mich verpisst. Ich bin zu meinem Auto gerannt und bin weggefahren. Und das Irre war – ich habe nichts gehört. Weder am Abend noch am nächsten Morgen, noch am nächsten Abend, noch irgendwann in der verdammten Woche drauf habe ich irgendwas von einem Leichenfund gehört. Und schon gar nicht davon, dass mein Halbbruder ermordet worden wäre. Ein paar Tage später – fragen Sie mich nicht genau, wann – sind Ihre Kollegen aufgetaucht und haben gefragt, ob ich wüsste, wo mein Bruder sei. Das habe ich verneint. Ob ich irgendetwas darüber wüsste, dass er in Brasilien wäre? Auch das habe ich verneint. Und das war eine hundertprozentig ehrliche Antwort. Ich hatte keine Ahnung, was passiert war. Ich wusste nur eins: Der Weg zur Polizei wäre definitiv der falsche gewesen. Ihre Kollegen tappten damals im Dunkeln. Und das war mir, ehrlich gesagt, nur recht.«

»Und Sie hatten keine Ahnung, dass Ihr Bruder ein Nachfahre von Shakespeare war?«

»Nein. Davon hatte ich keine Ahnung. Und wissen Sie was? Vor zwei Jahren wäre mir das so was von scheißegal gewesen! Ich wollte meine Schulden bezahlen und mein Leben in den Griff bekommen. Alles andere war mir vollkommen schnuppe. Shakespeare, Mozart, Rachmaninow – von wem auch immer wir abstammen, das hätte mich kein bisschen interessiert.«

»Und wie sah er aus, Ihr Mister *Handschuh?*«

»Das ist jetzt zwei Jahre her. Ich erinnere mich nicht besonders gut. Er war kein Riese. Er war auch nicht fett oder spindeldürr. Er hatte eine Sonnenbrille an, deswegen konnte ich sein Gesicht nicht erkennen. Und ich hab auch die ganze Zeit auf diese blöden Handschuhe gestarrt. Jeans, schwarzes Hemd. Viel mehr kann ich Ihnen dazu nicht mehr sagen. Leider.«

»Und? Glaubst du ihm?«, fragte Feller.

Horndeich war skeptisch.

Ganz anders Leah: »Natürlich macht es das Leben für ihn einfacher. Körperverletzung statt Mord oder Totschlag. Aber ja, ich glaube ihm. Ich hatte wirklich den Eindruck, dass er von dieser ganzen Shakespeare-Geschichte keine Ahnung hatte. Ich denke, es stimmt, dass er seinen Bruder angegriffen hat, bis der am Boden lag. Und auch dass er dann von ihm abgelassen hat und gegangen ist. Diese Geschichte mit dem Typ mit den Handschuhen, der ihn durch die Sonnenbrille direkt angeschaut hat – das ist schon wieder so schräg, dass es sich kaum jemand ausgedacht haben könnte«, beendete Leah ihr Plädoyer.

»Also?«

»Also behalten wir ihn jetzt erst mal hier und machen uns daran, die Fotos weiter zu sichten.«

Leah stöhnte. Parallel zu Horndeich. Sie wollten sich nicht *noch* einmal durch diese Gigabytes von Fotos wühlen. Sie hatten doch alle Fotografien heraussortiert, auf denen Matthias Anderson zu sehen gewesen war. Inklusive des Fotos, auf dem er und sein Bruder kaum zu erkennen gewesen waren.

»Eine Idee hätte ich noch«, sagte Feller. »Ich habe keine Ahnung, ob sie uns weiterbringt – aber ich werde das jetzt mal durchziehen.«

Horndeich fragte nicht nach. In den vergangenen zwei Jahren hatte er gelernt, seinem Kollegen einfach zu vertrauen.

Und auch Leah wirkte nicht so, als wolle sie ein Veto einlegen.

Es war Feller die ganze Zeit ein Dorn im Auge gewesen. Sie hatten sich die Fotoliste hoch und runter gearbeitet. Und ja, Leah hatte tatsächlich noch etwas entdeckt, was in den ersten zwei Durchläufen verborgen geblieben war. Aber da war noch etwas anderes. Feller holte sich die Liste mit den identifizierten Kennzeichen auf dem Parkplatz auf den Bildschirm. Unter ihnen waren vierundsechzig Fahrzeuge, die auf Privatpersonen zugelassen waren, dreißig waren als Firmenfahrzeuge registriert – und dann ebenjene vier Mietwagen.

Mietwagen – das konnte alles sein. Ein Fahrzeug konnte von einer Firma angemietet werden, aber natürlich auch von einer Privatperson, die nicht mit ihrem eigenen Wagen in den Bereich irgendwelcher Kameras geraten wollte.

Vier Wagen von Verleihfirmen.

Feller setzte sich ans Telefon.

Nein, Klamotten kaufen gehörte definitiv nicht zu Leahs Lieblingsbeschäftigungen. Aber manchmal musste es sein. Jetzt nutzte sie die Mittagspause. Zwei ihrer Lieblingskleider passten nicht mehr richtig, und auch die beiden Paar Schuhe, die sie gemeinhin zum Dienst anzog, sahen nicht mehr schön aus. Besonders Schuhe kaufen hasste sie. Wie viele ihrer Geschlechtsgenossinnen haderte sie mit dem Aussehen der ein oder anderen Stelle ihres Körpers. Mit ihren Füßen verstand sie sich hingegen recht gut. Dennoch: Ihr Spann entsprach definitiv nicht der gängigen Norm. Zu hoch. Also waren die Schuhe entweder zu lang, zu breit oder eben über dem Spann zu eng. Und sie konnte schließlich nicht nur Schuhe mit Riemchen tragen.

Das Problem mit den Kleidern hatte sie binnen einer halben Stunde gelöst. Ein wenig freudig gestimmt, da sich die Kleiderfrage nach den passenden Kleidern so schnell in Wohlgefallen aufgelöst hatte, betrat sie das Schuhgeschäft am Marktplatz.

Bequeme Schuhe mit ganz leichten Absätzen – das war ihr Begehr. Eine Verkäuferin trat auf sie zu, um sie zu fragen, ob sie ihr behilflich sein könne. Doch sie kam nicht dazu, die Frage auszusprechen. Denn Leah hatte auf einmal eine Person entdeckt, die sie kannte. Die Kuh. Die marschierte gerade im grünen Sommerkleid durch den Ausgang ins Freie, in jeder Hand eine Tüte, die darauf schließen ließ, dass sie mindestens drei Paar Schuhe erstanden hatte.

Ganz automatisch hob Leah die Hand, der Verkäuferin gebietend, sie möge sich ihre Frage bitte sparen. Ebenso mechanisch folgte sie der Dame mit den Plastiktüten. Die überquerte den Marktplatz in Richtung Friedensplatz, wo sie am Kassenautomat des Parkhauses bezahlte. Dann verschwand sie im Untergrund.

So etwas hatte Leah in ihrem Leben noch nicht gemacht, aber irgendwann gab es immer ein erstes Mal: Sie folgte der Kuh mit dem Kleid in der Farbe der Weide, auf der sie eigentlich grasen sollte. Die Kuh stieg in einen Fiat 124 Spider Abarth Cabrio, schwarz, mit rotem Absatz am unteren Ende des vorderen Stoßfängers und roten Rückspiegeln. Die Frau wusste offensichtlich, was Männern gefiel.

Die Kuh ließ die Plastiktüten im Kofferraum verschwinden, dann setzte sie sich in den Wagen, startete ihn, fuhr rückwärts aus der Parklücke heraus. Dabei konnte Leah das Kennzeichen lesen. DA für Darmstadt und – Leah konnte sich ein Lachen nicht verkneifen, als sie das zweite Buchstabenpaar des Kennzeichens las: KU. Die Ziffern entsprachen den ersten drei Ziffern ihrer Geheimnummer für die EC-Karte – dieses Kennzeichen würde sie mit Sicherheit nicht vergessen, auch wenn sie jetzt nichts zum Schreiben dabeihatte.

Leah begab sich auf direktem Weg zurück ins Polizeipräsidium. Der Schuhkauf ließ sich auch in den kommenden Tagen bewerkstelligen. Sie fragte den Rechner nach dem Kennzeichen ab. Sie schummelte ein wenig, als sie als Begründung eingab, dass der Wagen im Zuge der Ermittlungen zum Todesfall von Matthias Anderson aufgefallen wäre. Es war ihr einerlei, wenn man sie dazu zur Rechenschaft ziehen würde. Einen Sekundenbruchteil später hatte die Kuh einen Namen: Nadia Wittenborg. Sie lebte in Darmstadt in der Kaplaneigasse. Leah kannte die kleine Stichstraße unweit der Stadtbibliothek. Kleine Einfamilienhäuschen aus den Fünfzigerjahren. Leah gab die Daten zusätzlich in ihr Handy ein.

Inzwischen war es fünfzehn Uhr. Feller saß mit Leah und Horndeich am Tisch. »So, jetzt habe ich mal wieder was für uns. Und ihr werdet es mögen – allerdings nicht die Konsequenzen, die sich daraus ergeben. Ich bin die Kennzeichen noch mal durchgegangen. Vier der Autos waren ja Mietwagen. Und mit viel Überredungskunst und mit schnell herbeigeführten richterlichen Beschlüssen hatte ich nach eineinhalb Stunden auch die Personen identifiziert, die die Leihwagen gemietet haben, die wir auf dem Parkplatz des *Hofguts Rodenstein* erkennen konnten.«

»Und?«

»Drei Namen waren völlig irrelevant. Der vierte aber nicht. Der ist uns schon untergekommen: Michael Berger.«

In Horndeichs Gehirn ratterte es. Ja, da klingelte ein Glöckchen.

Leah war schneller: »Genotics. Der Typ, der dort in der Kantine gearbeitet hat. Und der diesen Streit zwischen einem Angestellten und Matthias Anderson beobachtet hat.«

»Genau der«, bestätigte Feller. Dann sagte er nichts mehr.

»Und?« Es war sonst gar nicht Fellers Art, sich jeden Infoschnipsel aus der Nase ziehen zu lassen.

»Ich hab mir den Knaben genauer angeguckt. Fangen wir mal damit an: Michael Berger ist alles andere als ein unbeschriebenes Blatt. Eine lange Liste von Delikten. Diebstahl, Körperverletzung, Nötigung, Widerstand gegen die Staatsgewalt, Autofahrt mit nur noch wenig Blut im Alkohol. Und alle Vergehen quer durchs Rhein-Main-Gebiet.«

»Okay. Aber ein langes Vorstrafenregister allein macht ihn noch nicht zu einem Kandidaten auf der Liste der Verdächtigen.«

»Das ist richtig. Geboren ist er übrigens in Darmstadt. Aber gemeldet war er als Kind in Fränkisch-Crumbach und hat nur zweihundert Meter von der Hofreite der Andersons entfernt gewohnt. Erinnert ihr euch, was Peter Anderson über seine Narbe am Arm gesagt hat? Sie wären ein Trio gewesen. Er, Peter Anderson, sein Halbbruder Matthias und ein gewisser Mike. Michael. Wir sollten ihm unbedingt einen Besuch abstatten und dabei einen Blick auf seinen Arm werfen.«

»Das kann ja wohl kaum Zufall sein, wenn er auch an diesem Tag dort war – und dann ausgerechnet noch mit einem Leihwagen. Wie lange stand der denn auf dem Parkplatz?«

»Das letzte Bild, auf dem ich den Wagen gesehen habe, wurde um fünfzehn Uhr fünf geschossen. Das erste um vierzehn Uhr. Michael Berger war also auch mindestens eine gute Stunde vor Ort. Aber es kommt noch besser. Nach dem, was ich auf die Schnelle herausfinden konnte, hat er sich immer von einem Job zum nächsten gehangelt. Er hat zwar einen Schulabschluss, aber keine abgeschlossene Berufsausbildung. Und die Liste seiner früheren Arbeitgeber, die hat auch eine Gemeinsamkeit: Ihre Namen und Firmen stammen alle aus dem Umfeld der Frankfurter Heavens Devils.«

»Thomas Vrancic.« Diesmal war Horndeich schneller gewesen als Leah. »Der gehörte doch zu den Heavens Devils. War dort sogar Vizepräsident.«

»Das war doch der Typ, mit dem Marlene Winkler zusammen war, oder? Von dem sie das Kind hat. Diese Frau, die vorgegeben hat, die Geliebte von Matthias Anderson zu sein.«

»Ja. Genau dieser Vrancic.«

»Das bedeutet, Michael Berger kannte Matthias Anderson, und höchstwahrscheinlich kannte er ihn als Kind sehr gut. Und zweitens hat er offensichtlich eine Verbindung zu Vrancic, dem Vizepräsidenten der Devils.«

»Was hält uns noch hier?«, gab Leah zu bedenken. »Fahren wir zu ihm.«

»Daran habe ich auch schon gedacht«, sagte Feller. »Aber – und jetzt kommt der Teil, der euch nicht schmecken wird – ich bin der Meinung, wir sollten die Fotos noch mal durchgehen. Denn wenn er auf einem der Bilder zu sehen ist, wäre es eindeutig.«

Horndeich und Leah seufzten unisono.

Aber Horndeich musste zugeben, dass Fellers Ansatz sinnvoll war. »Gleiche Aufteilung wie das letzte Mal? Du, Richard, machst die Videos, ich und Leah schauen uns die Bilder an?«

»Ja. Genau so. Und die Bilder von Michael Berger habt ihr bereits in euren Ordnern auf dem Server. Falls ihr euch nicht mehr so genau erinnert, wie er eigentlich ausgesehen hat …«

Der Sommer war gnädig zu ihnen in diesem Jahr. Natürlich gab es auch die üblichen Meckerer, die sich im Winter auf den Sommer freuten und im Sommer auf den Winter, weil die jeweiligen Temperaturen inkompatibel waren mit den persönlichen Befindlichkeiten – doch Leah liebte diese Jahreszeit und auch mit Hitze, Schwüle und Gewittern. Letztere hätten am heutigen Tag für Erleichterung sorgen können, doch sie waren nicht in Sicht.

Leah hatte sich mit ihrem Laptop auf dem Balkon niedergelassen. Bis kurz vor acht waren sie im Präsidium gewesen, hatten alle Fotos und Videos nochmals durchforstet. Bei den Bildern, auf denen auch Matthias Anderson zu sehen gewesen war, war Michael Berger nirgends zu entdecken. Und auch auf den anderen Bildern hatten sie ihn nicht finden können. Natürlich war es möglich, dass auch er irgendwo hinter einem Busch, hinter einem Baum, irgendwo im Dickicht versteckt gesessen hatte und man, wenn man die Bilder Pixel für Pixel abgraste, ihn noch aufspüren würde. Aber sie hatten beschlossen, Michael Berger morgen auch ohne Fotobeweis einen Besuch abzustatten.

Leah konzentrierte sich jetzt auf einen ganz anderen Fall. Sie wühlte sich durchs Internet, um möglichst ein komplettes Profil von Nadia Wittenborg zusammenzustellen. Auch sie war nicht schlecht im Bereich der Recherche. Nach einer halben Stunde wusste sie bereits eine ganze Menge: Brunos neue Freundin arbeitete in Darmstadt als Psychologin. Die Praxis lag in der Innenstadt. Nadia Wittenborg hatte 437 Facebook-Freunde und schien das Fotografieren zu mögen, denn die beiden Accounts bei Flickr und Instagram waren voller Fotos. Sie liebte ihre Stadt, und achtzig Prozent der Bilder zeigten Orte derselben.

Leahs Handy klingelte. Feller war am Apparat. Leah schaute auf die Uhrzeit: Es war schon nach neun.

»Ja, Richard?«

»Leah, darf ich noch mal kurz zu dir rüberkommen?«

Nein. Eigentlich war ihr das nicht recht. Andererseits …

»Ist was passiert?«

»Das ist nicht der richtige Ausdruck. Formulieren wir es so: Ich habe etwas für dich, aber ich brauche deine Hilfe.«

Für gewöhnlich war Richard Feller sehr geradeheraus. Solche Andeutungen waren eigentlich nicht seine Art. »Klar, komm rüber.«

»Bis gleich.«

Er hatte aufgelegt.

Leah würde die kommenden Minuten noch nutzen, um sich den Facebook-Account von Nadia Wittenborg genauer anzusehen. Sie klickte auf den Button *Info*. Beziehungsstatus: *In einer Beziehung*. Leah klickte sich durch die Chronik.

Und offensichtlich hatte die Kuh in ihren Privatsphäreeinstellungen einen Fehler gemacht: Leah konnte alles lesen. Der Beziehungsstatus hatte sich erst vor drei Monaten geändert. Davor hatte Nadia Wittenborg keine Angabe dazu gemacht. Damit war es keine detektivische Meisterleistung anzunehmen, dass Nadia und ihr Bruno seit diesem Zeitpunkt ein Paar waren.

Leah fragte sich, wie Bruno und Nadia sich wohl kennengelernt hatten. War Bruno zu ihr als Patient gegangen? Das konnte sie sich kaum vorstellen. Bruno und eine Psychologin – das war ungefähr so kompatibel wie der Papst und Alice Schwarzer.

Bruno war gar nicht auf Facebook aktiv, geschweige denn auf irgendwelchen Foto-Netzwerken. Wahrscheinlich waren sich die beiden zufällig bei einem Italienurlaub über den Weg gelaufen, hatten vielleicht am selben Tisch in einem Restaurant an der Adria miteinander gegessen, waren zusammengesetzt worden von einem Kellner am letzten freien Tisch – bis sie beide festgestellt hatten, dass sie in derselben Region zu Hause waren.

Leah zog den Stecker. Sie würde nicht erfahren, was die beiden zusammengebracht hatte, sie wollte es auch gar nicht.

Doch – natürlich wollte sie es wissen.

Und dann auch wieder nicht.

Sie seufzte und fuhr den Rechner runter. Schenkte sich das erste und einzige Glas Rotwein an diesem Abend ein. Genoss es. Aber sie vermisste ihn. Ihren Bruno. Und dachte gleichzeitig: Wenn es ihm mit ihr gut geht? Ist es dann nicht richtig?

In diesem Moment klingelte die Türglocke. Feller. Sie hatte in den vergangenen fünf Minuten in der Facebook-Welt schon wieder völlig vergessen, dass er ja noch vorbeikommen wollte.

Als der Kollege die letzten Treppenstufen erklomm, sah Leah, dass er seine schwarze Aktentasche mitgebracht hatte. Sie war irritiert, aber bat ihn erst einmal herein.

Zwei Minuten später saßen sie auf ihrem Balkon.

Feller bat um etwas Wasser. Leah holte es aus der Küche und stellte eine Karaffe auf den Tisch. In dem gläsernen Krug schwammen einige Zitronenscheiben und ein paar Blättchen Pfefferminze.

»Ich hab in den vergangenen Tagen ein bisschen recherchiert.«

Leah hatte keine Ahnung, worauf er hinauswollte. Natürlich hatte er recherchiert. Das tat er jeden Tag. Und das tat er gut, meistens sogar sehr gut. Gerade in ihrem aktuellen Fall wären sie ohne seine Recherchen nicht wirklich weitergekommen.

»Ich meine zu dem Überfall auf dich vor dem Trainingsbad.«

Leah hörte das Wort, und augenblicklich spürte sie in ihrem Magen einen Steinklumpen, männerfaustgroß. Feller hatte ihr kurzes Zusammenzucken wohl wahrgenommen, fuhr aber ungerührt fort: »Du hast gesagt, dass bei dem Überfall ein zweiter Mann gewesen wäre. Wie aus dem Nichts aufgetaucht und sofort danach wieder im Nichts verschwunden. Und dass Christian Weiland ein Messer in der Hand gehalten hätte, das Sekunden später, nachdem du ihn entwaffnet hast, nicht mehr da war.«

»Ja, Richard, aber das habe ich doch alles schon ein paarmal erzählt. Worauf willst du hinaus?«

»Ich will darauf hinaus, dass sich deine Erzählung und die Realität meiner Meinung nach nur unter einer Prämisse zur Deckung bringen lassen: Der zweite Mann und Christian Weiland kannten sich und waren gemeinsam zu dieser Zeit am Trainingsbad. Der zweite Mann war kein Fremder, der nur zufällig an diesem Ort war. Was meinst du? Kann er das Messer an sich genommen haben?«

Leah überlegte kurz. Sie erinnerte sich nur daran, dass sie den Mann erst wahrgenommen hatte, als er die Frage gestellt hatte, ob er die Polizei holen solle. Danach hatte sie nach ihrem Handy gegriffen und genau das getan. Hatte sich dann auf den Boden gesetzt. Auf die Zigarette gestarrt. Und nur diese völlige Leere in sich gespürt. Minuten später waren die Kollegen der Schutzpolizei eingetroffen, dreißig Sekunden später der Krankenwagen.

»Ja. Als ich das Handy aus der Tasche geholt habe und bei den Kollegen anrief, in der Zeit hätte er das Messer an sich nehmen können, ohne dass ich es bemerkt hätte. Da habe ich ihm quasi den Rücken zugedreht.«

Ein Lächeln überzog Richard Fellers Gesicht. Er griff nach der Aktentasche, die er mit auf den Balkon genommen hatte, und zog zwei Ringbücher heraus. Beide waren im klassischen DIN-A4-Format gehalten, eines in Blau, das andere in Rot. Er reichte Leah das rote. »Erkennst du ihn wieder?«

Leah schlug das Ringbuch auf. In Klarsichthüllen waren Porträts von Männern abgeheftet. Aber es waren keine Bilder, die vom Erkennungsdienst erstellt worden waren. Leah hatte keine Ahnung, woher Richard Feller die Bilder hatte, aber sie verstand seine Intention: Irgendeines der Bilder zeigte wohl den Mann, den er im Verdacht hatte, der Komplize von Christian Weiland zu sein.

Die Spanne der abgebildeten Porträts reichte von einem vielleicht Achtzehnjährigen bis zu einem sich wohl bereits im Pensionsalter befindlichen Mann. Keiner der Männer machte einen sympathischen Eindruck. Leah zählte die Bilder zwar nicht, hatte aber, nachdem sie das Album völlig durchgeblättert hatte, das Gefühl, dass es zwischen vierzig und fünfzig Abbildungen enthielt. Und nein, auf den ersten

Blick war ihr niemand aufgefallen, der der Mann vom Trainingsbad hätte sein können.

Leah blätterte die Porträts erneut durch. Beim Anblick eines der Bilder stutzte sie. »Der ist doch zweimal hier drin!«, wunderte sie sich. Sie zeigte auf das Bild, blätterte dann ein paar Klarsichthüllen zurück.

Feller nickte. »Ja. Einige sind mehrfach abgebildet.«

»Warum?«

»Schau sie dir alle noch mal an. Wenn es einen Treffer gibt, lass es mich wissen. Wenn nicht, dann auch. Danach erkläre ich dir, was ich hier gemacht habe.«

Leah klappte das Album zu, klappte es wieder auf, blätterte den ganzen Stapel von Klarsichthüllen nach vorn – und begann, die Porträts nun in entgegengesetzter Reihenfolge nochmals anzuschauen. Als sie damit durch war, sagte sie: »Der Typ, der da zweimal zu sehen ist, den kenne ich. Frag mich nicht genau, woher – aber ich glaube, der kommt aus Eberstadt-Süd und war schon irgendwann mal bei einer Schlägerei dabei oder etwas Ähnliches. Aber das ist nicht der Mann vom Trainingsbad. Und wenn, dann habe ich ihn dort nicht erkannt.«

Feller nahm den Ordner wieder an sich.

»Also, warum ist der Knabe zweimal da drin?«

Feller schüttelte leicht den Kopf und gab ihr den blauen Ordner.

»Erkennst du das Messer wieder?«

Leah schlug den Ordner auf. Wieder DIN-A4-Klarsichthüllen, diesmal befüllt mit Bildern von Messern. Die allerdings stammten eindeutig alle aus Tatortakten – immer lag das Zentimetermaß daneben.

Leah hatte in ihrem Leben schon viele Messer gesehen, war aber absolut keine Expertin. Feller hatte eine bunte Zusammenstellung zusammengetragen: Küchenmesser, Jagdmesser, Klappmesser, Butterflymesser – alles war vertreten. Es waren auch mehr Fotografien als im roten Ordner.

Als Leah das drittletzte Foto aufschlug, zuckte sie zusammen, am ganzen Körper, gefühlt mit jedem Muskel. Sie erkannte das Messer ohne jeden Zweifel wieder. Mit diesem komisch schillernden Muster auf dem Messerrücken, mit dem zweigeteilten Heft und dem Handschutz. Sie starrte auf das Foto und sah plötzlich in ihrem Kopf wieder ganz klar, wie Christian Weiland unter ihrer Gewalt das Messer losgelassen und sie es sofort mit dem Fuß weggekickt hatte. Das Schillern des Messerrückens unter dem Licht der Straßenlaterne. Das weiße Horn vor dem Handschutz und die drei Rauten im Holzgriff. »Ja. Das ist das Messer. Kein Zweifel.«

Leah zitterte.

Feller nahm ihr das Album aus der Hand, klappte es zu, stand auf. »Ich glaube, jetzt möchte ich auch ein Glas Wein.«

Leah zitterte immer noch.

»Bleib sitzen, ich hole es mir selbst.« Er verließ den Balkon, und während er an ihr vorbeiging, legte er kurz seine Hand auf ihre Schulter. Dabei sagte er ganz leise: »Alles gut, Leah, alles gut.«

Feller kam mit einem zweiten Weinkelch zurück, goss ihnen je ein Glas aus der auf dem Tisch stehenden Flasche ein. Sie stießen an, und Leah merkte nach dem vierten Schluck, dass das Zittern etwas nachließ.

»Wie um alles in der Welt hast du dieses Messer gefunden?«

Feller berichtete, wie er nach und nach auf die Spur von Ivan Borowski gekommen war. Beschrieb, wie er schließlich den potenziellen Komplizen auf einen der drei Eberstädter reduziert hatte. Von denen einer dieses Messer bei einer Schlägerei bei sich getragen hatte. Deshalb wäre es auch in den Polizeiakten aufgetaucht.

»Dieser Borowski – er ist auch in dem Schönheitenalbum, das du mir gezeigt hast?«

»Ja. Dreimal. Und die beiden anderen ebenfalls dreimal. Ich wollte, dass du die Ähnlichkeit erkennst, wenn du einen von ihnen identifiziert hättest. Dann hätte ich gewusst, dass du nicht auf einen Falschen gedeutet hättest.«

»Wer von denen ist das?«

Feller griff wieder nach dem roten Album und zeigte Leah die drei Aufnahmen von Ivan Borowski, die er von den Seiten diverser sozialer Netzwerke kopiert hatte. Leah betrachtete sie. »Ja, jetzt erkenne ich auch, dass das dreimal derselbe Mann ist. Aber ich erkenne ihn nicht wieder.«

»Das macht nichts. Gleich morgen früh spreche ich mit dem Staatsanwalt. Wir brauchen einen Durchsuchungsbeschluss für Ivan Borowskis Wohnung. Ich denke, wir werden dieses Messer bei ihm finden. Das Teil ist so sauteuer, das hat er bestimmt nicht hergegeben. Und dann gehe ich davon aus, dass wir auf diesem Messer seine und auch die Fingerabdrücke von Christian Weiland finden. Und damit wärest du dann aus dem Schneider.«

Feller hob sein Glas und prostete Leah zu.

Dieser Mann hatte in der vergangenen Woche wohl den Großteil seiner Freizeit geopfert, um sie von ihrer Misere zu befreien. Leah konnte sich nicht erinnern, dass jemand schon einmal so etwas für sie getan hatte.

Sie stieß mit ihm an. Und sah dabei in seine Augen.

SAMSTAG, 17. JUNI

Richard Feller liebte die Höhle seines Büros. Fünf Rechner als beste Freunde, das Surren der Lüfter, Regale, aus denen der Duft von Metall und Plastik strömte, die Tastaturen, die Monitore, die Kopfhörer – das war seine Welt. In der fühlte er sich am wohlsten. Feller hätte nicht gedacht, dass er sich einmal freiwillig wieder hinaus in die Welt der Außeneinsätze gewagt hätte.

Es hatte eine halbe Stunde gebraucht, einen Befehl für eine Wohnungsdurchsuchung bei Ivan Borowski bei einem Richter zu erwirken. Und danach wollte Feller es sich nicht nehmen lassen, selbst mit dabei zu sein, wenn sie das Messer, das Leah entlasten würde, an sich nahmen. Leah selbst sollte den Einsatz leiten, doch als sie um zehn Uhr gemeinsam zu Ivan Borowskis Adresse fuhren, hatte Leah zu Feller gesagt: »Wenn du magst, mach du das. Ich weiß nicht, wie ich mich verhalte, wenn ich dem Kerl gegenüberstehe.«

Auch Horndeich war damit einverstanden gewesen, dass sie erst zu Borowski fuhren und sich Michael Berger danach zur Brust nahmen.

Feller war nach außen hin ruhig wie immer, aber das Adrenalin in seinem Körper fuhr Achterbahn durch die Gefäße. Zwei Streifenwagen mit insgesamt acht Kollegen der Schutzpolizei fuhren unmittelbar hinter ihnen. Sie wollten auf keinen Fall Gefahr laufen, dass Ivan Borowski versuchen würde, durch den Keller und einen der beiden Hinterausgänge zu flüchten. Die Kollegen der Schutzpolizei kannten das Gebäude gut. Sie waren schließlich nicht zum ersten Mal hier.

Vier Beamte sicherten die Ausgänge, mit vier Beamten traten Feller und Leah vor die Haustür, als gerade eine alte Dame das Gebäude verließ. Das ersparte ihnen das Klingeln.

Borowski wohnte im vierten Stock. Ein Beamter der Schutzpolizei – geschützt mit einer Kevlarweste, man wusste ja nie – klingelte und klopfte gleichzeitig lautstark an die Tür: »Polizei. Aufmachen.«

Aus dem Innern der Wohnung hörte man undefinierbare Geräusche. Der Kollege klopfte noch mal etwas lauter und wiederholte seine Aufforderung.

Die Tür öffnete sich, Ivan Borowski stand im Türrahmen. »Ich muss Sie nicht reinlassen. Ich kenne meine Rechte!«

Borowski hatte zwei leere Hände, führte keine Waffe. So trat Feller nach vorn und hielt ihm den Durchsuchungsbeschluss unter die Nase. »Doch«, sagte er nur, öffnete die Wohnungstür noch ein Stück weiter und trat ein. Die Beamten folgten ihm. Nun standen alle im Flur, und es wurde etwas eng.

Feller holte sein Ringbuch hervor, das blaue, in dem sich jedoch nur noch eine einzige Fotografie einsam in einer Klarsichthülle befand. »Es gibt jetzt zwei Möglichkeiten, Herr Borowski. Sie sagen uns, wo wir dieses Messer finden. Oder wir stellen die ganze Bude auf den Kopf, bis wir es gefunden haben.«

Borowskis Blick wanderte von Feller zu Leah, kurz weiteten sich seine Augen, dann schnaubte er los: »Hat dieses Arschloch geredet?«

»Welches Arschloch?«, wollte Feller wissen.

»Chris – dieser Drecksack. Ich wollte ihm den Arsch retten, und jetzt verpfeift mich dieser Wichser.«

»Das Messer«, sagte Feller tonlos.

Borowski ging ins Wohnzimmer – oder das, was es wohl

darstellen sollte. Eine Couch und ein großer Fernseher dominierten den Raum, zwei billige Kommoden standen an der Zimmerwand. Auf dem Boden dreckige Klamotten, mehrere Hanteln, mehrere leere Dosen Red Bull und an einem kleinen Tisch ein Computer mit 27-Zoll-Monitor.

Ivan Borowski ging auf eine der Kommoden zu und wollte gerade die oberste Schublade aufziehen, als Feller ihn stoppte: »Halt. Nicht anfassen. Das machen wir.«

Ivan Borowski trat zur Seite, Feller zog sich ein paar Latexhandschuhe über und öffnete die Schublade. Da gab es einige Messer, eins davon ein Butterfly, das den Besitzer allein schon bis zu drei Jahre kosten könnte. Die gesuchte Stichwaffe befand sich in einem Lederetui. Feller nahm das Etui heraus und öffnete es. Das Heft des Messers glich exakt jenem auf dem Foto. Feller schloss das Etui und ließ es in einen durchsichtigen Plastikbeutel gleiten.

»Kann ich eine Aussage machen?« Borowski ergriff offensichtlich die Flucht nach vorn.

»Klar. Begleiten Sie uns doch einfach.«

Die Wohnung von Michael Berger lag im westlichsten Stadtteil von Griesheim – der sogenannten Papageiensiedlung. Ebenfalls eine Ansammlung von Hochhausbauten aus einer Zeit, als man solche noch richtig gut gefunden hatte. Früher einmal bunt angestrichen, hatten sie ihren Namen abbekommen. Berger wohnte im neunten Stock. Leah und Horndeich fuhren mit dem Aufzug nach oben, mussten sich dann kurz orientieren, fanden die Wohnung aber schnell.

Michael Berger stand bereits im Türrahmen. »Wie komme ich zu der Ehre?«, fragte er statt einer Begrüßung.

»Nun, im Mordfall Matthias Anderson haben wir noch ein paar Fragen an Sie.«

Michael Berger deutete mit dem Kopf in Richtung Flur,

eine Geste, die offensichtlich so viel bedeuten sollte wie »Kommt rein«.

Die Wohnung war klein, Horndeich tippte auf fünfunddreißig Quadratmeter, aufgeteilt auf zwei Zimmer, eine winzige Küche und ein winziges Bad. Einzig die Aussicht war schön. Vom Wohnzimmerfenster aus hatte Michael Berger einen ungehinderten Blick nach Westen bis weit über die Rheinebene hinaus zum Bergrücken des Donnersbergs.

Die Wohnung war eher spartanisch eingerichtet. Highlight des Wohnzimmers war ein 48-Zoll-Sony-Flachbildschirm. Der Subwoofer für tiefe Bässe war nicht zu übersehen, und als Horndeich mit seinen Augen auf die Suche ging, konnte er auch die Satellitenlautsprecher orten. Vom etwas abgewetzten Sofa aus konnte man hier offenbar entspannte Filmabende in Kinoqualität erleben.

»Nehmen Sie Platz«, sagte Berger und ließ sich selbst auf das Sofa fallen.

Horndeich und Leah setzten sich auf die beiden Sessel.

»Also, worum geht es?«

»Tja, ich weiß so gar nicht, wo ich anfangen soll«, sagte Horndeich. »Da sind schon einige Dinge, auf die wir eine Antwort brauchen. Fangen wir doch einfach mal mit Ihrem Unterarm an.«

Michael Berger war sichtlich irritiert. »Mein Unterarm? Was bitte ist interessant an meinem Unterarm? Und vor allem – an welchem?«

»Zeigen Sie doch einfach mal beide.«

Berger trug ein langärmliges dünnes Sweatshirt aus Baumwolle. Er seufzte und zog sich die Ärmel nach oben, erst links, dann rechts.

»Was ist das für eine Narbe dort?« Horndeich deutete auf das vernarbte Kreuz am rechten Unterarm. »Das? Da habe ich mich mal geschnitten, als ich über einen Zaun geklettert bin. Als Kind. Ist schon eine Weile her. Aber warum fragen Sie mich das?«

»Sie kannten Matthias Anderson. Schon als Kind. Und auch seinen Bruder, Peter. Und Sie waren mal ganz dicke als Jungs. Und diese Narbe – die stammt nicht von einem rostigen Zaun, sondern von einem rostigen Messer. Mit dem Sie einen Treueschwur geleistet haben.«

Michael Berger legte die Stirn in Falten. »Ja. Da haben Sie recht.«

»Und warum haben Sie uns das nicht gesagt, als wir mit Ihnen über den Vorfall in der Kantine von Genotics gesprochen haben?«

»Weil Sie mich nicht danach gefragt haben. Sie wollten wissen, was ich von diesem Streit mitbekommen habe. Und das habe ich Ihnen gesagt. Was hat das jetzt mit Matthias Anderson zu tun?«

»Nun, wir wundern uns schon ein bisschen darüber, dass Sie bei Ihrem ehemaligen Jugendfreund arbeiten und es nicht für nötig erachten, uns das zu sagen. Aber egal, ich frage Sie jetzt: Wie war Ihr Verhältnis zu Matthias Anderson? Wenn ich das richtig in Erinnerung habe, haben Sie drei Monate vor seinem Verschwinden in der Kantine angefangen. Wussten Sie, dass Matthias Anderson *der* Matthias Anderson ist? Hat er Sie erkannt? Haben Sie jemals über alte Zeiten geplaudert?«

»Ich nehme mal an, dass Sie schon ein bisschen in meinem Vorleben geforscht haben. Da werden Sie gesehen haben, dass ich es mit Ihren Kollegen nicht immer leicht hatte. Und Sie werden auch gesehen haben, dass die Anzahl meiner Arbeitgeber hoch ist. Ich habe für viele Leute gejobbt, und es war ein absoluter Zufall, dass ich plötzlich bei Genotics gelandet bin. Und ja, ich habe Matthias Anderson gefragt, ob er der Matthias Anderson wäre, mit dem ich damals durch die Wälder gerannt bin. Und ja, wir haben festgestellt, dass wir Freunde aus Kindertagen waren. Aber Matthias Anderson hatte überhaupt keinen Bock darauf, mit mir etwas zu tun zu haben. Er lebte in einer anderen Welt. Wir haben uns freundlich gegrüßt, aber wir hatten einander nicht viel zu sagen.«

»Wie war Ihr Verhältnis zu Thomas Vrancic?« Jetzt schaltete sich Leah ein.

»Vrancic? Was hat das jetzt mit Matthias Anderson zu tun?«

»Sie kannten Thomas Vrancic?«

»Ja. Ich kannte Thomas Vrancic.«

»Woher?«

Michael Berger lachte auf. Und es war ein bitteres Lachen. »Wir haben zusammen gesessen. Anfang der Nullerjahre. Preungesheim. Da haben wir uns kennengelernt.«

»Und dann?«

»Nichts und dann.«

»Kein Kontakt mehr?«

»Doch. Ich war ein paarmal in einem seiner Puffs. Und hab dort den einen oder anderen Freifick gekriegt. Weil ich in Preungesheim einer seiner Bodyguards war. Ist das Antwort genug?«

Horndeich übernahm wieder. »Wissen Sie, was uns am meisten irritiert?«

»Nein. Aber ich kann gar nicht erwarten, dass Sie es mir endlich sagen. Denn dieser Tanz hier – ich habe keine Ahnung, warum Sie den überhaupt aufführen.«

Horndeich griff in die Innentasche seines Jacketts. Nahm das Handy heraus. Wischte ein paarmal darüber. Dann zeigte er Michael Berger die Aufnahme, auf der der Leihwagen zu sehen war, den Michael Berger an diesem Tag gefahren hatte. Ein blauer Mercedes SLK. »Diesen Wagen haben Sie am 29. April 2015 gemietet. Und Sie haben ihn am 1. Mai 2015 wieder zurückgegeben. Und mit diesem Wagen waren Sie genau zum Zeitpunkt des Todes von Matthias Anderson am *Hofgut Rodenstein*. Dafür hätten wir jetzt gerne eine Erklärung. Und zwar eine gute.«

»Rodenstein? Im Odenwald? Ich mache das manchmal, so einen Trip hier durch die Gegend. Mal hier, mal da, ein bisschen Spazierengehen, bisschen Wandern – ich mag das.«

»Sie wollen uns also erzählen, dass es reiner Zufall war, dass Sie mit einem Leihwagen am Tag des Todes von Matthias Anderson am *Hofgut Rodenstein* waren. Warum dort? Und warum nicht mit Ihrem eigenen Auto?«

»Herr Horndeich – ich bin dort groß geworden. Ich bin als Junge durch die Wälder um die Burgruine gestreift. Ich kannte dort jeden Baum. Wir kannten dort jeden Baum, Matthias, Peter und ich. Manchmal, wenn ich sentimental werde, und ab und zu passiert das, dann fahr ich dorthin. Wandere durch die Wälder oder hocke mich auf einen Baumstumpf und genieße es, in der Natur zu sein. Wenn Sie mich fragen, ob ich an diesem Tag mit diesem geilen Flitzer dort war, dann kann ich Ihnen nur sagen, dass ich mich dunkel daran erinnere. Mein Wagen hat im Sommer vor zwei Jahren Zicken gemacht. Und da habe ich mir einfach mal den Luxus gegönnt und mir den SLK für zwei Tage ausgeliehen. Habe ich mich damit strafbar gemacht?«

»Nein, das haben Sie nicht. Hatten Sie bei Ihrem Spaziergang Handschuhe an?«

»Handschuhe? Im April? Halten Sie mich jetzt für völlig bescheuert?«

»Ich frage ja nur. Und Sie haben weder Matthias Anderson dort getroffen noch Peter Anderson?«

»Nein. Ich habe weder Matthias Anderson dort getroffen noch Peter Anderson. Ich bin spazieren gegangen. Aber es war mir zu voll, zu viele Leute im Wald, also bin ich nicht lange geblieben und wieder zurückgefahren. Darf ich jetzt weiter mein Wochenende genießen? Oder wollen Sie mir noch ein paar mehr sinnlose Fragen stellen?«

Leah erhob sich. »Nein, das war's. Herzlichen Dank für Ihre Zeit«, sagte sie.

Auch Horndeich erhob sich. Er nickte Berger zu.

Dann verließen sie das Apartment.

Als sie wieder im Auto saßen, fragte Leah: »Das ist doch alles Larifari, was der uns da erzählt hat.«

Horndeich nickte. »Ja. Das glaube ich auch. Das Problem ist: Wir haben nichts, was ihn mit dem Mord in Verbindung bringt.«

Nun war es an Leah zu nicken. »Scheiße«, fluchte sie leise.

»So, inzwischen habe ich ein bisschen mehr über Herrn Berger rausfinden können«, sagte Feller, als sie wieder im kleinen Besprechungsraum zusammensaßen.

»Auch der Catering-Service, für den er gearbeitet hat, hängt mit den Heavens Devils zusammen. Die Verbindung zu Vrancic und seinen Leuten besteht seit 2002.«

»Da hat er mit Vrancic zusammen in Preungesheim gesessen«, sagte Horndeich.

»He! Ein bisschen was habt ihr ja auch rausgekriegt! Über zehn Wochen haben sich ihre Strafen in Preungesheim überschnitten. Der Beginn einer wunderbaren Freundschaft.«

»Weißt du, was für einen Wagen er fährt?«

»Old school. Einen Lada Niva.«

»Ist das nicht dieser russische Gelände-Bauernpanzer?«, fragte Leah.

»Ja. Ein kleiner Geländewagen, permanenter Allradantrieb, seit den Siebzigerjahren gebaut, seit dieser Zeit kaum verändert. Einfach, aber zuverlässig. Wenn ich mit einem

Auto quer durchs Gelände düsen wollte und ich nur zwanzigtausend Euro zur Verfügung hätte, dann wäre dieser Wagen genau der meiner Wahl. Es gibt ein lustiges Video auf YouTube. Ein Vergleich zwischen dem Lada und einem Mercedes ML auf einem steilen Anstieg, auf dem auch noch ein Wasserfall herunterplätschert. Der Mercedes quält sich den Berg hoch, der Lada fährt ihn, vermeintlich fröhlich pfeifend, einfach nach oben. Lustig.«

Leah erinnerte sich an einen Abend mit Bruno, als dieser ihr ein paar Videos gezeigt hatte, wie sich sein Jeep Gladiator im Gelände schlug. Danach hatten sie tatsächlich noch eine Folge *Daktari* gemeinsam geschaut. Seit sie einen Blick für den Wagen hatte, hatte sie ihn auch in diesen Folgen stets erkannt. Wehmut überfiel sie. Ein klein bisschen nur, aber es war eindeutig Wehmut.

Horndeich fragte: »Matthias Anderson ist am *Hofgut Rodenstein* umgebracht worden. Gefunden haben wir ihn neben der Lichtwiese in Darmstadt. Wann wurde die Leiche dorthin gebracht?«

Es war Leah, die darauf sofort eine Antwort hatte: »Auf jeden Fall noch in der Nacht vom dreißigsten April auf den ersten Mai. Am ersten Mai war dort am *Hofgut* die Hölle los. Da wäre die Leiche gefunden worden. Ganz sicher.«

Horndeich nickte. »Das sehe ich genauso. Die Leiche hätte dort unmöglich am ersten Mai rumliegen können, ohne dass irgendjemand sie entdeckt hätte. Und Michael Berger, er hatte zwei mögliche Autos, um die Leiche dorthin zu fahren, wo er sie dann begraben hat: Er konnte den Landrover von Matthias Anderson nehmen oder seinen Lada. Wenn wir mal unterstellen, dass der Lada nicht kaputt war, sondern der SLK als Tarnung diente, um nicht auf irgendwelchen Bildern von irgendwelchen Kameras aufzufallen.«

»Wenn diese Theorie stimmt, dann ja.«

»Ich meine, welchen Grund sollte er sonst gehabt haben?«

»Aber wie bringt uns das jetzt weiter?«

Horndeich überlegte kurz. Dann sagte er: »Wir haben uns bisher ausschließlich auf das *Hofgut Rodenstein* konzentriert. Aber vielleicht gibt es ja noch irgendwelche Indizien aus dem Naturschutzgebiet. Vielleicht hat einer der Förster irgendetwas mitbekommen – an diesem dreißigsten April. Oder am ersten Mai. Ich meine, wenn ein Auto quer durchs Naturschutzgebiet rauscht, das muss einem Förster doch wehtun.«

Horndeich hatte sich das so einfach vorgestellt. Ein Anruf beim Forstamt, eine Telefonnummer des zuständigen Försters, ein Termin und dann: Klarheit. Leider war dem nicht so. Zum einen war es Wochenende. Ein schlechter Zeitpunkt, um Ämter in erhöhte Aktivität zu versetzen.

Sie hatten sich zu dritt durchs Internet gewühlt, um die Privatnummer des Försters herauszufinden, der jetzt für dieses Naturschutzgebiet zuständig war. Eine halbe Stunde – dann hatte Feller das Ergebnis präsentiert.

Aber der Förster, der jetzt dieses Waldgebiet unter seine Fittiche genommen hatte, war nicht der Förster, der auch im Jahr 2015 auf diesem Posten aktiv gewesen war. Immerhin konnte er ihnen einen Namen nennen: Alfred Löbig. Er hatte die Gemarkung bis 2016 betreut, dann war er in den Ruhestand gegangen. Wenn jemand irgendetwas über die Ereignisse in diesem Waldgebiet bis 2016 wusste, dann war es Löbig.

Leah rief ihn an, und sie hatten Glück. Löbig war zu Hause, und er war auch bereit, mit ihnen zu sprechen. Horndeich und Leah machten sich sogleich auf, um den Förster zu befragen.

Alfred Löbig wohnte in der Erbacher Straße, ganz am östlichen Ende. In einem der Arbeiterhäuser, die zu der Jugendstilausstellung 1914 errichtet worden waren, in der Nähe der Mathildenhöhe, um später am Ende der Erbacher wieder aufgebaut zu werden.

Es waren schöne Häuser, pittoresk, mit Innenhöfen – aber leider ziemlich abseits gelegen von jeder Bushaltestelle, dachte Horndeich, als sie ankamen.

Alfred Löbig empfing die Gäste im Hof: »Schön, dass Sie hier sind. Vielleicht kann ich Ihnen ja helfen.«

Horndeich hätte nicht gedacht, dass dieser Mann bereits pensioniert war. Er hätte ihn auf vielleicht sechzig geschätzt. Er war von drahtiger Statur mit braun gegerbter Haut und ganz wachen, fast grauen Augen.

Im Haus war es etwas dunkel. Löbig führte sie in eine Küche, in der auch ein Esstisch mit einer Eckbank und ein paar Stühlen standen.

»Nehmen Sie doch bitte Platz.«

Die Tür zur Essküche ging auf, herein trottete ein riesiger Hund. Ein Mischling. Schäferhund, erkannte Horndeich. Husky war wohl auch drin und ein wenig Labrador.

Sofort schnupperte er an Leah, dann an Horndeich. Löbig wies ihn zurecht: »Kunan, leg dich!« Augenblicklich hielt der Hund inne, trat an die linke Seite des ehemaligen Försters Löbig und legte sich neben den Stuhl.

Eine Frau betrat den Raum. Sie war in ihrer Statur Alfred Löbig sehr ähnlich. Graue Haare, zu einem Pferdeschwanz gebunden, Falten im Gesicht, aber das meiste davon Lachfältchen um Augen und Mund.

»Meine Frau Greta.«

Horndeich und Leah begrüßten die Dame des Hauses.

»Ich lass euch allein. Ich glaube, Sie haben viel zu besprechen.« Sie schnalzte einmal mit der Zunge, ein Zeichen für den Hund, sich zu erheben. Er trottete mit ihr hinaus aus dem Raum.

Woher wollte diese Frau wissen, was sie zu besprechen hatten?, fragte sich Leah.

»Sie sind hier wegen der Leiche, die Sie vor knapp zwei Wochen im Naturschutzgebiet ausgebuddelt haben, habe ich recht?«

Horndeich nickte. »Ja. Wir haben inzwischen ein bisschen was herausgefunden. Und daraus ergeben sich ein paar Fragen an Sie.«

»Na dann, nur zu. Fragen Sie. Wenn ich Ihnen irgendwie helfen kann, werde ich das gerne tun.«

»Wir haben die Identität des Toten geklärt, es handelt sich um Dr. Matthias Anderson. Er stammt aus Fränkisch-Crumbach. Und er war Inhaber eines DNA-Analyselabors in Kranichstein. Kommt Ihnen der Name bekannt vor?«

Leah hatte auch ihr Tablet aus der Tasche genommen und zeigte Alfred Löbig ein Foto von Matthias Anderson.

»Nein, diesen Mann kenne ich nicht«, antwortete er.

»Wir haben inzwischen auch den Todeszeitpunkt genau eingrenzen können. Matthias Anderson ist am 30. April 2015 ermordet worden. Aber nicht an dem Ort, an dem er aufgefunden wurde, sondern am *Hofgut Rodenstein* in Fränkisch-Crumbach. Sagt Ihnen das etwas?«

»Klar kenne ich das *Hofgut*. Und auch die Wälder drum rum. Ich war viele Jahre befreundet mit Edmund Bachmann, der dort Förster war. Ist aber inzwischen auch pensioniert. Und dort ist dieser Matthias Anderson ermordet worden?«

»Ja. Und wir gehen davon aus, dass seine Leiche in der Nacht vom 30. April 2015 auf den ersten Mai im Naturschutzgebiet abgeladen und vergraben wurde. Und das ist jetzt die Frage an Sie: Gibt es irgendetwas, das Ihnen zu dieser Zeit aufgefallen ist?«

Alfred Löbigs Reaktion überraschte sowohl Horndeich als auch Leah. »Das glaub ich ja jetzt nicht. Dass ausgerechnet *Sie* mich danach fragen. Mein Gott, ich bin damals gegen Gummiwände gelaufen, habe mir fast wörtlich die Nägel an den Holztüren der Ämter blutig gekratzt – aber keine Socke hat sich dafür interessiert, was damals los war.«

»Was war denn damals los?«, fragte Leah ganz pragmatisch.

»Da ist jemand mit seinem Auto quer durchs Naturschutzgebiet gefahren. Und das passiert wirklich nicht oft.«

»Am 30. April 2015?«

»Am 30. April 2015!«, erwiderte Alfred Löbig.

Kurz herrschte Schweigen in der Küche. Dann sagte Leah leise: »Erzählen Sie uns doch bitte, was da passiert ist.«

Alfred Löbig seufzte tief. »Das hätte ich nicht gedacht, dass dieser Tag einmal kommen würde. Ja, ich erinnere mich sehr gut an den 30. April 2015. Also mehr an den ersten Mai. Ich war auf meiner Runde damals. Und fragen Sie nicht, mit was wir in unseren Naturschutzgebieten manchmal konfrontiert sind. Getränkedosen, gebrauchte Damenbinden, ab und an auch ein leerer Kühlschrank, von den herrenlosen Fahrrädern gar nicht zu sprechen. Aber das, was ich am 1. Mai 2015 dort gesehen habe, das hatte ich so auch noch nicht erlebt: eine Autospur. Quer durchs Gelände. Als ob da Jugendliche ein Nachtrennen veranstaltet hätten, eine Rallye – was auch immer. Zuerst habe ich mit meinem Handy Bilder gemacht. Dann habe ich gedacht, dass das als Beweismaterial wohl kaum genügen wird. Also habe ich meine Ausrüstung geholt. Kennen Sie von Ihrer Spurensicherung. Ich habe einen Gipsabdruck des Reifenprofils gemacht. Und Fotos, bei denen ich das Zentimetermaß angelegt habe. Alles perfekt dokumentiert.«

»Und was haben die Kollegen dazu gesagt? Haben sie einen Trupp an den Tatort geschickt?«

Alfred Löbig lachte bitter auf. »Der war gut. Ich bin natürlich zu Ihren Kollegen vom ersten Revier gegangen. Die haben mir allerdings gleich klargemacht, dass sie nicht zuständig sind. Wenn ein Auto durch ein Naturschutzgebiet brettert, dann sind dafür die Kollegen des Ordnungsamts zuständig. Also bin ich mit Gipsabdruck und Fotos zu denen gegangen. Sie haben nicht gewiehert vor Lachen. Das ist das Einzige, das ich ihnen zugutehalten möchte.

Frau Gabriely, Herr Horndeich, ich mache es kurz: Keine Socke hat sich dafür interessiert. Und das ist noch freundlich formuliert. Ich meine, sie alle wachsen hier: Sauerampfer, der große Wiesenknopf, Wegwarte, Johanniskraut und Braunwurz, sibirische Schwertlilien und das breitblättrige Knabenkraut. Und Schmetterlinge, Wildbienen und Heuschrecken haben hier ein Zuhause gefunden. Ach, ich spare mir jetzt den Vortrag. Auf den Punkt gebracht: Reifenspuren quer durchs Naturschutzgebiet – geht gar nicht. Aber außer mir hat das niemand so gesehen. Drei Monate habe ich den Don Quichote gespielt und bin mit der Lanze gegen die Windmühlenflügel der Bürokratie angerannt. Es hat nichts gebracht. Gar nichts. Außer einer blutigen Nase bei mir. Und nun sitzen Sie hier an meinem Tisch und befragen mich genau zu den Reifenspuren, die ich gesichert habe. Ironie des Schicksals nennt man das, glaube ich, großspurig.«

Horndeich erwiderte zunächst nichts. Ja, er war natürlich auch für den Erhalt der Umwelt. Wie alle für den Erhalt der Umwelt waren. Aber letztlich waren ihm die Käfer, Bienen, Heuschrecken, Sauerampfer und auch das Johanniskraut herzlich egal. Das hatte mit seinem Leben relativ wenig zu tun. »Haben Sie die noch, die Reifenabdrücke? Und die Fotos, die Sie damals gemacht haben.«

Alfred Löbig grinste. »Ja. Habe ich alles noch. Gebe ich Ihnen auch gerne. Unter einer Bedingung.«

»Hier gibt es keine Bedingungen«, brauste Leah auf.

»Unter welcher?«, wiegelte Horndeich sogleich ab.

Löbig sah nun nur noch Horndeich an. »Ich zähle jetzt mal eins und eins zusammen: Ihnen geht es darum, den Kerl zu finden, der den ermordeten Matthias Anderson vom *Hofgut Rodenstein* hierhergefahren und dann vergraben hat. Sehe ich das richtig?«

Horndeich bedeutete Leah, jetzt besser die Klappe zu halten. »Ja«, sagte er. »Das sehen Sie richtig.«

»Gut. Ich gebe Ihnen alles, was ich zu diesen Reifenspuren gesichert habe. Meine Bedingung ist ganz einfach: Wahrscheinlich wird der Kerl, der dieses Auto gefahren hat, wegen Mordes an Matthias Anderson angeklagt. Vielleicht auch nur, weil er geholfen hat, die Leiche zu beseitigen. Das ist mir völlig wurscht. Ich möchte, dass er außerdem angeklagt wird, mit seinem Auto durch ein Naturschutzgebiet gebraust zu sein. Ich weiß, das ist nur eine Ordnungswidrigkeit. Ich weiß auch, dass ihn das zusätzlich zu seinen zwanzig Jahren Gefängnis vierzig Euro Strafe kosten wird. Aber darum geht es mir auch nicht. Ich möchte, dass dieser Mann dieser Ordnungswidrigkeit beschuldigt und dann auch überführt wird. Vielleicht wird das alles dann ja auch in einer Strafe zusammengefasst für alle Delikte, die er begangen hat: Mord und das Durchqueren eines Naturschutzgebiets. All das ist mir völlig egal. Ich möchte, dass dieser Anklagepunkt auftaucht. Wo und wie auch immer.«

»Ja. Das kann ich Ihnen versprechen.«

»Dann haben wir einen Deal, wie man heute so schön sagt.«

Als Horndeich sich erhob, überkam ihn das schlechte Gewissen. Normalerweise verjährte die Verfolgung einer Ordnungswidrigkeit nach sechs Monaten. Aber sie brauchten diesen Gipsabdruck …

Löbig führte sie in den Abstellraum, der früher einmal eine Garage gewesen sein musste. Alle Wände waren komplett von Regalen okkupiert, mit undefinierbarem Krimskrams, der dort gelagert wurde. Löbig ging jedoch zielstrebig auf eines der Regale zu. »Hier ist der Original-Gipsabdruck. Und die Fotos kann ich Ihnen alle innerhalb von einer Stunde per E-Mail zukommen lassen.«

Es war inzwischen sechs Uhr abends. Horndeich hatte den Reifenabdruck persönlich nach Wiesbaden zum Landeskriminalamt gefahren. Und auch die Fotos waren inzwischen angekommen. Die Kollegen dort verfügten über eine eigene Datenbank für Reifenabdrücke. Jetzt mussten sie nur noch auf das Ergebnis warten.

Horndeich hatte Feller und Leah zu sich nach Hause eingeladen. Sie saßen im Garten, tranken Limonade – und Sebastian Rossberg war zu ihnen getreten und hatte gefragt, ob er nicht ein paar Steaks auf den Grill legen sollte. Dem hatte Horndeich nicht widersprochen.

Der Grill verbreitete seinen wohligen Geruch, Sandra saß neben Horndeich auf einem Stuhl und hielt seine Hand.

Auch Leah und Feller genossen die Atmosphäre – und durften sich über die ersten beiden Steaks hermachen.

Stefanie kam auf ihren Vater zu, die große Tochter, die es überhaupt nicht abwarten konnte, endlich in die Schule zu kommen. Im August würde sie sechs Jahre alt werden. Ein sogenanntes Kann-Kind. Lange hatte Horndeich mit seiner Frau diskutiert, ob man sie bereits jetzt in die Schule schicken oder ihr noch ein Jahr Kindergarten gewähren sollte. Noch ein Jahr Zeit, Kind zu sein. Wenn man ihrer Tochter etwas zugutehalten konnte, dann, dass sie unglaublich aufgeweckt war. Das bereitete den Eltern Freude. Meistens. Aber nicht, als Horndeich und Sandra mitbekommen hatten, dass Stefanie die Diskussion über ihre Schulreife genau verfolgt hatte. Sie hatte sich damals vor die beiden Eltern gestellt, ganz altklug die Hände in die Hüften gestemmt und postuliert: »Ich bin so was von reif. Und ich will endlich lesen können. Nicht nur die Buchstaben, die ich schon kann: P, O, L, I, Z, E und dann noch mal das I. Ich will endlich richtig lesen können. Und rechnen. Und überhaupt: Ich bin nicht mehr klein.«

Er und Sandra waren sich nicht sicher gewesen, die richtige Entscheidung zu treffen. Aber ob eine Entscheidung die richtige war, das zeigte sich ohnehin erst in der Zukunft. Also hatten sie Stefanie in der Schule angemeldet.

Stefanie kroch auf Horndeichs Schoß. »Habt ihr den Mörder?« Er war immer wieder erstaunt, wie viel sie von seinem beruflichen Alltag mitbekam, von dem er tunlichst versuchte, ihn nicht mit nach Hause zu nehmen. Offensichtlich wenig erfolgreich. Er überlegte noch, was er seiner Tochter antworten sollte, als sein Handy klingelte.

Er nahm das Gespräch an. Lauschte den Worten des Mannes am anderen Ende der Leitung. Dann legte er auf. Alle Blicke waren auf ihn gerichtet.

»Sie haben die Reifenspuren identifiziert. Es sind die eines Lada Niva. Es sind die Spuren des Wagens von Michael Berger.«

Der Grillabend fiel aus. Stattdessen saßen sie um einundzwanzig Uhr mit Michael Berger in einem Verhörraum im Polizeipräsidium Hessen-Süd. Die Kollegen der Spurensicherung hatten sich beeilt: Die Reifenspuren, die Förster Alfred Löbig vor gut zwei Jahren im Naturschutzgebiet Darmbachaue hinter der Lichtwiese genommen hatte, stammten ohne jeden Zweifel von Michael Bergers Lada.

»Herr Berger, das Spiel ist aus. Wir wissen inzwischen,

dass Sie mit einem Leihwagen zum *Hofgut Rodenstein* gefahren sind. Zum gleichen Zeitpunkt wie Matthias Anderson. Peter Anderson hat gesehen, wie ein Mann mit Handschuhen seinen Bruder erwürgt hat. Und in der Nacht vom dreißigsten April auf den ersten Mai fahren Sie mit Ihrem Lada – der ja angeblich gar nicht fahrtüchtig war – quer durch das Naturschutzgebiet, in dem nachher Matthias Andersons Leiche gefunden wird. Sie können einwenden, dass das alles nur Indizien sind. Ich aber sage Ihnen: Es sind schon viele Menschen aufgrund von Indizien verurteilt worden. Und wenn Sie Ihre Chancen vor Gericht verbessern wollen, das heißt, wenn Sie weniger Jahre im Gefängnis verbringen wollen, dann legen Sie jetzt ein Geständnis ab. Erzählen Sie uns, was warum passiert ist, und …«, Horndeich sah auf seine Uhr, »dann können wir alle noch zu einer christlichen Zeit Feierabend machen.«

Berger schwieg.

»Ich sehe nur, dass Sie Matthias Anderson umgebracht haben. Aber ich verstehe nicht, warum. Sie müssen doch einen Grund gehabt haben?«

Leah schaltete sich ein. »Herr Berger, wie heißt Ihr Vater?«

Berger runzelte die Stirn, dann sagte er: »Wieso?«

»Sie sehen ihm ein wenig ähnlich. Der Mund, die Wangenknochen, auch die Stirnpartie. Ich glaube, es ist an der Zeit, reinen Tisch zu machen.«

Horndeich sah Leah an, hatte aber keine Ahnung, worauf sie hinauswollte.

Michael Berger hingegen schien zu verstehen. Er schwieg und senkte den Blick auf den Tisch. Dann hob er ihn wieder. »Ja, Sie haben recht.«

»Womit?«, fragte Leah.

»Mit beidem. Auch damit, reinen Tisch zu machen.«

»Wann haben Sie es herausgefunden?«, wollte Leah wissen, und Horndeich verstand immer noch nicht, worüber sie sprach.

»Drei Wochen bevor ich Matthias Anderson umgebracht habe.«

»Und wie haben Sie es herausgefunden?«

»Weil meine Mutter starb.«

»Wie genau?«

»Durch diese *Scheißfotos,* die ich im Nachlass gefunden habe. Am besten fange ich von vorne an. Ich habe diesen Job gekriegt bei Genotics. Einer von vielen. Alle Jobs hat Thomas Vrancic mir verschafft. Ich habe ihm einmal im Knast das Leben gerettet. Habe mich dazwischengeworfen, als einer ihn mit dem Messer abstechen wollte. Hab ein bisschen was abgekriegt. Aber Vrancic hat überlebt. Und seitdem hat er für mich gesorgt. Durch ihn habe ich meine Jobs bekommen, durch ihn konnte ich mich einigermaßen durchbeißen. Ich habe ihm auch danach noch den einen oder anderen Gefallen getan – und er hat es immer gut honoriert.«

»Und Matthias Anderson?«, hakte Horndeich wieder nach.

Michael Berger seufzte. »Dass ich ausgerechnet in der Firma von Matthias gelandet bin ... Ich hab da sicher drei Wochen gearbeitet, bevor ich kapiert habe, dass einer der beiden Chefs der Kerl war, mit dem ich als Junge durch die Wälder gezogen bin. Ich habe ihn dann irgendwann drauf angesprochen. Aber ich hab Ihnen heute Mittag ja schon gesagt, dass er sich nicht dafür interessiert hat. Wir spielten nicht mehr in derselben Liga.«

»Und wie hat sich das geändert?«, wollte Horndeich wissen.

»Das hat sich geändert, drei Wochen bevor ich ihn umgebracht habe. Als meine Mutter starb. Und ich rausgefunden habe, wer mein Vater war.« Michael Berger stockte.

Und auch Horndeich und Leah schwiegen und warteten darauf, dass er weitersprach.

»Sie hat mir nie gesagt, wer mein Vater war. *Vater: unbekannt,* so stand es in meiner Geburtsurkunde. Cool, nicht wahr? Es war Bullshit. Denn meine Mutter kannte ihn ja sehr wohl. Und wenn ich sie gefragt hab – dann war das so, als ob ich mit der Zwille gegen die Steine einer Mauer geschossen hätte. Effekt gleich null. Dann starb sie. Und ich musste mich um alles kümmern. Da gab es ja keinen Ehemann. Und auch keine Geschwister. Ich war derjenige, der das zu regeln hatte. Was ich auch getan habe. Und Vrancic, der hat mir damals die zehntausend Euro für die Beerdigung gegeben. Einfach so. Kein Kredit, keine Bedingungen, einfach die Kohle, damit ich meine Mutter in Ehre unter die Erde bringen konnte.

Als ich das Haus ausgeräumt hab, da hab ich die Fotos gefunden. Und die Postkarten und die Briefe. Und da wusste ich, wer mein Vater war. Sie hatte das alles aufgehoben.«

Wieder schwieg Michael Berger für einen Moment. »So im Gesicht – da sah ich ihm ja schon ein bisschen ähnlich. Und die Ähnlichkeit war noch größer, bevor mir zum ersten Mal die Nase gebrochen wurde.«

Leah griff zu ihrem Handy, tippte ein paarmal aufs Glas, wischte darüber, spreizte Zeigefinger und Daumen, um irgendetwas zu vergrößern. »Und das war Werner Anderson, nicht wahr?«, fragte Leah, und ihre Stimme war ganz leise. Fast behutsam.

Jetzt, wo Leah es aussprach, fiel auch bei Horndeich der Groschen. Als ob Leah Horndeichs Gedanken hätte lesen können, wandte sie sich ihm zu, zeigte ihm das Foto auf ihrem Handy. Werner Andersons Antlitz. Matthias Andersons Vater war auch Michael Bergers Vater. Sie hatten sein Gesicht auf dem Foto gesehen, in Matthias Andersons Arbeitszimmer, das Leah abfotografiert hatte und ihm gerade unter die Nase hielt.

»Ja. Werner Anderson war mein Vater. Er hat ihr Liebesbriefe geschrieben voller Leidenschaft. Aber er war ja der Chef meiner Mutter. Auch sie hat in der Schreinerei Anderson gearbeitet. Und er war verheiratet. In jedem Brief, den ich gelesen hab, hat er sich gedrückt vor der Verantwortung für mich. Er hat ihr immer genug Geld bezahlt. Aber er wollte nie dazu stehen, dass er mein Vater ist. Es hat ein bisschen gebraucht, bis ich begriffen habe, dass Matthias Anderson und ich Halbbrüder sind. Ich habe ja bei Genotics in der Kantine gearbeitet. Da war es einfach, irgendwann ein Glas mitzunehmen, aus dem er getrunken hat. Und einen DNA-Vergleich machen zu lassen. Natürlich nicht bei Genotics, so blöd war ich dann doch nicht. Und das Ergebnis war eindeutig.«

»Und was hatte das für Konsequenzen?«, fragte Horndeich.

»Zunächst überhaupt keine. Ich hab mir erst noch überlegt, ob ich ihn darauf anspreche. Aber dann ist mir klar geworden, dass er sein ganzes Geld und den Erfolg natürlich auch dem Verkauf der Firma in Fränkisch-Crumbach zu verdanken hat. Und vielleicht war es endlich an der Zeit, mir, seinem Bruder, einen kleinen Teil vom Kuchen abzugeben. Gut eine Woche bevor wir uns am Rodenstein getroffen haben, da hab ich ihn dann damit konfrontiert. Dass wir Halbbrüder wären. Und dass ich, Gottverdammt noch mal, auch ein wenig Anrecht auf die Kohle habe, die er geerbt hatte. Dreißigtausend Euro – das war das, was ich von ihm haben wollte. Fragen Sie mich nicht, wie ich auf die Summe gekommen bin. Das war das, was mir gerecht erschien. Und schon damals habe ich ihm gesagt, dass ich mich mit ihm auf dem *Hofgut* treffen will. Und dort sollte er mir die Kohle

geben. Dort, wo wir uns als Kinder einen Treueschwur geleistet hatten. Matthias hat dann tatsächlich eingewilligt.
Hat gesagt, dass er mir die Kohle geben würde, wenn ich
dann seine Familienehre nicht weiter beschmutzen würde.
War eine seltsame Wortwahl. War mir aber wurscht. Die
Dreißigtausend, die wollte ich mitnehmen. Wir wollten uns
dort treffen, er wollte mir das Geld geben. Am dreißigsten
April. Ich fand das Datum seltsam – wir hätten uns früher
treffen können. Aber er hat auf den Tag bestanden – und für
mich war's okay.« Wieder schwieg Michael Berger.

»Und was ist dann schiefgelaufen?«, erkundigte sich
Leah.

»Was schiefgelaufen ist? Dieser verdammte Streit in der
Kantine zwei Tage davor, am Achtundzwanzigsten. Das ist
schiefgelaufen.«

»Das verstehe ich nicht ganz«, sagte Leah, immer noch
mit ganz leiser und behutsamer Stimme. Offensichtlich war
es genau das, was Michael Berger zum Weiterreden bringen
konnte.

»Der Tag, an dem dieser Angestellte – Jakubtschik hieß er,
glaube ich – diesen Streit mit Matthias hatte. An dem Tag
hatte Matthias schon eine halbe Stunde am Tisch in der
hintersten Ecke der Kantine gesessen. Vor sich irgendein
Schriftstück, in dem er mit einem Kuli Anmerkungen gemacht hat. Mich hat das nicht besonders interessiert. Aber
dann kam dieser Typ rein, stürzte sich auf Matthias, fing an,
mit ihm rumzustreiten – und das eskalierte. Ich habe das
erst nur beobachtet, dann gesehen, wie Matthias diesem Jakubtschik an die Gurgel gegangen ist. Ja, das habe ich Ihnen
gegenüber anders geschildert. Aber wenn Jakubtschik der
Angreifer gewesen wäre, dann hätten Sie vielleicht eher darauf getippt, dass er ein Motiv haben könnte, Matthias umzubringen. Na ja, einen Versuch war's wert, dachte ich … Auf

jeden Fall ist Matthias diesem Jakubtschik dann hinterher. Bis dahin – alles bedeutungslos.

Bis ich mir diesen Schnellhefter mit den Unterlagen abgegriffen hab. Ich war einfach neugierig. Ich wollte wissen, womit Matthias sich beschäftigt. Irgendwas mit Genanalyse. Und dann der Name Shakespeare. Ja, auch jemand wie ich, der die Hauptschule kaum geschafft hat, hat den Namen Shakespeare schon mal gehört. Das hat mich neugierig gemacht. Ich habe den Inhalt, zehn Seiten, abfotografiert mit meinem Handy. Fünf Minuten später kam Matthias in die Kantine gerauscht, in Panik, sah den Ordner, griff danach. Und schon war er wieder weg.

Ich habe mir angeguckt, was er in dem Schnellhefter mit seinen Anmerkungen versehen hatte. Aber ich habe nichts davon kapiert. Also habe ich Vrancic angerufen. Hab ihm die fotografierten Seiten zugeschickt. Und eine Stunde später nennt er mir einen Namen von jemandem, der mir was dazu sagen könnte. Und der hat mir dann am Tag drauf erklärt, worum es auf diesen zehn Seiten ging. Es war eine Art Presseerklärung. Mit langem Anhang. Darin hat Matthias Anderson verkündet, dass er in männlicher Linie ein Nachfahre von William Shakespeare sei. Dass er dies durch eine Genanalyse bewiesen habe. Und dass auch die Totenmaske von Shakespeare, die ja in Darmstadt aufbewahrt wird, nun auch auf DNA-Basis als echt angesehen werden könne. Und dass sich der Schädel von Shakespeare in seinem Besitz befindet. Da war ein Foto dabei von dem Schädel in einem Regal. Das war der Moment, in dem vor meinen Augen die Dollarzeichen aufgeblitzt sind. Wenn Matthias von diesem Shakespeare in männlicher Linie abstammte, dann stammte ich auch von ihm ab. Und da lag richtig Kohle drin. Ein bisschen mehr als die lächerlichen Dreißigtausend.

Noch am Abend habe ich ihn angerufen. Ihm erzählt,

dass ich Bescheid weiß. Und dass ich ja auch ein Nachfahre des englischen Dichters sei. Und dass dieser Schädel wohl richtig viel Geld wert wäre. Und dass die Dreißigtausend dann doch ziemlich lächerlich wären. Er hat mich ausgelacht und gesagt, mehr Kohle würde ich nicht bekommen. Am Tag darauf um drei Uhr am Rodenstein, an unserer Fichte, da hätte ich die Chance, dreißigtausend Euro zu bekommen. Wenn ich die haben wolle, solle ich dorthin kommen, wenn nicht, solle ich es sein lassen. Dann hat er einfach aufgelegt.

Danach stand mein Plan fest. Ich würde mir den Schädel einfach holen. Wahrscheinlich war der ja immer noch im Haus in Fränkisch-Crumbach. Unterm Dachboden. Wo der ganze alte Kram lag. Matthias und ich, wir waren immer mal wieder dort oben. Peter nicht. Er hat sich immer gefürchtet.«

Das musste dann also die Nacht gewesen sein, in der Matthias Anderson den Schädel und die Dokumente zum Haustechniker Hans Dellinger gefahren hatte, dachte Horndeich.

Wieder ließ sich Michael Berger eine Minute Zeit, bevor er weitersprach: »Ich habe mir extra einen Leihwagen genommen. Ich war vorsichtig. Vielleicht gab es ja irgendwo irgendwelche Überwachungskameras, auf denen das Auto auftauchen könnte. Ich hatte keine Ahnung, dass Peter auch da sein würde. Ich musste zweimal hinschauen, als er da am Baum saß. Aber dann habe ich ihn erkannt. Er sah irgendwie immer noch so aus wie vor dreißig Jahren. Hatte noch das Milchbubengesicht. Ich kapierte nicht, was er da machte am Baum. Ich war ein bisschen früher gekommen, hatte unseren Treffpunkt zunächst einmal aus sicherer Entfernung beobachtet. Dann kam Matthias dazu. Die beiden redeten, fingen an zu streiten – und plötzlich ist Peter auf seinen Bruder los, legt ihm die Hände um den Hals und drückt zu. Ich habe erst gar nicht verstanden, was da passiert ist. Aber dann lässt er los, haut ab und lässt ihn einfach liegen. Der Moment, in dem ich zu Matthias gegangen bin.

Ich dachte schon, Peter hätte mir die Arbeit abgenommen. Aber ein paar Ohrfeigen haben gereicht, dann war Matthias wieder wach. Er bekam seine letzte Chance: Ich habe ihm noch mal gesagt, dass mir die Dreißigtausend zu wenig sind. Matthias konnte kaum mehr atmen, aber dann lachte er mich aus. Dreißigtausend Euro, die würde ich bekommen, aber keinen Cent mehr. Ich habe ihn angesprochen auf den Treueschwur, den wir uns damals als Kinder gegeben haben. Und wieder hat er nur gelacht.

Das war der Moment, in dem die Entscheidung gefallen war. Ich hatte die Handschuhe eingesteckt. Matthias umzubringen – das war für mich nach dem Telefonat am Abend zuvor immer eine Möglichkeit gewesen. Ich war nicht bereit, mich mit dreißigtausend abspeisen zu lassen. Und Peter hatte mir den Job sogar zum Teil schon abgenommen. An Matthias' Hals waren nun seine Fingerabdrücke und definitiv auch seine DNA. Ich hab mir die Handschuhe übergezogen und dann habe ich dieses Arschloch erwürgt.

Der Plan war einfach: Seine Schlüssel aus der Tasche nehmen, nach Erlau fahren, den Schädel holen und ihn dann vielleicht ein Jahr später der Öffentlichkeit präsentieren. Gefunden auf einem Flohmarkt wie auch immer. Dann die ganzen DNA-Untersuchungen, die genau das belegen würden, was Matthias sonst ja in seiner Pressemitteilung verkündet hätte. Und dann wäre ich der rechtmäßige Erbe von William Shakespeare, würde die Kohle für den Schädel einstecken und außerdem noch mächtig abkassieren für Fernsehinterviews und den ganzen Kram.«

Schweigen im Raum. Weder Horndeich noch Leah sagten ein Wort.

»In Matthias' Hosentasche habe ich die dreißigtausend Euro gefunden – ein fettes Bündel von sechzig Fünfhundertern – und auch den Schlüsselbund. Mit den Schlüsseln für das Haus in Frankfurt, dem Schlüssel fürs Auto und dem zum Haus in Fränkisch-Crumbach. Hinten im Landi lag noch ein kleiner Koffer mit Klamotten und Kulturbeutel. In der Seitentasche dann noch ein kleines Geschenk: eine Klammer mit zehn Zwanzigeuroscheinen und – sein Reisepass.

Zuerst bin ich mit dem Leihwagen nach Hause gefahren. Dort hatte ich meinen Wagen stehen. Mit dem bin ich dann so um neun Uhr wieder zum *Hofgut* gefahren. Es war genau der richtige Zeitpunkt. Die Touristen waren weg, und die Idioten, die in den ersten Mai reinsaufen wollten, die waren noch nicht da. Ich konnte mit meinem Lada quasi direkt an die Leiche heranfahren. Dann bin ich nach Darmstadt. Und der Lada hat einen großen Vorteil: Man kann direkt ins Gelände. Auf den Wegen gibt es ja immer irgendwelche Schranken. Aber wenn man direkt in die Prärie fahren will, ist das mit dem Lada problemlos machbar. Ich hab die Leiche von Matthias Anderson vergraben. Dachte, das wäre eine gute Stelle. War sie ja auch. Für eine gewisse Zeit.

Dann bin ich noch in der Nacht nach Fränkisch-Crumbach gefahren. Bin mit dem Schlüssel ins Haus. Nach oben, unters Dach. Aber der Schädel war nicht da. Meterlange Regale voll Bullshit. Aber kein Schädel. Ich hab alles abgesucht. Nichts. Ich hatte ja auch noch den Schlüssel für das Haus in Frankfurt. Hab mir später drei Wochen Urlaub genommen. Das Leben von Matthias' Frau und der Tochter ausspioniert. Wusste, dass die Kleine vormittags in der Schule war und die Mama nur Freitag- und ab und an Montagvormittag zu Hause blieb. Also habe ich dann auch dieses Haus durchsucht. Pustekuchen. Kein Schädel. Irgendwie hatte Matthias mich ausgetrickst.

Mein Gott, er und ich und auch Peter, wir wären wieder das Winning-Team gewesen. Aber Matthias hat ja nicht mitgespielt.«

»Herr Berger, welchen Deal haben Sie mit Thomas Vrancic gemacht, damit man Matthias Andersons Leiche nicht entdeckt – also vielmehr, damit alle glauben, er wäre nach Brasilien gegangen?«

Berger lachte laut auf. »Das war nun wirklich einfach. Ich hätte die Leiche ja auch einfach liegen lassen können. Aber ich wollte jede Verbindung zu mir kappen. Und da war es besser, dass niemand überhaupt auf die Idee kommen würde, nach ihm zu suchen. Am nächsten Tag hab ich Matthias' Landrover vom Parkplatz gefahren, direkt in die Kfz-Werkstatt der Heavens Devils. Ich hab Vrancic gesagt, dass ich jemanden verschwinden lassen müsste. Am besten nach Südamerika. Der Deal war einfach: Vrancic hat den Landi bekommen und noch zehntausend obendrauf – und Andersons Reisepass. Damit musste ich mich um nichts mehr kümmern. Der Wagen verschwand innerhalb von zwei Tagen nach Rumänien, und der Geist von Matthias Anderson und sein Handy fuhren noch ein wenig durch Frankfurt und flogen dann nach Brasilien. Unterm Strich: Nachdem klar war, dass ich den Schädel nicht finden würde, war ich genau an dem Punkt, an dem ich zuvor auch war, allerdings um zwanzigtausend Euro reicher. Ich hatte halbwegs sichere Jobs durch Vrancic, Matthias Anderson war verschwunden und würde mir keine Probleme mehr machen – es hätte schlechter kommen können. Na ja, bis ihr angefangen habt, im Dreck zu wühlen. Als dann vor zwei Wochen der Schädel im Kongresszentrum gefunden wurde – da bekam ich so eine Ahnung, wie Matthias mich ausgetrickst hat. Und dann noch Matthias' Knochen im Wald. Es kommt immer alles zuammen.«

Wieder schwieg er. Dann fuhr er unvermittelt fort: »Reicht das jetzt als Geständnis?«

Als Horndeich und Leah in ihrem Büro ankamen, klingelte das Telefon. »Da ist jemand, der möchte gern mit Frau Gabriely sprechen«, sagte die Stimme des Mannes an der Pforte.

»Was will er?«, wollte Leah wissen. Es war fast zehn Uhr abends.

»Da ist ein Herr Wollreit. Und er will mit niemand anderem sprechen als mit Ihnen, Frau Gabriely.«

»Schicken Sie ihn hoch«, sagte Leah.

Drei Minuten später stand er vor ihnen, Gerhard Wollreit. Mit einer Pappschachtel.

»Ich hab's gefunden«, sagte er. »Das zweite Paket, nach dem Sie gesucht haben. Es war in einem Raum im Westflügel. Normalerweise steht dort ein Klavier vor der Wand. Als ich es zur Seite geschoben habe, kam ich an die Wandabdeckungen. Die lassen sich dort mit bloßer Hand abnehmen. Und dahinter habe ich das gefunden. Ich hoffe, es hilft Ihnen weiter.«

Leah nahm das Paket entgegen und bedankte sich bei Wollreit. Dann öffnete sie gemeinsam mit Horndeich die Pappkiste.

Briefe.

Briefe in Englisch.

Aber die Unterschrift konnten sie entziffern: William Shakespeare.

Die Briefe von Shakespeare an seine Geliebte. An die Mutter seines Sohnes Gwydion. Briefe, die die Shakespeare-Forschung auf den Kopf stellen werden.

Sie saßen wieder bei ihrem Lieblingsitaliener *Delfino* auf der Außenterrasse. Es war halb neun Uhr abends.

Leah hatte sich auf Empfehlung des Hauses eine Pizza bestellt, mit Gorgonzola und frischer Birne. Richard Feller ein Saltimbocca, ein gebratenes Kalbsschnitzel mit Parmaschinken und Salbei. Dazu gab es eine gute Flasche Cabernet Sauvignon.

Leah hatte Richard eingeladen. Es war das Mindeste, was sie tun konnte. Denn alle Vorwürfe gegen sie waren fallen gelassen worden.

Zwanzig Minuten nachdem sie Silvia Rauch von der Spurensicherung den Plastikbeutel mit dem Messer in die Hand gedrückt hatten, hatte sie glasklare Fingerabdrücke sowohl von Christian Weiland als auch von Ivan Borowski auf dem Griff des Messers entdeckt. Ivan Borowski hatte schon zuvor angefangen zu plaudern wie ein Wasserfall. Christian Weiland hätte von ihm ein bisschen Selbstverteidigung lernen wollen, und das hätten sie mit dem Messer am Trainingsbad und in dieser Nacht geübt. Als sie sich damals während der gemeinsam abzuleistenden Sozialstunden unterhalten hätten, wäre Christian ganz beeindruckt gewesen von den Fähigkeiten, die ein Mann der Straße, wie Ivan Borowski sich selbst bezeichnete, hatte. Ivan hätte dem schmächtigen Jungen – natürlich gegen etwas Kohle – ein paar Tricks beigebracht. Und als Leah am Trainingsbad vorbeispaziert war und Chris gerade das Messer in der Hand gehalten hatte, wäre er damit direkt auf Leah los. Er, Ivan, hätte dann nur noch Schadensbegrenzung betrieben und sein Messer wieder an sich genommen. Und Chris war gut damit beraten gewesen, die Existenz des Messers zu leugnen.

Das war Ivan Borowskis Version gewesen.

Die von Christian Weiland, in einem schriftlichen Statement von dessen exorbitant teurem Anwalt vorgelegt, klang ein wenig anders: Chris, gelangweilt vom Leben eines Jungen, dem es materiell an so gar nichts fehlte, hatte das Abenteuer gesucht und gedacht, Ivan Borowski wäre der rechte Gefährte, der ihm den Weg dahin zeigen könnte. Er habe dazugehören wollen zu Ivans Clique. Und dazu zählten nun mal auch Mutproben, sozusagen als Initiationsritus. Tja, und an diesem Abend sollte er jemanden abziehen, Portemonnaie, Handy, Bargeld – was eben so zu holen war. Und die schlanke und zierliche Leah Gabriely schien das beste Opfer. Christian Weiland hätte zunächst Skrupel gezeigt, sei aber von Ivan zu der Tat genötigt worden. Er sei an die falschen Leute geraten, er bereue seine Tat, und er wolle auch rechtlich nicht gegen Leah Gabriely vorgehen. Stattdessen solle die Polizei doch bitte tunlichst gegen Ivan Borowski wegen Anstiftung zu einer Straftat ermitteln.

Es war völlig einerlei, welche der beiden Versionen zutraf, wahrscheinlich war es eine Mischung aus beiden. Damit würde sich wohl bald ein Richter beschäftigen müssen. Leah auf jeden Fall war ihre Sorgen los.

Sie stieß mit Richard an. »Darauf, dass du mich gerettet hast, mein edler Ritter.«

Nein, für gewöhnlich drückte sich Leah viel nüchterner aus. Und es war auch nicht der Wein, der ihre Zunge gelockert hatte. Sie wusste es selbst nicht recht. Und gleichzeitig spürte sie, wie Richard heute eher den Schweigsamen gab. Für gewöhnlich wurde ihr die Frage immer gestellt, nun sprach sie sie selbst aus: »Ist alles okay mit dir?«

Feller nickte, sah ihr in die Augen. »Ja, es ist alles gut. Da ist nur eine Frage, die mich beschäftigt.«

»Und die wäre?«

»Du hattest einen Grund, Christian Weiland so zuzurichten, wie du ihn zugerichtet hast.« Das klang eher wie eine Feststellung als wie eine Frage.

Hätte sie Christian Weiland weniger getreten, wenn er die Zigarette nicht in der Hand gehabt hätte?

Wahrscheinlich.

Vielleicht.

Sie selbst wusste, dass die letzten Tritte nicht notwendig gewesen waren. Und sie wusste auch, dass diese Tritte nicht Christian Weiland gegolten hatten. Dass es Tritte gegen ihren Exmann waren, vielleicht auch gegen ihre Mutter.

Auf der anderen Seite: Er hätte nicht gezögert, das Messer zu benutzen. Und darauf durfte man durchaus wütend sein.

»Ist das eine Frage?«

Feller lächelte und schüttelte den Kopf. »Nein. Das ist natürlich keine Frage. Ich weiß, dass du einen Grund gehabt hast. Die Frage dazu wäre, warum du viel mehr ausgeteilt hast, als du hättest austeilen müssen. Wenn mir natürlich auch klar ist, dass jede Wut auf jemanden, der meint, dich mit einem Messer bedrohen zu dürfen, gerechtfertigt ist. Aber ich weiß und spüre, dass da noch etwas anderes dahintersteckt. Aber natürlich steht mir diese Frage gar nicht zu.«

Leah schwieg mehrere Sekunden lang. »Ja, Richard, du hast völlig recht. Da gibt es eine lange, sehr private Geschichte, eigentlich die Geschichte meines Lebens. Und das sind Dinge, über die ich heute Abend ganz bestimmt nicht reden möchte. Ich weiß nicht einmal, ob ich jemals darüber reden kann. Aber ich merke, die Dinge verändern sich. Ich verändere mich. Und ich habe den Eindruck, es geht in die richtige Richtung. Mehr kann und mag ich dazu jetzt nicht sagen.«

Nun war es Richard Feller, der sein Glas erhob: »Auf die richtige Richtung!«

Abermals stießen sie an.

Nach dem Essen hatten beide keine Lust mehr auf einen Nachtisch.

Leahs Gedanken drifteten nochmals ab zu Nadia Wittenborg, der Freundin von Bruno. Nein, die Frau war ihr vom ersten Moment an unsympathisch gewesen. Aber ihre Meinung war hier nicht ausschlaggebend. Wenn sie Bruno guttat …

Sie bestellte noch einen Wein. Den zweiten. Den, den sie normalerweise nie trank. Als sie Tanina darum bat, schaute sie bewusst nicht in Richard Fellers Richtung. Er könnte eine Augenbraue verziehen, und das wollte sie nicht sehen.

Eigentlich hatten sie persönliche Themen immer gemieden, und vielleicht wäre es auch schlau, an dieser Tradition festzuhalten. Andererseits …

»Warst du eigentlich mal verheiratet?« Ihre Frage kam herausgehüpft aus ihrem Mund wie eine Heuschrecke, schnell und weit.

Richard Feller schüttelte nur den Kopf. »Nein. Nie.« Dann sah er sie an: »Du?«

Jetzt war sie an der Reihe mit einer vertikalen Kopfbewegung.

Tanina servierte Leah den Wein. Sie brachte ihren Arm aus der Schusslinie und machte Platz für das Glas. Womit die Hand nun eindeutig in Fellers Spielfeldhälfte zu liegen kam – zumindest auf der Grenzlinie. Dessen Glas war noch nicht geleert.

»Von wann bis wann?«, hakte Richard nach.

Leah schüttelte den Kopf. »Nicht jetzt«, sagte sie, und ihre

Hand wanderte zu jener von Richard Feller. Wieder berührten ihre Finger die seinen, aber diesmal zog sie ihre Hand nicht zurück. Er die seine auch nicht.

Mit der jeweils freien Hand stießen sie an, ohne einen Trinkspruch auszusprechen. Es war Richard, der nach zwanzig Sekunden seine Finger in jene von Leah Gabriely hakte und ganz sanft mit seinem Daumen über ihren Handrücken strich.

Leah ließ es geschehen. Und es fühlte sich nicht schlecht an.

Bis zu jenem Moment, als Bruno ebenfalls die Außenterrasse betrat, Arm in Arm mit seiner Kuh, die heute kein Kuhkleid anhatte. Die offenbar das *Delfino* auch zu ihrem Lieblingsitaliener erkoren hatten.

Und Leahs Hand ...

EPILOG

»Meine Damen und Herren, heute ist ein ganz besonderer Tag. Es ist ein Tag, der sowohl in der Geschichte der Rechtsmedizin als auch in der Geschichte der Literaturwissenschaft einen Wendepunkt markiert.«

Dr. Martin Hinrich stand hinter dem Pult und hielt eine Ansprache vor zweihundertfünfzig internationalen Presse- und Medienvertretern. Alle waren zur Pressekonferenz ins *karo 5* gekommen: Journalisten von nationalen und internationalen Zeitungen, Reporter von Fernsehsendern und Radiostationen. Und Hinrich gestattete sich ein wenig Rührung: In der ersten Reihe saßen nicht nur eine Delegation der Stadtoberen, sondern auch Horndeich mit Sandra, Leah Gabriely und der sonst so scheue Richard Feller. Auch Margot Hesgart, Nick Peckhard, Chloe Manfield und Sebastian Rossberg hatten es sich nicht nehmen lassen, ihm zuzuhören. Nur Emilias Platz war leer …

»Was ich Ihnen heute präsentieren kann, ist nichts weniger als die Revolution in der Geschichte beider Disziplinen. Sehen Sie hier …«, Hinrich deutete auf einen Quader mit einer Plexiglashaube, unter der sich ein Schädel befand, »der Schädel von William Shakespeare. Und sehen Sie hier …«, nun deutete er auf den anderen Quader neben sich mit der Totenmaske, »… die Totenmaske von William Shakespeare. Es ist zweifelsfrei die Totenmaske von William Shakespeare, so wie Sie ebenso zweifelsfrei den Schädel von William Shakespeare vor sich haben.«

Am Morgen hatte DHL ihm ein schweres Paket zugestellt.

Ein Blick auf den Absender hatte Hinrich verraten: Dr. Schuknecht. Ja, er erinnerte sich an den Disput im Rechtsmedizinischen Institut. Und an die Frage ihrer Wette, ob der Schädel einem renommierten Besitzer gehört habe. »Berühmt genug!«, hatte auf dem kleinen handschriftlichen Vermerk gestanden. Offensichtlich hatte Schuknecht seine Niederlage eingestanden. Sogar *acht* Flaschen feinster Whisky. Hinrich hatte gelächelt.

Sein Vortrag dauerte zehn Minuten. Was ankam: Sie alle hatten verstanden, dass zum einen William Shakespeares Schädel gefunden worden war – und zwar nicht im Grab der Holy Trinity Church in Stratford-upon-Avon – und dass zum anderen die Briefe aufgetaucht waren, die der berühmte Dichter an seine Geliebte Catherine Anderson geschrieben hatte. Unbezahlbar für die Welt der Anglisten. Denn bislang war außer der Unterschrift auf seinem Testament nichts Handschriftliches von Shakespeare überliefert worden.

Nachdem Hinrich geendet hatte, sprach Oberbürgermeister Jochen Partsch, danach Dr. Welter, der Präsident der TU Darmstadt, zu den Medien. Ihm folgte der Pressesprecher der Polizei, schließlich sogar Peter Anderson. Die Fragerunde dauerte nochmals rund zwanzig Minuten. Am Ende der Veranstaltung schüttelte Martin Hinrich zahlreiche Hände, dann verabschiedete er sich auch von den Gästen in der ersten Reihe. Margot fragte ihn, ob er noch mitkommen wollte, wenn sie jetzt gemeinsam essen gingen. Doch Hinrich verneinte.

Er verließ den Saal und lief direkt in die Tiefgarage unter dem Kongresszentrum. Er wollte nach Hause. Der leere Platz in der ersten Reihe war wie ein Sinnbild gewesen für die Leere, die er derzeit fühlte.

Er sah seinen Wagen. Aber viel mehr fiel ihm der Wagen neben dem seinen ins Auge: ein roter Mazda MX5 RF mit

Leipziger Kennzeichen und geschlossenem Verdeck. Die Tür auf der Fahrerseite öffnete sich. Aus dem Wagen schälte sich Emilia. »Martin«, sagte sie nur.

»Was machst du denn hier?«

Emilia trat auf ihn zu. Und Martin Hinrich sah, dass sie geweint hatte. »Er ist gestorben«, sagte sie, »ganz plötzlich.«

»Dein Schwiegervater?«

»Nein, nicht mein Schwiegervater«, sagte sie, ging auf ihn zu und umarmte ihn. »Nicht er«, wiederholte sie. Martin Hinrich verstand gar nichts.

Doch. Eines. Denn auch er nahm Emilia Schubert in den Arm. Und so standen sie.

Einige Minuten lang.

Wer auch immer gestorben war, Martin Hinrich hielt seine Emilia hier im Arm.

Ende

NACHWORT UND DANK

Shakespeares Schädel. Dreh- und Angelpunkt dieses Krimis. Liegt der Schädel von Shakespeare wirklich nicht mehr in seinem Grab in Stratford-upon-Avon? Ist die Shakespeare-Totenmaske echt? Das sind Dinge, auf die auch der Autor keine Antwort weiß. Es gibt zahlreiche Begebenheiten im Leben des berühmten Dichters, die nach wie vor im Dunkeln liegen und es wohl auch immer bleiben werden. Den Bericht in *The Argosy* und auch die Radaruntersuchung von 2016 der Gräber in der Holy Trinity Church in Stratford-upon-Avon gab es tatsächlich, zahlreiche weitere Geheimnisse und Mythen ranken sich um den Dichter – und ich habe mir die Freiheit genommen, eine der Möglichkeiten durchzuspielen, die zumindest bis heute eine Option ist. Wer weiß, vielleicht ist die Totenmaske in der Uni-Bibliothek ja tatsächlich die des großen Poeten …

Wie in all den vorhergehenden Büchern gibt es eine lange, lange, lange Liste von Menschen, denen ich meinen Dank schulde. Fangen wir an mit den Rechtsmedizinern, Dr. Marcel Verhoff, Dr. Richard Zehner und Dr. Esther Reuß sowie Dr. Constanze Niess. Ganz besonders in Fragen zur DNA-Analyse über Generationen hinweg haben sie mir viel weitergeholfen. Auch Barbara Pregowski hat mir mit medizinischen Auskünften immer – auch kurzfristig! – zur Seite gestanden. Danke, meine Liebe.

Dank auch meinen Kolleginnen und Kollegen des Syndikats – also der Vereinigung der deutschsprachigen Krimiautorinnen und -autoren. Ohne eure oftmals kurzfristige Hilfe und Unterstützung via Mailingliste wären Recherchen deutlich schwerer gewesen!

Das Team der Unternehmenskommunikation des Darmstadtiums um Miriam von der Heyden sowie die Techniker des Hauses haben mich hinter die Kulissen des fantastischen Gebäudes blicken lassen. Herzlichen Dank!

Zahlreiche Mitarbeiter des Polizeipräsidiums Hessen-Süd haben mir bei diesem Roman mit ihrem Fachwissen geholfen, ganz besonders Stefan Klugmann. Tja, und dann geht ein Dank ganz besonders an Silvia Kominek. Ohne deine Bereitschaft, mit stoischem Langmut meine Fragen zu beantworten und auch immer Kollegen zu finden, die mir weiterhelfen konnten, wäre dieser Roman kaum entstanden.

Sabrina Wolf von *event lab* in Leipzig half mir, den Kongress der Rechtsmediziner zu gestalten.

Ein weiterer Dank geht an Andreas und Claudia Behm. Auch sie haben mich tatkräftig unterstützt – nicht zuletzt durch ein Schreibasyl in Nordfriesland.

Und dann war da der Kampfsportexperte Marc Dillbahner. Er hat mir gezeigt, wie Leah einem Kontrahenten dank WingTsun Paroli bieten konnte. Und dass das gar nicht so trivial ist!

Martin Proba von der IHK sowie Steuerberater Peter Weiland konnten mir die Frage beantworten, wie Genotics auch nach dem Weggang von Matthias Anderson hat überleben können. Danke dafür! Stefan Gebhardt von der Volksbank in Darmstadt hat mir in Finanzfragen geholfen. Merci!

Tja, und dann Angelika von Wilcke. Ohne dich wüsste ich nach wie vor nicht, wie die Umgebung von Fränkisch-Crumbach aussieht. Danke für deine *Guided tours*! Dank auch an Kim Bess, dir mir Einblick gewährte in ihre Hofreite. Und da ist natürlich auch der ehemalige Förster von

Fränkisch-Crumbach, Edmund Bachmann. Auch er hat wertvolle Hinweise geliefert, wo und wie man eine Leiche an der Burgruine Rodenstein oder in einem Naturschutzgebiet platzieren kann. Danke dafür!

Und auch ein dickes Dankeschön an Hanne mit den Adleraugen.

Bleiben drei Menschen, denen zudem besonderer Dank gebührt:

Jochen, du hast immer die Brücke geschlagen zwischen kriminalistischem Setting und juristischer Konsequenz. Ganz, ganz herzlichen Dank dafür!

Manfred, du warst der Richtungspfeil, wenn ich manchmal nicht wusste, in welche Richtung die Geschichte gehen sollte. Und außerdem bist du der große Shakespeare-Crack!

LL. Was soll ich dir sagen? Danke, meine mentale Begleiterin auf dem Weg …

Und natürlich: Ein herzliches Dankeschön an den Verlag, mit dem ich seit über einer Dekade (!) meine Bücher in die Welt schicke. Caro Kania – es war schön, mit dir zu arbeiten. Natürlich auch ein dickes Dankeschön an dich, Lisa Wolf, die du dieses Buch lektoriert hast. Ohne dich …

Tja, und dann der Dank an den aller-, allerbesten Rücken-Freihalter dieser Welt: meinen Agenten Georg Simader. Und seinem Team. Ganz besonders an Caterina Kirsten für ihren tollen Input! Danke!!

Ohne euch alle hinter mir hätte das Buch nie entstehen können. Deshalb danke ich euch für eure Unterstützung und für euer Wissen. Schön, dass ihr da wart!

Michael Kibler
August 2017

QUELLENNACHWEISE

»Algo se muere en el alma/cuando un amigo se va.«
Georg Danzer, »Weiße Pferde«. *Weiße Pferde.* Polydor (Universal Music), 1984.

»Ein jedes Glas zu viel ist verflucht und sein Inhalt ein Teufel!«
William Shakespeare, *Othello II,* 3. Aus: *Reclams Lexikon der Shakespeare-Zitate* von Katrin Fischer. Reclams Universal-Bibliothek Nr. 19193. Philipp Reclam jun., Stuttgart 2014.

»Aber: Furcht gibt Sicherheit.«
William Shakespeare, *Hamlet I,* 3. Aus: *Reclams Lexikon der Shakespeare-Zitate* von Katrin Fischer. Reclams Universal-Bibliothek Nr. 19193. Philipp Reclam jun., Stuttgart 2014.

»Der Schädel hatte einmal eine Zunge und konnte singen.«
William Shakespeare, *Hamlet V,* 1. Aus: *Reclams Lexikon der Shakespeare-Zitate* von Katrin Fischer. Reclams Universal-Bibliothek Nr. 19193. Philipp Reclam jun., Stuttgart 2014.

»O wundervoll! Wie leicht wird jeder Mord doch offenbar!«
William Shakespeare, *Titus Andronicus II,* 4. Aus: *Reclams Lexikon der Shakespeare-Zitate* von Katrin Fischer. Reclams Universal-Bibliothek Nr. 19193. Philipp Reclam jun., Stuttgart 2014.

»Mit List und Politik erreicht das Ziel, nach dem ihr strebt.«
William Shakespeare, *Titus Andronicus II,* 1. Aus: *Reclams*

Lexikon der Shakespeare-Zitate von Katrin Fischer. Reclams Universal-Bibliothek Nr. 19193. Philipp Reclam jun., Stuttgart 2014.

»You can leave me in the dark, if that's all I get from you/He can be the sun, I'll be the moon.«
Dierks Bentley, »I'll be the moon«. *Black*. Capitol, 2016.

»and we belong together …«
Rickie Lee Jones, »We belong together«. *Pirates*. Warner Bros. Records, 1981.

Deine Vergangenheit ist dein größter Feind.

Michael Kibler

Seelenraub

Kriminalroman

Piper Taschenbuch, 384 Seiten
€ 12,99 [D], € 13,40 [A]*
ISBN 978-3-492-30937-0

Hauptkommissar Steffen Horndeich steht vor einem Rätsel. Erst wird in Darmstadt ein ermordeter Professor aufgefunden, dann ein toter Physiotherapeut in Wiesbaden. Zwei Männer, die sich nicht kannten und sich auch nie begegnet sind. Und doch gibt es eine grausame Parallele: Beide Opfer wurden mit derselben Tatwaffe hingerichtet. Gemeinsam mit Leah Gabriely, seiner Kollegin aus Wiesbaden, muss Horndeich sehr tief graben, bevor erste Zusammenhänge sichtbar werden …

PIPER

Leseproben, E-Books und mehr unter www.piper.de

Horndeich und Hesgart ermitteln.

Michael Kibler

Opfergrube

Kriminalroman

Piper Taschenbuch, 384 Seiten
€ 9,99 [D], € 10,30 [A]*
ISBN 978-3-492-31068-0

So hatte sich Hauptkommissar Steffen Horndeich seinen freien Tag am Badesee nicht vorgestellt. Direkt vor ihm hebt sich eine Leiche an die Wasseroberfläche. Horndeich und seine Kollegin Margot Hesgart gehen zunächst von einer Beziehungstat aus, doch dann zeigen sich Parallelen zu zwei früheren Mordfällen. Warum wurden allen Opfern nach ihrem Tod Wunden zugefügt? Und kann es Zufall sein, dass alle drei zur selben Zeit in Darmstadt studiert haben?

»Spannende Unterhaltung garantiert« Darmstädter Echo

Leseproben, E-Books und mehr unter www.piper.de

PIPER

Der erste Fall für Zeki Demirbilek

Su Turhan
Kommissar Pascha
Ein Fall für Zeki Demirbilek

Piper Taschenbuch, 336 Seiten
€ 9,99 [D], € 10,30 [A]*
ISBN 978-3-492-31167-0

Rechte Lust hat Zeki Demirbilek auf seine neue Aufgabe nicht. Er soll Chef sein. Gerade er. Teamresistent und streitsüchtig, wie er ist. Und dann dieses Angebot! Jetzt, wo er Schluss machen wollte – mit Deutschland, mit München, mit all dem Mist, der ihn so nervt. Doch dann ziehen seine Kollegen eine grausam zugerichtete Leiche aus dem Eisbach – ein Türke, vermutlich. Hunderte Reißnägel stecken in der Brust des Toten, zu einem arabischen Schriftzug formiert: – »Teufel«.

PIPER